KB242553

밤의 가장자리에서

NIGHT WATCH

밤의 가장자리에서

제인 앤 필립스 지음
박설영 옮김

프시케의숲

일러두기

1. 외래어 표기는 국립국어원의 표기법을 따르되, 관행에 따라 일부 예외를 두었다.
2. 책, 잡지 등은 《 》, 영화, 그림, 곡 등은 〈 〉로 표기했다. 단, 해외 문헌의 경우 책, 학술지 등은 별도 표기 없이 이탤릭체로, 논문은 " "로 표기했다.
3. 본문의 모든 각주는 옮긴이 주이다.
4. 인치나 피트 등의 단위는 미터법으로 환산해 표기했다.

나의 할아버지들,
웨스트버지니아 로링 크리크 출신의
워릭 필립스(1886. 9. 15.~1919. 8. 1.),
또한 웨스트버지니아 버캐넌 출신의
제임스 윌리엄 손힐(1867. 7. 31.~1943. 8. 21.)에게

그리고 1865년 리치몬드의 악명 높은 리비 감옥에
투옥되었다가 귀향한 남편을 반갑게 맞아준,
나의 할머니 그레이스 보이드 손힐의 '제니 증조할머니'에게

트랜스 앨러게니 정신병원, 웨스트버지니아주 웨스턴

차 례

나는 어떤 동기로 사람들이 자신과 완전히 이질적인 세계로 들어가
는지, 어떻게 그런 과정이 실현되는지 알고 싶다.

– 토니 모리슨, 《어둠 속의 유희: 백인성과 문학적 상상력》

오래전 웨스트버지니아는 독립된 주로 존재했다. 동부에서는 산맥
서쪽에 위치한 이 지역을 일종의 외부 부속물 정도로… 미성숙한 영
토로… 여겨왔다. 우리의 주는 남북전쟁이 낳은 결과물이지만, 우리
는 물론이고 온 나라의 평화, 번영, 행복은 우리 조상이 세운 정부를
전복하려는 남군의 시도를 얼마나 신속하게 진압하느냐에 달려 있
다. 이 행사가 끝나자마자 연방 당국의 진압 노력에 즉시 힘을 보태
는 것이 나의 의무다.

– 주지사 아서 I. 부어먼의 첫 취임 연설
1863년 6월 20일, 웨스트버지니아주 휠링

내가 목격한 공포를 반절도 설명하기 힘들다. 하지만 너무 공공연해
져서 이젠 사람들이 공포심을 느끼지도 않는다.

– 찰스 하비 브루스터 중위, 1864년 5월, 제10 매사추세츠 보병대
《남북전쟁: 마지막 해, 살아남은 자들의 증언》(에런 시핸-딘 엮음) 중에서

그 전쟁은 우리 내면에 온전히 남아 있다.

– 데니스 존슨, 《연기의 나무》

제1부

◇◇◇

1874

250명 수용 규모의 주립 정신병원

코나리

여정

1874년 4월

◇

정신 이상이 지닌 가장 고통스러운 특성 중 하나는 치료 과정에서 너무 많은 사람이 가족을 떠나도록 강요받는다는 것, 부유함과 보살핌이 주는 편안함과 만족감이 대개 별 효험이 없다는 것이다… 모든 주州는 인간적 유대감을 바탕으로 정신 이상을 겪는 모든 사람들… 특히 가난한 사람들을 아낌없이 지원해야 마땅하다.

– 토머스 스토리 커크브라이드 박사, 1854,
《정신병원의 건립, 조직, 전반적 구성에 대하여》

짐마차에서 몸을 일으키자 파파가 나를 엄마 옆자리로 옮겼다. 우리 모두는 짐마차의 나무좌석에 앉았다.

손을 그렇게 잡아줘라, 파파가 내게 말했다. 네 엄마가 좋아하잖냐. 엉덩이 바짝 붙이고, 흔들리지 않게 잘 붙잡아.

파파가 몸을 숙여 자신의 발목에 엄마의 발목을 묶는 모습이 보였다. 나는 따뜻했다. 그래야 살갗도 안 거칠어지고 눈가에도 주름이 지지 않는다면서 파파가 보닛 모자를 쓰게 한 덕이었다. 언젠가는 내가 숙녀 티가 날 수도 있으니까.

엄마한테 말해라, 그가 말했다. 지금 가는 곳이 마음에 들 거라고. 시계탑이 있는 성처럼 근사한 곳이라고, 그렇게 전해.

마음에 들 거예요, 엄마. 돌로 만든 성처럼 멋진 곳이래요.

그 야자나무 얘기도 해.

화분에 야자나무를 심어놨대요. 엄마. 도시에 있는 호텔처럼 벨벳 소파도 있어요.

그리고 엄마라고 부르지 마, 그가 말했다. 옷차림을 보고도 모르겠어?

죽은 아내의 여행용 가방과 옷가지를 거저 나눠주던 한 홀아비에게서 그가 얻어온 옷이었다. 페티코트와 비단 속옷, 치마, 새틴 보디스, 벨 소매가 달린 상의, 진주 장식 빗으로 고정하는 머리 망사도 함께였다. 우리가 벽에 붙여뒀던 《고디스 레이디스 북》의 그림들처럼, 이웃이 엄마의 검은 머리칼을 땋아서 손질해준 터였다.

어떻게 불러야 하는지 알잖아, 파파가 말했다. 절대 실수하지 마.

재닛 아가씨라 부르라고 했지요. 하지만 진짜 이름이 아니잖아요.

이젠 그게 진짜 이름이야. 옛날 이름은 못 써. 이젠 지체 높은 아가씨니까. 그러니 그렇게 불러.

알겠어요, 조금 있다가요. 그러면서 숨을 골랐다.

하지만 나는 엄마의 손을 잡았다. 엄마가 무릎을 너무 세게 움켜쥐고 있어서 몸의 떨림이 내게도 느껴졌다. 나는 아기들을 데리고 이웃 여자들에게 가느라 숨이 턱밑까지 차올랐었다. 그중 한 여자는 걷고 말도 할 줄 아는 아이라서 사내아이를 맡기로 했고, 남자아이 둘을 다 맡게 되면 쌍둥이 남자애도 함께 데려가기로 했다. 다른 여자가 쌍둥이 여자애를 맡기로 했기에, 나는 밀가루와 소금 포대를 실은 짐판을 또 한 번 옮겨야 했다. 나는 우리가 웨스턴으로 말을 몰아 며칠간 머물려는 건 줄 알았다. 파파가 여행 가방을 싸고 여행용 침낭도 챙긴 터였다. 나는 근사한 드레스 단추를 담은 가죽 주머니를 잘 접어 내 투박한 울 혼방 상의 아래 넣었다. 닭 모이를 주러 가는 것처럼 바지를 입고 있었다.

파파, 우리가 없는 동안엔 누가 닭 모이를 주고 달걀을 주워요?

그 이웃집 여자, 파파가 말했다. 여자애를 데려간 그 여자.

엄마는 아기들의 이름을 짓지 않았다. 우리는 그저 아기들이라고만 불렀고, 엄마가 셋 모두에게 젖을 먹였다. 쌍둥이는 태어난 지 고작 12주였다. 나는 2월 1일부터 매주 일요일마다 하나씩 줄을 그어 한 주를 표시했다. 그날 저녁엔 우리가, 그러니까 파파와 내가 산파 역할을 했고, 파파가 불에 달군 칼로 탯줄을 끊었다. 아무도 우리를 도우러 오지 않았다. 심지어 산등성이 위쪽에 사는 이웃인 더블라 할머니조차도. 파파가 근처에 얼씬도 못하도록 금지한 탓이었다. 엄마는 문장을 완성하지 못하고 뜻 모를 소리만 냈다. 나는 엄마가 아기를 낳고 나면 파파가 오기 전, 그보다 훨씬 전처럼 정상적으로 말을 하게 될 거라 기대했었다. 하지만 그 후에도 엄마는 그런 이상한 소리만 내면서 침대에서 일어나지 않았다. 나는 담요로 속을 덧댄 서랍에 누워 있는 갓난아이들을 엄마에게 데려갔다. 엄마는 젖이 불어 가슴이 돌덩이처럼 딱딱하고 팽팽하게 부풀었는데, 내가 아기들을 침대에 눕혀 젖을 빨게끔 하자 가라앉았다. 큰아이는 그때쯤 걸음마를 뗐는데도, 그 사이를 비집고 들어가 제 차례를 챙겼다.

길 위로 그늘이 졌다 해가 비쳤고, 다시 그늘이 졌다 해가 비쳤다. 이른 봄이라 한기가 가시지 않고 높다란 소나무 언저리를 감돌았다.

엄마한테 전해라, 파파가 말했다. 내가 말한 그대로.

마을에 시간을 알려주는 시계탑이 있대요, 나는 엄마에게 말했다. 엄청나게 넓은 잔디밭에 물고기가 사는 연못도 있어요. 오솔길과 화단도요.

그때 우리 집에는 소가 있어서, 나는 계란을 풀어 넣은 우유를 엄마에게 먹였다. 이따금 엄마는 또렷하게 단어를 내뱉었다. '방울'이라고도 했고, '거위'라고도 했다. 마치 '가위', '바위', '보' 하는 놀이 같았다. 아니면 진짜 방울을 달라는 걸까. 헛간에 있는 마구 중에서 딸랑거리는 방울을 갖다줬지만 엄마는 그것을 그저 곁에 두고 쳐다보지도 않았다. 거위는 없었다. 나는 기저귀를 갈고, 물에 담가 빨고, 포치에 걸린 줄에 깃발처럼 너는 것만으로도 힘에 부쳤다.

이름으로 불러봐, 파파가 말했다.

재닛 아가씨, 오솔길이 마음에 들 거예요. 지체 높은 숙녀 분들이 지내는 곳이에요. 파파 말로는, 누구에게나 자기 방을 준대요. 호텔처럼요. 그냥 쉬면 돼요. 허드렛일은 이제 안 할 거예요. 갓 구운 빵과 버터가 나와요. 빵집과 낙농장이 딸려 있고, 농부들한테서 신선한 식재료를 산대요. 옥수수, 토마토, 고기도요.

엄마는 오랫동안 허드렛일을 하지 않았다. 이동하는 동안 엄마는 이쪽에서 저쪽으로 얼굴을 느릿느릿 기울이며 고개를 돌렸다. 내가 엄마의 재킷 주머니에서 발견한 귀걸이에는 드레스 상의와 어울리는 작은 술이 달려 있었는데, 그 술의 금사가 엄마의 턱선을 건드렸다. 어깨를 반듯하게 펴고 무척 가만하면서도 서서 이끄는 대로 움직이는 엄마의 모습은 꽤나 기품 있어 보였다. 마치 아무것도 걱정할 게 없다는 듯했다. 파파는 엄마의 그런 모습과 그 옷을 내다버린 홀아비에게서 이번의 아이디어를 얻은 게 틀림없었다. 그리고 소가 쓰러진 일도. 암소가 무릎을 꿇었지만, 나는 뿌리나 뼈로 만든 강장제를 얻으러 더블라 할머니가 사는 산등성이까지 올라갈 시간이 없었다. 파파는 언제나 집을 비웠고 저녁이 되어서야 램프 기름과 빵, 치즈를 들고 시내에서 돌아왔다. 아니면 숲에 머물면서 토끼, 꿩, 칠면조를 사냥했다. 그날 파파가 마을에서 옷을 구해왔다. 공교롭게도 때가 맞았지, 그가 말했다. 그리고 엄마가 쉴 수 있게 아기들을 남의 집에 보내는 것을 비롯해 모든 일이 눈 깜짝할 사이에 지나갔다.

찾아뵐게요, 재닛 아가씨, 내가 말했다. 아기들도 같이요. 근사하게 입혀서 데려올게요. 아기들이 크는 동안 편히 쉬세요.

애들은 이제 걱정할 필요 없어, 파파가 이렇게 말하고 휘파람을 불기 시작했다.

나는 엄마의 어깨에 머리를 기댔고, 엄마도 내 정수리 쪽으로 고개를 돌린 채 내게 기댔다. 밤이 되면 우리는 자주 그렇게 잠을 청했다. 엄마는 자신이 뒤쪽 머리 받침대를 베고 있으면 그 곁에서 내가 아기들을 돌보는 걸 좋아했다. 마차가 잔잔하게 흔들리자 나는 잠에 빠졌고, 엄마가 내게 전하고팠으나 힘이 없어 전하지 못한 말들이 꿈속을 조각조각 떠다녔다. 해가 지고 여름의 어스름이 들판에 깔리는 동안, 우리는 그렇게 조개처럼 포새어서 잠들었다. 오늘이 4월임을 나는 알았다. 마차가 삐걱거리며 방향을 틀더니 길에서 벗어났다. 가림막이 되어주던 안전한 산에서 벗어나, 마차를 눈에 띄지 않게 세우려면 길에서 멀찍이 떨어져야 했다. 눈을 뜨기도 전에 마차가 너도밤나무 그늘 아래로 들어가는 것이 느껴졌다. 나무가 어찌나 큰지 서커스장 천막처럼 드넓은 보금자리를 제공하며 얼룩덜룩한 가지를 땅바닥까지 길게 늘어트리고 있었다. 나무 아래 새로 돋은 풀들이 갈대처럼 보드랍고 푸르렀다.

여기서 살아도 되겠어요, 내가 말했다.

파파는 마차를 세우고 말이 풀을 뜯을 수 있도록 말뚝을 박았다. 그러고는 내 옆으로 오더니 엄마를 뒤쪽으로 옮겼다. 그는 건사과 조각이 든 자루를 내게 건넸다. 네 저녁이다, 파파가 말했다. 여기 앉아서 앞만 보고 있어. 찍소리도 내지 말고.

그가 엄마를 눕히고 체중을 실어 자세를 고치는 듯하더니 옷을 벗기는 소리가 들렸다. 아기 기저귀로 쓰던 하나 남은 깨끗한 천으로 엄마의 보디스를 감싼 터였다. 덕분에 그 점잖은 옷에 젖이 묻지 않았다. 그가 벗기고 있는 게 그 옷이었다. 아기들이 젖을 찾아 울고 있을 터였다. 엄마는 아기들이 입을 밀착하고 젖을 빨 때 내는 안도의 한숨 비슷한 것을 내쉬었다. 그땐 아기들의 창백한 주먹이 엄마의 몸 위를 배회하다 손가락을 활짝 펼쳤지만 지금은 그의 양손이 엄마의 몸을 만지고 그의 입이 아기들의 양식을 취하고 있었다. 나는 얼굴에 불이 붙은 것 같았다. 내 앞에서 벌어지는 일을 도저히 볼 수 없었다. 들판 너머로 아기들이 울부짖는 소리가 들리는 것만 같았다. 너도밤나무 가지들이 군데군데 한들거리며 모든 것을 시야에서 가려주었다. 잠시 후 마차가 흔들리기 시작했고, 나는 마차에서 내리고 싶었다. 자리를 옮기려는데 그의 숨 가쁜 속삭임이 들렸다. "가만히 있어." 그 말이 나를 향한 것인지, 엄마를 향한 것인지 알 수 없었다. 사물이 강렬하고 선명하다 낯설어지며 이따금 달라 보였다. 그러다 실처럼 이어진 씨앗들이 줄기에 매달려 허공을 떠다니며 반짝거리더니 나무 지붕을 파도처럼 넘실넘실 들어올렸다. 있을 수 없는 일이란 걸 알았지만 그렇게 보였다. 잠시 후 들판이 황금빛으로 변하면서 풀이 빛을 받아 도드라져 보였다. 반짝이는 풀잎이 여명을 잡아당겨 허물어트리고 붉게 푸르게 또 붉게 불태우더니, 어느새 형형

한 색깔 속의 눈부신 빛이 나를 관통했다.

◇　　◇　　◇

눈을 뜨니 하늘에 어둠이 가득한 밤, 나는 엄마 옆에 반듯이 누워 있었다. 내 가슴팍에 기댄 엄마의 머리는 햇볕을 쬔 바위처럼 따뜻하고 단단했다. 엄마에게 열이 나는 건가 싶었지만, 내가 꼼짝도 하지 않아 몸이 식고 마음이 차분해진 것이었다. 나는 그 자리에서 그렇게 잠을 자고 깨길 반복하며 시간을 흘려보냈다. 얼마나 시간이 흘렀을까. 감정은 텅 빈 듯하면서도 충만하고 가벼웠으며 모든 고통이 씻겨 내려갔다. 더블라 할머니는 내가 필요한 것을 스스로 얻었다고, 파파가 오기 전에는 그런 '쉼'을 결코 가질 필요도 없었고 가진 적도 없다고 말했다. 심지어 눈을 떴을 때조차 너무 평화로워서, 나는 움직여야 한다는 생각을 해야 할 정도였다. 우리 위에는 별들뿐이었다. 탁 트인 길을 지나고 있었기에 칠흑 같은 어둠 속에 별밖에 보이지 않았다. 그때 나는 컵처럼 회전해 멀어지는 밤하늘 위로 떨어졌다. 별똥별이 북두칠성의 손잡이를 가로질렀다. 오리온자리의 별 셋이 보이자 나는 엄마를 밀어내고 베텔게우스와 벨라트릭스를 찾기 위해 몸을 곧추세웠다. 별을 하나씩 연결해보면 별자리를 읽을 수 있었다. 그러면 접시 위의 그림처럼 전체가 보였다.

그때 파파가 나를 불렀다. 이리로 와라, 코나리, 파파가 말했다.

나는 파파 옆으로 넘어갔다. 추워요, 나는 한기에 몸을 웅크리며 울이 섞인 재킷을 껴입었다. 나는 그에게 내 옷이 더 근사했다면 좋왔겠다고 말했다.

지금도 괜찮아, 파파가 말했다.

우리는 헐벗은 고개를 지나는 중이었다. 눈에 보이는 들판은 밋밋하고 황량했다. 누군가 밭을 태워 곡물을 없애고 겉껍질만 남겨둔 터였다. 추수를 하지 않고 불만 놓은 것이었다. 그러지 않으면 쥐나 곰팡이가 곡식을 갉아먹고 다음 농사를 짓지 못하게 병균을 퍼트릴 수도 있었다. 그래서 농부들이 토치로 다 태운 것이었다. 며칠 전 일인 듯 보였지만 그 후로 비가 오지 않아 냄새가 남아 있었다. 숯처럼 탄 팝콘 냄새와 눅눅한 흙냄새가 났다. 탄내가 가시지 않은 공기 위에 옅은 안개와 이슬이 섞인 흙냄새가 풍겼다. 냄새를 머금은 텅 빈 길 위로 칙칙한 노란 달빛이 비쳤다.

전쟁터가 따로 없군, 파파가 말했다. 눈에 보이는 모든 게 불에 타 죽으면 거대한 외로움만 남아. 우리가 한 게 그런 짓이지, 싸그리 태워버리는 거.

전부 다 불에 탔어요, 내가 말했다.

그랬어, 그가 말했다. 너희는 산마루 구석에 숨어서 안 들켰지만.

나는 내가 아는 것보다 더 많이 들켰다고 말하지 않았다. 한 번은 엄마가 도망치면서 땅에서 뽑은 당근 한 줌과 함께 나를 지하 저장실에 숨긴 적이 있었다. 무슨 일이 있더라도 내가 데리러 올 때까진 나오지 마! 그러더니 나를 그 안에 떨구었다. 엄마의 말문이 닫히기 전이었다. 엄마는 내게 전쟁에 대해서는 입도 뻥긋하지 말라고 신신당부했다. 누가 이기든 간에, 전쟁에 대해 말하는 건 위험했다. 분리론자들이 졌고 폐지론자들이 이겼다는 걸 알았지만 너나 할 것 없이 모두 지칠 대로 지치고 불안정했다.

산골짜기에 처박힌 그 작은 오두막 말이다, 파파가 말했다. 볼품도 없고 온통 숲에 경사도 심하지. 농사는 꿈도 못 꿀 만큼 가파른데 어떻게 일궜는지 모를 일이야.

여기저기 합치면 텃밭이 더 컸어요, 내가 말했다. 예전엔 소도 두 마리였고, 닭도 많아서 이웃집 아주머니들과 물물교환을 했어요. 더블라 할머니가 짐마차를 끌고 마을에 내려가서 약초와 강장제를 팔았고요.

그 늙은 여편네 얘기는 꺼내지 말라고 했잖아, 파파가 말했다.

그냥 엄마가 지금과는 달랐다는 얘기예요.

그건 사실이야, 파파가 말했다. 그게 그래. 긴장이 풀리면 멀쩡해 보이던 것들도 고장이 난단 말이야. 내가 마침 돌아와서 다행이었지.

삐걱거리는 마차 소리가 마음을 진정시켰다. 아무리 떠올리려 애써도 그가 집에 언제 왔는지 기억이 나지 않았다. 교회에서 나무에 플래카드를 걸고 파이프와 드럼을 연주하면서 귀향을 축하하는 야외 잔치를 열었는데, 그때쯤이었을까. 하지만 아니었다. 파파가 오고 나서 우리는 교회 근처에 얼씬도 하지 않았다.

몇 가지 일러두마, 그가 말했다. 달거리를 시작하지 않은 계집은 애를 가질 수 없어. 갓난쟁이에게 젖을 먹이는 여자도 애를 가질 수 없고. 재닛 아가씨는 애를 배지 않을 게다.

하지만 뺐잖아요, 내가 말했다. 꼬맹이가 아직 젖먹이 갓난쟁이일 때요.

애가 일어나 앉을 때였잖아. 6개월이었어. 젖을 먹이기엔 너무 컸지. 지금은 괜찮아. 그 어린것들이 앉으려면 한참은 걸릴 테니.

나는 아무 말 않고 길 끝의 모퉁이만 쳐다보았다.

꼬맹이 말이야, 그가 말하고 웃었다. 그 쪼그만 게 산양처럼 걸어다니면서 재잘거리잖아. 누가 봐도 내 자식이야.

우리도 그래요, 내가 말했다.

저 멀리서 열을 지어 선 나무들이 한 덩어리의 기다란 형상처럼 나타났다. 조금씩 가까워지자 길 양편으로 키 큰 나무들이 쭉 뻗은 것이 보였다.

그가 주머니에서 하모니카를 꺼내어 내게 건넸다. 잔잔한 곡 하나 뽑아봐라.

나는 〈캠프타운 경마〉를 찬송가처럼 천천히 연주했다. 우리만 들을 수 있도록.

계속해. 웬만한 연주는 저리 가라 할 만큼 좋군.

이제 산을 벗어나 계곡으로 진입하고 있었다. 버드나무가 덩굴 가지를 축 늘어뜨리며 줄지어 서 있었다. 불에 탄 밭을 뒤로 길게 늘어뜨린 채 우리는 습지대로 들어섰다.

◇　◇　◇

새벽 무렵이 되자 땅에 깔린 구름이 사라졌다. 별도 전부 빛을 잃고 한두 개만 보였다. 엄마는 혼자가 될 터였다. 이따금 엄마가 내 이름이나 다른 단어를 말한다 해도, 나는 옆에서 듣지 못할 터였다. 그렇게 급하게 나오지 않았더라면, 엄마가 고향 생각을 할 수 있도록 책을 가져왔을 텐데. 엄마가 말한 안장주머니에 넣어 '이곳'으로 가져왔을 텐데. 하지만 엄마의 책은 내 책이기도 했다. 나는 책마다 '코나리’라고 써놓고, 목록을 마음속으로 열거하곤 했다.

· 나의 맥거피 초급 독본 세트, 원래 엄마 거였다.
· 노아 웹스터 사전. 눈을 감고 아무 장이나 펼쳐서 단어를 고른다.
· 우리의 성경책.
·《고대 신화》. 어두운 미궁 속을 비틀거리던 미노타우로스와 외눈
  박이 키클롭스.
·《물의 아이들: 땅의 아이를 위한 동화》, 잠자리와 날렵한 송어와 어
  린 톰.
· 나의《워즈워스》.
· 나의《테니슨》.
· 나의《미국 주 역사》.
· 찰스 디킨스가 쓴《올리버 트위스트》.
· 역시 디킨스가 쓴《크리스마스 캐럴》. 크리스미스가 되면 더블라
  할머니를 관객으로 두고 연극을 하곤 했다.
·《이솝 우화》.
·《셰익스피어의 소네트》. 엄마는 몇몇 구절을 암기해 내게 읽기를
  가르쳐주었다.
·《세계 지리》.
·《별자리와 별자리 이야기》.

이제 별은 사라지고 없다. 더블라 할머니는 별을 통해 나를 볼 수
있다고 항상 말했다. 나는 눈을 감고 속삭이듯 부드럽게 하모니카를
불었다. 하모니카 연주 사이로 졸졸거리는 소리가 어렴풋이 들려왔

다. 물소리였다. 우리가 건너는 다리 아래로 실개천이 흐르고 있었다. 공기가 동굴에서 나오는 제비처럼 회전했다. 파파는 수통에 물을 채우고 여물자루로 말에게 물을 먹이기 위해 반대편에 마차를 세웠다. 자루에 든 물을 쏟자 말이 바닥으로 떨어지는 물을 받아먹으려고 고개를 떨구었다. 파파가 말이 흠뻑 젖도록 물을 끼얹고 옆구리를 쓰다듬으며 마구와 고삐를 조정했다. 그는 동물을 잘 알았다. 닭의 목을 비틀 때든, 말이 도랑에서 나오도록 구슬릴 때든 똑같이 강하고 자신만만했다. 휘파람을 불거나 아주 드물게 애정 어린 표정을 짓기도 했지만 직접 손을 써서 통제해야 직성이 풀렸다. 나는 그가 보지 못하는 곳에서 씻고 물도 마시고 한숨도 돌리려고 다리 아래 개울가로 걸어갔다. 엄마를 데려와 치마를 걷어 올려주고, 가만히 쪼그리고 앉게 하면 어떨까 생각했다. 개울물이 자갈에 부딪히며 콸콸 흐르는 소리가 어찌나 요란하고 상쾌하던지 다리 아래서 방울소리가 울리는 것만 같았다. 엄마가 말한 방울이 바로 이 소리였을까. 그리고 근처에는 아무도 없었다. 나는 우리가 바위와 웅덩이 틈에 숨어 사는 작은 물의 정령처럼 이곳에 머물렀으면 싶었다.

　하지만 다리 위로 다시 올라가자 파파가 이미 엄마를 마차에서 내린 뒤였다. 엄마의 속바지는 벗겨져 있었다. 그는 벽이나 포치 난간, 지금처럼 마차에 기대어 엄마의 옷을 뭉쳐 머리 위로 한껏 끌어올린 뒤 꼭 붙들고 있기 일쑤였다. 엄마는 양팔을 위로 올린 채 옴짝달싹 못하는, 자루를 뒤집어쓴 장님이 되었다. 그가 엄마의 몸을 둥그렇게 구부려 그릇 모양으로 만들었다. 그는 엄마가 소변을 볼 때면 이런 식으로 곁에 붙어 그 모습을 관찰하거나 소변을 누라고 강요했다. 엄마의 새하얀 허벅지는 지독히 창백했고 쌍둥이가 들어 있던 배는 여전히 불룩하게 쳐져 있었다. 그는 엄마가 꼼짝도 못하는 모습을 지켜보다가 손에 침을 뱉어 그곳을 닦았다.

개울로 데려가도 됐잖아요. 내가 말했다.

옷을 진흙투성이로 만들려고? 비단으로 만든 고급 옷이야.

내가 변소에 데려가거나 침대 옆 요강에 앉히면 엄마 혼자서도 볼 일을 볼 수 있었다. 우리 집은 하나의 큰 방이었다. 그는 밤낮으로 내게 사적인 것이 뭔지, 언제 쳐다보면 안 되는지를 알려줬지만, 이것이 사적인 일이라고는 한 번도 말하지 않았고, 꼭 내가 근처에 있을 때 그런 짓을 했다. 만약 내가 돌아서기라도 하면 다시 나를 불러 세웠다.

이번에도 파파는 나를 불렀다. 와서 속바지 입는 걸 도와라.

그는 내가 속바지를 끌어올리는 모습을 지켜본 뒤 엄마를 바로 세웠다. 그가 여러 겹의 치마를 모두 내리자 엄마는 두 팔을 내려 가슴을 잡았다. 가슴이 또 아프다는 듯한 표정으로 주위를 둘러보았다.

이제 가자, 파파가 말했다. 마차에 탈 때 치마에 흙이 안 묻게 도와. 너는 내 옆에 앉고.

◇　◇　◇

둘째 날 해질 무렵, 마을 불빛이 보였지만 그가 마을을 통과하지 않을 거라는 걸 나는 알았다. 그는 흙길과 초지에 난 다져진 길을 찾았고 철조망을 끊을 전지가위를 지니고 다녔다. 지나간 후엔 철사를 다시 연결해 흔적을 지웠다. 그는 자신이 아는 것을 빠짐없이 말해주길 좋아했다. 볼 수는 있되 보이지는 않도록 숨어 지내는 법. 숨어 사는 동안 먹어도 되는 뿌리와 잎을 분간하는 법. 구부러진 안전핀과 골풀 가닥에, 바위 아래 사는 흰 땅벌레를 미끼로 끼워 낚시하는 법. 짐승이 사는 굴을 찾는 법. 파릇파릇한 어린 묘목을 어린애도 구부릴 수 있을 만큼 가늘고도 살이 뚫릴 정도로 날카롭게 만들어 덫을 놓는 법. 북극성을 찾는 법. 절대 마을을 피하고, 인적이 드문 깊숙한 안식처, 시골 구석에서만 살아야 한다는 것. 우리가 살던 높은 산등성이처럼 말이다. 그가 우리를 거기에 데려다놓았으니, 다시 찾아낼 수 있었던 게 아닐까.

저 마을은 뭐예요? 내가 물었다. 저기요, 저 언덕 사이에 있는 마을이요.

웨스턴은 아니야, 그가 말했다. 좀 더 가야 해. 우린 돌아서 간다.

어떻게 가야 하는지 늘 잘 아시네요.

지금 가는 데야 훤하지, 그가 말했다. 예전에도 여기를 지나간 적이 있거든. 64년도에 위처 기병대*와 함께 심지어 웨스턴까지 갔었어. 정신병원이 반쯤 지어졌을 땐데도 거긴 이미 성 같았지. 북군 놈들이 막 철수한 후였는데, 정신병원 캠프라고 불렸어. 우리는 담요와 식품 저장실의 남은 음식을 싸그리 모았지. 그때 남군은 나무껍질과 훔친 음식으로 배를 채웠거든. 자, 고삐를 잡아라. 그 하모니카는 내게 다오.

말은 가던 길을 계속 갔다. 그가 뒤로 기대 모자를 당겨쓰고선 하모니카를 불었다.

* 남북전쟁 당시 빈센트 A. 위처 중령이 이끌던 기병대.

그러다 소리가 멈췄다. 파파는 졸고 있었다. 그는 그걸 토막잠이라 불렀는데, 이동할 때는 그렇게 계속 말을 몰았다. 깨어 있으면서 자는 것이기도 하지, 라고 그는 말했다. 하지만 나는 혼자서 마차를 끄는 기분이었다. 소나무 숲을 지나고 있어 가지에 매달린 솔잎 냄새가 가까이 났다. 커다란 올빼미 한 마리가 주황색 눈을 깜빡이며 나를 내려다보고 있었다. 아주 커다란 눈이었다. 눈꺼풀이 떨리는 것 같더니 다시 눈이 커졌다. 올빼미는 몸을 곧추 세우고는, 흰 가슴을 두 배 크기로 부풀리며 날카로운 부리를 벌렸다. 혀를 삐죽 내밀고 우는데 그 메아리가 사방에서 들려오는 듯했다. 그때 거대한 날개가 활짝 펼쳐졌다 모아지며 허공에서 물결처럼 노를 저었다. 올빼미는 내 위를 지나 사라졌다. 하얀 깃털에 검은 얼룩이 점점이 박혀 있었다.

파파가 흠칫 놀랐다. 저게 뭐냐?

올빼미였어요. 내가 말했다. 숲에서 나와서 저리로 날아갔어요.

비명올빼미였냐?

그럴지도요.

그가 고삐를 쥐었다. 아니면 외양간올빼미일지도 모르겠군. 좋은 징조라고들 하지. 넌 외양간이 없었으니 못 봤겠구나.

파파는 있었어요?

뭐가?

외양간이요.

당연히 있었지, 그가 말했다. 있다가 없다가 그랬다. 너나 네 엄마는 제대로 된 외양간이 있었을 리 없겠지만. 그는 말을 향해 혀 차는 소리를 내고선 고삐를 홱 잡아채며 속도를 올렸다.

그런데 내 생각에, 여기 근처에도 외양간은 없을 것 같았고, 이름이란 건 이름일 뿐이었다. 그는 엄마를 제멋대로 불렀다. 재닛 아가씨라 부르기 전까지는 아줌마였다. 내 이름도 잘못 불렀다. 코나리가 아니라 코널리라고. 하지만 올빼미에게 이름은 아무 의미도 없다. 올빼미는 야생의 숲에서 쥐와 새알을 사냥하며 산다. 어쩌면 바로 이 소나무 숲에 사는지도 모른다. 파파는 몰랐다. 그는 그 올빼미를 본 적도, 그 시선을 느낀 적도 없었다.

거의 다 왔어요? 내가 물었다.

곧 도착한다, 그가 말했다. 잠시 후 그가 엄마에게 가서 옷에 묻지 않게 조심해서 젖을 짜라고 내게 말했다. 나는 뒷좌석으로 기어 넘어가 엄마 옆에 누웠다. 엄마는 우리끼리만 있을 때면 늘 나를 알아봤고, 지금도 상의를 풀 수 있도록 내 어깨에 두 손을 올렸다. 가슴이 땡땡 붓고 열이 났다. 나는 한쪽 가슴에 헝겊을 받치고 다른 쪽을 조심스레 눌렀다. 젖이 푸른빛이 감도는 실처럼 내 얼굴로 뿜어졌다. 나는 손바닥 위에 밀가루 부대를 그릇처럼 받치고 가슴에 바짝 갖다 댔다. 어떻게 해야 하는지 정확히 알았기 때문에 오래 걸리지 않았다. 젖을 다 짜고 나니 뺨에 끈적한 단내가 남았다. 그래서 엄마가 나를 끌어당겼을 때 나는 손으로 얼굴을 가렸다. 허기진 채, 나는 잠에 들었다. 저 멀리서 아기들이 우는 소리가 들렸다. 그 소리가 우리를 영원히 따라다닐 것만 같았다.

◇　　◇　　◇

동이 튼 직후 마차가 멈췄고 나는 일어나 앉았다. 파파가 넓은 흙길에 짐마차를 세웠다. 한쪽으로 철길과 좁은 시냇물, 그리고 마을 뒤편이 보였다. 반대쪽에는 거대한 잔디밭이 있었다. 입구의 넓은 자갈길이 저 안쪽의 성까지 이어졌고 4층에서 5층 높이의 돌로 된 성벽이 좌우로 길게 뻗어 있었다. 곧고 좁은 길들이 정원을 교차했지만 가장 넓은 길은 육중한 정문으로 이어졌다. 길 중간쯤에 원형 도로가 중앙에 분수와 둥근 연못을 에워싸고 있었고 그 둘레로 의자들이 놓여 있었다. 그곳을 지나면 돌계단과 건물의 아치형 정문에 이르렀다. 둥근 지붕이 있고 부속 건물이 긴 데다 창문이 많아서 문이 여러 개일 것 같았지만 딱 하나였다. 이제껏 본 중에 가장 큰 문이었는데 문 양옆에는 납테를 두른 타원형 유리창이, 가로대 위에는 납테를 두른 피라미드 모양의 유리창이 있었다. 왕자나 공주가 사는 으리으리한 궁전의 문 같았다. 사위가 고요했다. 하늘은 불그레했다. 여명을 받아 돌 벽에 회색보다 푸른빛이 더 감돌았다. 시계탑이 보였고 그 위로 교회처럼 첨탑도 있었다. 십자가는 없이 그냥 뾰족했다.

내가 말했잖아? 파파가 말했다. 60미터라고.

굉장해요, 내가 말했다.

그가 내게 손바닥만 한 둥근 거울을 건넸다. 옷매무새를 다듬어라, 그가 말했다. 눈에서 졸음기를 쫓아. 엄마를 깨워서 보기 좋게 정돈하고. 머리가 풀리지 않게 고정하고 치마는 반듯하게 펼쳐. 그 거울은 돌려다오. 이곳에 온 이후로 가지고 있던 거야, 말하자면 내 행운의 부적이지.

엄마는 그녀를 쳐다보는 우리를 보며 서 있었다. 그가 서서 손을 뻗어 그녀의 상의를 여몄다. 그런 다음 치마를 털고 허리의 버클을 잠가 몸매가 드러나게 했다. 상체는 풍만하고 허리는 말벌처럼 잘록

하고 치마는 원형으로 퍼져 있는 모양이 모래시계 같았다.

나는 엄마가 머물 곳을 확인하기 위해 고개를 돌렸다. 언제나 열려 있다는 듯 대문이 없었다. 황동으로 된 간판에 이렇게 적혀 있었다. '트랜스 앨러게니 정신병원'. 건물 안도 바깥도 인기척이 없었다.

최고로 잘난 사람들이 지내는 곳이다, 파파가 말했다. 점잖은 사람들 말이야. 네 엄마가 입을 다물고 있는 이상 어떤 여자들보다 점잖아 보일 거야.

엄마는 미치지 않았어요, 내가 말했다. 어떤 날에는 저한테 몇 마디 하기도 해요.

몇 마디? 이곳 사람들은 네 엄마가 쉬면서 치료를 받아야 한다는 걸 알 게야. 이런 곳에선 치료법을 고민하지. 그가 나를 쏘아보았다. 움직여, 그가 말했다. 네 어미를 도와. 점잖은 숙녀들은 도움을 받는 거야.

나는 작은 거울을 아직 움켜쥔 채 마차에서 내렸다. 그가 엄마의 여행용 손가방을 내게 건넸고 나는 아래에서 엄마의 손을 잡아주었다. 엄마가 완전히 내려올 때까지 그가 팔꿈치를 부축했다. 엄마가 사슴처럼 귀를 쫑긋 세우고 내 옆에 가만히 섰다. 파파가 아니라 위아래, 그리고 좌우로 펼쳐진 건물의 돌벽에 귀를 기울이는 것이었다. 옅은 안개가 작은 뾰족탑, 텅 빈 유리창, 높다란 소나무와 참나무, 정원의 빈 의자 주변을 드문드문 에워쌌다.

제가 안으로 같이 들어갈까요?

네가 모셔야 들어갈 수 있어, 그가 말했다. 그러더니 등을 뒤로 기대고 고삐를 치운 뒤 내게 시선을 고정했다. 코나리, 그가 말했다. 지금 네가 몇 살이지?

모를 리 없었지만 나는 대답했다. 12월 말이면 열셋이에요. 파파가 고향집을 떠난 다음에 태어났어요.

61년이면 양쪽에서 군대를 소집하던 해였지. 넌 또래치고 키는 크지만 발육이 좋지 않아. 사내가 품기엔 너무 말랐어. 그래서 고민했지. 하지만 넌 여기 함께 남는다.

이곳에요?

여기가 집이야. 저 산 위에는 아무것도 없어. 전부 줘버렸다.

줘버리다니요?

못 들었어?

들었습니다, 그가 그러는 걸 좋아해서 깍듯이 대답했다.

그가 몸을 기울이더니 내 목 아래 옴폭 팬 곳을 삿대질하듯 찔렀다. 그러니 잘 들어라, 그가 말했다. 난 네 파파가 아니야, 파파였던 적 없어. 우연히 만나기 전까지 너나 네 애미를 본 적도 없지. 게다가 넌 내 이름도 모르고.

사실이었다. 엄마는 그를 이름으로 부른 적이 없었다. 처음에 그가 자신을 파파라 부르라고 명령했고 엄마도 다른 이름은 입에 올리지 않았다.

정신이 온전치 않은 여자가 애 셋을 키울 수는 없어, 그가 말했다. 소도 없고, 사내도 없고, 도와줄 사람도 너 하나뿐이잖아. 나는 이 여자를 도와줄 수도 없고, 그렇다고 외면할 수도 없다.

침을 꼴깍 삼키자 그가 손가락으로 세게 누르는 힘이 느껴졌다. 켁켁거려볼까 생각했지만 나는 그냥 잠시 숨을 참았다.

그러니 나를 찾지 말거라, 그가 말했다. 네가 어디서 왔는지 아무한테도 말하지 마. 난 너희를 여기까지 태워준 친절한 행인일 뿐인

거야. 두 사람이 길을 걷고 있었고, 쉼터가 필요한 점잖은 숙녀 같아
서 여기로 태워준 거다. 어차피 가던 방향이라서 말이야. 그대로 읊
어봐.

행인이 우리를 여기까지 태워줬어요, 내가 말했다. 어차피 가던 길
이라서요.

일주일이면 젖은 다 마를 거야. 그때까지 잘 숨겨. 어떻게 해야 할
지는 알지. 재닛 아가씨는 의지할 곳도 가족도 없는 점잖은 숙녀다.
넌 재닛 아가씨의 가족이 아니라 하려고. 아가씨 옆이 아니면 갈 곳
이 없는 거야. 혹여 너는 안 된다고 하면 네가 가끔 발작을 한다고
얘기해.

안 하는데요.

헛소리, 사람들도 곧 알게 될 게다. 네가 보는 그 빛들 말이다. 빛
이 보이는 사람이 어디 흔한 줄 아냐. 아가씨를 진정시키려면 가까
운 방에 머물러야 한다고 해. 복도 맞은편이나 옆방으로. 다툼이나
소란은 금물이야, 그랬다간 사람들이 너희 둘을 떨어트려놓을 테니.

뭐라고요? 내가 말했다.

고달픈 시절이다, 그가 고삐를 잽싸게 움직였다. 이야기를 잘 지어
내봐.

마차는 떠나갔고, 그가 한 말들이 먼지와 함께 떠밀려 되돌아왔다.

코나리

야경꾼

◇

한 병원에 감금된 광인의 숫자는 250명을 초과해서는 안 된다… 시설이 북적이면 환자들의 복지에 필히 부정적인 영향을 끼치기 때문이다.

– 토머스 스토리 커크브라이드 박사, 1854.

상황이 상황인지라 사람 눈에 띄지 않는 밤에 도착하기를 간절히 바랐지만, 하늘이 밝아오고 있었다. 시간이 없었다. 나는 작은 거울을 주머니에 넣고 엄마의 여행용 손가방을 힘껏 들어 올린 다음 팔을 잡았다. 우리는 자갈길을 따라 천천히 걸어갔다.

재닛 아가씨, 내가 말했다. 우린 이곳에서 여정을 끝내고 짐을 풀 거예요. 많은 사람들이 몇 주씩 휴식을 취하러 이곳에 머문답니다. 제가 아가씨 곁에 머물 수 있으면 좋을 텐데 말이죠.

숙녀들이 비포장도로를 걸을 때 으레 그러듯 엄마는 치마 앞자락을 살짝 들어올렸다. 둥근 연못에 당도하자 엄마는 직진하지 않고 방향을 틀어 연못 주위를 빙 돌았다. 연못 둘레에는 벽돌이 겹겹이 쌓여 있고 검은 쇠 받침대가 분수를 위로 떠받들고 있었다. 분수가 물보라를 일으키며 뿜어낸 물이 받침대를 지나 연못으로 부드럽게 흘렀다. 조용하고 기이했다. 나는 벽돌 위로 올라가 연못가에 앉아 물소리를 듣고 싶었다. 파파가 물고기가 있다고 했지만, 당연히 그럴 리 없었다. 걸음을 다시 옮기려고 몸을 돌렸지만 엄마는 이미 연철로 된 벤치에 앉아버렸다. 누군가 지켜보고 있지 않을까 생각하며 나도 곁에 앉았다. 만약 누가 물어본다면 이토록 이른 새벽인데도 마당이 참으로 푸르고 평온해서 구경 중이라고 말할 생각이었다. 완만히 휘어진 벤치들이 몇 미터 간격으로 놓여 있었다.

파파에 대해, 갓난애가 너무 많은데 겨울이 오고 있어서라는 그의 변명이 참인지 거짓인지에 대해 엄마한테 물어봐야 소용없었다. 우리는 이웃의 눈을 피해 살았고 산등성이 깊숙한 곳의 작은 농장들은 전쟁 동안 주기적으로 버려졌다가 점거되었다가 다시 버려졌다. 우리는 아는 친척 하나 없이, 오직 더블라 할머니하고만 가족으로 지냈다. 우리가 사는 곳은 버지니아였으나 이젠 아니었다. 우리 주의 이름이 한 번 이상 바뀌었고, 웨스트버지니아가 남군을 배신하고 북군 편에 섰다는 건 파파에게 들어 알았다. 파파가 남군을 위해 싸운대도 나는 북군 편이었고, 엄마도 당연히 나와 같은 편이었다. 비록 엄마가 사우스캐롤라이나의 찰스턴 항과 그곳의 넓은 강, 하늘의 구름이 그려진 플로우 블루 접시를 아꼈지만 말이다. 그 접시는 철제 싱크대 위에 금속 구조물을 받침대 삼아 걸려 있었는데, 잔잔한 파도와 나침반 방위 표시 문양이 구조물의 금속 이빨에 단단히 물려 있었다. 지금은 다른 것들과 마찬가지로, 나눠주고 없지만.

그가 나의 아빠가 아니라면, 우리 집에서 그가 멋대로 나눠줄 수 있는 건 아무것도 없었다. 아기들이라면 또 모르겠지만, 아기들은 엄마와 나의 것이기도 했다. 내가 이 낯선 곳에서 보안관을 찾아갈 수 있을까. 아니다. 겨울이 매서울 터였다. 내 힘으로는 그 매서운 추위를 녹일 수 없었다. 겨울이 가까이 왔음을 알리는 소리가, 폭풍이 눈을 잔뜩 머금고 산속까지 들이닥쳐 저지대의 나무들을 흔들어대며 떠들썩하게 휘몰아치는 소리가 들리는 듯했다. 나는 잔디밭 너머를 쳐다보았다. 토끼 한 마리가 풀밭을 지나다 공기 냄새를 맡으려고 몸을 세우더니 건물을 향해 쏜살같이 뛰어갔다. 우리는 거대한 검은 문을 두드리고 열리기를 기다려야 하는 처지였다.

◇　◇　◇

초인종 줄을 잡아당겨 사람을 깨우고 싶지는 않았지만, 나는 엄마를 옆에 세워두고 문을 두드렸다. 소리가 너무 작아 내게도 들리지 않았다. 연이어 똑똑 두드리는 내 손이 거대한 검은 문에 달라붙은 찌그러진 나방처럼 보였다. 그렇지만 요란하고 집요하게 두드리기는 싫었다. 야간 근무 중에 우리를·봤을 누군가에게 낮은 소리로 알리려 했을 뿐이었다. 줄줄이 늘어선 창문들 중 하나로 누군가 우리가 도착한 것을 봤을 게 틀림없었다. 분명 그 사람이 우리를 들여보내주거나 돌려보내거나 할 터였다.

　나는 예의를 차리듯 잠시 기다렸다 다시 문을 두드리기 시작했다. 그렇게 계속 두드리다 보니, 은밀한 보금자리를 지척에 둔 그 날렵하고 자그마한 토끼가 되고 싶다는 바람이 들었다. 나를 잡는 손길에 엄마의 허리춤에 팔을 둘렀다. 엄마는 나와 키는 비슷했지만 몸무게는 두 배쯤 나갔다. 침대에서 좀처럼 일어나지 못하다가, 달아나거나 반항하지 못하도록 발목이 늘 묶인 상태로 이틀가량 해가 뜨나 달이 뜨나 덜컹거리는 마차에 갇혀 앉거나 누워 있었던 탓에 몹시 지쳐 있었다. 어쩌면 엄마는 더 이상 걷기 힘들어서 분수 앞에 앉았는지도 몰랐다. 그 생각에 이르자 나는 겁이 나서 다시 문을 두드렸다. 이번에는 멈추지 않았다. 나도 잠을 거의 못 잔 터라 밤중에 소나무 숲에서 본 그 올빼미가 우뚝 솟은 문 앞에 선 나를 향해 별안간 날카로운 발톱으로 내려칠 것처럼 날아드는 상상이 들었다. 사방에서 올빼미 울음소리가 울려 퍼지는 것만 같았다.

그때 자물쇠가 풀리며 빗장이 미끄러지는 소리가 들렸다. 그리고 문이 반쯤 열렸다. 키가 크고 어깨가 넓은 남자가 우리를 내려다보며 서 있었다. 기관사처럼 검은 옷에 챙이 둥그스름한 둥근 모자를 쓰고 있었다. 이마부터 광대까지 이어지는 안대로 왼쪽 눈을 가렸는데 그 아래로 잿빛 흉터가 보였다. 그때는 붕대를 감거나 불구가 된 사람들을 봐도 그리 무섭거나 기이하지 않았다. 마을에서는 특히 그랬다. 대개 몸이 성치 않아서 농장으로 돌아갈 수 없는 사람들이었다. 수많은 군인이 전쟁 중에 팔다리를 절단하거나 부상을 입었다. 그들은 대부분 젊은이로, 끝내 목숨을 잃은 나이 많은 사람들과 달리 살아남았다. 이 남자가 젊은지는 분간하기 힘들었다. 내게는 모든 사람이 나이 들어 보였다. 나도 그중 하나였다. 나는 자라면서 또래와 어울린 적이 없었다. 엄마는 서른이 넘었고, 나는 요 몇 년 새 엄마의 딸이라기보다는 여동생이나 마찬가지였다. 파파는 나를 애늙은이, 엄마를 선녀라고 불렀다.

나는 차분하게 입을 열었다. 안녕하세요, 내가 말했다. 재닛 아가씨에게 요양과 치료가 필요해서 모셔왔습니다.

이 시간에는 사람을 안 받는다, 남자가 말했다. 9시 지나서 다시 오렴.

나리, 일찍 찾아와서 죄송합니다. 하지만 너무 먼 길을 달려온 터라…

그때 힘이 풀린 엄마가 내 쪽으로 쓰러지는 바람에 나는 몸이 앞으로 고꾸라졌다. 대리석 계단에 갈비뼈를 부딪치며 몸이 안으로 반쯤 들어갔다. 순간 문이 활짝 열리면서 남자가 내게 기댄 엄마를 일으키는 게 느껴졌다. 그는 나를 한 손으로 일으켜 세우고 우리 뒤로 문을 닫고 빗장을 제자리에 걸었다. 그런 다음 엄마를 어린아이처럼 들쳐 업고서 아무도 없는 웅장한 원형의 방을 지나갔다.

나는 엄마의 손가방을 들고 속도를 맞추려 애쓰며 그들 뒤를 쫓아갔다. 기절하신 거예요, 내가 말했다. 별로 먹지도 마시지도 못했거든요…

남자가 걸음을 멈추더니 긴 의자에 엄마를 눕히고 주머니에서 유리병을 꺼냈다. 암모니아수야, 그가 말했다. 기운을 차리게 해줄 거야. 그는 유리병에서 작은 코르그 마개를 제거한 뒤 엄마의 코에 갖다 댔다.

엄마는 움찔하며 숨을 헉하고 들이마시더니 코앞에 바짝 붙은 그의 얼굴을 향해 두 눈을 떴다. 마치 그를 알기라도 하는 것처럼 엄마의 두 눈이 커졌다. 당연히 엄마가 그를 알 리 없었으나 소리를 지르거나 겁을 집어먹지 않아 다행이었다. 이제 보니 그의 안대는 천이 아니라 좀 더 단단한 무언가, 이를테면 둥근 주석이나 금속에 펠트를 씌운 뒤 끈으로 고정한 것이었다. 분노한 꽃송이 같은 흉터가 관자놀이에서 시작해, 모자와 텁수룩한 검은 머리칼 아래로 사라졌다. 엄마는 느닷없이 지혜롭고 안전한 그늘 아래 들어왔다고 감지한 듯 보였다. 그가 뒤로 물러나자 엄마는 그곳에 어떻게 도착했는지 기억하지 못한다는 듯 주위를 두리번거렸다. 엄마는 내 뒤쪽의 기다란 공간을 쳐다보았다.

나는 손을 뻗어 엄마의 어깨를 잡았다. 재닛 아가씨, 잠깐 기절하셨어요, 내가 이렇게 말한 기억이 난다. 아가씨 요양을 위해 정신병원에 왔어요…

수간호사님께 알리겠습니다, 우리의 보호자가 말했다. 요리사가 출근 전이지만 요깃거리는 좀 있습니다. 저는 오세이라고 합니다, 야경꾼이지요. 걸을 수 있겠어요? 엄마가 대답하지 않자 그가 나를 쳐다보았다. 애야, 그가 말했다. 아가씨를 모시고 와주련. 그러고는 휙 돌아섰다.

우리는 세 층 위의 시계탑처럼 크고 둥근 방을 가로질러 갔다. 이 커다란 방에 사람들이 모여 대화라도 나누는지 가구, 소파, 안락의자가 벽을 따라 놓여 있었다. 엄마와 내 구두가 대리석 바닥에 부딪혀 또각또각 소리를 냈다. 덩치가 그렇게 큰데도 야경꾼의 발소리는 조용했다. 그러다 그의 부츠에 두꺼운 모직 덮개가 씌워진 것이 눈에 들어왔다.

그는 우리에게 개인 침실로 이어지는 듯한 벽감 옆 나무 장의자에서 기다리라고 손짓했다. 그가 우유를 넣은 커피 두 잔을 가져왔다. 묘하게 생긴 아이 하나가 그의 곁에 찰싹 붙어 있었다. 체구가 작은 그 사내아이는 한쪽 눈이 푸르고 다른 한쪽은 눈동자에 허연 막이 끼어 희뿌연 색이었다. 여자들이 입는 긴 먼지막이 코트 차림에 구름처럼 북슬북슬한 밝은 머리칼이 어깨까지 내려왔다. 남자는 그제야 아이를 눈치채고, 애야, 라고 부르며 우리를 빤히 보는 아이를 나무랐다. 그들은 벽감으로 물러났다. 야경꾼이 사탕수수 시럽과 당밀을 바른 차가운 옥수수빵 접시를 들고 돌아왔다. 큰 방 여기저기에 놓인 빈 의자와 소파에는 작은 탁자가 딸려 있었지만 우리는 내 무릎 위에 접시를 놓고 빵을 먹었다. 커피가 따뜻하다 못해 뜨거웠지만 단숨에 들이켰다. 옥수숫가루로 만든 빵은 단단하고 신선했다. 나는 나눠먹기 좋게 빵을 자르고 엄마의 손에 포크를 쥐어주었다. 잠시 후 엄마가 키 큰 남자를 흘긋 올려다보더니 먹기 시작했다. 나도 포크를 들었다. 빵을 먹는데 그가 재빨리 해치우라는 듯 주변에 서 있다가 위쪽 계단에서 묵직한 발소리가 들리자 접시로 손을 뻗었다. 엄마에게 마지막 한입을 먹이는 중에 그가 급하게 접시와 포크를 채어갔다. 나는 나와 엄마의 입을 손으로 닦다가 파파의 손을 떠올리고는 그 생각이 암흑처럼 우리를 집어삼키기라도 할까 봐 얼른 치워버렸다. 이곳에 파파는 없었다. 이곳은 집이 될 순 없지만 엄마 곁에 머물 수만 있으면 피난처가 될 수는 있었다. 나는 엄마가 따라하도록 유도하며 그녀의 팔꿈치를 잡고 일어서서 우리를 들인 그 남자를 찾았다. 누군가를 호출하고 공손하게 기다리고 있는 게 분명했다. 사내아이는 어디에도 보이지 않았다.

위드

규칙과 경험

◇

야경꾼의 고용을 꺼리는 것은… 이 임무를 수행하는 사람들이 무능력함을 보여줄 뿐이다… [이들은]… 문을 열어줄 때… 최대한 소리를 죽여야 하고… 병동을 지나갈 때는 항상 양모를 씌운 신발을 신어야 한다.

– 토머스 스토리 커크브라이드 박사, 1854.

밤중에 병동 복도를 미끄러졌다가 돌아서 달리다가 미끄러진다. 야경꾼처럼 부츠 위에 양말을 씌우고 정적이 감도는 이쪽 복도에서 저쪽 복도로. 그가 멈추라고 지적할 때까지 시야 바깥이나 지근거리에서 그를 따라다닌다. 위드는 그의 힘센 주먹에 매달려 앞뒤로, 위아래로 몸을 흔든다. 위드는 깃털처럼 가볍다. 그러다 다시 순찰이 시작된다. 야경꾼은 남자 병동을 순찰하는데 문에 난 가느다란 구멍을 통해 자는 이들, 대화하는 이들, 패싸움하는 이들을 자세히 들여다본다고 한다. 신사들이 머무는 D병동에만 출입이 허락된 위드는 그를 몰래 따라가다 그가 가장 먼 병동을 확인하고 철문을 잠그는 동안 모퉁이에서 기다린다. 위드는 긴 소파에서 안락의자로 이동하고 이곳저곳 미끄러져 다니다가 벽에 등을 대고 바닥에 앉아 기다린다. 야경꾼이 몸집이 크고 목소리가 나긋한 간호보조원들과 이야기를 나눈다. 위드는 주머니에 든 뜨개실, 작은 나뭇가지, 둥근 납 숟가락과 손잡이가 없는 삽 모양 숟가락을 가지고 논다. 숟가락에 뜨개실을 감은 다음 풀면서 나뭇가지에 감고, 다시 풀고 감기를 시선이 안정될 때까지 반복한다. 눈을 반쯤 뜬 채 졸면서 야경꾼이 신사들의 D병동을 부드럽지만 묵직한 발소리로 지나다가 다시 방마다 멈추는 것을 느낀다. 신사들은 놀이판에서, 운동 시간에, 잔디광장의 정자에서 서로에게 고갯짓을 하면서, D는 정중한debonair, E는 모범적인exemplary의 약자라고 농을 한다. 특권이 허락되지 않은 사람들에게 F는 두려운frightful의 약자다. 일부 구역의 출입을 허락받은 위드는 야경꾼이 잠그기 전에 거대한 병동 문을 미끄러져 지나간다. 천장이 둥근 원형 홀을 빙 둘러서 여자 병동의 계단통 아래에 콕 박힌, 커튼이 드리워진 우묵한 벽감까지 미끄러진다. 야경꾼은 요리사가 주석통에 남겨둔 아침 식사와 그 절반 크기의 얼음 통에 담긴 차가운 물과 우유를 준비한다. 벽감은 커튼의 보드라운 어둠으로 뒤덮여 있지만 그 너머 거대한 방에는 빛으로 줄무늬가 새겨지기 시작한다. 위드가 노크소리를 먼저 듣는다. 야경꾼의 뒤를 따라 으리으리한 입구까지 바닥을 미끄러져 간 다음 옆에 꼼짝 않고 서서 문 옆의 납틀로 된 좁은 유리창으로 밖을 응시한다. 새벽하늘 가장자리가 분홍빛으로 물들어 있다. 값진 드레스를 입은 숙녀와 한 여자아이가 문을 두드리고 있다. 야경꾼이 그에게 벽감에 들어가라고 명령한다. 넌 거기 있어, 아무 소리도 내지 말고. 알아들었어? 위드는 반들반들한 바닥을 미끄러져 지나간 다음 커튼 뒤에 숨는다. 야경꾼이 그들을 근처에 앉히기 전까지 볼 수는 없고 소리만 들을 수 있다. 그가 위드와 나눠 먹으려 한 커피 탄 우유와 식사를 그들에게 대접한다. 위드는 커튼 뒤에 가만히 서서 늘 하던 대로 관찰한다. 값진 드레스를 입은 숙녀는 아이 같았고, 여자아이가 그 숙녀를 돌보는지 케이크를 자른다. 숙녀는 위드를 흘긋 쳐다본다. 위드는 그녀가 커튼 너머를 완전히 꿰뚫어보고 있음을 안다. 그녀가 잽싸게 휙 하고 야경꾼을 쳐다본다. 그녀는 알아차리고 쳐다보다가 시선을 돌리고 표정을 거둔다. 이곳에 머물 사람은 그녀다. 여자아이는 떠날 것이다. 이들은 사람들을 두고 떠난다. 수석 요리사인 헥섬에 따르면, 이들은 사람들을 데려와서 버리고 떠난다. 그들은 떠나고 나머지는 남는다. 위드는 먼지막이 코트의 꾀죄죄한 깃을 잡아당겨 목 부분의 보풀을 얼굴에 대고 문지른다. 낡은 천이 주는 아늑함, 먼지 냄새, 헛간 냄새. 냄새 같은 것을 꼭 붙든다. 한때 네 담요로 썼지, 애야, 그 여자한테서 그 옷을 얻어 너를 감쌌단다. 위드는 헥섬의 방에 있는 작은 우리에, 그녀가 자신을 두고 키웠다는 것을 안다. 어미 소의 젖을 짜는 동안 갓 태어난 송아지를 보살피는, 깨끗이 청소된 울타리 모양의 우리. 우리는 위드보다 높아서 마치 작은 방 같았는데, 그가 그 안에 기어들어가는 것을 좋아해 아직도 그곳에 있다. 윗부분에 천을 드리워놓은 탓에 헥섬은 위드를 보기 위해 그 육중한 몸을 구부려 무릎을 꿇고 바닥에 짚는다. 동굴 속에 들어갔니, 우리 애기? 이 늙은 헥섬이 너를 키웠단다. 혼자 사람 구실할 때까지 말이야. 큰 소리도 안 내고 소곤대고 흥얼거리며 종종걸음을 걸었지. 업둥이가 그러는 게 참 신기했단다, 게다가 한쪽만 파란 눈이라니. 하지만 이 헥섬은 안단다, 네 녀석이 까마귀나 까치보다 눈이 밝다는 걸. 들판에서 반짝이는 걸 곧잘 찾아내잖니, 눈으로만 보고 구멍에서 쥐를 꾀어낼 줄도 알고. 아, 위드, 참 장하다. 그러니 숨지 말고 나오너라, 이 명민한 녀석. 그래서 위드는 그렇게 한다. 커튼 밖으로 나가 여자아이에게 자신을 보인다. 야경꾼은 보지 못하지만 위드는 안다. 누군가는 머무르고, 누군가는 떠난다. 이 여자아이는 떠날 것이다. 거대한 문을 나가 돌계단을 내려가 자갈길을 디디며 은빛 물보라를 뿌리는 분수를 지나 마을로 향하는 길로 갈 것이다. 누군가는 복도에, 방에, 정원에 머물며 숲과 과수원을 거닐다가 무덤 속에서 영원히 잠든다. 그중에서도 나이 든 이들, 일부 젊은이들, 이름 없는 그의 어머니가 가장 오래 머무르고 있다. 숫자로만 기억된 채. 길고 반듯하게 열을 지어. 그때 그의 귀에 수간호사의 묵직한 발소리가 계단통을 내려오는 소리가 들린다. 뒤로 물러난다. 미동도 않는다. 벨벳 커튼 뒤에 숨어 너머를 응시한다. 야경꾼이 존재감을 숨기면서 수간호사 너머, 그녀가 변화시키는 공기 너머를 쳐다본다. 시간이 지날수록 긴장감이 높아진다. 수간호사가 몸을 돌리더니 여자아이를 뒤에 달고 간다. 손 하나 대지 않고 여자아이를 끌고 가고 숙녀가 그 뒤를 따른다.

코나리

바우만 여사

◇

수간호사… 일부 뛰어난 내과 의사들이 집사나 수간호사를 들이지
말자고 제안했다. 하지만 이런 제안이 나온 것은 그들과 일하는 게
힘들어서가 아닐까 싶다… 부적절한 사람을 그 자리에 선발한 것이
원인임이 분명하다…

– 토머스 스토리 커크브라이드 박사, 1854.

그녀는 살집이 두툼하고 어깨가 떡 벌어진 체격으로, 아무리 힘을
줘도 꿈쩍도 않을 것 같은 사람이었다. 우리가 일어서는데 그녀가
계단을 가로막은 이중문을 열고 나타나 고갯짓을 하더니 몸을 돌려
길을 안내했다. 우리가 따라올 거라 생각한 것이었다. 긴 앞치마와
드레스는 검정색으로, 목 부분만 순백색이었다. 굵게 땋은 회색 머리
위에도 순백색의 불룩한 천이 놓여 있었다. 그녀는 문에 '안내'라고
적힌 사무실로 우리를 데려가 큰 책상 뒤에 앉았다. 의자 세 개가 가
지런히 놓여 있었다. 나는 엄마를 왼쪽 의자에 앉히고 맞은편 의자
에 등을 꼿꼿하게 세우고 앉았다. 여자가 고개를 숙이고선 앞치마에
서 작은 장부를 꺼냈다. 흘깃 쳐다보니 엄마도 앞을 향해 앉아 있었
다. 엄마의 시선은 마치 완전히 다른 방을 보고 있다는 듯, 아니 아예
방을 보고 있지 않다는 듯 방황했지만 자세는 조금의 흐트러짐도 없
었다.

검은 옷을 입은 여자가 장부에서 고개를 들어 안경 너머로 나를 응시했다. 반갑다, 그녀가 말했다. 피곤하겠구나.

아 네, 여사님. 커피 잘 마셨습니다. 케이크와 당밀 덕분에 여정의 피로가 녹았습니다.

그녀가 나를 아주 이상하다는 듯 쳐다보았다. 느닷없이 음식 얘기를 꺼낸 건가 싶어서 그 남자아이에 대해선 언급하지 말아야겠다고 생각했다.

나는 바우만 부인이야. 잠시 후 그녀가 말했다. 병동 직원과 병원 살림, 시설 관리를 책임지고 있는 수간호사이지. 시간이 이르니 내가 면담을 하마. 지금이 5시니, 6시에 직원들이 와서 환자들의 아침 식사를 준비할 거야. 12시에 병원장인 토머스 스토리 박사님을 모셔 오마. 그분이 진단명과 치료법에 대해 상담을 해주실 거야.

스토리 박사님이요?

그래, 얘야 그분을 아니?

아니요. 그냥, 흔한 이름이 아니어서요.

퀘이커교도란다, 필라델피아 출신이시지.

그녀가 그 말을 하면서 기뻐하는 눈치라 나는 고개를 끄덕였다. 필라델피아에 대해선 아는 게 없었다. 퀘이커교에는 고해 신부도, 심지어 목사님도 없다는 것 말고는.

그곳에선 꽤 흔한 이름이란다. 숙부이신 펜실베이니아 병원의 토머스 스토리 커크 박사님 밑에서 수련하셨지. 너희를 들인 사람은 야경꾼인 존 오셰이 씨이고. 헥섬 부인은 부엌과 식당을 담당하고 있어. 스토리 박사님 혼자서 모든 여자 환자의 치료 일과를 결정하시고, 남자 병동에도 자문을 하신단다.

그렇군요. 저도 재닛 아가씨와 함께 이곳에 머무르고 싶습니다
만… 아가씨를 도와드릴 수 있도록요…

그럼 너도 이 주에 거주하고 있니? 그걸 증명할 수 있고?

네, 여사님. 이곳에 오려고 이틀 동안 마차를 탔어요.

야경꾼 오셰이 씨가 웬 마차가 너희를 병원에 데려다주는 걸 봤다
더구나. 동틀 무렵 말이야. 가족이면 들어와서 등록을 도와줬어야지.

그 사람은 가족이 아니에요. 저희가 걸어가는 걸 보고 여기 데려
다 줬어요. 원래 가던 길이라고 했고, 재닛 아가씨가 보호소가 필요
한 점잖은 숙녀라는 걸 안 거죠. 보면 아시겠지만 아가씨는 말을 거
의 안 하거든요.

그러면 벙어리인 게냐? 태어날 때부터?

아니요. 아니라고 들었어요.

다른 곳은 건강하니? 대개는 의사의 진단서를 가져온단다. 여기서
는 신체적 질병은 검사하지도, 치료하지도 않거든.

네, 건강하세요. 단지… 전쟁이며 그런 일들 때문에 말을 잃고 혼
자가 됐어요. 저는 지금은 친척과 살려고 북쪽으로 이주한 이웃집에
서 일했어요. 그분들이 재닛 아가씨 집에 들러서 식사를 도와드리라
고 분부했죠. 재닛 아가씨는 전쟁이 끝나고 집에만 머물렀거든요. 그
러다 집이 불타고, 뭐, 무일푼이 되었죠. 아가씨가 무작정 걷기 시작
하기에 저도 따랐어요. 집으로 돌아가려 하지 않아서 계속 함께 걸
어갔죠. 마차를 몰던 남자가 아가씨를 이곳에 데려다주겠다고 했어
요. 그 사람 말로는 점잖은 사람들과 함께 머물 수 있는 좋은 곳이랬
어요.

그 사람 이름은? 그녀가 깃펜을 들고 장부를 내려다보았다.

말 안 해줬어요. 우리는 마차 뒤에 그냥 앉아 있기만 했거든요. 그 사람은 점잖은 사람들이 가는 보호소가 있다고만…

여기선 환자마다 각자 필요한 처방에 따라 치료한단다, 그녀가 말했다.

바우만 여사님, 내가 말했다. 제가 재닛 아가씨를 데려왔으니 돌보고 싶어요. 아가씨는 제가 익숙하세요.

넌 아픈 사람이 아니잖니.

아, 안 돼요, 여사님.

네 이름은 뭐니?

코널리요.

몇 살이니, 코널리?

열여섯이지만 어릴 적부터 일을 했어요.

그러면 네 성은… 아니 세례명은?

엘리자예요, 내가 말했다. *그게 제가 받은 이름이에요.*

엘리자가 세례명으로 고를 법한 이름이 아니라는 듯 엄마가 눈을 깜빡였다. 나는 숨을 멈췄다…

바우만 여사가 몸을 앞으로 숙였다.

네, 그때 내가 말했다. 저는 엘리자예요.

무슨 일을 해봤니?

요리, 다림질, 청소, 아픈 사람들한테 책 읽어주는 일이요. 어리지만 일은 열심히 잘해요. 제 소명은 불안과 혼란에 빠진 사람들을 위해 일하는 거예요.

바우만 여사가 고개를 끄덕였다. 그럼 증빙 서류는 있고?

없어요… 절 고용한 가족이 갑자기 북쪽으로 이사를 갔거든요. 게

다가 바로 그날 불이 나는 바람에… 재닛 아가씨의 집은 인근에서 가장 훌륭한 곳이었어요. 온통 아수라장이라 아가씨의 안전이 걱정돼 뒤따라 나섰죠. 아가씨가 제 증빙서류예요. 불편한 마차에서 이틀 넘게 제대로 쉬지도 못하는 상황에서도 아가씨를 진정시키며 여기로 데려왔어요.

내가 그렇게 거짓말에 능하다니 신기한 노릇이었다. 거짓말쟁이는 나쁘다. 하지만 모든 이야기는 거짓말이고 나는 이야기를 아주 많이 안다. 산등성이를 찾아오는 사람들에게 무슨 이야기를 해서는 안 되는지 나는 알았다. 지금은 그곳과 멀어도 한참 멀었다. 돌아갈 날이 오긴 할까? 나는 생각을 멈추기 위해 손톱으로 손바닥을 꾹 눌렀다.

바우만 여사가 대답 없이 엄마를 불렀다. 재닛 양, 그녀가 말했다. '재닛'은 세례명인가요, 아니면 성인가요?

말해요, 나는 생각했다. 나도 제법 컸지만 엄마의 성, 아니 우리의 성은 몰랐다. 더블라 할머니가 엄마를 언제나 성이나 세례명 대신 '우리 보물'이라고 불렀기 때문이다. 하지만 엄마는 그냥 나를 쳐다볼 뿐이었다. 엄마의 입가에는 떨리는 웃음이 감돌았다.

재닛 양, 바우만 여사가 말했다. 엘리자를 아나요?

엄마가 내 쪽으로 고개를 기울이더니 손을 뻗어 내 손을 찾았다. 엄마의 두 눈에 눈물이 고였다.

같은 방을 써도 상관없어요, 내가 말했다. 바닥에 짚자리만 깔아주셔도 돼요. 아가씨는 매우 연약한 데다 말도 못하세요. 혹여 누군가… 아가씨를 괴롭혀서 말문을 영원히 못 열게 되는 것은 원치 않아요.

코널리, 남자 병동과 여자 병동은 당연히 완전히 분리되어 있단다. 식사는 여자 병동에 먼저 제공되고 그다음 남자 병동에 제공되지. 보호소 뒤편에 잠시 바람 쐬기 좋은 산책길이 있는데 그곳도 분리돼 있어. 그리고 우리는 모든 환자에게 창문과 채광창이 딸린 개인 방을 제공하는 걸 자부심으로 여긴단다. 바람을 쐬며 숲속 공기도 마시고 운동과 규칙적인 일상도 지키게 하지. 오늘 아침은 일단 재닛 양과 방에 함께 가는 걸 허락하지만 저녁에는 상황을 정리해야 한다.

알겠어요. 정말 감사합니다, 바우만 여사님.

B병동으로 안내하마. 그녀가 말했다. C병동 환자들은 노력해야만 특권을 누릴 수 있지. 좀 더 차분한 환자들은 A나 B병동에 머문단다, 단 활동과 치료에 참여한다는 조건 하에서만.

목구멍에 얼음 조각이 턱 걸린 것만 같았다. 재닛 아가씨도 참여를 피할 수 없다. 하지만 우리는 자리에서 일어나 사무실을 나서서 거대한 원형 방의 대리석 바닥을 지나 계단통을 가로막은 고요한 문을 여럿 통과했다. 바우만 여사가 앞서 계단을 올라갔고 엄마는 시선을 떨어트린 채 내 팔을 붙잡았다. 나는 곡선의 마호가니 난간을 꽉 잡고 고개를 들어 층층을 지나 꼭대기까지 이어지는 나선 계단을 올려다보았다. 조각이 새겨진 난간의 작은 기둥들 사이로 장밋빛, 노란색, 파란색의 옅은 색들이 빛났다. 층마다 색조가 다른 듯했는데 덕분에 그늘진 곳을 한결 밝혀주고 병약자들을 진정시키는 것 같았다. 맨 위층은 햇빛이 드는데도 어두웠는데, 근처에 서서 아래를 내려다보는 생각을 하니 현기증이 났다. 우리는 첫 번째 넓은 층계참에 다다랐다. 회반죽 벽이 장밋빛으로 칠해져 있고 놋쇠로 된 현판에는 'A병동'이라고 새겨져 있었다. 반대편 부속 건물로 향하는 문은 두꺼운 나무판자로 막고 자물쇠를 채워놓았다. 우리는 계단을 계속 올라갔다. 바우만 여사가 오늘은 이만 물어봤으면 싶었다. 내가 지어낸 이야기들 중 일부는 머릿속에서 지워진 터였다. 계단이 이곳에서 후퇴할 마지막 수단처럼 보여서 나는 바우만 여사의 흔들림 없는 검은 형상을 따라 엄마가 속도를 유지하도록 도울 뿐이었다. 그녀의 몸이 뒤로 기울어지며 엄마와 내가 으스러지는 장면이 연상되었지만 우리는 2층에 무사히 다다랐다. 나는 빗장이 쳐진 반대편의 부속 건물은 쳐다보지 않았다. 하지만 벽은 희끄무레한 노랑색이었고 육중한 문 옆에 걸린 놋쇠 명판에 'B병동'이라고 적혀 있었다. 바우만 여사가 앞치마에서 열쇠 꾸러미를 꺼내더니 노란 병동의 출입문에 하나를 꽂았다. 문이 원을 그리며 열렸다.

우리는 이리로 들어간다, 그녀가 말했다. 들어간 뒤에는 꼭 문을 잠가야 해.

우리는 그녀를 지나 B병동 안으로 걸어 들어갔다. 널따란 복도가 죽 이어졌고 나무 기둥을 받침 삼은 아치가 각 구획을 구분하고 있었다. 단단한 목재 바닥에는 러그가 연이어 놓여 있었는데 응접실 공간에는 둥근 러그가, 그 사이에는 사각형 러그가 깔려 있었다. 그리고 벽을 따라 소파와 흔들의자가 놓여 있었다. 복도는 어찌나 넓은지 굉장히 긴 연노란색 방처럼 보였고 아치와 높은 천장의 가장자리가 하늘색이었다. 파파 말대로 야자나무들이 커다란 화분에 심겨 있었고 작은 나무라고 해도 좋을 만큼 큰 잎이 무성한 식물도 많았다. 복도 맨 끝의 이중문을 통해 빛이 들어오고 있었다. 천장에 고정된 구체 설치물이 가스 불빛으로 빛났다.

이쪽으로 오렴, 바우만 여사가 낮은 목소리로 말했다. 곧 간호사들이 와서 환자들을 깨울 거다. A병동과 B병동은 6시에, C병동의 몇몇 사람들과 함께 아침 식사를 할 거야.

색깔이 참 예쁘네요. 내가 일부러 속삭이듯 말했다.

전부 스토리 박사님이 설계했지. 그녀가 이렇게 답하더니 복도 중간의 어느 문 앞에서 일시 멈추었다. 예고 없이 도착해서 물주전자 외에는 준비된 게 없군요, 재닛 양. 계속 이곳에 머무른다면 다른 곳으로 배정해줄 수 있겠지만 지금은 이 방이 제일 지낼 만할 겁니다.

그녀가 다시 열쇠 꾸러미를 꺼내 문을 열었다.

방은 연하늘색으로 작고 간소했다. 한쪽 벽을 따라 하얀 침대보와 침대 덮개를 씌운 좁은 침대가 놓여 있고, 발치에는 여러 조각을 기워 만든 누비 이불이 접혀 있었다. 창틀이 널찍한 두 개의 긴 창문에

는 얇은 노란색 커튼이 묶여 있었다. 똑같은 노란 색상의 작고 둥근 베개가 침대 머리에 소중한 물건처럼 놓여 있었다. 창문은 창살이 너무 얇고 간격이 좁아 창유리를 가르는 중간 문설주처럼 보였다. 침대 옆에는 작은 여행용 가방이, 먼 쪽 창틀에는 석고 장미로 테두리를 장식한 여성용 원형 거울이 놓여 있었다. 침대 뒤편의 넓은 창틀에는 임시 제단 비슷한 것이 놓여 있었는데, 경첩이 달린 나무틀에는 아치 모양 장식이 조각돼 있었다. 제단은 활짝 펼쳐진 채 작은 천사상이 놓여 있었다. 나중에 보니 세월에 빛이 바랜 석고상으로, 엉성한 못에 걸려 있었다.

바우만 여사가 말을 하고 있었지만 좀처럼 집중하기 힘들었다.

노환으로 돌아가신 노부인이 쓰던 방이에요. 이곳이 유일한 집이었죠. 그래서 몇 안 되는 소지품이 아직 남아 있어요. 그녀가 말했다.

우리는 바우만 여사에게 고개를 끄덕였다. 그녀는 인사를 받아주고 나가면서 문을 닫았다. 자물쇠가 딸깍 잠기는 소리가 들렸다. 우리가 밖으로 나갈 수도, 누군가 안으로 들어올 수도 없었다. 내가 쳐다보자 엄마가 여전히 내 손을 잡은 채 마주보았다. 나는 엄마의 재킷 걸쇠를 풀고 치마를 벗도록 도와주었다. 조심스레 옷을 접어 딱딱한 의자에 올려놓았다. 그런 다음 우리는 선율에 맞춰 춤이라도 추듯이 함께 좁은 침대로 걸음을 옮겨 그 위에 드러누웠다. 우리는 작고 둥근 베개를 나눠 베고서 그 어느 때보다 안전하다고 느끼며 잠들었다.

코나리

바늘과 실

◇

분류. 가장 차분한 환자들 ━ 흔히 최상위 부류로 여겨지는 환자들 ━ 은 본관과 가장 가까운 맨 위층에 머물러야 한다… 환자들은 대개 주변 환자들의 병증에 관심이 많다. 그리고 타인의 고통을 덜어주려고 노력함으로써 본인의 고통이 누그러지기도 한다.

― 토머스 스토리 커크브라이드 박사, 1854.

꿈속에서 나는 아기 셋을 안고 거리를 걷고 있었다. 아기들이 몸에 매달려 있었지만 팔에 아무 무게가 느껴지지 않았다. 심지어 아기들 덕분에 발걸음이 가벼워서 처음 보는 환한 거리의 지갈이 빌에 닿지도 않았다. 우리는 모퉁이에 다다랐다. 그때 길 건너편에 훌쩍 큰 아기들이 보였고, 내 허전한 두 팔이 쑤셔왔다. 우유 수레 소리, 달그닥 말발굽 소리, 내게서 아기들을 빼앗아간 사륜 짐마차가 굴러가는 소리가 들렸다. 하지만 그 모든 것은 환영이었다. 반면 아이들은 실재였다. 아기들은 나를 쳐다만 볼 뿐 내가 누군지 몰랐다. 나는 절망 속에 눈을 떴다. 엄마와 부둥켜안고 엄마의 젖 냄새를 맡으며. 엄마는 기억하지 못할지라도 엄마의 몸은 아기들을 기억했다. 엄마의 젖가슴이 닿은 침대보를 움켜쥐니 축축했다. 시계가 없었지만 방 안의 밝기가 달라진 터였다. 씻고 옷을 갈아입어야 했으나 그냥 가만히 누워 다시는 못 볼 아기들을 회상하고만 싶었다. 내 품에 남은 아기

들의 감촉을 떠올렸다. 그자가 줘버린 모든 것들을. 나는 혹여 숨이
안 쉬어질까 봐 사람이 아닌, 우리가 잃어버린 사소한 물건들을 회
상했다. 옷은 입고 있던 게 전부라 나는 옷부터 순서대로 떠올렸다.
모슬린 드레스, 소모사 울, 모직 양말 세 켤레. 원래 엄마가 신던 상
태가 좀 더 좋은 신발. 더블라 할머니가 만들어준 겨울 망토. 우리 집
닭들과 내가 닭들에게 붙여준 이름도 떠올렸다. 더블라 할머니가 준
신의 눈 부적 네 개. 점판암과 분필. 자와 주판. 내 잉크통과 엄마가
쓰던 깃펜.

　나는 학교에 가는 대신 집에서 공부했다. 우리는 밤이면 책을 읽
었는데 서서 서로에게 암송을 해주었다. 엄마의 말처럼 집은 우리
만의 전용 극장이었고 겨울에는 저녁 시간을 수업에 바쳤다. 우리
는 전쟁과 탈영병을 피해 숨어 지내는 거야. 엄마가 말했다. 마을에
서 떨어진 곳에 닭과 소, 식량을 숨기고. 엄마는 위쪽 산등성이에 사
는 더블라 할머니와 짐마차를 함께 썼는데, 통행이 가능한 토요일이
면 할머니는 야생 양파와 인삼, 약초 가루를 내다 팔았다. 할머니가
마을에서 소금, 밀가루, 옥수숫가루를 갖다주면 나는 닭장에서 일주
일치 달걀 열두 개를 거둬서 주었다. 할머니는 내 생일마다 껍질을
벗긴 막대기와 짐승의 힘줄, 옥수수수염, 색을 더해줄 실과 노끈으로
신의 눈 부적을 만들어주었다. 엄마는 매년 내 초라한 침상 위에 그
부적을 하나씩 걸어주며 혹여 혼자 남게 된다면 더블라 할머니한테
가라고 말했다. 사람들이 그녀의 땅과 숲에 들어가는 걸 두려워하니
그 두려움이 나를 안전하게 지켜줄 거라면서. 할머니는 내게 치유
비법을 도통 가르쳐주지 않았다. 두통이나 설사를 멈추게 하는 법을
알았지만 가루나 팅크제에는 근방에서 자라는 것들 외엔 쓰지 않았

다고 했다. 할머니는 맨 먼저 태어난 그 꼬마 녀석의 분만을 도와주었다. 그 후 파파가 할머니에게 물약과 주술 용품을 사용할 거면 근처에 얼씬도 하지 말라고 했다. 파파는 신의 눈 부적을 갈기갈기 찢어서 마당에 묻어버렸다. 나는 찢어진 조각들을 일부 찾아서 담요 사이에 꿰매 매일 밤 곁에 두었다. 이제 와서 할머니가 본 것을 나도 볼 수 있었으면 싶었다. 집으로 돌아갈 방법을 찾고 이 고난을 끝낼 수 있도록! 파파는 할머니를 아일랜드 쭈그렁 할망구, 아일랜드 시골뜨기, 뼈다귀 주술사, 숲의 마녀라고 불렀다. 할머니는 텃밭에서 사슴을 쫓기 위해 여우 오줌에 토끼 뼈, 여우나 코요테의 뼈, 심지어 새뼈를 적셨고, 불운을 막기 위해 흰독말풀을 꼬아서 닭뼈에 감쌌다. 포치 서까래에 깨끗하게 닦은 뼈를 걸어놓고 행운을 부르기도 했다. 서까래에 걸린 뼈들이 바람결에 속삭이고 태풍 속에 춤을 추었다.

더블라 할머니는 엄마가 자신과 비슷하다고 말했다. 하지만 할머니는 나이가 많고 남자처럼 힘이 세고 몸이 호리호리했나. 얼굴에는 주름과 주근깨가 가득했고 여름에도 장작연기 냄새가 났다. 긴 회색 머리를 양털처럼 두껍게 땋았는데 머리를 풀 때면 나는 그곳에 얼굴을 맞대고 기대길 좋아했다. 할머니는 챙이 있는 남자 모자를 푹 눌러쓰고 마대자루용 천으로 직접 바느질한 치마나 바지를 입고 튼튼한 부츠를 신었다. 그리고 언제나 뿌리와 약초를 뒤지고 헛간에서 말릴 뼈를 모았다.

작년 7월 1일, 밤새 비가 내려 개울물이 불어났다. 꼬맹이가 한 살이 되던 날이었다. 나는 엄마의 숄로 녀석을 가슴팍에 묶고 할머니를 보러 산등성이를 걸어 올라갔다. 파파는 할머니가 근처에 오는 것도, 내가 그 집에 가는 것도 금했지만, 시내에 가고 없었다. 엄마는 또 아이를 가져 벌써 배가 불러오고 있었다. 걷지도 말하지도 못해 내가 숟가락으로 떠먹여줘야만 뭐라도 삼켰다.

더블라 할머니의 오두막과 포치는 누군가 숲속에 똑같은 집을 두 채 지어놓은 것처럼 우리 집과 비슷했다. 하지만 할머니의 포치에는 어린 나뭇가지와 기다란 깃털로 만든 커다란 신의 눈이 달려 있었다. 어떤 것에는 깨진 도자기 조각이나 방울이 달려 있어 산들바람에 달그락 소리를 냈다. 개들이 짖기 시작하다가 나라는 것을 알고 멈췄다. 파파는 할머니가 새끼 보브캣*을 거둬서 바위 사이에 만든 굴 속에서 키우고 있다고 말했다. 밤이면 보브캣들이 밴시**처럼 우는 소리가 들렸다. 그러면 파파가 밖으로 나가서 저 마녀 할망구, 저 더러운 아일랜드 년을 죽여버리겠다고 궁시렁거리며 어둠 속에 총을 쏘았다. 그런 다음 위스키를 들이키고 더블라 할머니가 저 위쪽 산등성이에서 주술을 걸기라도 한 것처럼 바깥에서 곯아떨어졌다.

할머니의 숲을 에워싸고 있는 검은딸기나무를 따라 올라가자 할머니가 오솔길로 나를 마중 나와 있었다.

코나리, 아기를 이리 다오. 할머니가 아기를 받아들고 숄을 들어올렸다.

엄마가 안 좋아요. 내가 말했다.

나도 안다. 우리 보물.

아기한테 밥 먹이듯 엄마를 먹여야 해요. 오트밀과 죽을 끓이고 육포를 부드러워질 때까지 씹어서요.

---

* 짧은꼬리살쾡이. 토끼나 들쥐 따위를 잡아먹는다.
** 아일랜드 민화에 등장하는, 구슬픈 울음소리로 가족의 죽음을 예고한다는 여자 유령.

네 마음이 어떤지 안다, 코나리. 할머니가 내 손을 잡고 포치로 이끌었다.

저한테 마술을 부리려는 거예요, 할머니? 나는 좀처럼 발을 뗄 수 없었다.

마술을 부리려는 게 아니야. 코나리. 그건 사람들이 그냥 하는 말이란다. 엄마 뒤치다꺼리를 하느라 많이 지쳤겠구나. 여기 해먹에서 좀 쉬려무나.

할머니는 내가 올라탈 수 있게 포치의 해먹을 낮게 기울여주었다. 내가 깃털 이불과 양가죽 위에 드러눕자 할머니가 내 품에 아이를 뉘어주었다. 눈을 감고 아이를 안고 있는데 할머니가 안으로 들어가는 소리가 들렸다. 더블라 할머니는 파파가 아니라 과거의 엄마처럼 내 이름을 불러주었다. 할머니가 처마에 매달아 말리고 있는 라벤더와 민트, 약초 다발 냄새가 풍겨왔다.

더블라 할머니는 유령처럼 키가 크고 호리호리했다. 할머니가 이리저리 오가며 나무 그릇에 음식을 담고 갈고 준비하는 움직임이 느껴졌다. 그러다 깜빡 잠에 들었는데 할머니가 숲 사이를 미끄러지듯 움직이는 것이 보였다. 나는 그녀의 시선으로 구릉과 계곡, 찰랑이는 개울물을 보았다. 마치 그녀가 나를 꽉 붙잡고 공중을 오르락내리락하는 것만 같았다. 그때 그녀의 강한 손이 내 목덜미를 잡으며 고개를 들어 올리는 것이 느껴졌다.

코나리, 이것 좀 마셔봐라. 딸기와 꿀을 넣어 달콤할 게다.

끝맛이 쌉쌀했지만 거의 다 마신 다음 아이에게도 조금 주었다. 생일 선물이야, 우리 아가. 내가 아이에게 말했다.

이름은 지었다니?

엄마가 말을 안 하니 이름도 안 지었죠. 파파는 '꼬맹이'라고 부르면서 계단에 문을 달아 애를 포치에 가둬놔요. 물을 가져오려면 저도 문을 넘어야 해요. 그런데 이제 곧 갓난아이가 또 나올 거예요. 엄마가 배가 불러서 침대에서 꼼짝도 못해요.

석 달 후에, 더블라 할머니가 말했다. 하나 이상이 나올 게다. 쌍둥이야.

안 돼요, 내가 말했다. 제가 둘을 어떻게…

전처럼 날 도와주면 돼. 할머니가 말했다. 여자애는 너처럼 양막에 싸인 채 태어날 거야. 아이가 첫 울음을 울 때 덩어리째 떼어내 불에 태우렴.

아득한 소리가 들리는 것만 같았고, 뒤에 빛이 일렁이는 장막을 본 것만 같았다. 내가 태어날 때도 할머니가 옆에 있었구나, 내가 말했다.

할머니가 내 이마에 손을 갖다 댔다. 당연하지, 할머니는 말했다. 내가 네 엄마를 키우고 이곳까지 데려오지 않았겠니? 이제 그만 조용히 하렴.

할머니가 부디 마법을 부려서 우리를 데리고 살았으면 싶었다. 비록 그럴 수 없다고 할머니가 말은 했지만 말이다. 엄마를 한 마리 새로 탈바꿈시켜 우리에게 오는 길을 찾도록 해줬으면 싶었다. 웅덩이처럼 깊은 할머니의 검은 눈동자가 가까이 다가왔다. 나는 잠에 든 동시에 깨어 있는 상태라 움직일 생각을 하지 못했다.

내 말 잘 들어, 코나리. 그자가 무슨 짓을 하든 상상 속에서 내게 날아오는 거야. 그자가 갈 때까지 내가 너를 붙들고 있으마. 하나 더, 아침마다 이 뿌리를 씹어. 그자에겐 절대 들키지 말고.

할머니가 내가 옷 속에 숨겨뒀던 예쁜 단추가 달린 조그만 주머니를 꺼내는 게 느껴졌다. 할머니는 졸라매진 끈을 당겨 입구를 열었다. 내가 볼 수 있도록 주머니를 들고 뿌리를 집어넣었다. 뿌리는 쌀알처럼 희고 작았다.

이게 뭐에요, 할머니?

달거리를 늦춰주는 약이란다, 네 땀과 체취에서 계속 어린애처럼 순수한 냄새가 나도록 해줄 거야.

할머니, 그자가 엄마를 내버려두게 해주세요.

네 엄마한테서 그자를 떼어놓지는 못해. 그자가 네 엄마를 쥐고 놓지 않으니까. 하지만 네 엄마의 눈과 생각은 저 깊은 곳에 있단다. 네 엄마는 네 손으로 주는 음식만 먹을 거야.

그자가 떠나게 해주세요, 더블라 할머니.

우리 보물, 그녀가 말했다. 내 새끼. 내가 아니라 엄마를 가리키는 거였지만 할머니는 숨결처럼 속삭이며 내 눈 위로 손을 움직였다.

나는 애써 들으려 하지 않았다. 말들이 입 밖으로 빠져나왔다 들어갔다. 하지만 나는 알았다. 몇 달 후 계란 흰자를 저어 거품을 낸 뒤 따뜻한 우유와 메이플 시럽으로 달큰하게 만든 음식을, 말린 사과를 넣고 함께 간 호박을 엄마에게 먹일 거라는 걸, 사내아이가 나온 후 아이가 하나 더 나올 거라는 걸. 나는 여자아이를 붙잡고 양막을 벗긴 다음 불가로 데려가 양막을 태웠다. 양막이 타는 동안 아이가 사납게 울부짖었다. 갓난아기의 소리가 아니라 늑대의 울부짖음 같았다.

그에 답하기라도 하듯 파파는 눈이 쏟아지는 그 2월의 밤, 문을 박차고 달려 나가 오두막을 에워싼 숲을 향해 권총을 쏘았다. 그 후 그는 쌍둥이들에겐 손도 대지 않았다. 큰 아이를 옆에 긴 채 껄껄대거나 아이를 웃음 짓게 하는 건 일상이었지만, 갓 태어난 쌍둥이는 내차지였다. 그 겨울 내내 나는 스스로에게 되뇌었다. 더블라 할머니와 내가 서로에게 오갈 수는 없을지라도, 할머니가 그 아이들을, 나를보고 있다고.

하지만 이곳 정신병원의 벽은 두꺼웠다. 우리가 살던 산도 산등성이도 너무 멀리 있었다. 두꺼운 방문과 위쪽의 유리 채광창마저 닫혀 있어 소리가 새어나가지 않았다. 엄마가 부스럭거리는 소리가 들렸다.

봐요, 내가 그녀에게 말했다. 나처럼 앉아 봐요. 의사 선생님이 오늘 상담을 할 거예요.

그녀가 시트를 붙잡고서 내 옆 침대 가장자리에 앉으며 고개를 끄덕였다.

말을 해야겠다, 계속 생각해요. 재닛 아가씨. 그래야 내가 곁에 있을 수 있어요. 자, 나는 엘리자예요. 사람들은 나를 엘리자나 코널리 간호사라고 부를 거예요.

엄마는 내가 실수라도 한 것처럼 쳐다만 봤지만 벌써 조금은 본모습을 되찾은 듯 보였다. 나는 세숫대야에 물을 가득 채우고 물주전자 옆에 있던 스펀지로 엄마의 얼굴과 가슴 앞쪽을 닦아냈다. 그리고 내 몸에도 물을 튀긴 다음 이불에 묻은 젖 자국을 닦았다. 젖은 소량만 묻어 있었다. 나는 이불을 말리기 위해 옷걸이에 걸었다. 사람들이 물으면 엄마가 토했다고 말할 참이었다. 비단 머리망과 머리빗을 깜빡하고 벗기지 않은 걸 깨달았지만 덕분에 새까만 땋은 머리 그대로였다. 다행이었다. 나라면 그렇게 우아하게 손질하기 힘들 터였다. 나는 엄마를 의자로 데려간 뒤 침대를 깔끔하게 정돈했다. 그리고 엄마에게 말을 걸며 옷을 입혔다. 먼저 젖이 새지 않도록 미리 챙겨온 깨끗한 아기 기저귀를 잘 접어 속옷 안에 받치고 속치마와 슬립, 후프 페티코트를 입혔다. 블라우스와 치마, 그리고 옷깃에 주름이 잡히고 비단 단추가 달린, 꽉 조이는 짧은 재킷도 입혔다. 엄마는 정말 재닛 아가씨라도 되는 것처럼, 나를 거들기 위해 일어나 딱 필요한 만큼만 고개를 돌렸다. 나는 술이 달린 귀걸이를 들어 엄마의 귀에 걸었다.

여기요, 재닛 아가씨, 내가 말했다. 혼자 하는 법을 배워야 해요. 이렇게 손을 줘보세요.

나는 손을 펼치고, 엄마의 손을 들어 내 손 위에 올린 뒤, 손바닥이 위로 오게 뒤집었다. 그리고 나머지 귀걸이를 그 위에 놓았다. 어쨌거나 귀걸이는 한 쌍이니까. 엄마가 귀걸이를 쳐다보며 손을 오므렸고, 나는 둥근 거울 쪽으로 엄마를 옮겼다. 나는 엄마 뒤에 서서, 어깨 너머로 볼 수 있도록 그녀의 손을 들어올렸다. 침을 끼워 넣어요. 내가 말했다. 그리고 뒤쪽에서 고정하는 거예요.

엄마는 거울에 비친 자신의 모습을 놀란 듯 응시하더니, 앞뒤로 고개를 흔들면서 긴 비단술을 건드리고는 그 움직이는 모양을 지켜보았다. 심지어 나를 보고 미소도 지었다.

엄마가 자신의 모습을 보는 데 익숙해지려면 벽에 거울을 고정해야 했다. 나는 엄마에게 손을 뻗어 귀걸이를 열었다. 여기, 귀걸이를 차요. 내가 말했다.

엄마가 귀걸이를 귀에 끼웠다.

귀걸이 침을 닫는 건 내가 도와주어야 했다.

이것만 해도 큰 소득이었다.

엄마가 창가에 서서 밖을 내다보는 동안 나는 먼지투성이 옷을 입었다. 샴브레이 셔츠를 가리기 위해 울 혼방 재킷을 걸치고 바지를 입었다. 주머니에는 작은 거울이 들어 있었다. 파파가 행운의 부적이라던 것이다. 최소한 그의 행운을 가져오긴 했으나 나는 엄마의 여행 가방 깊숙한 곳에 거울을 숨기고 좀 더 나은 옷이 생기기를 기도했다. 엄마 옷은 먼지를 털어 깨끗하게 보관해왔지만 내 옷은 여행을 떠나기 전부터 집안일로 꾀죄죄했다. 나는 아기들을 데리고 집 근처의 잘 다져진 오솔길에서부터 이웃집 농장까지 좁은 도로를 날아가다시피 뛰어가던 내 두 발을 바라보았다. 처음엔 사내아이들이었다. 갓난아이를 가슴팍에 숄로 묶고 큰 아이는 이불더미와 옷가지로 발 디딜 틈 없는 마차 뒷자리에 앉혔다. 아이는 새로운 놀이라도 되는 양 까르르 웃어댔다. 그런 다음 여자아이를 챙기고 식품저장실에서 꺼낸 음식을 실었더니 마차가 묵직해졌다. 우리가 돌아올 때까지 아이들을 맡아주는 데 대한 대가라고 짐작했다. 산등성이에는 과부들밖에 없었다. 나이 많은 여자는 전쟁통에 아들과 남편을 잃었고, 자식 없는 젊은 과부는 본인 입으로 숱하게 말했듯 불임이었다. 대체 이들이 젖먹이들을 어떻게 먹일까? 나는 그 생각조차 하지 못한 채, 오래 걸리지 않을 거라고 횡설수설하며 말했다. 여자들은 말없이 몸을 숙여 내가 가져온 짐을 끌어내렸고, 나는 서둘러 떠났다. 파파가 엄마를 마차에 앉혀두는 걸 보고 그가 엄마를 내게서 데려가버릴까 봐 겁이 났다. 그날 파파가 대낮에 나타나 엄마에게 옷을 입히라고 명령하고는, 곧 떠날 거라고 말한 터였다. 그 젊은 과부는 낮에 엄마의 머리를 해주고 달콤한 미소를 지었다. 그녀는 벽에 붙어 있던,

숙녀들이 보는 잡지 《고디스》 속 그림을 떼어내 내밀었다. 검은 머리를 땋아 보닛 아래로 늘어트린 엄마의 머리 모양이, 도착한 건지 떠나려는 건지 알 수 없는 그림 속 회색 옷을 입은 아름다운 숙녀와 얼마나 비슷한지 보여주기 위해서였다. 숙녀는 장갑을 끼고 있었고 푸른 옷차림의 여자가 앉아서 그녀에게 메시지인지 카드인지를 건네주고 있었다. 잠시 후 젊은 과부는 곧 아이를 건네받을 준비를 하려는 듯 물러갔다.

나는 그림을 잘 말아서 줄로 묶은 다음 엄마의 새 여행 가방에 넣었다. 분명 그 그림을 원할 거라 생각했다. 엄마는 오래전 그 그림을 보고 "마치 우리 같구나"라고 말한 적이 있었다. 나는 회색 옷을 걸친 젊은 방문객이고 엄마는 푸른 옷을 걸친 나이 많은 여자라고 했다. 그들의 비단 드레스는 광택이 돌다 못해 바스락거리는 소리가 날 듯했다. 나는 회상을 멈추고 엄마의 가방에서 그림을 꺼내 침대에 펼쳤다. 내 옆에 앉은 엄마가 그림을 어루만졌다. 그 그림이 벨벳 의자와 고운 러그가 놓인, 우리의 미래를 보여준다고 상상하는 게 좋았다. 여전히 빨간 벨벳 의자는 짙은 빨간색이었고, 뒤편에 펼쳐진 병풍도 훌륭했다. 그리고 푸른 옷차림에 짙은 눈동자를 지닌 숙녀의 무릎에 놓인, 아마도 끈으로 졸라매는 하얀 주머니는 더블라 할머니가 약초 뿌리와 가루를 담아두던 모슬린 가방처럼 보였다.

나는 엄마에게로 고개를 돌렸다. 더블라 할머니 얘기는 절대 꺼내지 말아요. 여기선 안 돼요.

그녀는 나를 쳐다보며 내 말을 명심하겠다는 듯이 고개를 끄덕였다. 그렇게 내 말에 귀를 기울이는 건 몇 주 만에 처음이었다.

나는 속치마에서 꺼낸 작은 모슬린 주머니를 열어, 할머니가 준 뿌리 알갱이를 만졌다. 단추들 사이에서 딱 한 알이 남은 것을 찾아 입 안에 넣었다. 불안한 마음에 이 사이에 물고 천천히 씹는데 감초 사탕 맛이 났다. 지난 몇 달 동안 나는 더블라 할머니가 보낸 메시지를 하나씩 하나씩 삼켜왔다. 어쩌면 할머니는 우리의 여정을 알았는지도 모른다. 우리는 힘든 여정을 거치고 몇 밤을 지낸 뒤 '피난처'를 찾았다. 더블라 할머니는 단어에 두 가지 의미가 있다고 언제나 말했다. 파파는 나를 "허약하다"느니, "꼬챙이처럼 뻣뻣하다"느니 했다. 엄마만큼 키는 컸지만 사내아이처럼 말랐고 달거리도 시작하지 않아서였다. 일어날 일은 일어나고야 만다고 나는 확신했지만 할머니는 어떤 일이 벌어질지 슬쩍 본 것 같았다. 할머니는 마법이 아니라, 평범한 것들 사이를 꿰뚫어보는 눈이라고 했다. 나는 현실을 바꿀 수 없었다. 그저 엄마가 정상으로 돌아올 때까지 몸을 보전할 수 있기만을 바랄 뿐이었다.

엄마는 이제 재닛 아가씨예요, 내가 말했다. 그전까지의 일들은 뭐가 됐든 이곳에선 사실이 아니에요.

엄마가 고개를 끄덕였다. 그러고는 낮게 속삭였다. 이곳에 있으면 우리는 안전해.

숨죽여 꺼낸 그 네 마디에 가슴이 뭉클해졌다. 맞아요, 엄마! 내가 말했다. 의사가 우리를 보러 와서 엄마와 얘기를 나눌 거예요. 이름이 스토리 박사래요. 웃긴 이름이죠. 이곳에 있는 동안에는 우리한테도 이야기가 있어요. 엄마는 휴식과 치료가 필요한 재닛 아가씨예요. 의사가 물으면 이제 진정이 됐다고 해요. 그리고 엘리자가—여기서 내 이름이에요—곁에 있어야 한다고 말해요. 할 수 있겠어요? 엘리자라고?

눈가가 촉촉해지며 엄마의 얼굴이 일그러졌다.

하지만 엄마가 엘리자를 기억 못할 리 없었다. 《톰 아저씨의 오두막집》은 우리가 겨울에 함께 읽었던 책 중 하나였다. 엄마는 바람이 윙윙거리고 눈보라가 휘몰아치는 추운 밤, 불을 피워놓고 내게 노예 엘리자가 강을 건너던 장면을 읽어주었다. 나 혼자 책을 읽기엔 너무 어릴 때였다. 엘리자가 추적자들로부터 도망치기 위해 얼음 덩어리^{cake}를 하나씩 뛰어넘는데 얼음이 삐걱거리며 흔들렸다. 나는 '노예'라는 말도, '오하이오'가 어딘지도 몰랐지만(《미국 주 역사》에 수록된 지도에서만 봤을 뿐이다), '케이크^{cake}'라는 말은 알았다. 아침 식사로 나온 엄마의 케이크를 먹곤 했으니까(그건 엄밀히 말해 '옥수숫가루 팬케이크'였지만 엄마는 그냥 '케이크'라고 불렀다). 나는 용감한 엘리자를 위해 강물 위의 얼음 덩어리가 케이크만큼 부드럽고 따스하고 달콤하기를 기도했다. 하지만 엘리자는 흔들거리는 얼음 덩어리를 딛다가 발을 베이고 걸음마다 핏자국을 남겼다.

엄마가 내 진짜 이름이 무엇인지 상기시켜주려는 듯 내 이름을 불렀다. 코나리.

맞아요. 내가 답했다. 하지만 엘리자가 곁에 있게 해달라고 부탁해야 해요. 도와줄 사람이 필요하다고. 자, 나는 엘리자예요. 알잖아요. 엘리자.

엄마가 내 뺨에 손을 올렸다. 내 보물, 무서워하지 마. 엄마가 속삭였다.

엄마, 내가 말했다. 봐요! 말할 수 있잖아요.

응, 네 앞에서만. 나는 시간이 필요해…

하지만 엄마는 엘리자라는 이름은 입에 올리지 않았다, 적어도 오늘은 아니었다. 나는 의사와 얘기를 나누고 사정을 봐달라고 간청할 기회가 주어지기를 바랄 뿐이었다. 나는 엄마의 팔을 잡고 좁은 침대에 함께 앉아 문 두드리는 소리가 들리길 기다렸다.

◇ ◇ ◇

1864

제7 웨스트버지니아 자원 기병대
(피의 제7 기병대), 1861년 7월

고통 속에서

1864년 5월

◇

겨울 야영지 생활 내내 그는 거의 하루도 빠짐없이 개울이라기엔 실개천에 가까운 이 좁은 물가를 혼자 찾았다. 한쪽에는 덩굴식물과 덤불이 우거져 있고 반대편에는 골풀이 무성했다. 굽이진 시냇가에는 부식되고 망가진 조각배 두 척이 버려져 있었다. 시냇물은 시너산을 향해 반짝였다. 빛을 받아 일렁이는 수면을 보니 어린 시절 평평한 들판 사이로 빛을 아롱거리며 굽이굽이 흐르던 맑은 개울이 떠올랐다. 그 모양이 너무 비슷하다는 사실에 그는 당황했다. 완만하게 굽이진 곡선과 널찍하게 탁 트였다가 거짓 지평선으로 향할수록 좁아지는 것까지도 비슷했다. 그 작은 배들은 그가 몸을 숨기기 위해 엘리자와 함께 팔다리를 포개고 가만히 누워 푸른 새싹이 무성한 초록 들판 사이를 떠내려가던 그 배의 망가진 모습 같았다. 그녀를 떠나 3년이란 긴 시간 전투를 치르는 동안, 그 순간들이 문득문득 되살아났다.

피신할 때 좀 더 멀리, 이를테면 저 북쪽 캐나다까지 갔더라면 얼마나 좋았을까. 하지만 그녀의 다리 위로 핏자국이 줄무늬처럼 흘러 내렸다. 홀몸이 아니라서 말을 탄 채 몇 주를 더 버티기엔 역부족이었다. 그리고 버지니아의 변경 지역인 외딴 앨러게니 산등성이는 메사추세츠의 그 어떤 곳보다 숨기 좋아 보였다. 그가 편자를 박고 빗질을 해준 말들의 주인이자 농장에 물건을 팔러 온 남부의 식료품 상인들로부터 보스턴이 노예제 폐지론자들의 근거지라는 이야기를 들은 적 있었다. 그들은 남부의 삶의 방식을 지키기 위한 이 전쟁에서 앞으로 양키 악마가 문제가 될 거라고 말했다. 그는 그 양키 악마가 되고 싶었다. 엘리자의 아버지가 그저 의심만으로 자신의 딸로부터 거렁뱅이 아일랜드 놈을 떨어트리기 위해 그를 묶어놓고 가슴에 낙인을 찍으며 경고하기 전부터도 그랬다. 더블라가 그의 어미 잃은 자식들을 돌봐준 것도 모자라, 한동안 그녀의 입양한 아들을 그 아이들과 함께 키웠다는 점이 그에게는 더 큰 모욕이었다.

몇 주 뒤, 선택지가 없었다. 그와 엘리자, 그리고 그가 유일하게 엄마라고 불렀던 더블라는 떠나야만 했다. 그는 상처 부위에 더블라의 약초 연고를 바르고 붕대를 감고 셔츠를 걸치고는 뒤도 돌아보지 않고 그들을 이끌고 해질녘 혼란스런 저지대를 통과해 느닷없는 도피 길에 올랐다. 두 달 후 그들은 버려진 오두막을 발견했다. 애팔래치아 산맥의 까마득히 높은 산마루 가운데서도 앨러게니 산꼭대기 부근이었다. 도망자들은 산등성이에 짐을 풀었다. 그는 머리칼과 구레나룻을 기르고 산사람들처럼 말하며 아래쪽 계곡의 작은 마을에서 일상품을 거래했다. 2년간의 안전하고 평화로운 시절이 이어졌고, 그 뒤 격돌이 시작되었다. 그가 군에 입대하고 처음으로 아랫마을 계곡에서 소규모 접전이 벌어졌다. 하지만 버지니아 서쪽 산꼭대기는 너무 가파르고 숲이 우거져서 그가 겨우 목숨을 건진 버지니아 및 펜실베이니아 전투와 같은 살육의 현장이나 대규모 전투가 벌어지기 힘들었다.

그와 엘리자는 전쟁 전 그 짧은 몇 년의 도피 기간 동안 아이를 갖지 못했다. 엘리자는 도피 중에 유산한 일로 자신이 불임이라고 생각했다. 그러다 전쟁이 발발하자마자 아이가 생긴 것은 운명의 장난 같았다. 그는 떠나기도, 머물기도 죽기보다 싫었지만, 산속에서만 안전을 기약할 수 있는 뱃속 아기야말로 전쟁이 승리로 끝나야 하는 가장 절박한 이유였다. 일이 순조롭게 풀렸다면 지금쯤 아이는 태어났을 것이다. 그는 첫 몇 달 동안 날아온 엘리자의 편지를 읽고 또 읽었다. 하지만 그가 속한 제7 웨스트버지니아 자원 기병대는 제2 보병대 소속 제3 여단으로 재배치된 터였다. 기병대의 저격병들은 공식 직책도 없이 여단의 저격병들보다 넓은 범위에서 활동했고 구두 명령에 따라 움직였디. 편지기 와도 받지 못했고, 야영지를 어기저기 돌아다니다 보니 그가 보낸 편지가 목적지에 제대로 도착하는 일도 드물었다. 그에게 수어진 것은 가족의 생사를 알기 위해 더블라가 예지력으로 해석할 법한 신호가 전부였다. 입대하기 전 그는 입영통지서를 목사에게 보여주고 그를 산으로 데려와 아내 엘리자에게 그들의 새 성을 선사한 다음, 근처의 큰 마을 웨스턴에 가서 은행 계좌를 열었다. 그는 수혜자를 '가족'으로 지정하고 더블라에게 잘 보관해달라며 작은 장부를 건넸다. 그는 엘리자가 마을에 모습을 드러내는 게 싫었다. 당장 돈이 필요하지도 않았다. 필요한 물품은 직접 만들거나 물물교환으로 구하면 되었다. 그런데도 그는 자신의 월급 일부를 최대한 아꼈다가 늘 마을 우체국에 가서 저축했다.

야영지에서 그에게 어쩌다 한 번 날아오는 편지는 은행 영수증뿐이었다. 그는 공격을 받아 아수라장이 된 프레더릭스버그, 챈슬러스빌, 게티스버그에서 망연자실한 가족들과 아이들이 쏟아져 나오는 모습을 본 적 있었다. 눈곱투성이에 기침을 콜록대는 허약한 몸의 흑인과 백인 아이들. 하지만 더블라는 숲에서 나는 약재와 병을 고치고 원기를 회복하는 식물뿐 아니라 사격과 사냥법을 알았다. 그가 엘리자에게도 가르쳐준 것들이었다. 거기서 전투가 벌어질 리는 없었다. 그 어떤 곳보다 그곳에서 그들은 안전했다.

래피든 강 서쪽이자 북군이 점령한 이 버지니아 숲속은 암석이 여기저기 돌출해 산세가 험했지만 그는 희망을 벗 삼기 위해 야영지 뒤편의 잔잔한 물가를 찾았다. 3년의 입대 기간이 끝났지만 그는 64년에 재입대를 신청했다. 승전보가 울릴 때까지, 그가 선택한 이름이 진짜 이름으로 제대 서류에 합법적으로 새겨질 때까지 고향에 돌아갈 수 없었다. 그는 전쟁이 끝나고 자신이 선택한 이름이 또렷하게 새겨진 그 서류를 손에 들고 갈 날을 상상하며 이곳에 왔다. 그리고 그를 형제라 여기면서도 그를 알지 못하는 사람들과 함께 나란히 싸웠다. 덤불과 무성한 잡초 사이를 숨어 흐르는 이 잊혀진 시냇가에 오면 그는 자신이 누군지 알았다. 전장에서 그는 하나가 아니라 보이는 자신과 보이지 않는 자신, 그렇게 두 사람이었다. 하나의 자아가 나머지 자아의 생존을 위해 싸우는 것처럼 힘은 두 배가 되고 의식은 예리해졌으며 행동은 은밀해졌다. 그는 이런 생각이 떠돌도록 가만히 둔 채 쪼그리고 앉아 야생 당근 줄기에서 나온 옅은 수액에 톡 쏘는 겨자씨를 으깨고 섞어 양손에 성유처럼 발랐다. 오래전 번사이드 기병총을 사거리가 좀 더 긴 엔필드 소총과 맞바꾼 적이 있었는데 손에 연고를 바른 덕에 총을 만질 때 감이 부드럽고 섬세했다.

개울의 거울 같은 표면은 잠자리와 곤충들이 휙 스칠 때를 제외하곤 잔잔했다. 수생 곤충들이 속눈썹처럼 가느다란 다리로 물 위를 미끄러졌다. 그는 그 모습을 지켜보다가 오후의 태양의 매혹적인 그늘 아래서 눈을 반쯤 감은 채 손에 묻은 희부연 수액을 씻었다. 메시지일까, 아니면 자신을 꾸짖는 걸까, 하고 그는 생각했다. 그는 북군이 압도적으로 우위이고 천하무적이라고 믿었다. 누구도 전쟁이 이렇게 오래 걸릴 거라고 예상하지 않았다. 남군이 틀림없이 박살날 거라고 생각했다. 승리를 앞당기기 위해 할 수 있는 모든 것을 했음에도 너무 큰 잔혹함을 목격하고 나니 세상에 뭐가 남을지 의문스러웠다. 그가 목숨을 부지한 것은 다름 아닌, 저격병들이 전장을 빙 에워싸고 적장을 조준하기 위해 흙벽 뒤에서 무릎을 꿇고 몸을 숨기고 있거나 돌격하는 적을 사살하기 위해 나무를 베어 만든 뾰족뾰족한 장애물 뒤에 엎드리고 있던 덕분이었다. 그는 저 멀리서 지휘관이 휘두르는 검과 깃털 달린 챙 넓은 군모, 더블 재킷의 번쩍이는 금단추를 식별하기 위해 선장 위쪽에 자리를 잡았다. 밤중에는 전선 근처로 정찰을 나가 경계병을 제거했다. 약 반마일 거리에서 목표물을 발견하고 머리를 겨냥하면 즉사였다. 혹시 몇 주 안에 자신이 죽을 운명이라면 그 자신도 그렇게 단숨에 죽기를 바랐지만 그것은 허망한 바람 같았다. 그랜트 장군은 특별한 기술에는 별 관심이 없었다. 그는 저격병들을 이 사단 저 사단으로 이동시키며 일반 군복을 지급했다. 그는 전투 중에 포로로 잡힌 이들에게도 관심이 없었다. 포로교환은 더 이상 없었다. 남군이 병력을 보충하지 못하도록 남군 감옥의 북군 병사들을 죽게 내버려두었다. 야영지의 병사들은 그랜트 장군이 빅스머그에서 미시시피를 차지하고 채터누가 전투 이후 조지아까지 남군을 밀어붙인 것처럼 올 여름에는 리치몬드 장군을 붙잡을 거라고 수군거렸다. 그렇게 되기를 바랐다. 개울물은 굽이쳐 흘렀다. 성경 구절과 어릴 적 부르던 찬송가, 기도문이 머릿속에 조용히 맴돌았지만, 그 저격병은 기도하지 않았다.

◇　◇　◇

포토맥 군은 겨울 내내 래피든 강 서쪽에 주둔하는 동안 군사 수가 점점 늘어난 반면 로버트 리 장군의 군대는 같은 강 동쪽 토루 안에서 식량 부족으로 힘든 시간을 보냈다. 양군 모두 상대를 향해 교전을 시도했으나 소득이 없었다. 10월, 리 장군이 시더 산을 거점 삼아 북군을 공격했고, 머내서스에서 미드 장군이 남군을 격퇴한 뒤 추수감사절 다음 날 마인런에서 남군의 토루를 공격했다. 잃는 게 없으면 얻는 것도 없다. 리 장군에겐 양키를 뒤쫓을 병력이 부족했다. 비가 내려 바닥이 진창이 되었고 진눈깨비와 우박이 떨어지더니 눈이 왔다. 바퀴자국이 깊게 팬 진흙바닥이 꽁꽁 얼어붙었다. 뉴잉글랜드와 애팔래치아 산악지대 출신인 북군의 저격병들은 두셋씩 짝을 지어 어둠 속에서 얕은 강을 건너가 밤마다 상대편의 초소에 총격을 가했다. 한번은 북군 쪽 나무에 말을 묶어둔 채 얼어붙은 래피든 강을 건너갔다. 자정 무렵 그는 경계병들과 함께 담배를 피우러 나온 정복 차림의 장교를 사살했다. 저격병들은 병력과 함께 움직이면서도 단독으로 활동했고, 주특기를 딴 별명으로 불렸다. '부싯돌'은 축축한 덤불이나 깎아지른 바위벽의 작은 홈에서도 불을 붙이기 위해 주머니에 부싯돌을 넣고 다녀서, '말'은 북군 전선 뒤를 방황하는 남군의 놀란 말들을 포획해 한 줄로 묶는 솜씨가 뛰어나서 붙은 별명이었다. 서부 버지니아 출신인 그는 '체로키'로 불렸는데, 약초로 신통한 재주를 부리거나 연고를 만들고, 말의 갈기를 붙잡고 옆구리에 긴 다리를 딱 붙인 채 한쪽으로 미끄러져 타는 기술로 인해 붙은 것이었다. 헌 군복 재킷이 빛이 바래 푸른색이 거의 회색이 되었으나 그는 그 옷을 벗지 않았다. 다른 병사들에게는 남군 전선 뒤에서 혼자 밤을 보낼 때 몸을 더 보호하기 위해서라고 말했다. 그는 어둠 속에서 느닷없이 적군과 마주쳤을 때 남군처럼 말하는 재주가 있었다. 그래서 완벽한 사우스캐롤라이나 억양으로 이야기보따리를 풀면서 야영지에서 웃음을 주었다. "나으리, 이거요, 나으리, 저거요" 하고 조롱을 곁들여서. 북군 병사들은 최소한 군화와 코트는 걸쳤지만, 리 장군의 일부 병사들은 헝겊 조각으로 발을 감싸고 여자들이 쓰는 숄을 두른 채 시간을 보냈다. 강 저편의 토끼와 다람쥐는 남군이 이미 씨를 말려버린 터였다. 보급 형편이 나은 그랜트 장군 쪽과 비교해 병력은 절반이었고, 먹는 양도 4분의 1밖에 안 됐다. 봄이면 남군이 항복할 것이라는 소문이 돌았다.

저격병들은 모닥불 앞에서 웃고 욕을 해댔다. "비쩍 마른 놈들은 잔인한 놈들이지"라고 떠들었다. 지금까지 탈영하지 않은 남군 놈들은 살인 병기였고, 그랜트 장군은 병사가 차고 넘쳐 절반이 도륙당해도 눈 하나 깜빡하지 않을 게 뻔했다. 그랜트 장군은 전쟁에서 승리하려고 온 무자비한 죽음의 천사였다. 문제는 그가 이끄는 병사들 중 누가 목숨을 부지해 승전을 목격할 수 있느냐였다. 저격병들은 어디서나 긴 엔필드 소총을 몸에 지니고서 남군 전선을 수색하겠다고 자원했고, 군이 이동하면 보병대와 떨어져 활동할 방법을 모의했다. 그들은 식량을 비축하기 위해 덜 먹었다. 그들은 그랜트 장군을 믿었지만, 병사들을 파도처럼 언제든 새로이 대체되는 이름 없는 희생양으로 여기는 그를 위해 죽고자 하지는 않았다.

◇　◇　◇

포토맥 군은 지난 1월과 2월을 브랜디 역에서 보냈다. 장교들의 아내들은 3월에, 종군 상인들은 물건을 챙겨 4월에 야영지를 떠났다. 부대는 5월 3일에 저마나 여울과 그보다 아래쪽인 일리 여울에서 래피든 강을 건너기 시작했다. 신속히 설치된 부교는 물자를 실은 마차가 지나갈 만큼 넓긴 했으나, 병사들이 두 줄로 앞서고 마차들까지 모두 건너는 데는 몇 시간이 걸렸다. 저격병들은 병사들 사이에 뿔뿔이 흩어져 있었다. 12만이 넘는 보병들의 저벅거리는 발걸음에 먼지구름이 일어났다. 부대원들은 강 쪽에서 파도처럼 밀려와 대열을 무시한 채 '야생지대'라 불리는 출구가 없는 지옥 같은 숲속으로 들어갔다. 숲이라기보다는 수 킬로미터에 걸쳐 덤불이 무성히 얽혀 있는 곳이었다. 둘레가 8~15센티미터인 어린 나무들이 끝도 없이 빽빽하게 밀집해 있어서 그 틈을 게걸음으로 지나가야 했다. 그런 나무들이 9~12미터까지 치솟아 있었다. 관목, 수풀, 찔레 덤불, 나무에 들러붙은 손가락 굵기만큼 두꺼운 덩굴이 병사들의 무릎을 휘감았다. 자신의 말을 후미의 마차에 묶어놓은 데다 동료 병사들로부터 고립된 저격병은 믿을 수 없다는 듯 고개를 저었다. 누구도 공격을 지휘할 수 없는 이런 숲속에서 적을 조준하라는 명령은 추측에 의지할 수밖에 없는 일이었다. 안타깝지만, 낮에는 이동하고 밤에는 마차를 중심으로 모이는 것이 최선이었다. 이곳에서 싸우게 된다면 전선을 지킬 수도, 시야나 각도를 확보할 수도 없어서 유황불이 들끓는 지옥 같은 근접 전투가 될 터였다. 소총에 달린 조준경도 쓸모없었다. 이런 미로 속에서 정확한 원거리 사격이 가능한지도 미심쩍었지만 행여 가능하다 해도 조준을 하기도 전에 말을 탄 적군의 표적이 될 수 있었다. 하지만 부대는 전진을 멈추고 기다려야 했다. '야생지대'라 불리는 스폿실베이니아의 어지러운 숲에서 마차들이 길을 찾지 못하면 그랜트 장군의 부대는 식량과 무기, 구호 천막에서 쓸 붕대와 칼을 잃을 수도 있었다. 저격병은 두 팔로 긴 소총을 끌어안고 그저 자신의 말만 곁에 있으면 바랄 게 없겠다고 생각했다. 그는 식량이나 비스킷 없이도 생존하는 법을 알았고 사흘치 탄약을 소지하고 있었다. 도랑이나 참호 위쪽에서, 높은 곳에서 아래쪽으로, 나무에 매달려서 총을 쏠 때나나 세심히 계산한 덕분이었다. 이곳에는 높이 올라가거나 몸을 숨길 만큼 큰 나무가 없었다. 그의 영리한 암말이 명령을 받고 암석이나 바위 뒤에 몸을 납작 엎드릴 공간도 없었다. 그는 암말에게 서커스 곡예 말이 부릴 법한 재주도 가르쳤으나, 지금 그 말은 잘 손질된 갈기와 발목 털을 뽐내며 덜거덕거리는 대형 코네스토가 마차 행렬 사이를 터벅터벅 걷기만 했다. 그는 말을 리자라고 불렀다. 아이의 엄마인 엘리자에게서 딴 이름이었다. 하지만 편지를 받지 못해 아이가 아들인지 딸인지 알 수 없었다.

병사들이 걸음을 멈추었다. 그들은 주위의 잡목을 베어 공터를 만들고 가느다란 나무들을 잘라서 쌓았다. 남자 셋의 키에 달하는 그 어린 나무들은 빼곡하고 촘촘하게 자라 잔가지가 없었다. 그들은 스무 그루에서 서른 그루에 달하는 그 들쑥날쑥하고 뾰족한 나무들로 삼각형 모양의 흉벽을 쌓고 성인 남자가 웅크리고 앉아 재장전하기 충분한 크기로 땅을 팠다. 저격병은 나머지 병사들과 함께 나무를 베고 삽질을 하면서 이 숲에서 밤을 나야 한다는 생각에 화가 났다. 지금쯤 노지를 찾았어야 마땅했다. 전선을 따라 여기저기 공간을 넓히자 숨쉬기가 한결 편해졌다. 눈에 보이는 모든 곳이 촘촘한 나무 천지에 지나갈 수 없을 만큼 덤불로 빽빽했다. 잡목림과 찔레 덤불, 구불구불한 포도덩굴을 해치우려면 마테체가 필요했지만 가진 사람이 없었다. 일부 병사가 손잡이가 짧은 삽을 들고 휘장처럼 늘어진 초록 덩굴에 구멍을 내며 길을 헤치고 나아갔다. 저격병은 적군이 총을 쏘면 쓰러진 나무 사이로 총알이 뚫고 들어오리라는 것을 알고 흉벽 안쪽을 더욱 깊이 팠다. 그는 홀로 이 야생지대를 수 킬로미터 헤치고 나가 숨 쉴 만한 곳에 도달한 다음 그랜트 장군의 부대가 나타나기를 기다릴까 고민했다. 하지만 혼란스러운 진군 상황에서 소속 부대를 이탈하면 그의 말을 절대 찾지 못할 수도 있었다. 그리고 그는 자신의 말을 유달리 좋아했다. 그 말은 그에게 행운의 부적이었고, 자신을 단단히 받쳐주는 그 느낌이 이 혼돈 속에서도 일말의 위안이었다. 그는 빠른 속도로 나무를 세게 내려쳐 줄지어 쓰러트렸다. 가까이 있던 병사들이 푸릇푸릇한 어린 나무들을 교차로 쌓자 갑갑한 숲 속에서 상쾌한 냄새가 풍겼다.

3미터 간격으로 경계병을 세웠지만 수풀이 워낙 높이 우거져 다섯 중 둘은 서로의 시야에서 가려졌다. 리 장군이 이끄는 남군은 그날 밤도 그다음 날도 올 것 같지 않았다. 저녁이 되자 나무를 베고 쓰러트리는 소리가 멈추었고 부대는 짐을 풀었다. 사위가 어둑해지며 낯설고도 불길한 적막함이 내려앉았다.

◇　　◇　　◇

동이 트자 그는 경계병들과 함께 혹시 남군이 북군을 정찰하고 있지 않은지 확인하기 위해 앞으로 이동했다. 그들은 작은 임시 천막들과 오렌지 프랭크 길 근처에 반쯤 세워진 북군 병원을 지나 훨씬 촘촘한 숲을 소리 없이 통과했다. 올빼미가 연이어 경고의 울음을 울었다. 적군이 보이지는 않았지만 저격병은 깊은 강물이 장애물에 가로막혀 사정없이 힘이 커지듯 발아래서 위협이 고동치고 있음을 느꼈다. 다른 이들은 땅에 서린 미묘한 긴장을 느끼지 못하는 듯 했지만 그는 자신의 직감과 관찰력을 믿었다. 삐쩍 마른 나무들이 환각과도 같은 빛을 발했다. 소나무 숲 사이를 스르르 빠져나가자 꽃이 활짝 핀 작은 층층나무가 보였다. 인간의 손길이 닿거나 상처를 입은 적 없는, 원뿔 모양의 분홍색 꽃잎들이 가지 끝마다 대칭을 이루고 있었다. 활짝 펼쳐진 꽃잎이 흔들리는 모습을 보니 여자의 부드러운 손바닥이 떠오르며 순간 엘리자가 아주 가까이 있다는 생각이 들었다. 그는 좀 더 가까이 다가갔다. 마치 먼 곳에서 발소리가 고동치기라도 하듯이 꽃잎이 한 번, 그리고 또 한 번 미세하게 떨렸다. 그는 북군 야영지로 돌아와 거대한 병력이 행군해오고 있다고 보고했지만 어떤 정찰병도 5킬로미터 근방에서 남군의 징후를 포착하지 못했다. 그의 보고는 묵살되었다. 경계병들에게 휴식을 취하라는 호출이 떨어졌다. 간밤의 어둠은 선뜻 잠들기엔 너무 위험해 보였다. 5월의 아침은 달콤했고 병사들은 서로의 어깨에 기대 꾸벅꾸벅 졸았다. 저격병은 엔필드 소총을 분해했다가 다시 조립하며 손질했다. 더 이상 저격병용 검은 들고 다니지 않았다. 무겁고 다루기도 번거로워서였다. 하지만 얼굴을 맞대고 싸울 가능성이 높은 이곳에서는 그 점이 아주 불리하게 느껴졌다. 근거리 전투에서 승리하려면 어느 정도 거리를 둬야 하므로 애석하지만 더 이상 검이 필요치 않게 된, 먼저 쓰러진 병사의 것을 주워야겠다고 생각했다. 숲에서 쏙독새 한 마리가 목을 떨며 날카로운 울음을 울더니, 그를 조롱하듯 다시 울었다. 그는 생각을 접고 그 새가 어디 있는지 찾으려 귀를 기울였다. 그는 쏙독새의 생김새를 알았다. 얼룩덜룩한 갈색 무늬에 작고 하얀 반점들, 목사의 옷깃처럼 목 주변에 흰색 목걸이를 두른 새. 하지만 쏙독새는 더 이상 울지 않았다.

◇　　◇　　◇

정오가 지난 직후, 그들은 행군을 시작했다. 지휘부가 갈팡질팡하느라 몇 시간 전 정찰을 위해 미리 경계병을 보내지 못한 터였다. 병사들은 대열이 흐트러진 채 직각으로 방향을 틀어 숲을 통과해 휴지기인 옥수수밭 가장자리에 도달했다. 밭에는 잡목림에 감춰진 덤불처럼 메마르고 칙칙하게 빛바랜 짧은 옥수수줄기들이 흩어져 있었다. 그들 앞의 개간지는 길이가 고작 210~240미터에 너비는 그 절반이었지만, 그들은 비탈을 내려갔다가 다시 작은 언덕을 올라야 했다. 꼭대기에서 미미한 움직임이 보였다. 리 장군은 내일 나타날 것으로 예상되었으므로 북군의 선발대거나 잔여 병사들일 터였다. 그들이 앞으로 나아가려는 순간, 언덕 가장자리에서 화약 연기가 선을 그리며 빼곡히 피어올랐다. 병사들은 심장이 멎는 듯했다. 그들은 총검을 준비했다. "전진. 뛰어가라. 돌격!" 병사들이 비탈을 뛰어 내려가며 다 같이 소리를 질렀다. 포탄과 총알이 귀청이 터질듯 마구잡이로 쏟아져서 화염에 휩싸인 들판에 들어가는 것만 같았다. 저격병은 띄엄띄엄 포탄이 터지는 구역으로 몸을 던졌다. 병사들이 그의 양옆으로 쓰러졌다. 어떤 이들은 시체를 뛰어넘거나 밟으면서 뛰어갔다. 저격병은 그 광경에 분개하며 온전한 땅을 딛기 위해 전선 앞으로 나아갔다. 쉼 없는 집중 사격에서 벗어나려면 앞서 나아가는 수밖에 없었다. 그는 언덕 위의 살인자들을 남김없이 찔러죽이고 싶었다. 그의 얼굴과 입에 묻은 전우들의 피를 위해, 같은 편에게 짓밟히며 죽음을 맞게 된 병사들을 위해, 어떤 슬픔보다 강한 침묵과 눈앞에 다가온 자신의 죽음을 위해. 그는 죽음을 맞으러 달려갔으나 그의 뒤를 줄줄이 뒤따르던 부대원들에 떠밀려 어느새 언덕을 올라가기에 이르렀다. 이후 손더스 필드라고 알려진 이 격전지에서 북군 병사 셋 중 하나만 살아남았다. 추가 병력이 언덕에 들이닥치자 남군이 덤불 속으로 사라지며 그들이 대포를 끌고 왔던 흔적과 화약 연기만이 남았다. 울창한 수풀에 숨은 탓에 적의 수는 수백이 아니라 스물 남짓인 듯 보였다. 북군은 숲속까지 그들을 쫓았으나 위장에 불과한 엄청난 총소리와 함께 반격이 가해지자 대열이 흐트러졌다. 그들 앞의 거대한 남군 병력은 교전으로 잠시 망가진 포위용 대형을 촘촘하게 재정비하고 있었다.

그 무참한 광경이란! 저격병은 너무 빨리 이동한 탓에 시체로 뒤덮인 바닥을 보지 못했다. 하지만 수많은 영혼이 하늘로 올라가기라도 하듯 연무처럼 고운 연기가 뜻 모를 형상을 하고 무릎 높이의 잡초 위로 올라가던 모습은 수년 동안 그의 마음을 충격과 혼란에 빠트릴 터였다. 포격이 오가는 피 말리는 교착 상태에서는 어떤 생각도 계획도 할 수 없었다. 두 군대는 400미터 떨어진 거리에서 빽빽한 덤불에 몸을 숨긴 채 서로를 향해 맹렬하게 총격을 퍼부었다. 저격병은 팔다리를 숨기기에 너무 가느다란 나무 뒤에 옆으로 서서 재빠르게 장전과 사격을 반복했다. 오른쪽에 있던 한 병사가 배에 포탄을 맞고 곧 계시라도 받게 될 것처럼 사지를 별처럼 벌린 채 허공으로 솟구쳐 올랐다. 폭발로 인해 살점과 창자와 피가 흥건한 내장 조각이 그 아래에 있던 병사들 위로 비처럼 쏟아져 내렸다. 그리고 젖은 모래주머니처럼 사체가 땅바닥에 툭 떨어졌다. 자갈과 뼛조각에 얼굴이 베인 채 무릎을 꿇은 저격병은, 군데군데 끊긴 영상과 함께 바로 뒤쪽과 왼쪽에서 그 소리를 들었다. 모든 것이 잠시 멈춘 듯한 그 강렬한 순간은 어째서인지 머릿속에 선명했지만 그게 뭔지, 언제였는지는 기억나지 않았다. 다른 많은 것이 사라진 와중에도 그를 여전히 사로잡은 공포심과 두려움밖에는. 땅이 떠나갈 듯 울렸다. 그는 먼지가 흥건한 침을 뱉고 일어나 재장전을 했다. 면솜으로 두 귀를 틀어막은 것처럼 아무 소리도 들리지 않았지만 가슴에 대고 쉼 없이 주먹을 가격하듯 자신의 앤필드 소총이 발사되는 충격만큼은 느껴졌다.

이제 그들은 대열을 재정비하고 좀 더 숲속 깊이 이동했다. 앞쪽의 보이지 않는 적들을 몰아붙이며 아주 잠시나마 우위를 점했으나 뒤이어 적군이 마구잡이로 일제 사격을 시작했다. 폭탄과 머스킷 총의 총알이 뒤섞여 빗발치며 아군들이 바닥에 널브러졌다. 저격병은 빠르게 앞으로 기어가면서 근처의 병사들에게 지시를 내렸다. 사격 위치가 상대적으로 낮아서 전선에서 남군의 다리를 재빨리 노리면 적의 진군을 막을 수 있었다. 그들은 일제 사격을 가했고, 일련의 남군들이 자욱한 화약 연기 속에서 쓰러지며 시체를 피해 뛰어넘어야 하는 나머지의 속도를 늦추었다. 남군이 대응사격을 하여 제멋대로 늘어진 소나무와 덤불이 맥이 뛰듯 흔들리자 북군은 풀숲에 몸을 숨겼다. 그들은 그렇게 100여 미터 남짓한 같은 공간에서 전진과 후퇴를 반복했다. 적군이 반격하면 아군의 여단이 투입돼 진격했고, 아군이 승기를 잡으면 곧이어 북군이 진격에 나섰으나 결국 후퇴했다. 그곳의 각진 흉벽은 숲속 바닥에서 구한 메마른 통나무와 오래된 울타리 말뚝으로 만든 것이있다. 이 새료들을 어깨높이까시 쌓아 흉벽을 완성한 여단은 엄청난 병력 손실을 입고 퇴각한 터였다. 찔레나무와 꺾인 가지들을 가로질러 사체들이 여기저기 널브러져 있었다. 증원병들이 쓰러진 병사들을 조심스레 지나쳐 앞으로 나아갔고, 보강된 수비선의 병사들은 세 줄로 자리를 지키며 한 줄이 재빨리 장전하는 동안 다른 한 줄이 서서 머리 위로 사격을 가했다. 소나무가 불타면서 수액이 타는 매캐한 냄새와 함께 검은 연기가 구름처럼 에워싸자 그들은 앞으로 돌진할 수 있을지 고민했다. 공기 중에 남은 짙은 화약 잔여물로 인해 덤불과 수풀에 불이 붙었다. 저격병은 덤불에 걸린 군복 스카프를 발견하고 그것으로 코와 입에 두른 다음 사격을 이어나갔다. 앞이 보이지 않았지만 자욱한 연기 사이로 총구의 번쩍이는 불꽃이 언뜻 보여 그 위를 조준했다. 그때 흉벽에 불이 붙었다. 훨훨 타오르는 불꽃이 바짝 마른 나무와 잎들을 휘감는 바람에 병사들은 뒤로 물러날 수밖에 없었고 적군들은 그 틈을 타 사격을 퍼붓는 한편, 뒤돌아 도망치는 아군을 화염 사이로 베어 넘겼다. 인접한 대열에서 북군 병사들이 아수라장처럼 쏟아져 들어왔다. 불이 야생지대 전체에 옮겨 붙어 불길이 첨탑처럼 하늘로 치솟았다.

머리칼과 눈썹이 그슬린 저격병은 적당히 후퇴해 한 무리의 적군들이 불타는 흉벽을 향해 미친 듯 달려들어 부상병들을 죽이고 아군의 구역을 점하는 모습을 언뜻 보았다. 미처 달아나지 못한 병사들이 비명을 질렀다. 불길이 타닥거리며 나무에서 나무로 옮겨 붙는데 이승에는 존재하지 않는 듯한 날카로운 소리가 났다. 양쪽 다리를 다친 푸른 북군 군복 차림의 한 병사가 화염을 피하려 했지만 불길이 계속 그를 따라왔다. 저격병은 무기를 내려놓고 앞으로 달려가 그를 단번에 어깨에 걸쳤다. 그들이 몸을 돌리는 찰나, 부상병의 말소리가 들렸다. "동지…" 그때 한 남군이 시커먼 그을음이 묻은 얼굴을 찡그린 채 그들을 붙잡더니 부상병의 등에 칼을 깊숙이 내리꽂았다. 저격병에게도 가격이 느껴졌다. 조금 전까지만 해도 그 몸에 분명히 존재했던 긴장과 안도가 불현듯 사라지며 부상병은 숨이 끊어진 짐짝이 되었다. 저격병은 칼을 뽑아 온힘을 다해 반대로 궤적을 그리며 적군의 목에 칼을 찔러 넣었다. 남군이 피를 철철 흘리면서 절박한 듯 그들을 붙잡아 당겼다. 이제 흉벽 뒤의 덤불에도 넓은 초승달 모양으로 불이 옮겨 붙어 있었다. 불씨들이 나무 위로 소용돌이치듯 떠오르면서 화염이 키의 두 배 높이로 커졌다. 저격병이 적군을 치우고 동료의 사체를 붙잡은 채 일어나려 애쓰는데 근처에

서 폭탄이 터지며 순식간에 흙과 바위가 사방으로 튀었다. 머리통만
한 돌멩이가 왼쪽 관자놀이에 비스듬히 부딪치며 그의 두개골이 깨
졌다. 돌멩이는 머리를 맞고 튀어나가 도랑에 떨어졌고 그는 의식을
잃었다. 불꽃이 그의 몸 위로 넘실넘실 춤을 추면서 그를 새로운 존
재로 점화시켰다. 그 자신도, 이 순간도, 앞으로의 몇 주도 알지 못할
존재로…. 후퇴 중이던 병사 두 명이 그의 불붙은 옷을 벗기고 그를
천막천 위에 눕혔다. 그들은 건장한 북군 저격병들로, 총검으로 무거
운 천막천에 구멍을 내고 소총 개머리판을 나란히 꽂은 다음 긴 총
열을 손잡이 삼아 그를 옮겼다. 그의 무게를 못 견딘 천이 U자 모양
으로 팽팽하게 늘어지고 머리에서 흐른 붉은 피로 더욱 뻣뻣해졌다.
황급히 북군 진영으로 후퇴했지만 그는 좁은 틈새에 갇혀 계속 움직
일 줄 몰랐다.

수색

1864년 9월 27일

◇

알렉산드리아까지 족히 일주일은 걸릴 터였다. 마차가 덜컹거리며 좁은 산비탈을 내려가자 더블라는 브레이크 스틱을 꽉 잡고 떨어지지 않게 몸을 뒤로 기댔다. 그녀는 새벽빛 속에서 고삐를 세게 잡아당기며 일련의 콧노래와 혀 차는 소리를 냈다. "어이. 말아, 어이. 이만 됐어, 이봐." 동이 완전히 틀 무렵 그들은 계곡에 당도했다. 그녀는 발치에 둔 주머니에서 옥수수 알갱이를 몇 알 꺼내 양쪽으로 던지고 마을을 지나쳐 북동쪽 포토맥 강 방향으로 말머리를 돌렸다. 그가 떠난 지 3년이 지났다. 높은 산등성이는 훌륭한 피난처였지만 날씨가 바뀌기 전에 그를 데려와야 했다. 그가 자신을 잃고 어둠에 자아를 빼앗겨 그들을 알아보지 못하거나 찾지 못할 수도 있었다. 여름 내내 기다렸지만 산이라 폭풍이 일찍 와서 길이 마차가 다니기에, 심지어 말을 타고 지나기에도 버거울 수 있었다.

더블라를 아는 사람은 극소수였다. 엘리자는 더블라가 갓난아이 때부터 키운 아이로, 도망치기 전 살던 곳에서 그녀는 엘리자 남매들을 돌봤다. 엘리자의 딸, 코나리는 아이 아빠가 자신의 전쟁이라 단언한 전쟁을 위해 떠나고 몇 달 뒤 태어났다. 그의 전쟁이 아니라고, 그는 빚진 게 없다고 더블라는 말했었다. 엘리자는 뱃속의 아이를 위해 제발 떠나지 말라고 애원했다. 그는 꼭 떠나야 한다고, 그래야 더블라를 비롯해 그 어떤 가족도 이곳에서 쫓겨나지 않게 지킬 수 있다고 말했다. 전쟁은 겨울부터 봄까지면 끝날 것이고 북군의 병력은 어마어마했다. 더블라가 출산을 도울 것이고 그들은 전갈을 보내줄 터였다. 겨울을 버틸 식량도 있을 테니, 그는 숨을 필요 없는 자유인의 몸으로, 저격병에게 지급되는 훌륭한 소총과 제7 기병대가 제공하는 튼튼한 말을 갖고 돌아올 터였다. 엘리자는 그가 가짜 이름으로도 과거에서 자유로워지지 않을까 봐 두렵다고 했다. 그는 자신이 버린 이름이야말로 가짜였다고, 또 하나의 상처이자 흉터일 뿐이라고 말했다. 그는 자신이 선택한 이름이 적힌 입영통지서를 내밀었다. 그곳에 그의 이름이, 누구도 의심하지 않을 군인의 이름이 적혀 있었다. 이곳에 숨어 지내며 승리와 자유를 기다리는 것보다 북군 병사가 되는 것이 나았다. 지금은 그들 모두 이름 없는 존재였지만 그는 군인의 이름을 갖고 돌아와 그들이 일구던 이 황무지를 소유하게 될 것이었다. 더블라는 그를 아들이라 불렀음에도 그를 설득할 수 없었다. 그렇게 그는 마차를 끌 말만 남긴 채 전쟁터로 떠났다.

6개월이 지나자 그로부터 소식이 끊겼다. 그가 61년 말에 편지에 동봉했던 군인 명함판 사진은 산산이 조각난 것만 같았다. 함께 있던 전우들의 얼굴이 지워진 것만 같았으며, 그의 똑바른 시선과 자랑스러운 얼굴은 형체만 남은 것만 같았다. 더블라는 세세한 것까지 전부 기억했다. 너무 작아서 단추를 잠그기 힘든 북군 재킷, 그의 바지, 셔츠, 챙이 넓은 모자. 콧수염만 남긴 채 수염을 싹 밀고 머리는 바짝 잘랐었다. 그는 북군을 위해 몸을 사리지 않는 한 명의 명사수였다. 네 명의 병사가 긴 총을 가지고 야외에서 자세를 잡고 있는 그 작은 철판 사진은 엘리자에게 각별했다. 시골 남자 넷이 그들이 쓰러트렸음직한 두툼한 나무 몸통 위에서 비스듬히 포즈를 취하고 있었다. 그들의 자세에서 각기 다른 태도가 보였다. 본분을 다하겠다는 순응적 태도, 잔뜩 굳어 불안해하는 모습, 호기심어린 눈빛. 오직 그만이 당장이라도 적과 맞서겠다는 듯이 어깨를 쭉 펴고 몸을 꼿꼿이 세우고 있었다. 챙이 좁은 북군 군모를 앞이나 뒤로 편하게 기울여 쓴 다른 사내들과 달리 그는 농부의 모자를 걸치고 있었다. 더블라는 그 명함판 사진이 싫었지만, 알렉산드리아의 북군 지휘관이나 의사들에게 보여주기 위해 모슬린 천으로 감싸서 가져갔다. 엘리자가 읽은 바에 따르면 그곳은 버지니아 전장에서 철수한 군인들을 기차나 배로 수송해 데려가는 병원의 도시였다. 광고전단에는 수십 개의 병원 목록이 적혀 있었다. 가장 큰 곳은 500명의 부상자를 수용했다. 산자락에 있는 그 작은 마을은 다친 영혼들의 집이었다. 그의 모습이 사진과 달라졌을 수도 있었다. 그렇게 병실이 많으니 의식이 없거나 다친 채 병상에 누워 있으면 아무도 그를 찾지 못할 공산이 컸다. 하지만 그녀가 그를 혹 발견한다면 그의 가슴에 있는 흉터로 알아볼 수 있을 것이다. 그녀는 행여 찢어질까 봐 그의 입영통지서를 둘둘 말아서 가죽 끈으로 묶었다. 그의 이름을 말하거나 보여주면 그 이름이 그를 자신에게로 인도해줄지도 몰랐다. 혹시 부상을 당했더라도 그녀가 가까이만 간다면 그는 알아볼 터였다. 눈이 멀거나 붕대를 감고 있어도 그녀를 느낄 터였다. 그는 강인한 사람이었고 어떤 것도 그를 단념시킬 수 없었다.

더블라는 그가 떠나고 수개월, 수년 동안 그를 보았다. 한여름에 밥 짓는 불 위로 피어오른 수증기 속에서 그가 꺾이고 부러진 나무들에 찢긴 연기구름 가운데서 화염을 뚫고 이동하는 모습이 보였다. 그녀는 그 긴 전쟁의 세월 동안 공간을 초월해 그의 불안과 위험을 감지했다. 마치 겨울 햇살을, 아니면 두 손 위로 불현듯 드리운 그늘을 느끼는 것처럼.

하지만 올해 5월 초부터는 어떤 것도 보이지 않았다.

더블라는 엘리자가 여름 부엌이라 부르는 야외 화로에서 불을 지피곤 했다. 그들은 둘레에 돌을 높이 쌓은 아궁이 앞에 함께 앉아 포근한 날씨를 즐기며 식사를 했다. 막 땅거미가 질 때였다. 더블라는 오래된 의식을 행했다. 야외 화로에서 요리를 하거나 묘지에 들어가거나 죽은 자들을 소환하기 전에 양쪽으로 쌀알 몇 개를 던지는 의식이었다. 이곳에선 쌀이 귀해 불이 활활 타오를 때 옥수수 및 알을 던졌다. 닭장 밖의 닭들이 옥수수를 쫓아다니거나 말거나 꼬치구이를 만들기 위해 한 마리를 잡았다. 그녀는 축 늘어진 암탉의 털을 뽑은 다음 아궁이 위에 놓고 불꽃이 거의 사그라든 숯에 잔가지와 향이 강한 마른 나무 껍질을 넣어 불씨를 살렸다. 그런 다음 습관적으로 눈을 감고 양손을 벌려 어딘가에 있는 그를 불렀다. 그녀는 그가 제복이 어떻든, 얼마나 멀리 떨어져 있든, 자신과 햇빛과 달빛을 함께 나누고 있다고 혼잣말을 했다. 어느 봄날 저녁, 그가 엘리자를 위해 보수해주었던 빈 오두막 뒤편의 이 공터를 그들이 처음 발견했던 날처럼 말이다. 그 여인의 이름에 답하기라도 하듯이, 불은 갑자기 폭발할 것처럼 확 치솟으며 발삼나무를 휘감은 덩굴 속으로 불붙은 조각들을 토해냈다. 덩굴이 순간 원형으로 타오르다가 불이 붙은 채 바닥에 떨어졌다.

엘리자가 적과 맞서 싸우기라도 할 것처럼 소총을 들고 달려 나왔다. 그녀는 땅바닥에서 타고 있는 덩굴을 바라보았다. 그 사람 죽은 거예요? 그녀가 물었다. 말해줘요, 더블라.

아니, 더블라가 말했다. 안 죽었어. 녀석이 그렇게 말하네.

그럼 당신한테는 말해주고 나한테는 안 해준 거네요?

너도 여기 있잖니. 알면서 그래.

그들 앞에서 뒤얽힌 덩굴이 촛불처럼 펄럭이며 타다가 꺼졌다. 원 모양의 불꽃이 반짝거렸다.

더블라가 한 손을 가까이 뻗었다. 불꽃이 얼마나 가는지 보려무나. 녀석이 날 부르고 있어.

가지 말아요, 더블라. 여름에 또 전투가 있을 거예요, 끔찍한 전투가 될 거예요…

넌 못 가, 우리 보물. 그리고 녀석은 더 이상 전투에 투입되지 않을 거야. 죽지만 않았지 정상이 아니야. 녀석이 크게 다쳤단다, 엘리자. 하지만 기다려야 해. 돌아오는지 기다려보자꾸나.

군에서 보내줄까요? 그녀가 물었다.

충분히 회복하면 가능하겠지. 이번 부상은… 시간이 필요해. 불이 스며들어 몸속 깊이 화상을 입었어. 녀석은 이제 군에 아무 쓸모가 없어.

여자는 방아쇠에서 손을 내리고 몸에 소총을 기댔다. 그녀는 말문이 막힌다는 듯 두 손으로 눈을 가렸다. 그때 오두막에 있던 코나리가 겁에 질려 울음을 터트렸다.

가봐라, 아가. 애가 겁에 질렸잖니. 나처럼 이 아이도 아는 거야.

더블라, 애는 세 살도 안 됐어요! 애가 뭘 안다 만다 말하지 마요! 그이가 그렇게 먼 곳에서 혼자 고통받고 있다는 건 모르는 게 나아요… 엘리자는 눈물을 글썽이며 고개를 돌리고 소총을 들었다.

더블라는 엘리자가 안으로 들어갈 때까지 기다렸다가 덩굴이 타고 남은 재 옆에 섰다. 열기가 출처 모를 곳에서 올라와 손바닥에 닿았다. 불꽃이 이미 사그라들었으니, 아주 먼 곳에서 느껴지는 이 열기는 몹시 심각한 부상을 의미했다. 남군이 부상이 심각한 병사를 포로로 잡아갈 리 없었다. 죽였으면 죽였지. 하지만 이 메시지에는 의미를 알 수 없는 희미한 불빛이 담겨 있었다. 원형의 재는 살아 있으되 소리를 못 내는 것처럼 가만히 놓여 있었다. 움직일 수만 있으면 돌아올 테지만 그는 그럴 수 없다. 그녀는 헛간으로 가서 기름 먹인 종이를 한 장 가지고 와서 땅바닥과 타원형의 재 사이에 밀어 넣었다. 재가 식었는데도 온기가 너 뜨겁게 올라왔다. 그녀는 잿더미 위로 숨을 내쉬면서 손끝으로 재를 눌러 선 모양으로 모았다. 그리고 종이를 잘 만 다음 사슴가죽으로 손수 만든 끈 달린 주머니에 재를 쏟아 부었다. 주머니를 옷 맨 안쪽에 넣고 두르고 있던 끈을 꽉 잡아당겼다.

그녀는 닭고기가 꽂힌 쇠꼬챙이를 돌리면서 그 아래에 주철 냄비를 놓아 육즙을 받았다. 겨울을 위해 비축품을 여분으로 저장해놓아야 했다. 그는 허약해질 대로 허약해져서 돌아올 터였다. 아니면 마차에 누울 곳을 마련해 그녀가 직접 데리러 갈 것이었다. 그가 긴 여정을 버틸 만큼 회복될 시간도 필요하고 날씨도 충분히 풀려야 하니 최대한 9월 후반까지는 기다릴 생각이었다. 마차를 몰고 가려면 길

상태가 좋아야 했다.

엘리자가 채소와 플랫브레드를 가지고 나왔고, 코나리가 그 뒤를 따랐다. 엘리자는 아이를 앉히고 헝겊을 목에 둘렀다. 코나리는 자기 나무 그릇과 아기용 은숟가락으로만 밥을 먹어야 했다. 엘리자는 예법을 중히 여겼고 밤이면 큰소리로 책을 읽곤 했다. 그녀는 막대기와 송진으로 알파벳을 만들어 아이와 철자 놀이를 했다. 더블라는 가축과 밭을 돌보고 양식을 마련하는 등 쉼 없이 일하는 와중에도 거의 매일 그들을 보러 왔다. 엘리자도 사냥하고 손질하고 도축하는 법을 배웠지만 출산 이후로는 더블라가 그 일을 도맡았다. 엘리자는 손수 가장자리에 토끼털을 덧대어 포대기를 만들었고, 텃밭을 심고 가꾸었으며, 채소와 야생딸기를 요리하고 저장했다. 그들이 머무는 산에는 토끼, 다람쥐, 칠면조, 사슴 등 사냥감이 넘쳤다. 더블라는 벌집이 무성한 거대한 떡갈나무 근처에 덫을 놓아 곰을 잡았다. 그런 뒤 살을 발라낸 가죽을 무두질해 나무틀에 꿰어서 연기에 쐬었다. 어떤 암컷 곰은 몸집이 작은 소와 비슷해 개 몇 마리로도 쓰러트릴 수 있었다. 그녀는 소금 간을 한 고기에 파와 감자, 당근을 넣고 뭉근히 끓였다. 사슴 고기로는 질 좋은 육포를 만들고, 가볍고 부드러운 사슴가죽은 엘리자가 겨울 망토에 기워 입었다. 남편은 떠나기 전 산에 대한 지식과 집에서 필요한 기술, 덫 놓는 법, 사냥하는 법을 엘리자에게 가르쳐주었다. 그들은 함께 약초를 쓰고, 식사를 차리고, 양지바른 땅에 채소를 키웠다. 더블라는 그가 자랑스러웠다. 그에게 많은 것을 가르쳤으나 그 지식들을 하나로 엮어낸 것은 그의 타고난 이해력이었다. 그녀는 성경 구절에 관심이 없었지만 "내 능력이 약한 데서 온전해짐이라"는 말씀 속에서 그를 발견했다. 그는 자신의 약함을 극복했을 뿐더러 사람들이 "신비한 눈"이라 부르는 것을 갖지도, 원하지도, 믿지도 않았다. 그녀 역시 다른 사람들에게 주술을 부려 영향력을 행사하지 않았다. 하지만 그들은 서로 영적으로 매우 가까웠기에 더블라는 그의 고요함도, 그가 겪는 아수라장도 느낄 수 있었다. 모든 것이 정적에 빠진 그날이 올 때까지는.

◇　◇　◇

더블라가 아들로 키운 아이는 고아로, 죽은 오빠의 아이였다. 남부 저지대에서 그녀는 그렇게 말하고 다녔다. 처음에는 농장에 딸린 노예 숙소가 보이는 방 한 칸짜리 오두막에서 아이를 돌보았다. 그녀는 개신교 아일랜드인으로 2세대 전에 아일랜드 대기근을 피해 이주해온 가난한 노동자들의 핏줄이었다. 햇수를 정하고 고용살이를 하던 그들은 이주와 함께 빚을 떠안았는데, 다 갚고 소작농이 되더라도 하나둘 죽거나, 땅을 포기하거나, 다른 곳으로 떠났다. 그렇게 그녀의 아빠만 그곳에 남았다. 그는 알코올 중독자로 대저택의 지주들 밑에서 이따금 막일을 했고, 그녀의 엄마는 산파 겸 민간 의술을 펼치는 약초꾼으로 다른 가난한 백인들을 돕고 그 대가로 물건을 받았다. 더블라는 한때 자신에게 형제가 있었다는 것을 알았다. 하지만 그 사내아이들은 아빠의 주먹을 피하고 보다 배불리 먹기 위해 어릴 적에 집을 떠났다. 얼마 안 있어 그녀의 아빠도 서부 어디론가 떠났는데 너무 오래전이라 기억이 가물가물했다. 그들은 가장 천한 계층으로, 일자무식 아일랜드인들이 가난한 것은 개인의 무능력과 민

족성 탓이라는 말이 돌며 백인과 흑인 모두에게 무시당했다. 하지만 흑인 여자들은 야외 부엌 지붕에 걸린 수십 개의 약초 다발로 그녀의 엄마를 알아보았다. 그들도 민간 의술을 행했기 때문이었다. 그렇다 해도 오가다 마주칠 뿐 서로 어울리지는 않았다. 이젠 그런 일이 드물지만 더블라에게 노예 숙소에서 아이를 받아달라는 요청이 들어오기도 했다. 흑인 여자들, 특히 치료사들은 그녀의 동아일랜드 게일어가 자신들의 잊혀져가는 언어처럼 은밀하고 신비롭고 강력한, 잃어버린 언어의 조각이라고 생각했다. 옛 세대가 물려준 그 신비한 부적들은 흩어지고 내팽개쳐지고 사슬에 매였다.

더블라는 노래밖에 몰랐다. 어쩌면 게일어로 된 구절이 노래처럼 들렸는지도 모른다. 그녀는 유일한 놀이 상대이자 어려서 일을 하지 않는 노예 아이들에게 그 구절을 불러주었다. 좀 더 커서는 엄마를 도와 농작물을 재배하고 덫을 놓아 토끼와 여우를 잡고 약초와 식물을 구하러 들판과 풀숲을 돌아다녔다. 엄마가 작은 오두막을 수리할 때 손을 보태고 먹을 것과 입을 것을 마련하도록 도왔다. 봄이 되면 근처 대저택 부엌에서 그들을 받아주었다. 그러면 그들은 여성의 질병에 좋은 약재나 통풍에 좋은 연고 등 필요한 게 뭐든 몰래 신속하게 건네줬다. 더블라의 엄마는 딸의 타고난 재능에 대해 자랑하곤 했는데, 출산이 임박한 산모의 방에 불과 열네댓 살의 딸이 나타나 그들의 불룩한 배를 씻기고 마사지하고 찜질했다고 했다. 더블라는 따뜻한 모슬린 천을 산모의 배에 올려놓고 부드럽게 눌러 태아의 형체를 확인한 뒤 출산까지 얼마나 걸릴지 가늠했다. 그렇게 시간이 흘러 더블라는 스물, 서른이 되었고, 그녀의 엄마는 기력이 쇠해 침대살이 신세가 되었다. 스러지기까지 5년이 걸렸다. 더블라는 산파

일을 하고, 채소를 키우고, 사냥을 하고, 강장약으로 먹을거리를 사고, 야외 부엌 바로 너머에 엄마의 무덤을 팠다. 그리고 가장 크고 평평한 돌덩이에 줄을 묶어, 빌린 노새로 그 돌을 옮겨서 무덤 앞에 표식을 세웠다. 노새를 빌려준 리나가 무덤 앞에 선 그녀 옆을 지켜주었다. 리나는 엄마의 유일한 벗이었다.

많은 것들을 기억 저편에 묻어놓고 거리를 두었지만 더블라는 아직도 전혀 예상치 못했던 순간에 리나가 방 한 칸짜리 집에 비스듬히 달린 문을 나직이 두드리던 소리를 듣는다. 리나는 들판을 가로질러 약 1.5킬로미터 떨어진 노예 숙소들 가운데서도 더블라 가족과 가장 가까이 살았다. 더블라의 집에서 밥을 지으려고 피운 야외 화로가 작게 깜빡거리면 그것이 리나의 집에서 보였다. 그만큼 가까웠다. 어른이 된 더블라는 타오르는 불빛에서 위안을 얻었고 자신만의 집이 있다는 사실에 기뻐했다. 돌로 만든 벽난로와 난로 바닥, 어릴 적엔 온가족이 함께 잤지만 지금은 혼자 잠드는, 짚을 넣은 널찍한 침대. 그녀는 자신의 형제들을, 빵 껍질이나 맛없는 초록감자를 두고 아빠와 다투던 오빠들을 기억했다. 리나는 더블라가 코흘리개였던 시절에도 나직이 문을 두드렸다. 아빠가 달아난 후에도, 그리고 이후 엄마의 마지막 나날에도.

◇　　◇　　◇

문이 슬쩍 밀리며 열렸다. 리나가 품에 보따리를 안고 있었다. 더블라가 일어나려는데 리나가 포대기로 감싼 무언가를 무릎에 내려놓았다. 강아지나 발육이 부진한 새끼 양처럼 따뜻하고 작은 것이 시커먼 싸구려 천 속에서 꿈틀거렸다.

리나가 거친 천을 끌어내리고 아기의 얼굴을 만졌다. 백인 아이처럼 보이지, 리나가 말했다. 네가 맡아야 해.

어째서요, 리나? 내가 저택에서 보모 노릇 하는 거 알잖아요. 안주인이 둘을 먼저 하늘로 보내고 이번에 얻은 사내아이가 짜증도 많고 허약해요. 안주인은 아직 누워 있고요. 일요일만 빼고 내가 온종일 있어주길 원해요.

난 네 엄마가 애들을 돌볼 때 도왔어. 네가 아는 것들 중 일부도 내가 가르쳤고. 네가 치유사의 손을 갖고 태어난 건 맞지만 그걸 채워준 건 나와 네 엄마란다. 그래서 네가 그 큰 저택에서 보모 일을 하는 거야. 그래서 그 집에서 아일랜드인인 너와 네 엄마를 받아준 거고.

리나, 누구 아기인가요?

누굴 것 같으냐? 8개월 전에 죽은 큰 주인나리 애들이 아직도 태어나고 있어. 하지만 이 녀석은 하얘.

애 엄마는요?

없어. 그 가여운 갈색 여자는 애를 낳다가 죽었어. 그 여자도, 이름도 사라졌지. 네가 이 녀석을 맡아다오. 가난하게 자랄지언정 자유인으로 살 수 있게.

뭘 좀 먹여야겠어요.

너희 여름 부엌에 염소 한 마리가 묶여 있어.

잠깐, 이젠 내가 염소도 훔친 게 되는 거예요?

아니야, 큰 나리가 즐기는 동안 그 여자한테 줬던 염소야. 그걸 너한테 주는 거고. 작은 나리가 제아무리 지 애비를 싫어한다 해도 작은 마님은 널 아끼잖니. 마님이 너한테 그 큰 집에서 남는 것들을 퍼주는 걸 봐, 옷가지며 담요며 음식이며…

이 젖먹이를 키우라고 주는 건 아니잖아요…

마님의 유모가 내 조카손녀딸이야. 여기 오기 전에도 젖을 먹이려고 애를 데려갔었어. 네가 아이를 데려가면 유모가 마님 아기와 함께 돌볼 거야. 작은 주인님 아들은 병약해. 그러니 마님한테는 이 아이가 행운의 부적이라고 해. 이 아이는 건강하니까. 이 녀석이 마님께 더 건강한 사내아이를 많이 낳게 해줄 거라고 말하는 거야. 마님한테 그렇게 말해. 너희 집에 있을 때는 염소젖과 미음을 먹이면 되고.

리나는 밭일을 하기엔 나이가 너무 많았다. 더블라의 엄마보다 더 많았다. 그들은 오두막 근처와 낫으로 베어낸 숲속 공터에 절기에 따라 작물을 심었다. 키운 작물을 함께 나누고, 씨앗과 습포제, 강장제를 맞바꾸었다. 리나는 눈곱투성이에 허리가 구부정했다. 리나의 곁눈질은 더블라의 아빠가 주먹을 휘두르고 밀치지 못하도록 자제시키는 유일한 수단이었다. 그는 리나를 두려워했다. 리나는 막대기처럼 비쩍 말랐지만 강철 같은 노예 여성이었다.

리나, 혹시라도 쫓겨나면 난 갈 데가 없어요. 그럴 순 없어요.

내쫓을 리 없어. 그렇게 많은 아이를 잃고서, 마님은 네 덕에 그 병약한 녀석이 살았다고 생각하는걸. 정말 그럴지도 모르지. 하지만 이 아이는 건강해. 그 어미에 비하면 굉장히 강하지.

그런데 리나, 애기 엄마 이름은요?

더 이상 없는 이름이야. 흙으로 돌아간 사람 얘기는 안 하는 게 좋겠구나. 우리 중에 이름 있는 사람이 어디 있니? 이 아이가 뭘 알겠어? 넌 뭐 아는 게 있어? 네 아빠는 왜소한 아일랜드인이고 엄마는 덩치가 나만 한데도, 너는 이렇게 키가 크잖니?

그건 그냥 소문이에요. 더블라가 말했다.

네가 네 엄마 딸이라는 건 내가 알지, 리나가 말했다. 내가 널 받았으니까. 하지만 네 아빠는? 그녀가 어깨를 으쓱했다. 내가 세 살일 때 우리 식구들은 팔려 나갔어. 그래서 난 이 아이 어미처럼 노예 숙소에서 자랐지. 헌데 이 녀석을 좀 봐라. 왜 굳이 얘한테 말하려는 거니? 걔가 그 사실을 알아서 뭐 하겠어? 아이한테는 네가 고모라고 하거라. 네 오라비가 마누라가 죽고 나서 너한테 맡겼다고 해. 내가 데려온 것처럼 그렇게 온 아이라고 말이야. 아니면 잠자코 있거나.

더블라는 아이를 앞으로 내밀었다. 아이가 그들을 빤히 쳐다보더니 한숨을 쉬었다. 아이는 두 뺨이 짙은 장밋빛이고 커다란 두 눈은 옅은 녹갈색에 검은 머리칼이 꼬불꼬불했다. 속눈썹에는 윤기가 흘렀다. 아이는 손바닥을 쫙 펼쳤다. 더블라가 손가락을 올리자 아이가 꽉 쥐었다.

봤지? 리나가 말했다. 녀석도 아는 게야. 애 엄마는 못 살렸지만 이 아이에겐 네가 시간을 벌어주렴. 이 녀석은 꼭 네가 아니어도 누군가의 인생을 구할 거야.

그래서 더블라는 아기를 숄로 감싸고 들판을 질러 가로수 길을 지나 집과 저택을 오갔다. 아이는 상황을 안다는 듯이 저택에서 조용히 지냈고 자신보다 몇 주 일찍 태어난 주인집 아기가 다 먹은 뒤에야 젖을 먹었다. 더블라는 집에서 멀건 귀리죽과 미음을 먹이며 말을 걸고 노래를 불러주었다. 아이는 무럭무럭 자랐다. 이듬해 안주인은 아이를 또 잃었고 더블라에게 아직 출산의 흔적이 고스란한 방으로 '네 아들 녀석'을 데려오라고 하더니 아이를 놓고 기도를 올렸로. 그다음 아이는 아들이었고 살아남았지만, 안주인은 2년 후 또 다른 출산 도중 눈을 감았다. 어떤 사람들은 '그 아일랜드 년'이 원흉이라고 했지만 더블라는 저택으로 거처를 옮겨, 어머니의 이름을 딴 갓난아기 엘리자와 각각 두 살, 네 살 된 사내아이들을 돌보게 되었다.

더블라는 아들을 데려와 아기 방 옆 벽장 방에서 유모와 함께 지내게 했다. 초반 몇 년 동안 아이는 나머지 아이들에게 맏이 같은 존재였다. 더블라를 따라 아이들을 개울로 인솔해 물고기를 잡으러 갔고, 숲과 들에서 약초, 뿌리, 딸기를 캐는 것을 도왔으며, 이른바 '숲에 대한 감각'을 익혔다. 나중에 그는 사내아이들 방에 놓인 간이침대에서 지내면서 옷가지와 요강을 준비하고, 개인교사가 책과 석판을 챙기도록 돕고, 수업 내용을 흡수해 교사가 큰 아이를 가르치는 동안 작은 아이를 지도했다. 그 형제들이 사관학교 기숙사로 떠나자 더블라의 아들은 열두 살의 나이에 마구간 관리인 밑에 도제로 들어갔다. 벽장 방은 가정교사가 차지했다. 더블라는 들판 너머 자신의 오두막으로 돌아갔지만 가정부이자 자신을 따르는 여자아이의 벗이 되었다. 더블라는 엘리자를 거의 직접 키우다시피 했다. 엘리자의 아버지는 딸아이 곁을 항상 지키라고 말해놓고 걸핏하면 집을 비웠다.

엘리자는 '큰오빠'를 가장 그리워했다. 더블라는 돈이 아닌 물건으로만 보상을 받았기에, 그를 마구간지기에게 도제로 보낼 것을 간청하여 일종의 물물교환을 했다. 소년은 명민했고 동물을 다룰 줄 알았으며, 전직 교사였던 마구간 관리인은 그에게 책을 빌려주기도 했다. 그 세월 동안 그는 엘리자와 떨어져 마구간에서 지냈다. 집은 더블라의 오두막이었다. 그 무렵 오두막은 저택에서 주워온 물건들로 세간이 나아졌다. 집 한켠에 그를 위해 지붕이 비스듬한 침실도 새로 지었다. 그는 열다섯을 지나 스물이 되었다. 그가 어둠 속에서 손끝으로 키 큰 풀밭을 가르며 밤길을 걸어올 때면 오두막이 환하게 빛나고 있었다. 처음엔 엘리자와 아들의 사이를 몰랐던 더블라는 엘리자에게 접근하지 말라며 아들에게 애원하듯 충고도 해봤다. 하지만 소용없는 일이었다.

이제, 그들이 나고 자란 그곳은 적의 땅이 되었다. 그는 북군의 저격병이 되기 위해 길을 떠났고, 전쟁의 심연 속에서 길을 잃었지만, 더블라와의 유대만큼은 여전히 끊어지지 않은 채 남아 있었다.

◇　　◇　　◇

그녀는 세네카 트레일이 있는 북동쪽 저지대를 향해 골짜기 길을 천천히 지났다. 이제 자유주인 웨스턴 버지니아로 탈바꿈한 버지니아 서쪽과 포토맥 강 지역 전부를 북군이 통제하고 있었다. 엘리자는 더블라가 마을에서 가져온 신문이나 광고 전단을 전부 큰소리로 읽었다. 그가 입대한 후부터 더블라는 혼자 물건을 팔고 교환하는 일을 도맡았다. 자궁이 일을 멈춘 지 몇 년이었지만 그녀는 벌목과 사냥과 같은 육체노동 덕분에 호리호리하면서도 힘이 셌다. 헐렁한 멜빵바지와 재킷, 농부용 장갑과 같은 일꾼 차림을 하고, 햇볕에 까맣게 그을려 얼굴에 주름이 생겨도 개의치 않았다. 머리는 질끈 묶은 다음 챙이 넓은 농부용 모자를 푹 눌러써서 가렸다. 북군의 부상병들이 마차나 배를 타고 알렉산드리아의 병원으로 이동한다는 것을 알고 있었다. 신문에서 가장 큰 병원의 그림을 보았다. 한때 근사한 호텔이었던 4층짜리 건물로, 입구에 기둥이 세워져 있고 커다란 창문들이 도심 거리를 마주보고 있었다. 더블라는 꿈에서 건물이 왜곡되고 훼손된 이미지를 보고 자신의 예감을 믿었다. 그녀는 큰 키 덕분에 남자처럼 앉아 마차를 몰면서 마을로 가는 여정 내내 말을 아꼈다. 하지만 알렉산드리아에 도착하면 도움을 줄 안내자가 필요했다. 가장 큰 병원은 찾으면 알아볼 터였다. 하지만 그녀가 입을 열자마자 남자가 아니라는 것을 알아차리고 부상병의 친척이라는 증거를 내놓으라고 할 게 뻔했다. 증거는 없었지만 그녀는 그의 입영통지서를 보여주면서 부상병의 아버지가 편찮아서 먼 길을 올 수 없어 대신 왔다고 말할 생각이었다. 그러면 그들이 안으로 들여보내줄 것이다. 엘리자의 오빠들과 그들의 아버지, 그리고 그 일가친척들은 가짜 가족이었으며, 전쟁의 소용돌이에 휩쓸린 적들이었다. 하지만 그는 진실로 더블라의 아들이었다. '어떤 어저기 널 내게 데려왔지. 죽은 오빠가 남긴 자식이라면서.'

말은 미구용 벨트를 차고 힘차게 앞으로 나아갔다. 더블라는 달빛을 받으며 계속 가기로 마음먹고 추임새를 넣으며 말을 독려했다. 땅이 평평해지며 흙길이 넓어졌다. 무릎에 덮어놓은 삼베 천 밑에 권총을 쉽게 쥘 수 있게 넣어놔 그 무게만으로도 든든했다. 지금은 남쪽에서 격전이 벌어지고 있었지만 길을 이동할 수단이나 의지를 가진 사람은 드물었다. 그녀와 마주치면 누구라도 마차에 담요와 침낭뿐임을 알 테지만 갈 곳 없고 허기진 나그네가 도적질이나 그보다 심한 짓을 할 수도 있었다. 하지만 눈앞에 펼쳐진 길은 한적하니 개미 한 마리도 보이지 않았다.

밤이 늦자 그녀는 몸을 뉘일 잡목림을 찾았다. 쉬면서 말을 먹일 수 있는, 시내가 흐르는 숲이면 족했다. 불을 피울 필요는 없었다. 한숨 돌리면서 먹을 비스킷, 육포, 단단한 치즈가 있었다. 말과 마차가 가려질 만큼 나뭇잎이 빽빽한 곳에서 보이지 않게 숨어 침낭에 들어가 잠을 청하면 되었다. 그를 위해 아껴둔 신선한 짚을 채운 매트리스와 모피, 깃털을 넣은 침구는 돌돌 말아서 줄로 묶어놓았다. 그가 마차에 누워 이동할 때 흔들림에 의해 충격을 받지 않도록 도와줄 것들이었다. 그를 찾아야만 했다. 그녀는 말에게 혀 차는 소리를 냈다가 콧노래를 부르면서 그렇게 입 밖으로 중얼거렸다. 반야생 조랑말인 그 말은 그녀와 마찬가지로 7년쯤 전 이곳에 왔다. 습지나 모래언덕, 조수로 물이 괸 땅에서도 절대 당황하는 법이 없었고 산길과 진흙탕에서도 발걸음이 흔들리지 않았다. 이 녀석이 엘리자를 이 산중까지 싣고 왔었다. 처음 키울 땐 한 살배기 망아지였지만 이젠 노련해서 어디서든 집을 찾아올 거라고 더블라는 확신했다. 그녀가 찾고 있는 아들이─혈육은 아니지만 그녀에게 영혼과도 같은 아이였다─일찍부터 말에게 먹이를 주고 이곳에 오기 전부터 길들이며 돌봤다. 말은 안전한 산등성이 꼭대기의 버려진 오두막으로 황급히 도망 올 때도 곧잘 길을 찾았다. 그들은 통나무로 된 벽을 보강하고 벽의 갈라진 틈새를 진흙 반죽과 말린 가죽으로 메우고 평평한 돌로 비스듬한 난로 바닥을 만들었다. 포도나무 언덕 옆에는 저장 겸 도피를 위해 땅을 깊이 파서 지하 저장실을 마련했다. 양지바른 땅에는 겨울을 나기 위한 텃밭을 가꿨다. 더블라의 오두막은 산등성이 바로 위에 있었는데, 검은딸기나무와 소나무에 가려지다시피 해 누군가 그들 집에 너무 가까이 다가온다 싶으면 두 번째 집으로 사용했다.

그러다 더블라가 따로 살겠다고 선언했다. 혼자 조용히 약초를 달이고 가루를 내려면 그래야죠, 그가 말했다. 그는 눈치가 빨라 산 아래 마을 사람들처럼 말할 수 있었는데 도망칠 때 타고 왔던 나머지 말 두 마리를 팔아 연장, 못, 소총과 화약, 기름 램프, 주철 주전자, 냄비, 씨앗을 샀다. 폭풍과 눈보라에도 끄떡없도록 내부에서 빗장을 걸 수 있는 나무 덧문도 만들었다. 모든 여닫이창 위에는 기름 먹인 종이를 잘라 붙여 여름이나 겨울에 빛이 은은하게 들어오게 만들었다. 사냥한 짐승은 옥수숫가루와 밀가루, 닭과 교환했고 닭은 밤이면 닭장에 가두었다. 더블라와 엘리자는 전쟁이 터지기 전까지 집에만 머물렀다. 사람들에게 알려지거나 함께 있는 모습을 들키지 않는 편이 나았다. 전쟁이 발발하고 편이 나뉘고 죽음이 횡행하면서 그들은 더욱 안전해졌다. 어느 누가 그런 혼란 속에서 그 먼 거리를 가로질러 그들을 찾으러 오겠는가. 하지만 전쟁은 그를 데려갔다.

산등성이에서 두 번째 여름을 보내던 어느 날, 그가 연안 습지의 조랑말이 끄는 짐마차를 몰고 돌아왔다. 그들은 모두 일어나 마차의 길이와 규모, 바퀴살 달린 바퀴와 가죽 끈에 감탄했다. 더블라가 사는 위쪽 산등성이까지는 오솔길이 너무 좁아 마차가 지나가지 못했지만 그녀는 그가 산 아래 작은 마을에 물물교환을 하러 갈 때 팔거나 교환할 뿌리를 캐야겠다고 큰소리로 혼자 중얼거렸다.

그날 밤 세 사람은 엘리자의 방 한 칸짜리 오두막 포치에 앉아 랜턴 불빛 너머로 어둠속을 바라보면서 돌아가며 노래를 불렀다. 그리고 은빛 초승달 아래서 어디까지 보이냐고 서로에게 질문했다. 반딧불이 불빛, 박쥐의 부드러운 비행, 산들바람이 소곤거리는 소리. 그가 만든, 바로 앞의 탁 트인 마당으로 이어지는 그늘진 포치와 넓은 네 칸짜리 계단은 어슴푸레한 빛 때문에 윤곽뿐이었다. 더블라는 안개가, 귀신이 아니라 실제 안개가 이동하는 것을 보았다. 그는 더 깊은 어둠 속을 보기 위해 일어섰다. 그의 신장, 넓은 어깨와 꼿꼿한 자세, 동식물과의 교감은 선조들로부터 물려받은 것이었다. 그는 무언가를 지키거나 여정을 떠나거나 이런 산속에서 살아남는 것 등 모든 일에 퍼즐을 푸는 것처럼 임했으나 그러한 그조차 그날 밤에는 우뚝 솟은 상록수와 숲을 읽거나, 그들의 시야를 가득 메우던 무성한 나무지붕의 이름을 알 수는 없었다. 모든 것이 암흑에 잠겨 어렴풋했다. 수 킬로미터에 걸쳐 뻗어 있는 포도나무와 덩굴식물, 여우, 올빼미, 먹이를 찾아 헤매는 보브캣과 퓨마. 그들이 일군 땅 너머로 길게 펼쳐진 빽빽한 숲은 끝이 없어 보였다. 하지만 거대한 산은 생명을 건강하고 안전하게 지켜주는 존재였다.

그때가 1861년 5월, 전쟁이 발발하고 전투가 시작된 시기였다.

더블라는 마차의 소음과 삐걱거림 속에서, 바퀴의 균형 잡힌 움직임 속에서, 올라갔다 굽어지는 흙길의 모양 속에서 그를 느꼈다.

그녀는 그의 존재를 생생하게 느끼면서 앞으로 나아갔다.

◇　◇　◇

한 시간 뒤, 어두워진 하늘이 누르스름한 구름으로 부글거렸다. 대기가 초록색 삼베를 걸친 것 같더니 저 멀리서 천둥이 울리며 그녀가 지나온 산 쪽에서 폭풍이 내려왔다. 계곡 길 양쪽 숲은 몸을 숨기기엔 나무가 너무 듬성했다. 더블라는 개울 위에 놓인 달그락거리는 낮은 다리를 지나기로 결정하고 고삐로 말의 엉덩이를 가볍게 치면서 나직이 이랴, 말아, 가자, 라고 타이르며 말을 재촉했다. 대기의 냄새만으로도 충분히 알 수 있었다. 저녁해가 저물어 날이 어두워지고 갈색 빛 황혼이 찾아오자 말을 다그칠 필요가 없어졌다. 이 산에서 허리케인이 발생한 적은 없었지만 폭풍이 느닷없이 사납게 몰아치다가 느닷없이 그치는 일은 있었다. 번개가 머리 위로 번쩍이자 사정없이 흔들리는 녹색의 상록수 가지들이 보였다. 더블라는 길을 벗어나 수풀 속으로 들어갈 때까지 말이 알아서 길을 찾게 내버려두었다. 바닥에 솔잎이 겹겹이 포근하게 깔려 있었다. 그녀는 말의 속도를 늦춰 시간이 허락하는 한 최대한 멀리까지 들어갔다. 비가 이상하게도 컵으로 물을 쏟듯 여기저기서 내렸다.

말을 묶고 마차에 유포를 단단히 씌우는데 폭풍이 시작되었다. 그녀는 계속 마차에 매여 있는 말을 염려하며 젖은 채 방수포 아래로 기어들어갔다. 비는 천이 휘날리듯 몰아쳤다. 그녀는 말을 진정시키기 위해 정신을 집중했다. 말과 눈을 마주보고 빗방울이 뚝뚝 떨어지는 말의 속눈썹을 마음으로 느꼈다. 그리고 운율에 맞춰 흥얼거리며 리드미컬하게 등을 쓰다듬으면서 말에게 잠들라고 명령했다. 그러자 비바람이 미친 듯이 몰아치는데도 말이 가만히 서 있었다. 빗방울이 자갈을 던지듯 유포 지붕을 두드렸다. 더블라는 마차 안의 물건들을 보호하기 위해 등으로 유포를 떠받친 채 엎드렸다. 빗줄기가 점점 세지며 빗방울이 바닥을 세게 때렸다. 웅웅거리며 그녀를 뒤흔들던 바람은 비명으로 바뀌었다. 그녀는 저세상으로 떠난 사람들을 가까이서 느꼈다. 돌아가신 엄마, 어둑한 통나무집에서 받았던 사산된 아기들, 그리고 산 채로 태어났으나 엄마의 비통함을 안다는 듯 울부짖다 숨을 거둔 아이들. 사라진 사람들. 영혼은 여행자처럼 자궁을 찾아왔다가 제멋대로 불쑥 떠나버린다. 더블라는 가난한 여자들의 간청에 못 이겨 몇 차례 영혼을 돌려보냈다. 약초, 차, 나무껍질 가루를 쓰면 영혼이 이 세상으로 건너오는 것을 막을 수 있었다. 그녀는 고통스런 생의 여정을 밟지 말라고 영적으로 경고하고 그들을 돌려보냈다. 빼앗기고 이용당하고 헤매다 거부당한 아이들의 수많은 외침이 그녀를 두드리며 울부짖었다. 이 비바람 속에, 그녀를 채찍질하고 뒤흔드는 억수같은 빗속에 그 울부짖음이 있었다.

우박이 자갈돌 던지듯 얼음 구슬을 따갑게 퍼부었다. 그녀는 기억 저편의 냄새와 향기 속으로 더욱 깊이 빠져들었다. 종려나무 길과 바닷가의 산들바람. 새와 바람에 의해 뿌리내린 참나무. 햇빛이 아롱거리는 평평한 바닥. 살짝 흔들리고, 뒤틀리며, 솟아오른 이끼. 그녀는 엄마에게 물려받은 나무 막자사발에 약초와 뿌리를 넣어 가는 법을, 수많은 여자들의 손을 거친 막자로 씨앗과 잎을 으깨는 법을 알았다. 어떤 물약은 피를 멎게 했고, 어떤 것은 물집을 터트려 발진을 치료했고, 또 상처를 낫게도 했다. 또한 엄마가 사슴가죽 주머니에 몰래 넣어둔, '얼스터 룬(아일랜드의 주문)'이라 부르며 품속에 보관하던 돌들에 대해서도 깨우쳤다.

◇　◇　◇

일주일 전, 그녀는 그 매끈한 둥근 돌들을 막자사발에 넣고 휘젓다가 이끼 위에 꺼냈다. '그의 머리', 돌의 점괘였다. 한밤중에는 빈터에서 우엉과 뱀풀을 끓였다. '그의 두 눈', 뿌리의 점괘였다. 그녀의 머리 주위로 김이 모락모락 피어났다. 달달하니 향긋한 향이 났지만 더블라는 두 눈이 불에 덴 것만 같았다. 그의 위로 찢어진 천들이 불안하게 흔들렸다. 말할 수 없는 그를 대신해 다른 무언가가 그녀에게 알려주고 있었다. 그녀는 저장해뒀던 음식들을 엘리자에게 갖다 주고 짐을 쌌다. 집의 개들은 알아서 사냥을 하고 밤에는 누구든 보이기만 하면 가까이 오지 못하도록 길게 울었다.

모든 걸 감수하고 떠났는데 아무런 소득도 없으면요? 엘리자는 자신의 말에 무게를 싣기라도 하듯 품안에 코나리를 안고 있었다. 위험해요…

더블라는 고개만 저을 뿐이었다. 북군 전선은 절대 넘어가지 않으마.

전선이 어딨어요! 아래쪽인 이곳만 봐도 알잖아요. 주둔군이 손바닥 뒤집듯 바뀐다고요.

북쪽 길과 동쪽 길만 벗어나지 않으면 괜찮을 게다. 북군이 죄다 점령하고 있어. 녀석이 마차를 탈 기력이 생길 때까지 몇 주간 도와야 한다 해도, 눈이 내리기 전에는 돌아오마. 엘리자, 내 말 잘 듣거라, 내가 돌아올 때까지 몸조심…

엘리자는 아이를 내려놓고 더블라의 손을 잡았다. 그이라면 가지 말라고, 위험천만하게 우리만 두고 가지 말라고 했을 거예요. 하지만, 그래도, 아, 만에 하나 그이를 찾게 되면, 그리고 그이가 죽어간다면, 코나리와 제 소식을 전해주세요.

그래, 우리 보물, 찾으면 그렇게 하마. 하지만 이걸 알아두렴. 죽음이 녀석을 보더라도 고개를 돌릴 게다.

◇　◇　◇

이제 더블라는 폭풍 소리 한복판에서 반쯤 졸다가 어떤 말들을 떠올렸다. 정신이 이리저리 떠돌다 숲의 독수리들이 죽어가는 먹잇감을 찾아 활강하는 것을 보고 좇아버리는 꿈을 꾸었다. 어릴 적에 봤던 바닷가 습지의 바다 새들, 다리가 긴 황새, 따오기, 왜가리도 떠올랐다. 새들의 날개에서 소금기 어린 바다 냄새가 났다. 제비갈매기. 물떼새, 물새류가 논과 바다습지가 만나는 해안가 모래를 따라 무리 지어 미끄러지듯 날아가는 한편에서 엄마가 고사리와 새알을 찾고 있는 모습이 보였다. 습지의 풀들이 낮게 흔들리면서 그림자 냄새를 풍겼다. 그 냄새는 마치 짭짤하고 비릿한 바닷물에 상한 갓 짠 우유 같기도 했고, 갈매기들이 쪼아서 곯은 새알의 노른자처럼 기름지면서 썩은 것 같기도 했다. 이곳 산속에서는 비가 수풀과 깎아지른 바위 혹들을 장막처럼 가리며 세상을 씻어 내렸다. 겨울에는 눈과 추위가 부패를 얼려버렸다. 질병을 옮기는 모기떼도, 오한을 일으키는 열병이나 학질도 없었다. 강과 폭포에는 눈 녹은 물이 넘쳤다. 지천에 널린 시냇물이 어찌나 맑고 차가운지 입에 넣으면 아릴 정도였다. 갑작스레 불어난 차가운 시냇물이 산등성이를 타고 빠르게 흘러내렸다. 더블라는 꿈에서 코나리를 보았다. 갓난아이 시절부터 알던 그 아이가 숲속 개울가에 무릎을 꿇은 채 도르르 말린 잎들을 무수한 함대처럼 물 위에 띄웠다. 잎사귀들은 물속에 살짝 잠겼다 소용돌이치다 추락하듯 가라앉았다.

엘리자

말세

1864년 9월 27일

◇

26일에 불타운을 떠났고⋯ 5시경에 웨스턴을 차지했다⋯ 익스체인지 은행을 점거해 5,287.85달러에 달하는 돈을 연합군 자금으로 확보했다⋯ 그곳까지 약 100킬로미터를 말이 다니는 좁은 길로 가야 했다. 부하들과 말이 식량 부족으로 산에서 굉장한 고초를 겪었다.

- V.A. 위처, CSA 중령, 1864년 8월 26일
(공식 기록, 웨스트버지니아 문화 및 역사 분과, 시리즈 1, 43권)

말세에 어려운 때가 있으리라는 것을 잊지 말라.

- 〈디모데후서〉 3장 1절

엘리자는 소총이 총구를 포치 난간에 기댔다. 느닷없이 찾아온 이른 추위에 산에 단풍이 들었지만 9월의 이번 마지막 주는 인디언서머*였다. 포치에 놓인 가녀린 흔들의자는 직물로 된 좌석 부분이 축 처지고 햇빛 냄새가 났다. 따뜻한 공기는 바람 한 점 없고 습한 편이었다. 그녀는 나무지붕 너머로 산을 내려다보았다. 우거진 숲에 난 틈새에 있으면 나무 사이로 산자락이 드문드문 보여서 누가 오가는지 감시할 수 있었다. 그녀는 산등성이 이쪽에서 저쪽까지 몇 킬로미터

---

* 북아메리카에서 한가을과 늦가을 사이에 일시적으로 따뜻한 날이 계속되는 기간.

사이에 사는 이웃들의 걸음걸이와 움직임은 물론이고, 서로 자주 빌려 쓰는 수레차, 짐마차, 말의 생김새도 알았다. 낯설거나 위협적인 이들은 대개 도주 중인 남자로, 군복을 입건 안 입건 빠르게 이동했다. 보통은 골짜기 아래쪽에서 서둘러 말을 타고 산을 올랐는데 걸어서 올 때도 있었다. 약탈이나 기습을 일삼는 지방 의용병들은 높은 산등성이에 이르는 험한 길을 피했다. 이 높은 등성이까지 올라오는 사람들은 피난처를 필요로 했고 이를 위해선 무슨 일이든 서슴지 않고 저질렀다. 그들은 약탈자, 배회하는 부랑자, 탈영병, 특히 지금 같은 전쟁 후반에는 배고픔을 이기지 못하고 남군을 이탈한 군인이었다. 엘리자는 경고사격 할 준비를 한 채 수상한 움직임이 지척에 없는지 관찰했다. 산등성이 아래에서 총소리가 울려 퍼지면 골짜기 너머 이웃들이 일제히 사격에 합류했다. 연이은 총성은 도움이 필요하다는 신호였다. 하지만 돕기 위해선 총이 있어야 했고, 총성이 울리도록 하늘로 총을 발사할 공간이 필요했다. 경사가 심한 산길은 즉각 도움을 받을 수 없음을 의미했다.

61년 12월 말, 코나리가 태어난 해, 더블라가 그들과 함께 살다가 위쪽 산등성이 자신의 오두막으로 잠시 눈밭을 헤치고 올라간 적이 있었다. 한 낙오자가 대낮에 엘리자의 포치에 나타나 그녀를 놀라게 했다. 출산 후 아직 몸도 풀지 못한 그녀는 그가 문을 두드리다 자리를 옮겨 추위를 막기 위해 안에서 빗장을 지른 창문의 나무 덧문을 달그락거리는 소리를 들었다. 난로의 불길이 신호처럼 활활 타오르던 그때 그가 앞쪽 덧문에 난 좁은 틈 사이로 칼을 밀어 넣었다. 엘리자는 조용히 총구를 2~3센티미터가량 왼쪽으로 옮기고 총을 쏘았다. 침입자가 포치에서 비틀거리며 물러나는 소리가 들렸고, 그녀는 덧문에 난 새카맣게 그을린 작은 구멍을 통해 그가 힘겹게 노새에 올라타 달아가는 모습을 지켜보았다. 그녀는 더블라가 돌아와 나무를 덧댈 때까지 양모 천 조각으로 구멍을 막았다.

산등성이에는 여자들밖에 없는 까닭에 엘리자는 이 포치에서 망을 보는 일을 중요하게 여겼다. 그들의 오두막은 눈 덮인 겨울을 버텼다. 돌로 된 굴뚝, 손수 다듬은 난로 바닥, 땔감으로 쓸 무한한 나무들이 있었으므로 식량이 떨어지지 않고 사냥만 성공적이면 되었다. 대부분의 집들은 농사일을 돕고 사냥할 남자가 없어 마을로 이주했다. 하지만 마을은 남군과 북군의 습격을 받았다. 더블라와 엘리자는 산속에 머물며 전쟁을 피할 수밖에 없었다. 잃어버린 그 사람, 입대하지 말고 곁에 머물러달라는 간청을 뿌리치고 떠난 그 사람의 소식만을 기다리면서. 엘리자는 가까스로 아이를 가졌고 전쟁이 곧 끝나리라 확신했다. 하지만 아니었다. 그렇게 3년이 훌쩍 지난 오늘 동 틀 무렵 더블라가 마차를 끌고 길을 떠났다. 더블리는 그가 봄 이후로 다쳐서 누워 있느라 돌아오지 못하는 것이며, 알렉산드리아의 병원으로 이송된 군인 수백 명 중 하나일 거라 믿었다. 엘리자는 이성적으로 생각한 끝에 가지 말라고 매달렸지만 더블라는 근거 없는 소문과 과도한 희망을 믿고 그를 가능하면 집으로 데려오기 위해 새벽녘에 떠났다.

코나리, 엘리자가 오두막 안으로 딸을 불렀다. 침대 위에서 숄로 만든 보따리를 가져오렴. 그 안에 촉촉한 줄기 다발이 있단다.

엄마? 코나리가 두 팔 가득 숄을 안고 문간에 나타났다. 맨발에 잠옷차림인 코나리는 검은 속눈썹에 아빠와 같은 녹갈색 눈동자와 검은 곱슬머리를 가졌는데, 곱슬기는 머리가 길면서 점차 사라졌다.

거기 숄을 놓으렴. 이리 와서 산을 좀 봐. 엘리자는 아이를 가까이 끌어당겼다. 보이니, 코나리? 색깔이 끝도 없이 펼쳐져 있지.

우리 산이에요. 코나리가 말했다.

우리가 산을 잘 알기 때문이지. 하지만 산은 인간이 가질 수 있는 게 아니란다. 산은 영원하거든.

아이가 어리둥절한 표정을 지었다.

그러니까… 언제나 그 자리에 있다는 뜻이야. 이야기가 읽을 때마다 똑같은 것처럼 말이야. 그리고 너도 언젠가 혼자서 읽을 수 있을 거야.

알파벳 놀이처럼요! D는 춤을 추다dance, F는 바이올린을 연주하다fiddle. 거울을 보면서 외워요! 코나리가 손바닥에 딱 맞는 둥근 구리 테 거울을 들었다.

더블라에게 받은 거구나.

이리로 더블라 할머니가 보인댔어요.

거울 속에? 정말 보이니?

내 눈만 보여요.

이렇게 조금 떨어트려보렴. 아, 코나리가 보이는구나. 자, 이제 너도 좀 있으면 세 살이야, 코나리. 크리스마스 기억나지? 새해 전야와 네 생일도? 12월 31일도, 코나리. 다 같이 파티를 했잖니. 더블라가 왕관을 만들어줬지.

털로 만든 왕관이요.

호랑가시나무 가지도 넣었잖아! 기억하는구나. 그리고 진수성찬을 먹었지! 사슴고기, 옥수수 푸딩, 구운 감자, 우리 메이플시럽을 넣은 사과파이.

크리스마스처럼요!

하지만 훨씬 근사했지. 거기 솥에 뭐가 있는지 아니? 촉촉한 초록색 옥수수줄기 다발이란다. 접어서 묶기 좋도록 말린 거야. 이걸로 인형을 몇 개 만들까?

세 개요. 엄마, 나, 더블라 할머니.

그러자꾸나. 이제 줄기를 세 다발로 펼치자. 네가 옥수수수염으로 노란 머리를 만들래?

우리 중에 머리가 노란 사람은 없어요.

아, 하지만 수염이 마르면 갈색으로 변한단다. 그리고 구불구불해질 거야.

머리는 만들지 마요. 얼굴도요.

얼굴이 왜 싫다는 거니, 코나리?

아이는 입을 열지 않았다.

어쩌면 그게 가장 좋을 수도 있겠구나. 엘리자가 잠시 말을 멈췄다. 그러면 나는 네가 되고, 너는 내가 될 수 있을 테니까. 그리고 더블라는 우리가 될 수 있지. 어기저기 날아다니고! 숨기도 하면서. 지하 저장실에서 연습했던 것처럼 말이야. 우리가 왜 숨는 거랬지, 코나리?

낯선 사람들과 전쟁 때문에요.

만약 누가 전쟁에 대해 물으면 어떻게 해야 하지?

아무것도 몰라요.

넌 전쟁에 대해 아무것도 모르는 거야. 낯선 사람이 오면 우리가 아는 건 우리끼리 비밀인 거야.

내 이름을 읽을 줄 아는 것도 말하지 않을 거예요.

그래야지, 말하지 않는 거야.

엄마는요, 읽을 줄 안다고 말할 거예요?

어쩌면, 아닐 수도 있고. 엘리자는 딸을 보고 찡긋한 다음 몸을 굽혀 숄에서 줄기 다발을 꺼냈다. 그녀가 말했다. 자, 이걸 보렴. 작은 건 팔을 만들자. 옥수수 껍질로는 치마를 만들고.

바지도 만들어요, 코나리가 말했다.

물론이지, 엘리자가 말했다.

아이는 아빠에 대해 한 번도 물어보지 않았다. 다른 아이들을 본 적도 없었다. 아이는 엘리자와 더블라, 고양이들과 닭들, 산등성이 위쪽의 더블라네 개들, 검은딸기나무와 버드나무 가지, 개울의 피라미와 두꺼비들과 함께 놀았다. 아빠라는 존재는 이야기책과 엘리자가 읽어주는 맥거피 책에만 있었다. 아빠는 도시인처럼 모자를 쓰고 콧수염을 길렀으며, 엄마와 여동생은 근처에 서 있었다. "아빠, 아빠랑 같이 프린스를 타면 안 돼요? 아빠 앞에 가만히 앉아 있을게요." 그런 그림들은 잠자리를 타고 날아다니는 물의 아이들만큼이나 환상 속의 일이었다. 글자는 놀이였고, 놀이에는 진실이나 거짓이 없었다. 그들이 잃어버린, 군인이 되려고 떠난 사람, 아, 그는 인간이었다. 그리고 코나리는 자신의 녹갈색 눈동자와 검은 곱슬머리 속에서만 그를 볼 뿐, 달리 그를 알지 못했다. 엘리자는 너무나 부드럽고, 그의 입과 혀처럼 충만하며, 안락하고 강인한 그 이름을 곧장 떠올릴 수 없었다. 그의 부재가 상처처럼 깊어졌다.

더블라는 엘리자를 낳다가 숨진 그녀의 엄마를 대신해 엘리자를 키웠던 것처럼, 그 또한 키웠다. 엘리자의 오빠들도 어렸다. 이미 그 아이들의 보모였던 더블라는 갓 태어난 엘리자를 책임졌다. 그녀는 짐을 싸서 아이 방으로 들어왔고, 자신의 조카라 칭하던 그 소년에게 침대에 누운 아이들을 위해 부채질하는 법과 신생아가 잠든 요람을 흔드는 법을 가르쳤다. 다른 아이들과 마찬가지로 크림색 피부와 검은 머리칼을 지닌 그 소년은 함께 수업과 놀이에 참여하고 더블라를 그림자처럼 따라다녔다. 소년이 키가 크고 어깨가 딱 벌어져서 편자 박는 일을 배우러 마구간으로 자리를 옮겼을 때는 열두 살보다 더 되어 보였다. 엘리자의 오빠들은 군사학교에서 기숙사 생활을 했다. 엘리자는 집에서 가정교사의 수업을 들었지만 더블라는 계속 그녀의 수발을 들며 벗으로 남았다. 엘리자는 열셋이 되면서부터 마구간을 찾아가 큰오빠로 기억하는 소년과 함께 말을 보살피기 시작했다. 그들은 고양이와 그 새끼들을 데리고 놀거나 운을 맞춰 시 구절과 리머릭*을 주고받았다. 소년은 엘리자의 아버지가 남긴 큰 종마에 그녀를 태우고, 그녀가 '스물네 마리의 검은 새가/ 구운 파이 안에 들어가 있네'**라고 암송하면 말이 그 소리에 맞춰 걷도록 가르쳤다. 그들이 어찌나 가까워 보였던지, 더블라는 그들을 보고 '바늘과 실 같은 사이'라고 했다. 하지만 두 사람이 헛간에서 꼭 붙어 있는 모습을, 엘리자가 그의 목에 얼굴을 파묻으며 그를 느끼는 동안 그가 바짝 얼어서 손도 못쓰고 가만히 서 있는 광경을 몰래 훔쳐본 후에는 둘 사이에 어떤 접촉도 허락하지 않았다.

엄마, 코나리가 말했다. 다 만들었어요.

엘리자는 물결처럼 넘실거리는 나뭇잎들 너머로 시선을 떨어트리

---

* 약약강격(弱弱強格) 5행으로 된 희시(戲詩)로 과거 아일랜드에서 유행했다.
** 동요 〈식스펜스의 노래를 불러라Sing a Song of Sixpence〉의 첫 가사다.

더니 다발의 윗부분을 묶고 나머지를 늘어트리는 법을 아이에게 보여주었다. 줄기를 말아서 만든 팔을 끼우고 목과 허리 부분을 묶는 법도, 푸른 다발을 교차시켜 어깨를 만드는 법도, 다발을 추가해 치마를 만드는 법도 알려주었다.

그런데 더블라 할머니 바지는요? 아이가 물었다.

넓은 치마를 반으로 가른 다음, 허벅지, 무릎, 발목을 묶어서 더블라 것을 만들자꾸나.

엘리자는 의자에서 몸을 앞으로 기울였다. 따스한 대기가 안개로 흐릿했다. 그녀는 눈에 힘을 빼고 세세한 것들이 아닌 움직임을 감지하는 쪽으로 관심을 돌렸다. 자신이 만든 인형에 작은 거울을 갖다 대고 있는 코나리가 어렴풋이 눈에 들어왔지만 스멀스멀 올라오는 불안감에 소총을 준비하고 공터를 이쪽저쪽 응시했다. 그녀는 자신이 예민하다고 혼자 중얼거렸다. 지난밤 더운 날씨에 코나리가 붙어 잔 데다 더블라가 부질없이 멀리 떠난 탓에 잠을 설쳐서인 것 같았다. 더블라는 불꽃이 치솟는 모습이나, 이곳이나 남쪽의 전투에 대해 마을에서 주워들은 이야기를 너무 심각하게 받아들였다. 그리고 그이는 직접 지은 이름으로 북군에 저격병으로 입대한 후 주소를 들키지 않으려고 산 아래 작은 마을의 사서함으로 소식을 전해왔지만 너무 오랫동안 소식이 없었다. 더블라는 죽음의 느낌과 소리를, 한곳에 머물지 않고 남은 것들 근처를 기웃거리는 죽음의 냄새와 음을 안다고 했다. 마술은 사람들의 생각일 뿐이지 자기 방식이 아니라고 했으나 그녀는 점괘를 보려 돌을 던졌다. 그리고 말과 마차를 끌고 떠났다.

엄마, 저게 무슨 소리예요?

올빼미야, 코나리. 시간을 착각했나 보다. 낮에 울다니.

숲에 울려 퍼지는 고음의 울음소리가 애절하니 심상치 않았다.

엘리자는 올빼미가 키 큰 소나무에 둥지를 틀었다고 말해주지 않았다. 솔송나무의 거대한 가지들이 숲속 빈터의 가장자리를 지키며 산등성이 사이에 난 숨겨진 길을 가려주었다. 흰 얼굴의 올빼미는 밤이면 굶주린 유령처럼 울면서 아이가 잠들 때 벗이 되어주었다. 요즘 들어 코나리는 그 나무 아래서, 수년간 층층이 쌓인 솔잎에 견과류 껍질과 도미노를 펼쳐놓고 놀곤 했다.

엘리자가 일어섰다. 그래, 저기구나, 산등성이 바로 아래쪽. 잎 끝이 붉은 밤나무와 노란 참나무의 윗부분이 가지를 이리저리 뛰어다니는 다람쥐들 때문에 미세하게 떨렸다. 하지만 그녀는 얼룩이 바닥에 스며들듯 축축한 어둠이 조금씩 강해지는 것을 느꼈다. 한 줄기 햇살이 그녀의 뺨을 스쳐 눈이 부셨다. 고개를 돌리니 코나리가 거울을 태양에 비추어 작은 광채로 숲을 그슬리듯 얼룩덜룩 비추는 것이 보였다. 돌이 빠르게 흐트러지는 소리가 들렸다. 엘리자가 코나리를 어찌나 사정없이 움켜잡았던지 아이가 숨을 헉 쉬면서 거울을 떨구었다. 그들이 계단을 내려가 집 뒤편으로 반쯤 갔을 때 코나리는 손을 비틀어 뿌리치면서 인형을 가지러 돌아가려 했다. 엘리자는 소총을 떨군 대신 아이의 무릎을 잡고 이내 지하 저장실이 숨겨진 검은딸기나무 덤불로 달려갔다. 그리고 아이를 저장실에 넣고 "낯선 사람들이야, 절대 소리 내지 마"라고 속삭인 뒤 문을 닫고 몸을 돌려 소총을 찾으러 달려갔다.

하지만 그녀보다 앞서 그들이 그곳에, 포치 계단 난간에 말고삐를 느슨히 걸쳐놓고 그 옆에 서 있었다. 키가 큰 남자는 엘리자의 소총을 겨드랑이에 낀 채 히죽거리며 여유롭게 기다리고 있었다. 다른 하나는 머리가 살짝 벗어지고 턱수염을 기른, 키가 작고 삐쩍 마른 북군으로, 가는 머리칼을 하나로 묶어 등 뒤로 길게 늘어트렸다. 황갈색 사슴가죽 외투가 무릎 아래까지 내려왔고, 그가 뛰어올라 돌진할 때는 어깨와 팔에 달린 술 장식이 흩날렸다. 엘리자를 보자마자 그는 침을 흘리며 광기 어린 눈으로 그녀를 쫓아갔다.

그녀는 숨겨둔 칼을 찾기 위해 닭장으로 달려갔다. 털을 뽑은 닭을 버터처럼 베어낼 만큼 날카롭게 갈아놓은 터였다. 하지만 그를 가까이 유인해야 했다. 그녀는 그보다 먼저 머리를 집어넣고 닭장 안으로 들어갔고, 닭들이 비명을 지르며 날아다녔다. 갑갑한 온기 속에서 그의 숨소리가 들리고 냄새가 코로 들어왔다. 닭들이 꼬꼬댁거리며 그의 얼굴로 날아들자 그가 살짝 옆쪽으로 비켜섰다. 닭들이 그의 뒤로 앞다투어 빠져나가려 하자, 그는 상소리를 뱉었다.

뒷마당에서 키가 큰 남자가 소리를 쳤다. 바트, 그가 말했다. 자네가 닭들을 다 쫓아냈나 보군.

이봐, 여자는 내가 먼저야. 다른 하나가 문으로 다가오는 소리를 듣고 북군이 말했다.

그럼 먼저 해, 첫 번째 남자가 말했다. 내가 여자한테 총을 겨누고 있을 테니.

그녀는 뒤돌아서 그들을 마주보며 벽을 타고 몸을 피하면서 매부리코에 비쩍 마른 북군을 더 안쪽으로 유인했다.

다른 하나가 재밌다는 목소리로 그에게 지시했다. 이걸 잡으려면 팔다리를 전부 써야겠는걸, 바트. 닭똥 뒤집어쓰기 전에 그 사슴가죽 외투는 벗어버려.

바트라 불리는 남자는 긴 외투를 벗어 던졌지만 안장 가방은 끌리는 대로 두었다. 뒤쪽 벽에는 밀가루 포대가 씌워진 허름한 옥수숫대 매트리스가 접힌 채 기대어져 있었다. 엘리자는 칼을 손에 넣기 위해 한쪽 모서리로 미끄러지듯 몸을 날렸다. 그는 닭장 벽 중간쯤 있는 횃대 상자 위에 권총을 내려놓더니 아래쪽에서 발목을 홱 잡아당겨 그녀를 똑바로 눕히고 위에 올라탔다. 그 와중에 매트리스가 그들 아래로 어정쩡하게 반쯤 펼쳐졌다. 그는 몸으로 그녀를 고정시키고 그녀의 다리 사이에 한쪽 무릎을 밀어 넣은 뒤 치마를 뒤척여 목까지 걷어올리고는 더듬더듬 자신의 바지를 내렸다. 그녀는 매트리스 잇을 붙잡는 척하면서 뒤쪽으로 손을 뻗어 칼의 가느다란 손잡이를 움켜쥐었다. 길고 가는 칼날이 그의 앙상한 갈비뼈들이 만나는 지점에 깊숙이 박혀야 했다. 그녀는 그의 심장, 그의 가슴 속에서 피를 뿜어내는 그 역겨운 근육을 상상하면서 자신의 흉골 쪽에 칼을 대고, 찌를 순간을 계산했다. 매트리스 잇의 박음질한 가장자리가 손 안에서 불이 난 듯 뜨거웠다. 속바지가 내려가며 가랑이와 배가 드러나는 느낌이 들더니 다른 한 놈이 다가오는 소리가 들렸다. 키가 큰 놈이 그들 옆에 서서 멍이 든 입가에 미소를 걸친 채 그녀를 내려다보고 있었다. 그의 푸른 눈동자는 아무 생각이 없다는 듯이 평온하고 단조로웠다.

남군, 좀 잡아봐. 나머지 한 놈이 말했다. 자네 보는 거 좋아하잖아.

키가 큰 남자가 그녀의 머리에 소총을 겨누었다. 그는 몸을 기울여 거대한 손으로 그녀의 왼쪽 발을 움켜쥐고 속옷을 벗긴 다음 가슴팍으로 그녀의 발을 떠받쳤다. 그리고 그녀의 다리가 벌어지도록 무릎을 눌러 구부렸다. 이렇게 벌리고 있을게. 그가 말했다. 잘 보이게.

그래 이거지. 다른 한 놈이 그곳을 쓰다듬으며 진흙투성이 바지를 무릎까지 떨어트렸다.

소총이 치워졌다. 그녀는 칼을 쥔 손을 둘둘 말린 치마 아래로 재빨리 옮겼다. 그가 눈을 감고 앞으로 쓰러지며 그녀의 안으로 밀어넣는 순간, 칼날이 그의 가슴에 박혔다. 그의 목에서 가르랑거리는 소리가 나더니 그가 두 손으로 칼을 움켜쥐고 몸을 일으켰다. 하지만 키가 큰 남자가 그의 머리채를 잡고 그를 끌어내렸다. 그녀의 드레스 천이 칼날과 칼이 꽂힌 가슴팍 사이에 걸려 일자로 찢어졌다. 머리가 벗어진 매부리코 남자는 무릎을 꿇은 채 뒤로 미끄러졌고, 키가 큰 남자가 그의 텁수룩한 산발을 잡아 흔들며 그를 닭장 바닥으로 끌어당겼다.

강간범은 질색이야. 그가 말했다. 못된 양키 강간범은 더더욱.

다른 한 놈이 쉰 소리를 냈다. 그의 목에서 피가 거품처럼 올라왔다.

이 여자한테 당했군, 바트. 소란 피우지 말자고. 남군이라 불리는 남자가 그를 뇌주었다. 그러더니 양손으로 소총을 거꾸로 들어 올려 내리쳤다.

두개골이 갈라지는 소리가 들렸다. 몸이 앞으로 고꾸라졌다. 그녀는 쪼그리고 앉았다 일어서려 했다.

그대로 앉아 있어, 그가 소총을 천천히 치켜 올리더니 그녀를 조준했다. 옷 입어, 아줌마. 속옷이 안 찢어지게 신경 썼어.

그녀가 치마 아래로 쭈그리고 앉아 속옷을 무릎 위로 올렸다. 그런 다음 몸을 가리기 위해 치마를 움켜잡은 채 무릎을 꿇고 몸을 기울어 속옷을 더 위로 끌어당겼다.

거기 그대로 있어. 그가 말했다. 그리고 그 안장 가방을 붙잡아. 그가 횃대에 놓인 권총을 잡아 짧은 재킷 주머니에 쑤셔 넣고 그녀에게 사슴가죽 외투를 던졌다.

그녀의 심장이 귀에 들릴 정도로 쿵쾅거렸다. 칼 돌려줘요, 그녀가 말했다.

아는지 모르겠지만 난 강간범이 아니야, 아줌마. 하지만 살인범이 되는 건 딱히 마다하지 않지.

그녀는 닭장 바닥을 더듬어 뻣뻣한 가죽 끈을 찾고 무거운 안장 가방을 자기 쪽으로 끌어당겼다. 공기가 불쾌하고 답답했다. 극도의 공포로 시야가 흐려졌다는 생각에 호흡을 늦추려 노력했다. 닭들이 닭장 밖으로 뛰쳐나가 날개를 퍼덕이는 모양이 햇빛 때문에 실루엣으로 보였다. 오후 3시밖에 안 됐지만 어스름이 빨리 찾아온 것처럼 백납 빛을 띠는 날이었다. 그녀는 안장 가방을 열었다. 돈이 고무술로 가지런히 묶여 있었다. '웨스트버지니아 퍼스트 익스체인지 은행'이라는 글자가 보였다. 웨스턴에서 밤낮을 힘들게 달려온 모양이었다.

돈을 꺼내. 그가 말했다. 그리고 저 사슴가죽 외투 안감 속에 넣어. 거기 박음질이 느슨한 데다 조심히 집어넣어. 고마워, 아줌마. 돈을 숨기는 게 처음은 아닐 테지. 이제 일어나서 두 개 다 이리로 가져와.

그녀는 외투와 가방을 들고, 옥수수속이 들어 울퉁불퉁한 매트리스를 가로질러 그에게 걸어갔다.

안장 가방은 바트의 목에 걸어.

그가 그들 사이에 소총을 세웠다. 꽃 향의 팅크제 냄새를 맡을 수 있을 만큼 그와 거리가 가까웠다. 그녀는 그가 옅은 향수를 뿌렸음을 알아차렸다. 뜨거운 얼음을 만난 것 같은 새로운 두려움이 스쳤다.

이제 이 개자식을 묻을 삽을 가져와. 그가 말했다. 구멍을 파는 동안 널 묶어놓을 줄도. 혹시 다른 걸 가져오면 골로 갈 줄 알아. 그가 그녀의 목에 소총을 갖다 댔다. 알아들어?

그녀가 고개를 끄덕였다.

이건 말이야, 내가 댁한테 선행을 베푼 거야. 저 불결한 새끼가 발정이 나서 일을 치르기 전에 죽이게 도와줬잖아. 임무 중인 북군을 죽이면 교수형이야. 물론 우리 편이 이기지 않는 한 말이지. 어느 쪽이 이기든 북군은 이 안장 가방과 관련해 녀석을 조사할 거고, 댁한테 남군이 훔친 북군의 돈에 대해 물어볼 거야. 나는 바트의 포로였어. 하지만 위처 중령은 양키 포로수용소에서 날 찾지 못할 거고 바트는 현금이 필요 없는 신세가 됐지. 그러면 북군이 왜 이곳을 굳이 뒤질까? 왜냐면 누군가 정보를 흘릴 테니까. 그러니 시킨 대로 해!

그녀는 삽을 찾기 위해 그보다 앞서 헛간으로 달려갔다. 밧줄이 네모머리 못에 휘감겨 있었다. 저녁이 된 것처럼 어둑했다. 그녀는 자신이 딛고 있는 땅에서 폭풍이 벌써 오고 있음을, 흙먼지에서 서늘한 어둠을 느꼈다. 매의 높은 울음소리를 흉내 내 위쪽에 사는 더블라에게 신호를 보낸다 해도 그녀는 가고 없었다. 더블라는 찾지 못할 사람을 찾기 위해 떠났다. 엘리자는 그 사실을 알았다. 알았고, 안다는 것을 인정했다. 그는 그들에게 매여 있지도, 못 오게 가로막히지도 않았지만, 그들을 갈구하지도 않았다. 더 이상 그들을 생각하지 않았다. 그는 이곳 버지니아 서편의 첩첩산중 앨러게니에, 산등성이 높은 곳의 버려진 농가에 그들을 데려다 놨다. 엄마가 없는 어린 시절에는 오빠였지만 남자로 다시 만난, 그녀가 자신만큼이나 잘 아는 남자였던 그. 그는 그녀의 연인이 되었고, 이젠 남편이었다. 그들은 아주 오랜 세월을 아주 가깝게 지냈다. 문득 정신 차리고 보니 그는 무심히 떠나버렸다, 돌아올 생각은 하지도 않고. 그는 연해에, 강가 진흙에, 나무가 우거진 숲속 깊숙이, 나뭇잎과 흙먼지 속에, 표식도 없는 무명의 시체가 눈을 감고 널브러진 들판에 있었다. 그녀는 자신의 운명이 그의 운명에서 피어오른 연기와 비슷할 거라고 감지했다. 그녀는 헛간에 멈춰서 현기증을 느끼며 삽을 쥐었다가 옆에 내려놓고 못을 헐겁게 하기 위해 감겨 있는 줄에 무게를 실었다. 유일한 큰 못이었다. 힘껏 당겼지만 힘이 부족했다. 그녀는 어깨에 고리 모양으로 줄을 걸고 못 아래로 삽의 날을 단단히 끼워 넣었다. 그리고 한 발을 벽에 댄 채 삽날을 당기고 못을 비집으며 조금씩 움직이게 했다. 더디지만 힘을 가하자 결국 못이 튀어나왔고 그녀는 못을 단단히 움켜쥐었다. 그런 다음 삽과 줄을 들고 남군에게 뛰어갔다.

뛰어오시는군. 그가 시체를 닭장에서 긁어내놓은 터였다. 그가 시체 곁에 서더니 그녀를 향해 소총을 겨눴다. 삽을 저리로 던져. 줄도. 그리고 땅바닥에 엎드려 누워, 여기 내 발치에.

그녀가 눕자 그는 그녀의 등을 한 쪽 무릎으로 세게 누르고 두 팔을 당겨 모았다. 두 팔을 겨드랑이에 붙여서 묶은 다음 그녀를 굴려서 앉히고 다시 앞쪽에서 양손을 묶었다. 그녀는 그가 풀매듭을 짓고 줄을 더 풀어 그녀의 발목에 감은 뒤 그 남은 줄을 길게 늘어트리는 모습을 지켜보았다.

널 거칠게 끌고 다닐 수도 있어. 그가 말했다. 하지만 시간이 얼마 없어. 알아들어? 그가 줄을 홱 잡아당겨 그녀를 흙바닥에 내동댕이쳤다. 대답해!

시간이 없다고요. 알아들어요.

내 이름은 남군이 아니야. 그가 이렇게 말하고 웃었다. 파파라고 불러. 따라해, 그러면 앉혀주지. 해봐!

파파. 그녀가 웅얼거리다 더 크게 말했다. 파파!

그는 그녀를 한두 걸음 앞에 앉히고 줄을 곧게 당겼다. 그리고 줄을 밟고 그녀를 위압적으로 내려다보며 재킷과 셔츠를 벗고 정성스럽게 접어 사슴가죽 외투 위에 두었다. 그는 삽을 들고 자신의 골반 너비만 한 곧고 평평한 구덩이를 빠르게 팠다. 내가 얼마나 능숙한지 알게 될 거야. 그가 말했다. 골칫덩이를 죽이는 것도, 무덤을 파는 것도.

엘리자는 그가 땅을 파는 모습을 지켜보았다. 탄탄한 몸에 혈색이 좋았고 두꺼운 갈색 머리칼은 햇빛에 노출된 흔적이 보였다. 바지는 남군에서 지급한 것으로 앞쪽에 군복 단추가 달려 있었다. 옷은 두 번째 피부처럼 그에게 딱 맞았다. 키가 비슷하고 좀 더 마른 군인이나 사체로부터 훔친 것 같았다. 그녀는 검은딸기나무 덤불과 오솔길 쪽은 쳐다보지도 흘깃대지도 않으려 애쓰며 그를 지나쳐 산꼭대기 위로 펼쳐진 둥근 하늘을 쳐다보았다. 동쪽 하늘에 구름들이 뭉쳐 비스듬한 모양의 작은 회색 수로가 넘실거리는 듯 했다. 푸르스름한 색깔이 구름을 따라 이동했다. 그녀는 그가 땅을 더 빨리 파기를 기도하며 혹시 무슨 말을 하면 괜찮을까 생각했다. 아니다, 저자가 말하게 두자. 그녀가 말을 할수록 살 기회가 줄어들 것 같았다. 하지만 코나리에게 그녀의 목소리를 들려줘야 했다.

저기, 이보세요. 그녀가 불렀다. 줄이 너무 조여요.

누구한테 하는 소리야, 아줌마? 폭풍이 코앞까지 와 있어. 서둘러야 해. 그가 땅을 파면서 그녀를 쳐다보고는 씩 웃었다. 파파한테 말하는 거야?

당신한테 말하는 거예요. 그녀가 외쳤다.

그가 분홍색 입술을 오므리면서 주위를 둘러보았다. 그리고 쥐고 있던 줄에 매듭을 묶고 구덩이 안으로 걸어 들어갔다. 거의 무릎 높이였다. 그가 그녀를 계속 마주보고 앞쪽으로 땅을 팠다. 폭풍이 오기 전에 여기서 나가야 해. 그가 말했다. 이쪽 산길에도 물이 흘러넘칠 거야. 아, 댁은 이 산골짜기에 살지. 그 거울을 깜빡이지 않았으면 이곳을 못 찾았을 거야. 다른 사람한테 신호를 보내려던 거였겠지만 우리가 알아차렸지.

그가 구멍을 깊이 팔수록 흙이 날아와 무덤 옆에 고르게 쌓였다.

코나리가 포치에 거울을 떨어트렸다. 엘리자는 소총을 가지러 돌아갔다가 수염 난 남자에게 쫓길 때 그가 거울을 잡아채는 모습을 봤던 것을 떠올렸다.

바깥양반은 어디 갔나. 그가 유감스럽다는 듯이 말했다. 여기 혼자 됐단 말이지. 애도 없고, 말도 없이, 들짐승과 악천후 속에 혼자 놓고 떠났다니. 굉장히… 가슴이 아프군. 하지만 지금은 말세니까. 그가 잠시 말을 멈추고 구름이 층층이 쌓인 하늘을 올려다보았다. 폭풍이 곧 몰아닥칠 거야. 사슴가죽 코트를 챙겼으니 돈은 안 젖을 테고. 아니면 여기서 며칠 함께 지내다 갈까?

저녁 먹고 가든가요. 그녀가 큰 소리로 말했다. 땅 파는 거 마치고요.

안 돼, 아줌마. 하지만 가기 전에 한 곡 신나게 뽑는 건 되겠지. 그가 그녀를 쳐다보았다. 다 끝나면 내 길을 가야지. 묻는 건 아줌마가 하고.

번개가 번쩍이며 부글대는 구름을 가로질렀다. 엘리자는 이미 저 세상 사람인 양 어지러웠다. 폭풍이 계속돼 저장실이 잠기게 되면 코나리가 물 위로 올라오지 못할까 봐 걱정됐다. 언젠가 폭우로 물이 차서 저장실이 망가지고 식량이 둥둥 떠다닌 적이 있었다. 하지만 아이가 스스로 원할 때 서 있거나 기어 나올 수 있다면, 손으로 파서 만든 그 지하 저장실은 몸을 숨기는 용도로는 아무런 쓸모가 없을 것이었다. 보통은 비스듬한 구조 덕분에 물이 높이까지 차지 않고 감자·사과·양파가 든 옹기들과 건채소·육포를 얹은 널빤지, 입구를 밀랍으로 봉한 항아리들이 놓인 돌 선반이 해를 입지 않았다. 그렇다 해도, 만약 이번에 그가 그녀를 죽이지 않는다면, 엘리자는 지하 저장실 한쪽에 큰 돌을 놓아 혹여 누가 그 안을 들여다보더라도 몸을 숨길 수 있는 자리를 만들겠노라고 다짐했다. 무슨 일이 일어나든 아이에게는 조금이라도 살아날 기회가 있어야 했다. 그녀는 코나리에게 수도 없이, 엄마가 손으로 직접 꺼내주지 않는 한 저장실에서 나오지 말라고 말했지만, 그 손이 미처 딸에게 닿지 못하게 된다면 어쩌겠는가.

엘리자는 흙이 자기 앞으로 날아오는 것을 지켜보았다. 이제 그는 가슴 깊이의 구덩이에 서 있었다. 그는 그녀가 과거에 물리쳤던 굶주린 패잔병과 달리 셌다. 전쟁을 원하는 바를 이룰 수단으로 이용하는 놈이었다. 왜 그녀를 묶어놓고 땅을 파는 동안 지켜보게 했을까? 그는 훔친 돈을 뺏고 흔적을 없애기 위해 같은 패거리를 파묻고 있었다. 하지만 그 무덤은 그녀의 것이 될 수도 있었다. 분명 그가 먼저 하고자 하는 일이 있었고, 그때 그녀가 살아 있길 바란 것이었다.

그녀는 못을 쥔 채 그를 잘 지켜보다 속일 방도를 생각했지만 이젠 불가능에 가까웠다. 그가 혼자 일을 다 끝낸다 해도 그녀가 다른 놈을 찌르는 걸 본 터였다. 어떻게 해야 목에 못을 내리꽂을 만큼 가까이 다가오게 한단 말인가. 어떻게 해야 큰 혈관을 길게 찢어 출혈이 절대 멎지 않게 만든단 말인가. 그러려면 그녀의 두 손이 자유롭고 그가 가까이서 그녀를 마주봐야 했다. 그녀는 그가 어떻게 죽은 녀석을 자극하고 관찰자인 척을 했는지, 어떻게 일을 이 지경으로 흘러가게 했을지 생각했다. 그가 양키의 돈을 훔친 게 확실했다. 그리고 바트가 걸림돌이 되자 그를 매수하고 내내 죽일 계획을 세운 것이리라. 그녀는 그저 요긴한 수단이자 놀잇감에 불과했다. 파파라니. 그는 인형을 원했다. 몸에 한기가 돌았다. 그는 그녀를 여우의 숨길에 어리둥절해하는 자신의 토끼로 여겼다. 엘리자는 주먹에 든 못을 꽉 쥐었다.

그가 무덤에서 나와 일어섰다. 시체를 똑바로 펴고 가슴에서 칼을 뽑아 풀밭에 스윽 닦고는 옆으로 굴려 구덩이로 떨어트렸다. 그가 그녀의 소총을 들어서 보여주더니 무덤 속에 던져 넣었다. 나중에 꺼내든가, 눈이 휘둥그레진 그녀에게 그가 말했다. 올 겨울에는 굶주리겠군, 사슴 사냥을 못 할 테니.

그녀는 그가 남은 줄을 쥐고 있는 것을 보았다. 그가 짐승 가면처럼 수염이 까칠한 얼굴로 다가와 그녀를 구덩이 쪽으로 당겼다. 줄 끄트머리를 그의 뒤편 구덩이 안으로 떨어트리고 그녀 옆에 서서 어깨와 가슴에 묻은 흙먼지를 쓸어냈다. 그가 안감에 돈이 든 사슴가죽 외투는 그대로 두고 셔츠와 코트를 집어서 입었다. 그녀의 칼이 외투 위에 놓여 있었다. 그의 셔츠가 여며지지 않은 채 바지 위로 걸

처져 있었다. 갑자기 그가 웅크리고 앉더니 그녀의 발목에 묶인 줄을 풀었다. 그가 줄이 조여서 생긴 붉은 자국을 문지르는데 그 느낌이 마치 집어삼키기 전에 음미하는 것만 같았다.

당신이 왜 저 소총을 사용하지 않았을까 궁금하단 말이야. 그가 말했다. 조준 실력이 끝내줄 것 같은데. 나무숲 사이로 한두 번 봤다고 해도 우리가 이리로 올 줄은 몰랐겠지. 다른 데서 비친 거라 오판했길 바라면서 숨을 죽인 거야. 그가 일어서서 그녀의 발을 거칠게 잡아당기고 몸을 돌렸다. 그리고 그녀의 등을 그에게 바짝 붙인 뒤 맨발로 자신의 부츠를 밟게 했다. 그는 무덤 가장자리로 그녀를 데려갔다. 두 손을 앞으로 뻗어 팔의 결박은 두고 팔목 매듭만 풀어주었다. 저 녀석과 함께 이 구덩이에 묻어버릴 수도 있어. 그가 그녀의 목에 입을 대고 말했다.

그녀는 좁은 무덤에 모로 누운 시체를 내려다보았다. 바로 아래에 다 해진 부츠가 있었다. 말라비틀어진 정강이에 걸쳐진 변색된 바지는 아직 단추가 채워지지 않았고 속옷이 내려가 있어 허연 골반 관절이 훤히 드러났다. 목에 걸린 안장 가방은 은행 배지가 잘 보이도록 똑바로 놓여 있었다. 고개는 마치 무덤 밖을 내다보기라도 하듯 위로 들려져 있었다. 얼굴은 지저분했고 입은 흙이 반쯤 찬 채로 벌어져 있었다. 소총은 시체를 따라 세로로 놓여 있었는데 화약이 아직 젖지는 않았다. 양팔이 앞으로 묶인 채 여전히 주먹을 꽉 쥔 그녀는 꿈속에서처럼 줄이 풀리면서 소총을 잡고 뛰어올라 남군의 미간에 총을 쏘고 그를 물리치는 상상을 했다. 방아쇠의 감촉이, 총을 발사할 때의 쾌감이 간절했다.

머리를 풀어. 그가 이렇게 말하고 그녀의 엉덩이를 끌어당겨 자신의 몸에 밀착시켰다. 그녀는 두 팔이 옆구리에 묶인 탓에 허리를 숙여 머리에 손을 뻗어야 했다. 하지만 오른손에 꽉 쥔 못은 놓지 않았다. 그가 그녀의 등을 주먹으로 눌러 완전히 앞으로 숙이게 했다. 머리핀을 시체 위로 던져, 그가 말했다.

그녀는 간신히 핀을 잡았다. 그녀의 머리칼이 풀어지며 머리핀들이 바닥에 흩어졌다. 그가 일으켜 세우자 바로 저편 소나무와 가시덤불 사이로 좁은 오솔길이 그녀의 눈에 들어왔다. 그 덤불 뒤로 오르막이, 그늘을 낮게 드리운 검은딸기나무가, 신선한 소나무 가지들로 뒤덮인 비스듬한 지하 저장실이 있음을 그녀는 알았다. 아이는 그를 볼 수 없었다. 외침이나 비명, 총소리가 아닌 이상 소리도 들을 수 없었다. 엘리자가 비명을 지르지 않는 한 아이는 모를 터였다. 하지만 비명을 지른다 해도 흙 언덕과 소나무 더미, 나무 판자문 때문에 무슨 말인지 헷갈릴 터였다.

그가 그녀의 허리를 꼼짝 못하게 붙들더니 그녀를 쓰다듬고 이루만졌다. 내가 말했지, 난 강간범이 아니야. 그가 말했다. 그보단 도둑에 가깝지. 이 순간을 잘 기억해, 또 되풀이되면 이 기억을 꺼내야 할 테니까. 내가 하라는 대로 해. 숙이고 치마를 끌어올려. 저 아래서 거울에 비친 빛을 본 순간 당신 냄새를 맡았지. 당장 숙여! 좋아. 치마를 더 올리고 높이 움켜잡아. 몸에 딱 붙여.

그가 잡고 있던 손을 옮겨 뒤에서 옷을 치켜 올리는 게 느껴졌다.

그는 한 손을 움직여 그녀의 사타구니를 누르고 그 자리에 그녀를 고정시키기라도 하듯 손가락을 구부렸다. 시키는 대로 해. 그가 그녀의 귀에 대고 말했다. 아니면 저 위 은신처에서 그 여자애를 끄집어내는 수가 있어. 저 뒤쪽 오솔길에서 말이야.

그녀의 입에서 고통스런 숨결이 뿜어져 나왔다.

그래, 네가 그 애를 데려가 숨기는 걸 봤어. 북쪽에서도, 남쪽에서도, 지하 저장실에서 사람들을 숱하게 끄집어냈거든, 귀한 것들도 건지고 말이야. 하지만 난 어린애한테는 관심 없어. 그러니 내가 시키는 대로 해. 넌 항복하게 될 거야. 항복한다고 말해봐.

그녀는 말할 수 없었다.

내가 바이스*처럼 팔로 꽉 죄고 있는 게 느껴져? 어디 움직여봐, 옴짝달싹도 못한다는 걸 깨달을 테니. 해보라고! 그렇지. 자 알겠지. 이제 숨 쉴 수 있게 힘을 빼주지. 그가 그녀의 귀에 이빨을 갖다 대고 귓바퀴와 귓불에 혀를 낼름거렸다.

그녀는 그가 헐렁한 재킷 안에서 총을 찾는 것을 느꼈다. 그가 그녀의 갈비뼈를 지나 총을 천천히 밀어 올리더니 그녀를 잡고 있던 팔을 재빨리 바꾸고 총을 바꿔 잡은 뒤 그녀의 가슴 아래에 들이밀었다.

이 소리 들려? 그가 총의 공이치기를 당겼다. 갑자기 움직이거나 멋대로 행동하고 몸을 비틀면 총알이 네 심장을 뚫을 거야. 그러면 곧장 이 옆 무덤 속으로 떨어지는 거야. 저 축축한 구덩이 속에서 당신의 칠흑 같은 머리칼이 바트 위에 흐트러져 있는 모습을 상상해봐. 하지만 난 당신이 올바른 선택을 했으면 좋겠어, 아줌마. 그가 남은 손으로 그의 손길에 한껏 수축된 그녀의 골반 근육을 훑었다. 그가 그녀의 헐렁한 속바지 안으로 손을 넣어 허벅지 뒤쪽을 쓰다듬었다.

그녀가 말했다. 빨리 해치워요. 내게 총을 겨누고 있을 필요 없어

---

* 공작물을 끼워서 고정하는 기구.

요.

필요가 없긴.

바닥에 누워도 상관없어요. 그녀가 말했다.

난 다른 남자들과 달라. 그가 말했다. 널 움직이는 게 내겐 즐거움이야. 이리저리 움직이는 거. 그러니 가만히 있어, 아줌마. 내가 알아서 할 테니. 그가 그녀의 배를 치대다 아까 입으라고 명령했던 속바지 안쪽으로 손가락 끝을 집어넣었다. 그가 말했다. 네 남편은 딸아이 하나를 남겨두고 그 대단한 전쟁터로 떠나버렸군. 영원히 가버렸어. 나를 위해 당신을 이곳에 남겨놓고 말이야. 아, 이제 그놈 생각을 하자고. 그가 그녀에게 딱 붙어 몸을 둥글게 굽히고는 그녀의 헐벗은 허벅지 앞쪽을 쓰다듬고 리드미컬하게 문질렀다. 치골은 손날로 가볍게 스칠 뿐이었다. 그러다 속옷 위로 그곳을 움켜쥐더니 손끝을 이용해 음부를 세로로 훑었다. 아, 작은 언덕에 털이 무성하군. 그가 이렇게 말하며 속옷 안으로 손을 넣었다.

안 돼, 그녀가 쥐어짜는 듯한 쉰 목소리로 간청했다.

그가 그곳을 문지르자 손이 축축해졌다. 아랫입술이 젖었군, 아줌마.

그가 젖은 손가락으로 허벅지를 훑으며 속옷을 적당히 내렸다. 다리 벌려, 그가 더 힘껏 움켜잡자 그녀가 힘겹게 숨을 내뱉었다. 더 해봐! 그렇지. 이런, 내 품에 안겨서 울고 있구먼. 어디서 숨 죽여 우는 법을 배웠나 봐. 눈물을 핥아먹을 수 있으면 어디 한 번 해보든가.

그녀는 허벅지와 배에 힘을 주었다. 하지만 그의 손은 이미 그녀 안에 있었다.

음핵이 어디 있나. 그가 이렇게 말하고는 그곳을 쓰다듬었다.

덮이고 가리운 그 은밀한 물방울 같은 살갗, 맥박을 가진 눈물이 피라미의 심장처럼 뛰었다. 그녀는 두려움에 자기 안으로 달아났다. 그가 그곳을 쓰다듬고 손끝으로 문지르다가 강하고 부드럽게 움켜쥐며 통증을 자아냈다. 그가 그곳을 가둔 채 가지고 놀았다. 안 돼, 안 돼, 안 돼, 정신은 깊이 상처 입은 장어처럼 달아났지만 몸이 돌아와 두근거리며 박자를 탔다. 새의 식도만 한 뜨거운 자갈이 목구멍으로 미끄러져 들어오는 듯했다. 고함을 질러 그것을 막아내고 싶었지만 어떤 들끓는 힘이 이빨로 할퀴고 억지로 입을 벌리게 하면서 그녀의 얼굴을 일그러트렸다. 그녀가 소리를 냈다. 그가 그녀를 공중으로 세게 추어올렸다. 그녀의 두 발이 달랑거렸다.

잠시만, 아줌마.

그가 단숨에 바지 단추를 풀고선 뒤에서 그녀의 속옷을 내리는 것이 느껴졌다.

복숭아처럼 갈라졌군. 그가 숨을 내쉬었다. 그가 그녀의 엉덩이 사이를 손가락으로 가볍게 훑으며 쓰다듬었다. 뒤에서 해본 적 있나? 어떤 사내들은 평범한 걸 좋아하지, 꼭 신사가 아니라도 말이지.

총의 딱딱한 손잡이가 갈비뼈에 닿는 느낌에 당황한 그녀는 자신을 단단히 붙든 그의 손길에서 벗어나려 버둥거렸다. 발끝이 바닥에 닿는 느낌이 들자 그녀는 그와 조금이라도 거리를 두기 위해 골반을 앞으로 내밀며 짧은 걸음으로 종종거렸다. 그가 앞뒤로 손을 훑으며 그녀를 적시다가 다시 앞쪽으로 와서 손가락 두 개를 깊숙이 집어넣었다. 그리고 안쪽에서 손을 고리처럼 걸고 그녀를 자기 쪽으로 잡아당겼다. 자석에 붙은 못이 따로 없군, 그가 말했다. 그러더니 그의 딱딱한 그것을 바싹 붙였다. 오, 할 수도 있어. 하지만 난 그런 놈이 아니야. 오늘은 아니야. 오, 당신은 무사해. 하지만 결국 항복하게 돼 있어. 내 손만으로 우린 천국을 맛볼 테니까. 일단 당신부터.

그는 그녀의 무게를 지탱한 채로 그녀의 안에서 손가락을 돌리며 희롱했다. 그가 으스러질 듯이 붙들자 그녀는 그 집요한 손놀림과 압박의 고통을 완화하고자 엉덩이를 위로 치켜 올렸다. 하지만 그 바람에 일이 수월해졌다. 그는 그녀의 귀에 입을 갖다 댄 채 온몸을, 안을, 바깥을 범하며 그녀의 마지막 조각까지 빨아먹었다. 그녀는 장님이자 귀머거리가 되고픈 심정으로 야트막한 언덕에 묻힌 저장실로 향하는 가시덤불 길을 따라, 그 저장실의 문을 뒤덮은 소나무 가지들 속으로 온 정신을 쏟아 부었다. 그리고 자신을 저주했다.

아무 소리도 내지 마. 그가 말했다.

그가 짐승 같은 손으로 축축한 음핵을 덮고 누르더니 맥이 가장 강하게 뛰는 곳을 찾아 손가락을 획 옮겼다. 그녀는 몸이 굳으며 탈출을 시도했으나 와락 붙잡혔다. 분비물이 허벅지를 타고 가는 시내처럼 흘러내리자 그는 그녀가 설 수 있게 엄지두덩으로 힘껏 받쳐 그녀의 두 발을 흙바닥에 내렸다. 맨 먼저 두 발바닥이 반가운 땅을 단단히 디디는 느낌이 들었다. 그녀의 자세 덕분에 둘 다 꼿꼿하게 설 수 있다는 양 그가 그녀를 계속 붙든 채 자신의 그곳을 쓰다듬었다. 그의 신음소리는 그짓이 끝났음을 의미할 뿐이었다. 그가 남는 손을 옮겨 그녀의 배와 가슴, 그녀를 묶은 줄을 문지르며 손바닥에 묻은 끈적한 덩어리를 닦는 게 느껴졌다. 그의 소금 냄새와 무덤 속 시체 냄새, 공기 중의 철분 냄새가 섞였다. 그녀는 눈을 뜨고 어두워지고 있는 하늘을 쳐다보았다. 별안간 바람이 한 차례 나무 꼭대기로 불어 닥쳐 나뭇잎들이 뒤집혔다. 저 멀리서 천둥이 울렸다. 그녀는 손을 펼쳐 못을 떨어트렸다. 못이 발치에 떨어졌다.

이봐, 아줌마. 그가 말했다. 그가 뒤쪽으로 그녀를 내던지고 바지와 셔츠의 단추를 채운 다음 그녀를 지나가 사슴가죽 외투를 집어들었다.

내 총 내놔. 그녀가 말했다.

당신이 가져와야지, 아줌마.

그러면 풀어줘.

그가 칼날에 아직 피가 묻어 있는 그녀의 칼을 들고 가까이 다가오더니 줄을 당겨서 그녀를 들어올렸다. 그가 단번에 줄을 잘랐다. 푸는 건 알아서 해. 그가 말했다. 바트의 말은 두고 가지. 이 폭풍에 말을 끌고 내려갈 순 없으니. 여기서 벗어나는 데 시간도 필요하고.

엘리자는 그가 아닌 그의 너머만 바라보았다

난 가네, 아줌마. 하지만 돌아올 거야. 내가 처음도 아니겠지만.

그녀는 일어나 앉아 그가 오두막 앞쪽 포치 난간에 묶인 말을 향해 걸어가는 소리를 들었다. 손을 비틀어 휘감긴 줄을 느슨하게 푸는데 낮은 신음소리가 새어나왔다. 마침내 한 손의 손가락이 줄 끝에 닿은 그녀는 어깨와 팔을 움직여 줄을 벗겨냈다. 그가 벼락처럼 말을 몰면서 산비탈 아래로 곧장 내려가는 소리가 들렸다. 그자가 갔다, 그녀는 이렇게 생각하며 맑은 액체를 게워냈다. 코나리! 그녀가 외쳤다. 엄마가 바로 갈게! 그녀는 입을 닦고 일어나 줄에서 벗어났다.

지하 저장실로 가는 오솔길은 탁 트인 맨땅 너머에 있었다. 어슴푸레한 빛에 가시덤불이 선명한 라벤더 색으로 빛났지만 그녀는 무릎을 꿇고 무덤 가장자리를 기었다. 소총이 시체 옆에, 손이 닿기엔 너무 깊은 곳에 놓여 있었다. 발목을 잡아줄 사람도 없었고, 코나리를 더 이상 혼자 내버려둘 수도 없었다. 그가 최대한 빠르게 산 아래로 말을 달리고 있었다. 지금이라도 소총이 있다면. 포치로 달려가 그를 조준할 수 있다면 얼마나 좋을까. 그녀는 무덤 뒤쪽으로 물러나 못을 주웠다. 가시덤불 사이 오솔길을 향해, 달콤한 향을 풍기는 터널처럼 우거진 나뭇잎을 향해 뛰어가는데 수치심이 치밀었다. 번개가 한 번, 또 한 번 쳤다. 덩굴 아래를 기어가 소나무 가지들을 치우는데 빗방울이 떨어지기 시작했다. 그녀는 낮고 넓은 문의 나무 손잡이를 잡고 홱 열어젖혔다. 두 개의 어두운 공간 사이에서, 창백하게 빛나는 아이의 얼굴이 나타났다. 작은 두 손이 위로 뻗어왔다. 엘리자는 손을 잡고 단번에 코나리를 끌어당겼다. 코나리, 우리 용감한 딸. 괜찮니?

엄마, 깜빡 잠들었어요. 꿈에서…

꿈은 그냥 꿈이란다. 그런데 아가, 엄마가 구덩이에 총을 떨어트렸는데 곧 비가 올 것 같구나. 엄마랑 놀이 하나 할까? 눈을 감고 구덩이 아래로 내려가서 엄마가 시킬 때 총을 집어 드는 거야. 그런 다음 너는 집에 들어가 따뜻하게 몸을 말리고 그동안 엄마는 짐승들을 돌보는 거지. 도와줄 수 있겠니, 코나리? 아주 잽싸게?

할 수 있어요.

그녀는 아이를 옆에 세워놓고 육중한 저장실 문을 내린 다음 가지들을 당겨 원래 자리로 되돌려놓았다. 그리고 아늑한 덤불을 벗어나기 전에 찢긴 치마의 일부분을 찢어서 접었다. 여기 눈가리개가 있으니 잘 묶자구나, 코나리. 그래야 벗겨져서 놀이를 망치는 일이 없지. 됐다. 자, 돌아봐. 엄마가 보이니? 엄마가 보이니?

안 보여요, 엄마.

위도, 아래도 안 보여? 확실하니, 우리 아가?

네, 엄마! 아이는 웃으면서 엘리자의 얼굴에 두 손을 놓았다.

아, 손으로든 눈으로든 엄마는 알아보겠지. 빗방울이 느껴지지? 서둘러야겠다.

엘리자는 딸을 데리고 가시덤불 길을 도로 뛰어갔다. 빈터에 구덩이가 보였다. 엘리자는 구덩이 가장자리에 무릎을 꿇고 아이를 바닥에 뉘었다. 코나리. 그녀가 말했다. 손을 뻗으려면 똑바로 누워야 해. 내가 발목을 단단히 잡고 어디로 손을 뻗으면 되는지 알려줄게.

냄새가 나요, 엄마.

그래, 구덩이에 구정물이 있구나. '보일 리가 없어, 안 보일 거야.' 비가 쏟아지기 전에 총을 건져야 해. 아니면 화약이 다 젖어버릴 거야. 엄마가 꽉 잡고 있는 거 느껴지지? 무릎이 땅바닥에 닿은 거 느껴지지? 구덩이가 아주 깊단다, 엄마 손도 안 닿을 만큼 깊어. 그러니 몸을 꼿꼿이 펴서 매달려야 해. 구덩이가 개구리 왕이 사는 깊은 우물처럼 생겼단다. 내가 조금 더 앞으로 보내줄게.

소총은 개머리판이 안장을 가로지른 채 세로로 놓여 있었다. 낮게 맴도는 아이의 작은 두 손이 거의 투명해 보였다. 엘리자는 아이의 손 너머가 훤히 보이는 것처럼 코나리의 발목을 단단히 붙들고 아이를 좀 더 멀리 미끄러트렸다. 자, 그녀가 말했다. 코나리, 손을 바로 앞으로 뻗어봐. 총이 만져지지? 그녀는 아이가 나무 개머리판을 건드리는 모습을 지켜보았다.

찾았어요, 엄마!

총검을 따라서 손을 방아쇠 조금 옆쪽으로 움직여. 이제 양손으로 몸통을 차분히 꽉 붙잡아. 잡았니?

네, 엄마.

들어 올리려고 하지 마. 그냥 잡고 있으면 엄마가 널 끌어당길게. 엘리자는 아이를 천천히 잡아당긴 후 총을 잡고 머리 너머로 바닥을 향해 휙 던졌다. 그런 다음 코나리를 붙잡고 아이의 이름을 부르며 뒤꿈치가 닿도록 몸을 뒤로 기울였다. 그때 거센 바람이 불어 무덤 옆에 쌓인 흙더미가 흩날렸다. 그녀는 오른편에 놓여 있던 총을 잡았다. 총의 묵직한 무게에 안정감을 얻은 그녀는 코나리를 들고 포치 난간에 묶인 말을 지나쳐 달렸다. 번개가 번쩍이며 집 앞 계단을 환하게 비추자 말이 눈을 휘둥그레 뜨며 울었다.

엄마, 이게 무슨 소리예요? 아이가 눈가리개를 풀었다.

코나리, 놀랐구나! 보지 마라! 엘리자는 집에 들어가 문을 닫고 소총을 내려놓은 뒤 아이를 침대로 옮기고 담요를 당겨 덮어주었다. 그녀는 진흙이 묻은 자신의 치마를 쳐다보고 흙 묻은 발로 나무 바닥을 느꼈다. 그렇다, 그녀는 집안에 있었다, 그 남자들의 발이 닿지 않은 곳에, 그들이 건드리지도 보지도 못한 자신의 딸과 함께.

자 됐다, 코나리. 그녀가 말했다. 춥니?

엄마, 이거 풀고 싶어요!

아직은 안 돼! 내가 돌아올 때까지 침대 안에 있어. 엘리자는 눈가리개를 아주 살짝만 풀고 자신의 얼굴을 아이의 얼굴에 갖다 댔다. 여기 있네, 우리 딸! 자, 이불 밑에 들어가 있어. 네가 들은 건 말 소리란다! 어떤 사람이 주인 없는 말을 두고 갔거든. 그렇지만 폭풍이 빠르게 다가오고 있어서 헛간에 집어넣어야 해.

나도 보고 싶어요! 말한테 뭘 먹여요?

폭풍이 지나갈 때까지는 짚만 먹일 거야. 나중에 저장실에서 사과를 가져다 먹이렴. 엄마가 돌아와서 불을 피울 때까지 침대 안에 가만히 있어야 해. 약속해. 약속하지?

약속해요! 코나리는 담요 안에서 팔짝팔짝 뛰었다. 말이다!

여기 꼼짝 말고 있어. 눈가리개가 요정의 가면이라고 생각하고 푹 파묻혀 있으렴.

엘리자는 몸을 돌려 집밖으로 나왔다. 헛간으로 말을 데려가서 벽에 붙은 쇠고리에 줄을 감았다. 맞은편 구석에 묶여 있던 소가 텁수룩한 머리를 조용히 들어올렸다. 엘리자는 재빨리 말의 재갈을 벗기고 안장과 담요를 내려 옆으로 치웠다. 제대로 된 마구간은 없었지만 닭과 소를 위해 모아둔 짚과 풀을 쌓았다. 말이 고개를 낮추고 벨벳 같은 콧구멍을 벌름거리며 냄새를 맡기 시작했다. 엘리자는 입구가 넓은 항아리를 들고 구덩이로 달려갔다. 이 구덩이는 아무도 기억 못하는 표식 없는 무덤이 될 터였다. 달걀만큼 큰 빗방울이 갈지자를 그리며 후두둑 떨어졌고 그녀는 빗물이 고이도록 항아리를 옆에 놓았다. 삽을 집어드는데 비가 퍼붓기 시작했다. 긴 흙더미가 가장자리 부근에 쌓여 있었다. 그녀는 구덩이 속은 무시하고 오직 흙더미만 바라보며 흙을 안으로 밀어 넣었다. 구덩이는 필요 이상으로 훨씬 깊었다. 폭풍이 흙을 다질 터였다. 도중에 고개를 들어보니 강철색의 시커먼 커튼이 시야를 차단한 것처럼 건너편 산등성이의 언덕들로 비가 비스듬히 쳐드는 것이 보였다. 그녀는 더블라를 애타게 부르며 계속 삽질을 이어갔다. 비가 바람에 흩날리는 종잇장처럼 변했을 무렵 구덩이가 채워졌다. 그녀는 바닥에서 칼을 집어 들고선 매서운 폭풍에 아랑곳 않고 한 치 앞도 보이지 않는 비바람의 목

구멍 속을 쳐다보았다. 빈터 너머로 키 큰 나무들이 이리저리 마구 흔들리고 있었다. 그녀는 순식간에 거의 찬 항아리와 삽을 들고 감으로 방향을 찾아 서둘러 헛간으로 돌아갔다. 헛간 문이 홱 하니 열려 얼굴에 맞을 뻔했지만 안으로 들어가 말 앞에 빗물 항아리를 놓았다. 폭풍이 사납게 몰아치는 와중에도 말은 주둥이를 처박고 물을 마셨다. 엘리자는 벽에 삽을 기대고 바람에 맞서 문을 열어젖혔다. 바람에 문이 도로 쾅하니 닫히자 그녀는 가죽 끈을 바짝 당겨 문을 고정했다. 바람이 파도처럼 비를 뿌렸다. 바닥은 벌써 2~3센티미터가량 진흙이었다. 그녀는 양팔과 손바닥을 쫙 펼쳐 닭장까지 더듬더듬 힘겹게 나아갔다. 이윽고 경첩이 반은 떨어진 문이 흔들리다 그녀의 손목을 때렸다. 안에 들어가 문을 닫고 나니 배의 갑판처럼 폭풍우에 바닥이 젖어 있는 것이 느껴졌다. 안쪽에 놓인 횃대 위에서 암탉들이 서로를 밟고 탑을 쌓고 있는 모습이 서서히 눈에 들어왔다. 핏자국이 묻은 옥수숫대 매트리스가 뒤틀린 채 그녀 앞에 놓여 있었다. 엘리자는 매트리스의 가장자리를 잡고 뒷걸음질을 쳐서 젖은 바닥을 질질 끌어 폭우 속으로 완전히 끄집어냈다. 혼자 힘으론 고칠 수 없다는 걸 알고 경첩을 보전하기 위해 바깥쪽 덧문을 억지로 닫았다. 구름이 요동치며 구슬 같은 얼음 조각을 내리 퍼부었다.

◇　　◇　　◇

자주 사용하던 곳에 칼을 숨겨둔 덕에 목숨을 구했지만, 그날 엘리자는 도무지 닭장에 칼을 도로 놓아둘 수 없었다. 몇 년 동안 밤에는 손 닿는 거리에 칼을 두었고 낮에는 칼집에 넣어 어깨에서 허벅지까지 가죽 끈을 둘러 벨트처럼 차고 다녔다. 눈이 내려 산이 고립될 때까지 이런 습관은 이어졌다. 그녀는 못을 닦아 녹을 없애고 끝을 뾰족하게 만들어 지니고 다니면서 허벅지 위쪽을 찌르거나 자신을 배신한 몸에 줄을 그어 피를 냈다. 더블라가 찾아다니는 그를, 엘리자의 마음과 혼을 가지고 달아난 그를, 그래서 오직 그녀의 뼈만이 기억하는 그를 생각하며 전처럼 자신의 몸을 만지거나 홀로 즐거움을 취할 수도 없었다. 그는 그들을 두 번 버렸다. 처음에는 노예주들에 맞서는 움직임에 동참하면서, 두 번째는 얼마나 먼 길인지 뻔히 알면서 더블라가 그를 찾아 떠나도록 만들면서. 더블라가 돌아올 기회는 하루하루 조금씩 사라졌다. 마차가 지나갈 수 있는 산길이 지는 달처럼 줄어들었기 때문이었다. 코나리는 말의 이름을 더블라라고 지었다. 더블라는 오직 그녀의 이름이었으니까. 그리하면 더블라가 알아차리고 보러 올 테니까. 그것은 그들이 사는 산의 가장 높은 산등성이와 그 사이를 구불구불 지나가는 숨겨진 산길의 이름이기도 했고, 나무들이 겹겹이 지붕을 이루는 숲의 이름이기도 했다.

수많은 사람 중 하나

1864년 9월 28일

◇

동틀 무렵 가까이서 들리는 시끄러운 물소리에 갈증을 느끼며 더블라는 눈을 떴다. 마차가 불어난 물 위를 떠가는 것처럼 조용히 이동한다는 생각이 들었다. 그녀는 유포를 꽉 묶어놓은 생가죽 끈을 재빨리 풀고 먼지 말을 살폈다. 밀은 그녀를 깨우려는 듯 근처에 서 있었다. 불어난 시냇물이 그들 바로 아래의 도랑으로 어지러이 흘렀다. 폭풍에 휩쓸려 꺾여나간 상록수 가지가 사방에 널브러져 있었다. 더블라는 마차에서 내려 말에게 먹이를 주고, 어떻게 해야 말 머리를 돌려 이 질퍽한 바닥에서 벗어나 길로 들어설 수 있을지 궁리했다. 말의 재갈을 벗기고 사료자루를 고정한 다음, 말이 먹이를 먹는 동안 그녀는 최대한 크고 넓적한 나뭇가지를 모았다. 그리고 나뭇가지를 저편으로 끌고 가서 젖은 솔잎이 빽빽하게 달린 휘어진 가지 끝이 안쪽으로 오게 한 뒤 여러 겹의 솔잎으로 된 넓은 길을 만들었다. 말이 나뭇가지 위를 디뎠다. 더블라는 말이 오르막을 올라가도록 어르고 달랬다. 말이 육중한 무게로 가지를 밟고 지나가자 젖은 소나무 향이 상쾌하게 풍겼다. 냄새는 바퀴에, 말의 갈기와 발굽에 걸렸다. 축축한 흙바닥이 짓눌리며 잠시 동안 나무 그늘 냄새가 올라왔다. 더블라는 냄새가 자신을 앞으로 끌어당기도록 두었다. 기나긴 과거는 속삭임과 영혼, 비명, 그녀가 지나온 노정으로 가득했다. 과거가 현재였으므로, 현재는 냄새와 소리로 몽롱했다.

　문을 두드리는 소리가 들렸다. 리나의 나긋한 노크가 아니었다. 좀 더 큰 손이 평평한 손바닥으로 절박하게 문을 두드리고 있었다. 수년 전에 죽었으니 리나는 아니었다. 오십 줄에 들어선 리나의 막내아들이었다. "제가 위험에 처하면 아주머니가 숨겨줄 거라고 했어요." 더블라는 가끔 자신의 판잣집 아래 좁은 공간에 남자든 여자든 그들이 제 길을 떠날 수 있을 때까지 숨겨주곤 했었다. 하지만 엘리자가 뜰 너머로 자기 말을 붙잡고 있는 마구간 소년을 흘깃거리는 모습을 주인 나리에게 들킨 이후로는 결코 그러지 않았다. 그때 소년은 어린애가 아니었다. 주인의 아들들보다 키가 큰 사내였다. 그는 주인의 죽은 아내가 고집을 피워 들였던 천한 아일랜드인 보모의 친척으로, 그 집 아들들과 엘리자를 받아낸 산파 겸 약초쟁이 여자의 조카인 잡스러운 아일랜드인이었다. 주인은 언제나 더블라에게 월급 대신 물건과 거처만을 제공했다. 엘리자가 아홉 살이 되자 더블라를 판잣집으로 돌려보냈다. 하지만 딸아이의 간곡한 눈물 때문에 아일랜드인의 보살핌을 허용할 수밖에 없었다. 주인은 엘리자가 뜰을 가로질러 가 그 아일랜드 마부 소년의 부축을 받아 말에 오르면서도 평소처럼 무심한 것을 봐놓고도, 그 소년이 커다란 두 손을 벌려 딸의 허리를 잡는 모습과, 그의 딱 벌어진 어깨와 검은 머리칼을 보고서는 그날 밤 사람들을 시켜 소년의 눈을 가리고 끌고 가 농장의 말에게 찍은 것과 똑같은 낙인을 소년의 가슴에 찍게 했다. 그리고 그 상처 위에 감독관의 채찍질까지 더했다. 그러면 그 소년도, 엘리자도 자신의 위치를 알 터였다. 얼마 후 가을이 되자 엘리자는 찰스턴에 사는 고모 집으로 보내졌다.

화상으로 생긴 흉터는 찜질 약으로 치료하고 붕대를 감았더니 서서히 나았다. 하지만 두 사람은 오히려 더 가까워졌고, 도망을 모의했다. 그러면서 책임을 뒤집어쓸 게 뻔하니 함께 가자고 더블라를 설득했다.

그날 밤, 리나의 아들이 겨우 숨자 감독관과 다른 두 남자가 침울하게 내려앉은 어스름 속에서 산을 올라왔다. 엘리자와 더블라의 아들은 강가의 한적한 숲속에서 저녁을 보내고 말을 타고 돌아오다가 그들이 들판을 가로질러 말을 달리는 것을 보고 숲을 통과해 오두막으로 향했다. 감독관 일행이 말에서 내리더니 발버둥치는 리나의 아들을 끌어내고 더블리를 바닥에 내동댕이쳤다. 그때 두개골이 놀에 맞아 깨지는 소리가 들렸고, 감독관이 그녀 위로 죽은 듯 축 늘어지며 쓰러졌다. 일행도 같은 돌에 맞아 감독관의 옆에 완전히 뻗어 있었다. 나머지 하나는 그 길로 달아났다. 리나의 아들은 새 삶을 찾으려는 그의 뜻을 말없이 이해해주는 모두에게 고개를 끄덕인 다음 안장 가방에 들어 있던 채찍과 권총을 챙겨서 감독관의 말을 타고 길을 떠났다. 세 사람은 비축품과 죽은 자들의 무기, 더블라가 탈 말을 취하고 다른 경로를 택했다. 충분히 달아나려면 몇 주 동안 낮에는 숨고 밤에는 이동해야 할 터였다. 더블라는 그녀의 아들이 살인자이자 말 도둑이자 납치범이라고 생각했다. 그러다 엘리자가 두 남자의 책임만은 아니라고 고백했다. 그녀가 두 손으로 돌을 집어 들고 한 놈을 내리친 것이었다. 도망간 일당이 그 광경을 본 터였다.

◇　　◇　　◇

동쪽으로 향하는 여정은 5년 전 북쪽으로의 여정과는 달랐다. 전쟁이 시간을 둘로 가른 듯했다. 전쟁은 헤아릴 수 없이 많은 사람들을 도륙하는 한편, 그들이 몸을 숨기도록 도와주었다. 지금 더블라가 서두르는 것은 그를 위해서, 그를 찾기 위해서였다. 불구가 됐든, 다른 사람이 됐든 상관없었다. 그녀는 잠을 줄이고 완전히 깜깜할 때만 몇 시간 동안 이동을 멈추었다. 음식은 비스킷과 육포로 버텼고, 물은 계곡이나 강에서 뚜껑 달린 양동이에 채워가며 마셨다. 길가 풍경이 숲에서 농장과 부락으로 드문드문 바뀌었다. 밭, 과수원, 표식 없는 교차로, 작은 마을. 도로는 대개 곧고 평평했다. 이틀, 사흘, 나흘. 자정 무렵이 되면 달빛에 의지해 도로에서 벗어났다. 주로 고삐를 벗겨 빗질을 하고 매만지며 말이 쉬게 하기 위해서였다. 두 번 그녀는 무릎 높이의 안전한 개울을 발견하고 말을 데리고 들어가 말뚝을 박은 뒤 옷을 옆에 던져놓고 목욕을 했다. 그리고 쏟아지는 별 아래서 마차에 침낭을 펴고 누웠다. 초반에 만났던 폭풍을 제외하면 시원하고 건조한 쾌청한 날씨가 이어졌다. 그녀는 마치 어떤 힘이 그를 옮기기라도 할 것처럼, 그녀가 찾기 전에 그를 데려가기라도 할 것처럼 급히 발걸음을 옮겼다. 큰 마을과 군락이 길 멀리 저편에서 보이기 시작했다. 자가용 마차, 지붕에 트렁크를 싣고 줄로 감아놓은 역마차들이 지나갔다. 한번은 커다란 식량 바구니를 들고 있는 피부가 검은 여자를 태워준 적이 있었다. 그 여자는 미동도 없이 차분하게 그녀를 쳐다보다가 더블라가 입을 열자 그제야 좌석에 올라탔다. 더블라는 알렉산드리아 얘기를 꺼냈다. 이틀이면 될까요? 아니면 하루요? 여자는 대답 없이 고개만 끄덕였다. 하루가 걸린다는 뜻이었다. 여자가 도로 옆 좁은 길을 가리킬 때까지 그들은 편안하고 고독한 분위기 속에서 말없이 이동했다. 마차에서 내려 자기 길을 가기 전, 여자는 몸을 돌려 바구니에서 작은 파이를 꺼내 더블라에게 건넸다. 처음엔 남잔 줄 알았어요, 그녀가 말했다. 그래서 바로 일어서지 않은 거예요. 이렇게 입는 게 안전해서요, 더블라가 말했다. 잘 먹을게요. 얇은 껍질이 겹겹이 쌓인 파이에 온기가 남아 있었다.

한참 뒤 더블라는 길을 가리는 잡목림 뒤로 들어가 말이 긴 목줄에 매인 채 풀을 뜯는 동안 파이를 먹었다. 당밀이 가득한 사과파이에서 간 고기와 메이플 시럽이 살짝 느껴졌다. 이제 그녀는 길동무가 있는 게 어색했다. 그녀 자신도 누군가와 동행하기 좋은 사람은 아니었다. 벗과 같은 짐승들이 차고 넘쳤다. 동물 친구들, 말, 반려견, 아래쪽 오두막의 닭과 소. 그리고 밤중의 울음소리와 분변, 함께 쓰는 땅에 남은 흔적으로 알 수 있는 야생 동물들. 높은 산등성이는 식물과 뿌리, 벌집과 새 둥지들로 바글거렸다. 피붙이 같은 엘리자는 하나의 삶에서 다른 삶으로 건너갔다. 코나리는 두 눈이 제 아비를 쏙 빼닮은 것이 별자리 같았다. 전쟁만 아니었으면 그들에게 더 많은 자식이 있었을 터였다. 더 많은 아들과 딸이 빛을 보지 못했다, 북쪽으로 도망치다가 유산한 아이처럼. 시간이 모든 것을 포위했다. 굽이진 개울에 작은 주석 파이 팬을 씻는데 땅보다 밝은 밤하늘이 비쳤다. 엘리자의 말에 따르면 알렉산드리아는 약 1만 2천 명이 사는 도시로, 사우스캐롤라이나의 찰스턴만큼 크진 않았지만 북군의 병원들이 즐비했다. 교회, 학교, 저택, 심지어 호텔도 부상자를 수용했다. 구급용 마차들이 밤낮으로 덜컹거리며 지나다녔다. 병원이 문을 닫는 늦은 오후까지는 그곳에 도착해야 질문을 받아줄 터였다.

더블라는 길거리에서 말을 몰고 가는 수많은 사람 중 하나였다. 사륜마차, 말이 끄는 수레, 경마차, 자가용 마차 소리가 뒤섞여 소란스러웠다. 어떤 도로는 군데군데 패고 깨진 벽돌 길이었지만 대부분은 넓은 흙길이었다. 그녀는 사륜마차에서 대기 중인 제복 차림의 흑인 하인에게 가장 큰 병원으로 가는 길을 물었다. 벽돌로 된 병원이요? 원래 호텔이었던 곳? 길가 쪽으로 큰 창문이 죽 나 있고? 노스페어팩스까지 직진하세요, 하인은 말했다. 더블라는 길 한쪽에 붙어서 천천히 앞으로 나아갔다. 탈것들이 줄지어 그녀를 지나갔다. 그녀는 길 저쪽 끝에 있는 병원을 알아차리고 속도를 늦추었다. 창문 위아래에 석조 테두리를 두른 근사한 건물로 지붕에는 거대한 돌난간이 있었다. 시절이 시절인지라 관리가 안 되고 방치된 것 같았다. 건물 옆에는 전쟁 중에 통나무를 대충 잘라 급하게 만든 높은 말뚝 울타리가 세워져 있었고 정문이 열려 있었다. 그 안쪽에 배달용 마차와 구급차, 부상자들을 태운 마차가 드나드는 뜰이 있었다. 제복 차림의 남자들이 앞쪽에서 어슬렁거리거나 네 개의 기둥을 세워놓은 입구 위 발코니에 서서 내려다보고 있었다. 아들의 양키 형제들이구나, 라고 더블라는 생각했다. 아들이 극진한 보호를 받으면서 거대한 요새에 갇혀 있는 것이 느껴졌다. 그들이 그를 살려놓은 덕분이었지만 그는 의식이 단절돼 그녀를 지각할 수 없었다.

더블라는 거대한 창문과 나란한 방향으로 마차를 천천히 몰았다.

맨션 하우스 병원, 버지니아주 알렉산드리아, 1864년경

창문들이 어찌나 큰지 그곳을 영혼처럼 통과할 수 있을 것만 같았다. 그녀는 도로와 가까운 그 창문 안에서 그를 느끼며 건물을 지나 갔다가 그 구역 끝에 도착하지 마차를 돌렸다. 건물과 가까운 쪽에 붙어 다시 마차를 몰면서 1층 창문 안을 찬찬히 보았다. 구름 한 점 없는 저녁 하늘의 비스듬한 햇빛이 창문에 반사돼 안이 안 보일 정도로 빛났다. 10월 초가 확실했다. 길을 떠난 지 6일째, 그해 5월 그가 부상을 당했다고 느낀 순간으로부터는 약 5개월이 지난 터였다. 포로가 되거나 의식을 잃은 게 아니라면 이곳에 이토록 오래 머무는 이유가 뭐란 말인가? 그녀가 안쪽을 볼 수 없더라도, 그는 그녀를 볼 수 있을지도 몰랐다. 잠을 자다가 꿈에서 그녀의 존재를 느낄 수도 있었다. 자아가 텅 비었는데 그가 일어서고 움직이고 말할 수는 있을까? 그녀는 수차례 입구 앞에서 속도를 늦추었다가 다시 마차를 돌렸다.

경비병이 그녀를 발견하고 멈추라는 신호를 보냈다. 그는 텅 비다시피 한 짐칸을 조사했다. 몇 차례 지나가는 걸 봤습니다, 그가 말했다. 여기 볼일이 있으세요?

그녀는 고삐를 세게 당기고 일어나서 둘둘 말린 입영통지서를 내밀었다. 군인 나리, 그녀가 말했다. 병사 하나가 이곳 알렉산드리아로 실려 왔습니다.

경비병이 그녀를 들여보내주었다. 이 병원으로요? 전갈을 받았나요?

아니요, 소문을 들었습니다. 여기, 이 종이에 적힌 이름이 보이시죠. 그녀는 입영통지서를 다시 내밀었다. 이 녀석의 애비가 절 보냈어요, 그녀가 말했다.

경비병은 고개를 저었다. 홍역이 돈다는 소문이 있어요. 아무도, 심지어 가족도 병동에 들일 수 없습니다. 아무도 출입할 수 없어요.

기침병입죠. 이 청년 아버지 말입니다. 위독한 상태예요. 전부 떠나고 아들 하나 남았어요. 본인이 올 수 없어서 죽기 전에 절 보냈습니다. 아들을 찾아달라고요.

경비병이 서류를 받았다. 저격병이라, 그가 큰 소리로 읽었다, 웨스트버지니아, 제7 기병대. 거기서부터 짐마차를 타고 오신 건가요?

그럽죠, 나리. 한참 걸렸지요.

여기서 기다리세요. 같은 이름이 있나 물어볼 테니.

그녀는 어깨를 웅크리고 앉았지만 옷깃을 살짝 내리고 큰 모자를 고쳐 써서 옆얼굴을 드러냈다. 그가 보면 알아볼까? 그녀는 지난봄 덩굴이 타고 남은 재를 담은, 옷 속에 넣어둔 사슴가죽 지갑을 꾹 누르고 마음속으로 그를 부르면서 그의 소리나 목소리가 아니라 존재가 조금이라도 느껴지기를 기다렸다. 그녀는 그가 저녁에 하모니카로 즐겨 연주하던, 어릴 때부터 좋아하던 애처로운 곡조를 떠올렸다. 시작은 느리다가 리드미컬한 중반을 지나 후렴구에 달하면 고음으로 올라갔다. 그녀는 앞주머니에서 그의 명함판 사진을 꺼내 천을 펼치고, 유리창을 통과해 그의 이미지에 온 정신을 쏟기라도 하듯 사진을 거대한 1층 창문 쪽으로 기울였다.

경비병이 입영통지서를 들고 돌아왔다. 죄송합니다, 부인, 그가 각듯하게 말했다. 그런 이름은 없습니다. 두 번이나 확인해봤습니다. 거의 500개나 되는 이름을요. 그리고 웨스트버지니아 제7 기병대도 더 이상 존재하지 않습니다. 61년부터 다른 부대에 통합되었더군요. 수백 명이 이곳을 드나들지만 부인이 찾는 사람은 지금 여기 없습니다. 이 병원에는요.

더블라는 경비병의 머리 너머로 2층과 3층 창문의 빛이 반사되는 유리창을 응시할 뿐이었다. 그 안에서, 물결무늬의 불투명한 유리가 달린 각각의 창문 뒤로, 수 킬로미터, 수개월 거리의 그가 느껴졌다.

부인과 그 청년의 아버지를 위해 할 수 있는 건 다 했습니다, 경비병이 말했다. 제 말 듣고 계세요?

그녀는 대답도, 알아들었다는 표시도 하지 않았다.

저기요! 이 서류는 가져가세요. 그가 그녀의 얼굴에 서류를 들이밀며 한 번 흔들었다.

그녀는 둘둘 말린 서류를 집으면서도 그의 사진을 경비의 얼굴 가까이 내밀었다. 경비 나리, 다른 이름으로 여기 있을지도 모릅니다. 혹시 녀석이 말을 못한다면…

말했다시피 이 안에는 수백 명이 있는 데다 기록도 없어요. 제가 좀전에 말했잖아요.

이 사진 좀 보세요, 바로 여기 키 큰 녀석이에요… 그녀가 그의 얼굴을 가리켰다.

키가 제일 큰 병사가 철판 사진 가장 왼쪽에, 그의 세 전우는 오른쪽에 서 있었다. 모두 동일한 목표를 함께 응시하기라도 하듯 같은 지점을 비스듬히 바라보고 있었다.

경비병은 사진을 향해 고개를 저으면서 받기를 거부했다. 이걸 얼마나 오래 가지고 다닌 거예요?

62년부터요. 지금까지 기다리며 찾고 있어요…

그 청년 아버지죠, 네? 이런 시절에 늙은 아녀자를 이런 식으로 보낸 사람이? 아무리 사내처럼 입고 와봤자 헛수고예요, 경비병이 그녀를 대신해 화를 내기라도 하듯 몸을 돌려 뒤쪽에서 다리를 절뚝거리는 환자들을 향해 소리쳤다. 붕대를 감은 사람, 벽에 기대어 앉은 사람, 다리를 쫙 벌리고 있는 사람도 있었다. 여기서 물어볼까요, 그가 소리쳤다, 이 부랑자들 틈바구니에서? 그가 그녀에게로 몸을 돌렸다. 제 눈엔 안 보이네요, 댁은 보이세요?

더블라는 그의 머리 너머로, 그의 뒤쪽의 거대한 텅 빈 유리창을 가만히 쳐다볼 뿐이었다.

경비병이 다가오며 목소리를 낮추었다. 이거 보세요, 언제 진 빚이든 간에 부인은 다 갚았어요, 할 수 있는 건 다 했잖아요.

더블라는 그의 말을 듣지 않았다. 그녀는 천천히, 신중하게, 사진을 천으로 감쌌다. 그리고 둘둘 말린 서류와 네모난 작은 사진을 옷 속에 집어넣었다.

이렇게 먼 길을 보내다니, 부인은 이용당한 거예요, 그가 말했다.

그가 식량 자루를 집어 들었다. 해 떨어지기 전에 이거라도 갖고 가세요. 항구에서 온 무뢰한들이 술에 취해 거리를 비틀거려요. 해가 진 뒤엔 있을 곳이 못 됩니다.

더블라는 경비병의 얼굴을 정면으로 바라보았다. 자루에 담긴 것은 건빵과 바싹 마른 옥수수로 필시 부상자들에게서 가져왔을 터였다. 오염된 음식이었다. 전투보다 질병으로 더 많은 사람이 죽었다. 그녀는 감사의 의미로 모자의 챙을 툭 건드리고는 거리로 말머리를 돌렸다.

안 가져가요? 그가 그녀의 뒤에 대고 소리쳤다. 그러면 굶어 죽든가요!

그녀는 시선을 거두자마자 그는 안중에도 없이 길을 떠났다. 마음이 너무 고통스러워 바로 앞의 거리가 눈에 들어오지 않았다. 그녀는 워싱턴 스트리트라는 표식이 붙은 가도를 따라 마을 변두리로 말을 몰다가 도로변의 넓은 초록색 풀밭에 마차를 세웠나. 보다 한적하고 조용한 도로였다. 머리 위로 나뭇가지가 흔들리며 노란 잎들이 하늘하늘 떨어졌디. 오른쪽 관자놀이에 숨이 턱 막힐 정도로 강한 통증이 일어 손을 대고 누그러뜨리는데 눈물이 그렁그렁해진 두 눈에 낮은 돌담이 보였다. 옆쪽에 관리되지 않은 초록색 땅이 넓게 펼쳐져 있었고, 잡목이 무성한 들판 여기저기에 나무 묘비가 꽂혀 있었다. 수많은 무덤에 작은 돌무더기가 수북이 쌓여 있었다. 표식은 없지만 이곳에 영면하고자 하는 사람들은 아는, 북군으로 도망친 흑인 노예와 자유민의 묘지였다.

들판 한복판으로 향하는데 어떤 행렬이 지나고 있었다. 흑인 여자 몇몇이 흐느끼고 있었고, 한 노인이 손수레를 덜커덩덜커덩 끌면서 울퉁불퉁한 땅바닥을 천천히 걷고 있었다. 행렬은 낮은 곡소리와 중간중간 끊어지는 찬송가 구절이 들릴 만큼 가까이에서 멈추었다. 구덩이는 이미 다 파서 훤히 드러나 있었다. 한 남자가 수레로 몸을 돌려, 너무도 작고 가냘파서 더블라가 미처 눈치채지 못한, 천에 싸인 형체를 들어올렸다. 수의가 긴 옷자락처럼 늘어졌다. 그가 형체를 품에 안고 어루만지자 천 아래에 있던 검은 머리가 턱을 치켜들고 뒤로 젖혀진 채 축 늘어졌다. 여덟 살이나 열 살쯤 돼 보이는 어린아이였다. 남자가 구덩이 가장자리에 무릎을 꿇자 한 노파가 앞으로 달려왔다. 더블라는 노파가 유해를 내리도록 거드는 줄 알았으나, 알고 보니 남자를 막아서며 시체를 마지막으로 만지고 안아보려는 것이었다. 리나의 아들이 도망쳐서 여기까지 온 걸까? 몇 년 전 이미 그는 소년이 아니었다. 더블라와 비슷한 나이대의, 흉터를 가진 건장한 성인이었다. 묘지의 노파는 아이의 몸을 끌어안고 흔들다 놔주었고 천으로 감싼 형체가 구덩이 속으로 미끄러지도록 허락했다. 노파가 목 놓아 울면서 바닥에 바짝 엎드려 두 팔을 쭉 구덩이 안으로 뻗었다. 더블라는 현기증이 휘몰아치는 속에서, 자신이 무덤 안에서 바깥의 평온한 푸른 하늘을 올려다보고 있다고 느꼈다. 하지만 알아들을 수 없는 절절한 말들을 뱉으며, 결코 닿을 수 없는 손길을 필사적으로 뻗고 있는 그 노파는 리나가 아니었다. 엘리자였다. 아이가 걱정된 더블라는 다급히 말을 몰았다. 그녀는 자신이 찾던 이가 영원히 사라졌음을, 그 남자의 영혼이 타오르는 덩굴 속에서 재가 되어버렸음을 깨달았다.

야생지대

1864년 5~10월

◇

의료 막사의 외과 의사는 자신의 젊은 환자가 겉보기엔 다친 곳 없이 건장하고 다부졌지만, 머리에 심각한 부상을 입었다는 것을 알았다. 한쪽 눈을 실명한 건 확실했지만 엉겨 붙은 피와 엉킨 검은 머리칼에 가려져 두개골이 얼마나 깊이 골절됐는지는 알 수 없었다. 의사는 환자의 머리를 단단히 감싸고, 아직 그의 피로 흥건한 들것에 그를 실어 마지막 구급 마차로 보냈다. 프레더릭스버그로 가는 부상병 운반 열차는 놓치더라도 알렉산드리아로 곧장 항해하는 부상병 수송선에는 태울 수 있을 터였다. 전쟁 내내 북군이 워싱턴을 수호하며 철통같이 에워싼 데다 해군 함정들이 해안 항로를 방어한 덕분에 부상병들을 임시 병원으로 지정된 부두에 내리는 데는 지장이 없었다.

그리하여 전장에서 활동하기엔 너무 연로한 알렉산드리아의 한 외과 의사가 피투성이 천으로 싸맨 이 병사의 머리 부상을 처음으로 소독하게 되었다. 창고와 상가, 은행 건물, 훌륭한 저택 수십 채를 부상병 치료 목적으로 전환한 이 도시의 가장 큰 북군 의료 시설에서 의술을 펼친 덕분에 소령 계급을 수여받은 자였다. 의사는 받침대를 들고 옆에 서 있던 간호사에게 머리에 붕대를 감은 솜씨가 이제껏 본 것 중 최고라고 말했다. 의사는 이 붕대 덕분에 그 아래서 충격을 받았을 비밀들이 제자리를 지킬 수 있었다고 생각했다. 그는 남자의 관자놀이를 가린 검은 머리칼을 바짝 자르고 골절 부위를 덮고 있던 피부를 조심스레 젖혔다. 그리고 상처를 살피거나 헤집지 않고 오직 뼛조각과 두개골 파편만 제거했다. 완벽한 삼각형 모양의 작은 뼛조각 하나는 표본용 유리병에 따로 넣었다. 북군 군복을 입고 있었지만 의사는 오셰이 박사라는 호칭을 더 좋아했다. 그는 버지니아 피드몬트 특유의 부드러운 모음을 구사했다. 그는 둘로 갈라진 미국을 보면 자식이 두 동강이 난 것만 같았다. 뼈가 앙상하거나 굶주리지는 않았지만 행여 목숨을 건진대도 뇌를 비정상으로 만들 상처를 입은 이 군인처럼. 오른쪽 눈은 실명이었지만 안와가 거의 온전했다. 의사는 상처에서 조금 떨어진 피부에 알코올과 따뜻한 물을 떨어트리고 꽤 넓은 면적의 젖혀진 피부에 묻은 피를 닦아냈다. 그런 다음 가위 끝으로 신중하게 그 피부 조각을 살살 밀어 두개골이 함몰된 곳으로 내려앉혔다. 유리 용기에서 꺼낸 거즈로 함몰된 두개골 안쪽 공간을 느슨하게 채우고 머리를 감쌌다. 두개골이 깨진 사람을 치료한 것은 처음이라 뇌가 부어오를지 쪼그라들지 감이 오지 않았다. 그는 머리를 고정하기 위해 머리틀 위로 일종의 거즈 텐트를 씌웠다. 환자는 젊었고, 맥박이 약하지만 안정적이었다.

자네는 최고의 간호사일세, 오셰이가 옆에 있던 나이 지긋한 여자에게 말했다. 고든 부인이라 했나? 자네의 도움이 필요하네.

뒤이어 오셰이는 간호사에게 잘 드는 큰 가위를 가져오라고 부탁했다. 그는 그녀를 기다리며 서 있다가 그제야 그을음 냄새를 감지했다. 캔버스 천과 그 위에 누운 병사에게서 나무 연기와 불에 탄 소나무 냄새가 났다. 간호사가 돌아오자 그는 전쟁터에서 화재나 폭발이 있었던 모양이라고 말했다. 의사가 가위를 휘두르는 동안 간호사가 천을 힘껏 들어 올렸다. 그렇게 그들은 함께 뻣뻣한 천을 천천히 잘랐다. 천을 다 자르고 나서 둘은 시선을 교환했다.

반대로 가서 저쪽을 살살 들어 올리게, 오셰이가 말했다. 살점이 떨어지지 않기를 바라며 함께 해보세.

간호사는 따라 하기 위해 눈도 깜빡이지 않고 오셰이만 쳐다봤다.

괜찮아, 오셰이가 말했다. 옷 아래는 대강 짐작되니 완전히 벗기게.

그가 예상한 대로 다른 벌어진 상처는 없었다. 병사의 몸은 그들 앞에 놓인, 머리가 짓이겨진 남자의 것으로 보이지 않았다. 장신에 근육질로 가슴과 허벅지 앞쪽은 불에 그슬렸는지 털이 없었다.

제 시간에 옷을 벗겼나 보군, 오셰이가 말했다. 붉은 기와 그을린 자국은 있지만 피부가 찢어지지는 않았어. 찬물과 부드러운 비누칠로 목욕만 시키면 되겠군.

그런데 이건 뭔가요, 간호사가 말했다. 그녀는 가스등 불빛을 좀 더 밝혔다.

오셰이는 가슴에 있는 흔적과 가슴에서 배까지 이어지는 긴 채찍 자국을 보았다. 길고 좁은 켈로이드*성 흉터로, 푸른색에 가까운 짙

---

* 손상된 피부의 치유 과정에서 조직이 이상 증식 하여 단단하게 융기한 것.

은 분홍색이었다. 누군가 낙인을 찍고 채찍질을 한 것처럼 보였다. 오래된 흉터로군, 오세이가 말했다. 하지만 성인이 된 뒤에 생겼어. 북군에 반대하는 자들이 전쟁 초에 포로로 잡아 고문을 한 모양이야…

간호사는 분노 또는 체념을 담아 입술을 꽉 다물면서도 오세이와 차분히 시선을 마주쳤다.

이젠 어떤 것도 놀랍지 않네, 오세이가 말했다. 여기 소변 통이 있나? 간호사가 침대 아래에서 소변 통을 꺼내 건네주자 오세이는 병사의 성기를 그 좁은 주석 용기의 입구에 집어넣고 허벅지 사이에 그것을 끼워두었다. 둥지처럼 엉긴 검은 체모에는 그을린 흔적이 없었다.

9시구먼, 오세이가 간호사에게 말했다. 자넨 교대 근무를 하러 막 온 게로군, 그런가?

그렇습니다, 오세이 박사님.

난 일흔넷인데 오늘 아침 6시부터 이곳에 있었네. 이 환자를 밤새 지켜보고 싶지만 집에 가야겠어. 안 그러면 마누라가 이곳까지 쫓아올 거야.

간호사가 고개를 끄덕였다. 그러셔야죠, 박사님, 들어가세요. 지시 사항만 내려주시고요.

이 환자는 내가 직접 치료하고 싶네. 자네가 분별 있게 처치할 거라 믿겠네, 고든 부인. 머리는 건드리지 말고 앞면만 조심스레 씻겨주게. 병원 가운으로 몸을 덮어줘. 매 정시 30분에 맥박을 확인하게. 오늘밤은 날이 따뜻하지만 체온이 떨어지는 것 같으면 담요를 최대한 많이 덮어주게나.

네, 박사님.

그리고 환자에게 말을 걸어야 하네, 그가 말했다. 우리는 뇌에 대해 아는 게 거의 없고, 이 환자는 아마 부상 때문에 한동안 의식이 돌아오지 않을 걸세. 이 환자가 자네와 내 목소리를 들어야만 해. 거칠게 떠밀지도, 병실 문을 열어놓지도 말게나. 전염성은 당연히 없지만 문에 전염 팻말을 달아두게. 그리고 환자와 단둘이 있지 않을 때는 마스크를 쓰게. 매 정시마다 점안기로 물 반 잔을 입가에 조심스레 부어줘. 환자와 대화할 때는 안전한 상태에서 차분하게 하도록 하고. 마치 이 청년이…

제 핏줄인 것처럼요. 간호사가 말했다.

아들이 있나?

있었죠. 둘이요. 적어도, 이곳에선, 저도 쓸모가 있네요.

오셰이 박사는 그녀의 손을 잡을 뻔했으나 아직 손을 씻지 않은 터였다. 애도를 표하네, 그가 말했다. 우리 이 아들 너석은 살려보자고. 오늘밤은 이 병실 업무만 맡게나. 반나절 후에도 이 환자가 살아 있길 기도하세.

입원 대장에 이름이 없네요, 그녀가 말했다. '북군'이라고만 적혀 있어요.

이름도 서류도 없네. 그냥 이 상태로 들어왔어. 본인 입으로 얘기하게 해야지.

응급 상황이 생겨도 사람을 보내진 않겠습니다, 박사님.

어차피 소용없을 테지. 내가 할 수 있는 건 다 했어. 보고는 빠트리지 말게나, 그런 보고 하나가 다른 환자의 치료를 도울 수도 있으니까. 이 병사는 살리지 못하더라도…

제가 말을 계속 말을 걸게요.

자네 아들들의 어릴 적 이야기를 들려주게나, 자네 젊은 시절도 좋고. 뭐가 됐든 다정하게 말해줘, 만사가 평온한 것처럼.

◇   ◇   ◇

그는 부력이 있는 액체 속에 눈이 먼 채 둥둥 떠 있는 것처럼 왔다 갔다 했다. 차분한 목소리가 들렸지만 내용은 없었다. 팔다리가 느껴지지도, 자신이 어느 공간에 있는지도 알 수 없었다. 금세라도 구르거나 미끄러질 것만 같았지만 깊고 편안한 풍선 속이었다. 어쩌면 아직 태어나지 않았는지도 몰랐다. 고통이 일면 그에 맞서 호흡하면서 위로 헤엄쳤고, 그러면 고통이 누그러졌다. 얼마 지나자 자신의 두 팔과 촉감이 느껴졌다. 어떤 손이 자신의 손을 쥐었다 놓았다

야생 지대의 전투, 전쟁기록화가 앨프리드 R. 워드의 그림.

가 다시 쥐었다. 손가락이 자신의 손바닥을 툭 치고, 손톱을 살짝 끌면서 가로로 위아래로 선을 그었다. 반응해야겠다는 생각이 들지는 않았다. 그는 차츰 사라졌다가 조금씩 조금씩 자기 자신을 되찾았다. 머리를 움직이려 애써 봐도 누군가 막는 것처럼 꿈쩍도 하지 않았다. 하지만 다리가 수축되며 움찔거렸고 그는 발을 움직일 수 있음을 깨달았다. 나이가 지긋해 보이는 남자가, 무언가를 캐묻는 다정한 목소리가 들렸다. 잔.에. 군인인가, 목소리가 말했다. 잔.에.가 뭐더라? 글자를 떠올리지만 서로 빙빙 돌았다. 여자의 목소리는 혼자 대화를 나누는 것 같았다. 오늘은 6월이에요. 그를 닦아주고 먹여주는 사람이었다. 따뜻한 귀리죽에서… 옥수숫가루 맛이 났다. 그는 자신이 침대에 가만히 기대고 있음을 느꼈다. 낮이었다. 닫힌 창문으로 들어온 햇빛이 그의 팔을 따스하게 비추어, 환한 노란색의 감각이 느껴졌다. 그는 노란색이 뭔지 알았다. 여자가 그릇에 숟가락을 부딪치는 소리가 들렸다. 그가 손을 뻗었고 그녀가 손을 꽉 잡아주었다. 그녀가 가까이 기대는 것이 느껴지자 그가 답으로 그녀의 손을 꽉 쥐었다.

이봐요, 여자가 말했다. 내 말이 들리나요?

그는 고개를 끄덕일 수 없었다. 그가 주저 없이 말했다. 들려요.

여자가 그의 손을 그녀의 입 근처에 놓았다. 그럼 그래야지, 그녀가 말했다. 덕분에 그녀가 말하는 입 모양이 느껴졌다. 그녀가 그의 손을 내리고 그의 어깨와 목을 만진 뒤 턱 선을 동그랗게 모아 쥐었다. 그녀의 손가락들이 붕대 가장자리를 따라 선을 그리며 올라갔다.

인식이 제자리를 찾기 시작했다. 그것은 붕대였다. 그의 머리는 움직일 수 없게 고정돼 있었다. 그가 손바닥을 가슴 쪽으로 가져오자 여자가 자기 손을 얹었다. 그제야 그는 자신이 살아 있음을 알았다. 그의 손은 그의 것이었다. 그밖에는 아는 게 없다는 사실을 파악하지는 못했지만 그녀가 말하는 소리가 전과 달리 문장으로 들렸다.

여기는 병원이에요, 여자가 말했다. 난 당신의 간호사고요. 당신은 이제 안전해요, 그리고 회복 중이에요. 의사를 부를까요?

아니요, 그는 자신이 깜짝 놀라는 것을 느끼며 답했다. 그러더니 의식이 약해졌다.

그래요, 그녀가 말했다. 혹시라도…

하지만 다음에 눈을 떴을 땐 의사가 곁에 있었다.

나는 오셰이 박사라고 하네, 그가 말했다. 자네 듣고 있나?

잔.에. 네, 그가 말했다.

기적이야, 오셰이가 말했다. 난 자네를 수술한 의사네. 이쪽은 간호사 고든 부인이고.

앞이 보이진 않았지만 그들이 조용히 공감하듯 그의 몸 위로 잠시 손을 붙잡는 느낌이 들었다. 밤이구나, 라고 그는 생각했다. 병원이 조용했다. 그는 자신의 눈이 멀었는지 궁금했다. 붕대 아래로 아무 감각이 없었다.

버지니아에서 벌어진 야생지대 전투에서 실려 왔네, 오셰이가 말했다. 이곳은 알렉산드리아야. 머리에 심각한 부상을 입어서 붕대와 틀로 못 움직이게 고정해놨네. 상처는 낫는 중이야. 괜찮다면 자네가 깨어 있는 동안 붕대를 갈고 싶은데. 베개로 받쳐 몸을 세워주겠네. 몸을 앞으로 기울일 때 틀이 머리를 붙들고 있을 걸세.

네, 그가 말했다. 그러니까 그가 잠들어 있거나 서서히 사라지는 풍선 속에서, 그에게서 곧 멀어질 공간 속에서 의식이 없을 때, 그 속

에서 둥둥 떠다니며 아무것도 알지 못할 때, 그들이 붕대를 갈아왔
던 것이다.

간호사, 받침대 좀 가져오게나. 여기 있어요, 내 손 느껴지죠. 당신
어깨 위에 놓인 틀을 떼어내고 있어요. 침대 옆 탁자에 둘 거예요. 당
신은 오른쪽 관자놀이를 다쳤어요, 여기를요… 간호사가 자네 무릎
에 받침대를 놓았고, 우리는 양쪽에 서 있네. 그래, 지금은 고든 간호
사가 천천히 붕대를 풀고 있어. 압박이 사라지면 시원하면서 간지러
울 수도 있네.

붕대의 압박이 한 겹씩 느슨해졌고, 여자의 손이 이불솜인지 목화
인지를 떼어냈다. 꽉 조이는 압박감이 사라지자 코르크가 천장으로
불쑥 튀어 오르듯 몸이 위로 떠오르는 듯한 느낌이 들었다. 그는 버
티기 위해 양손을 침대 위에 올렸다.

왼쪽 눈에 내 손이 느껴질 거야. 불은 꺼놨네.

그는 의사가 손을 치우지 않았으면, 간호사와 단둘이 두었으면 싶
었다. 하지만 손은 치워졌고 그는 눈을 떴다. 서서히 방이 또렷이 보
이기 시작했다. 문이 닫힌 작은 방, 왼편의 창문에 커튼이 드리워져
있었다. 의사는 정면에 있었는데 금발에 콧수염을 기른 노인이었다.
간호사는 체격이 좋은 중년 여성으로 의사 뒤에 서서 웃고 있었다.
회색 머리칼을 위로 쓸어 올려 간호사 모자를 썼고 눈동자는 갈색이
었다. 이제껏 그를 "이봐요"라고 부르던, 그 차분한 음색이 머리에 남
아 있었다.

이제, 보게나. 내 손가락을 따라올 수 있겠나? 의사가 검지를 양옆
으로, 위아래로 움직였다. 좋아, 그가 말했다. 고개를 천천히 돌려보
겠나? 그래, 좋군. 눈에 보이는 걸 설명해줄 수 있나? 또렷한가, 흐릿

한가? 부상당하기 전과 다른가?

잘 보입니다, 그가 말했다. 간호사가 맥박을 재기 위해 앞으로 걸어 나왔다. 그녀와 시선을 마주치는데 그 뒤로 등불의 후광이 보였다. 촛대처럼 생긴 가스등이었다.

자네 이름이 뭔가, 병사? 소속 연대는?

제 이름은, 그가 말했다. 그게… 모르겠어요.

괜찮네, 의사가 말했다. 너무 애쓰지 말게. 기억날 테니까. 자넨 강한 청년이야, 아주 강인하지. 아니면 살아남지 못했을 거야. 4주 전 부상을 입고 일주일 동안 혼수상태에 빠져 있었지. 이후엔 모르핀을 맞고 잠들었고 지금은 투약을 거의 멈춘 상태야. 통증이나 이상한 감각이 느껴주면 말해줘야 해. 어지럽거나 혼란스럽진 않나? 두통은 없고?

아니요, 그냥… 피곤해요, 그가 의사에게 말했다. 그는 노인의 철테 안경을 빤히 바라보았다. 안경알에 가스등과 불빛이 반사돼 벽에 붙은 작은 설치물 일부분의 윤곽이 완벽하게 두 개로 보였다. 그는 의사가 자신을 가만히 두었으면 싶었다. 자신의 얼굴, 자신의 머리를 만져보고 자신에게 무슨 일이 일어났는지 알아내야 했다.

그럴 수밖에, 오셰이가 말했다. 오른쪽 관자놀이에 붕대를 감아주겠네, 잘 아물고 있긴 하지만 보호해야 하니까. 붕대를 감아도 볼 수는 있겠지만 왼쪽 눈을 쉬게 하고 최대한 잠을 자야 하네. 간단한 일은 하더라도 간호사의 도움을 받도록 해. 뇌를 다쳐 회복 중인 환자에겐 혼자 밥 먹기, 팔다리 움직이기, 연필 잡기, 어떤 것도 간단치 않을 거네. 우리와 함께 이곳에 있으니 불안해하지 않아도 돼. 불을 조금만 켤까?

아니요, 그가 의사에게 말했다. 그래도 혹시 불을 꼭 켜야… 하지만 이미 그의 머리에 붕대가 감겨지고 있었다. 그들은 오른쪽 관자놀이를 완전히 두르고 왼쪽은 일부만 가렸다. 느낌이 전보다 가볍고 부위도 코를 지나 오른쪽 광대뼈 아래까지 반만 덮여 있었다. 그들이 침대 뒤쪽에 틀을 어찌어찌 붙여서 제자리에 놓는 것이 느껴졌다. 잠시만요, 그가 손을 들었다. 이건… 안 하면 안 될까요.

오셰이가 동작을 멈추었다. 귀찮은 거 아네. 하지만 혼자 있을 땐 좀 더 오래 차고 있어야 해. 간호사가 잠시 자네 곁에 있을 땐… 간호사? 그렇죠? 그땐 잠들기 전에 간호사가 봐줄 거고 아침이 되면 내가 돌아올 거야. 그리고 젊은이, 회복이 이렇게 진척을 보여 매우 기쁘네. 가슴 설레는 날이야.

그는 애써 오셰이와 눈을 마주쳤다가 그 노인의 두 눈에 감정이 그득한 것을 보고 놀랐다. 의사가 나가자 간호사가 침대 위 그의 무릎 위에 틀을 반듯하게 놓았다. 그는 무게를 느껴보려고 틀을 들었다. 총 삼면으로 기억 속의 도서관 책상처럼 짧은 가로대가 붙어 있고, 윗부분에는 경첩으로 연결된 딱딱한 나무 상판이 있어 위로 올릴 수 있었다. 바닥은 나무에 펠트를 덧대어 어깨에 놓도록 했다.

옆으로 치울까요? 간호사가 틀을 치우고 그에게 물 한잔을 건넸다. 양손을 써요, 그녀가 말했다.

그가 잔을 받고 조금씩 물을 홀짝였다. 이름이 고든인가요? 그가 물었다.

애거사 고든이에요, 그녀가 답하고 잔을 받았다.

제 눈, 이쪽 눈이요. 그가 오른쪽 관자놀이를 향해 손을 뻗었다.

간호사가 그의 손을 부드럽게 저지했다. 붕대를 건드리거나 당기면 안 돼요. 오른쪽 눈은, 살리지 못했어요. 하지만 왼쪽 시력은 괜찮아요, 다행이죠, 그나마 큰 도움이 될 거예요…

오른쪽 눈은 먼 건가요, 아님 눈이 아예 없어진 건가요?

그녀가 앉아서 침대 옆으로 의자를 당겼다. 부상 때문에 아예 없어졌어요. 죄송합니다, 하지만 당신이 살아서 말을 하게 되어 정말 기뻐요. 마지막으로 기억나는 게 뭐예요?

당신이… 장난감 집 얘기를 했지요. 존이라는 아들이 다른 아들한테 했던 말이요. 일부분밖에 못 들었어요.

내가 주절대던 소리를 기억해요? 간호사가 웃었다. 이제 미소를 짓네요. 트라우마는, 특히 기력을 회복할 때는 기억하지 못하는 게 더 이로워요. 어쩌면 어떤 것들은… 영원히 기억 못할 수도 있어요. 그것도 다 이유가 있겠죠.

어떤 이유일까요, 그가 의아해했다. 그들이 '군인', '연대' 같은 말을 했었다. 그도 군인이 뭔지는 알았다. 어떤 이미지가, 책 속의 그림처럼 양철로 된 작은 형상이 떠올랐다. 하지만 '연대'는 의미를 잃은 소리, 아무 관심도 가지 않는 소리일 뿐이었다. 간호사, 그가 물었다. 종이에 당신 이름과 질문을 하나 써주겠어요?

아무 질문이나요? 그녀가 물었다. 간단한 걸로 적어줄게요. 그녀는 침대 옆 탁자 서랍을 열었다. 서랍에는 두꺼운 책 한 권과 종이 여러 장이 들어 있었다. 그녀는 차트에 꽂힌 연필로 글자를 쓴 뒤 그에게 종이를 건넸다.

그가 큰 소리로 읽었다. 애거사 고든. 기분은 좀 어때요?

아주 좋아요, 그녀가 말했다. 그쪽은 어때요?

그는 그녀처럼 명랑하게 맞받아칠 수 없었다.

요 몇 주 동안 당신을 돌봐왔어요, 그녀가 말했다. 뭐든 생각나는 게 있으면 나한테 물어봐요.

내가 괴물이 되는 건가요? 그가 물었다. 저는 불구인가요?

그녀가 뜸을 들였다. 당연히 괴물이 되지 않아요. 당신이 원한다면 모를까. 하지만 그럴 것 같진 않네요. 그리고 이 전쟁에서 너무 많은 이들이 불구가 됐어요. 불구가 됐든 뭐가 됐든 내 아들들이 내 곁에만 있어줬으면 좋겠다고 얼마나 바랐는지 몰라요. 난 지금 딸과 함께 살고 있어요. 둘 다 과부죠. 자, 이제 누워요. 내가 읽어줄까요?

제가 읽는 게 좋겠어요, 애거사.

성경이에요, 그녀가 서랍에서 두꺼운 책을 꺼내며 말했다. 병원 측에서 모든 탁자에 넣어놓은 터였다. 활자가 너무 작네요. 불을 밝힐게요.

그는 그녀가 일어나 가스 불빛을 높이기 위해 침대를 둘러가는 모습을 지켜보았다. 그녀가 걸어기는 모습, 치마가 비끄러시는 모습, 야간 조명, 모든 것이 친숙했지만 어째선지, 왜인지는 몰랐다. 어쩌면 그가 잠들어 있거나 의식이 없을 때 그녀가 수도 없이 그렇게 걸었을 수도 있었다. 그는 성경책을 건네받아 펼쳤다. 얇은 책장의 가장자리가 빛났다. 킹 제임스 버전이군요, 그가 말했다. 보스턴에서 인쇄됐고요.

네, 그녀가 그의 어깨 너머로 눈여겨보며 말했다.

"태초에" 그가 읽기 시작했다. "하나님이 천지를 창조하셨다. 땅이 혼돈하고…" 그는 읽다가 잠시 멈추었다. 자신이 글을 읽을 수 있음을 깨닫고 책장 너머로 그녀를 바라보았다.

"어둠이 깊음 위에 있었다." 그가 읽기를 마쳤다. 널리 알려진 구절인가 보군요.

지금은 이 정도면 충분해요, 그녀가 성경을 가져가며 말했다. 당신은 아주 능숙하게 읽을 수 있을 뿐 아니라 심지어 어떤 구절은 기억하기도 하네요. 성경책은 탁자에 넣어둘게요, 그리고 다른 책도 가져다줄게요. 지금은 쉬어요. 나는 병원 업무를 봐야 해요. 그녀가 다시 침대 발치로 가서 가스등을 껐다. 벽에 달린 촛대의 깜빡임이 사라지며 어둑해졌다. 그녀가 그의 등 뒤에 베개를 받쳐주고 틀을 제자리에 씌웠다. 오늘은 나한테도 긴 하루였어요. 기분이 어때요? 그녀가 말했다.

이제 좀 사람이 된 것 같아요, 그가 말했다. 어깨 위의 이 새장만 빼면요.

금방 벗게 될 거예요.

그녀가 가고 나서 그는 방을 쳐다보며 구석구석을 기억했다. 보고 싶은 마음이 어찌나 간절했는지 왼쪽 눈을 손바닥으로 가리고 나서야 쉴 수 있었다. 꿈에서 그는 잠을 잘 수도, 잠을 잔 적도 없었다. 그렇다고 자신의 이미지나 모양, 형체가 보이지도 않았다. 그는 이 물가와 저 물가 사이를 오가는 깊음 그 자체였다.

◇　　◇　　◇

그는 앉고, 받침대에 놓인 음식을 혼자 먹고, 어깨를 젖히고 고개를 꼿꼿이 세우는 법을 연습했다. 하지만 시력이 정상인 왼쪽 눈으로 정면을 똑바로 보고픈 마음이 간절했다. 틀을 벗고 잠에 들었을 땐 잡역부가 곁을 지켰다. 그러다 전부 벗었다. 그는 도움을 받아 일어섰다. 한동안 그는 아침마다 오셰이와 애거사 고든과 대화를 나누었다. 짐작컨대 두 사람이 그의 반응이나 대답에 대해 토론하는 듯했다. 그들은 그에게 이름을 찾는 데 도움이 될 만한 세세한 사실을 조금이라도 기억하도록 유도했다. 아니, 전쟁터로 돌아갈 일은 없었다. 하지만 그들이 그의 부대, 입대 장소, 가족을 추적해줄지도 몰랐다. 야생 지대. 북군. 포토맥 군. 브랜디 스테이션은 북군이 전투에 합류했을 때 진을 치던 겨울 야영지였다. 그는 전투에서 발생한 화염으로 군복이 찢긴 채 구조되었다. 5월 7일, 부상병 수송선을 타고 병원에 도착했으나 야생 지대에서 나온 사상자가 너무 많았다. 북군에서만 수천에 달했고 부대들은 너무 빠르게 이동했다.

마침내 그가 그들에게 말했다. 전부 지워졌어요.

하지만 당신 가족에겐 아무 소식도 안 갔을 거예요, 고든 부인이 말했다. 당신 소식을 간절히 기다리고 있을 거예요. 그녀가 답을 기다리다 덧붙였다. 그게 어떤 건지 상상이 돼요?

그들이 내 가족이래도 난 그들을 몰라요. 그리고 난 그들에게 아무 도움이 못 돼요.

내 말을 믿어요, 고든 부인이 말했다. 그들은 당신을 돕고 싶어하고, 당신이 실종되지 않았다는 걸 알고 싶어 해요.

이 친구는 실종된 게 아니오, 오셰이가 살짝 나무라듯 말했다. 우리와 함께 이곳에 있지 않나. 젊은이, 자네는 북군을 위해 싸웠네. 이유가 기억나는가?

그는 손으로 이마를 누르다가 붕대를 따라 눈 위로 쓸어내렸다. 모르겠어요, 그가 말했다. 하지만 옳은 일인 것 같아요.

그거면 충분하네, 오셰이가 말했다. 자네 말투를 들으면 억양이 세지 않군. 나와 크게 다르지 않아. 경계 주들의 많은 사내들이 북군의 편에 섰지. 자네는 뉴욕이나 보스턴 출신은 아닌 것 같네. 자, 내가 갖다줬음 하는 게 있는가?

거울을 갖다주세요. 그리고 이 방에서 나가 걷고 싶어요. 공책도 하나 주실래요? 글을 쓸 수 있게요.

물론이지, 오셰이가 말했다. 내 손거울을 하나 갖다주지. 고든 부인, 안대를 맞추도록 치수를 재주시게. 그리고 자네는 진짜 이름이 기억날 때까지 사용할 이름을 짓게나. 병원 기록도 그렇고, 다른 환자들과 어울리다 보면 부를 이름이 필요할 걸세.

존이요, 그가 말했다. 고든 부인만 괜찮다면요.

괜찮아요, 그녀가 말했다. 기쁘군요.

그러면 성은, 오셰이가 말했다. 내 성을 기꺼이 빌려주겠네. 아일랜드 퀘이커교도와 어울리기 싫은 게 아니라면 말이야.

싫어할 이유를 모르겠군요, 그가 말했다.

알게 될 걸세, 오셰이가 말했다. 하지만 원하는 만큼 오래 쓰게나. 이곳에선 그 이름의 평판이 좋을 거라 확신하니 병원에 있는 동안 부끄럽지 않을 걸세.

그렇다마다요, 고든 부인이 말했다.

◇　◇　◇

그는 침대, 탁자, 의자가 접해 있지 않은 삼면의 벽에 몸을 힘껏 기댄 채 발을 질질 끌고 방 안을 돌아다니며 그 이름을 혼자 중얼거렸다. 그의 균형감은 나날이 달라졌다. 손을 쥐는 힘, 움직임을 제어하는 능력, 머리가 끔찍하도록 무겁다는 느낌도 마찬가지였다. 의료진은 이것이 통증의 한 형태라고 했지만 그는 어떤 약도 거부했다. 그는 오셰이와 고든 부인을 존경했고 그녀의 상실감을 지각했다. 하지만 '존 오셰이'라는 이름에 특별한 의미를 부여하지는 않았다. 고든 부인이 그에게 공책과 펜촉, 작은 사전을 가져다주었다. 읽는 건 쉬웠으나 쓰는 건 어려웠다. 사전을 뒤적여가며 성경 문구를 옮겨 적는데 글씨가 삐뚤빼뚤한 것이 어린애가 쓴 대문자 같았다. 과거에는 이렇게 악필이 아니었다는 확신이 들었지만 그의 글이 어떤 모양이었는지는 떠오르지 않았다. 그는 침대 옆 탁자에서 작은 나무 자를 발견하고 숫자들에 어리둥절해 했다. 그것들을 순서대로, 무작위로 따라 적었으나 그 모양이 전혀 와 닿지 않았다. 그는 날마다 맨 먼저 창세기부터 읽었는데 거기서 친숙한 단어들을 마주쳤다. '첫째 날', '둘째 날', '셋째 날'은 이해했다. '하나'는 한 개고, '둘'은 두 개였다. 그러니 오셰이 박사가 그에게 거울을 가져다준 지 두 날이 된 것이었다. 하지만 숫자의 모양은 아무 의미도 갖지 못했다. 그는 떠오르는 단어를 써보았다. '씨 있는 열매를 맺는 나무가 그 종류대로.' 그리고 다음 날 그 구절을 창세기에서 읽은 적이 있음을 깨달았다. 창밖으로 좁은 땅바닥과 병원의 검은 벽만 보였지만 그는 창문을 열고 블라인드를 쳐놓았다. 어느 밤 천둥번개를 동반한 폭풍에 그는 잠에서 깼다. 침대에서 일어나 빗방울이 튀기는 창틀로 몸을 끌고 갔다. 두 팔을 뻗어 억수같이 퍼붓는 비를 흠뻑 맞다가 확신이 들었다. 지금은 약하지만, 자신이 한때 아주 강했다는 사실을.

◇　　◇　　◇

오셰이 박사가 거울을 가져왔다. 전시에 알렉산드리아에서 거울을 찾기란 쉬운 일이 아니네, 그가 말했다. 있다 하더라도 내어주지 않거든. 이건 내 근사한 아내 오셰이 부인이 빌려준 걸세. 아내도 자네가 허락하면 보러 오고 싶다더군. 자, 존, 고든 간호사 말로는, 상처를 보고 싶다고… 존이라 불러도 되겠나?

그가 불안으로 인한 조바심을 가까스로 누르며 고개를 끄덕였다.

자네가 보게 될 광경을 설명해주겠네. 눈을 감싼 뼈대인 안와는 거의 온전하네. 오른쪽 이마의 대각선 가장자리 부분만 제외하면 말일세. 어떤 강한 힘에 맞은 모양이야. 아마 폭발이 있었겠지. 자네 두개골의 이 부분이—오셰이 박사는 눈두덩부터 관자놀이, 그리고 그 위쪽까지 자신의 머리를 짚어가며 부상 부위를 알려주었다—길쭉하게 깨졌네. 붕대로 너무 조여놓았던 탓에 뼛조각들이 상처 부위에 달라붙어 있었는데, 모두 제거해야 했지. 자네 피부를 그 빈자리 위로 느슨하게 덮어놓았는데 이건 잘 아물었어. 부어오른 것도 가라앉았고 상처가 봉합 없이 아물었지. 흉터와 영구적인 변색, 함몰은 남을 거야. 이제 붕대를 풀어주겠네. 안대를 가져왔으니 붕대를 풀고 차면 되네.

오셰이 박사님, 그가 말했다. 전 의안을 갖게 되나요?

그건 아닐 걸세, 오셰이가 붕대를 제거하며 말했다. 유리는 무게가 나가거든. 조직이나 뼈가 아직 아물고 있지만 의안을 지탱하기엔 무리일 걸세. 내가 안대를 채웠네. 여기 거울이 있어.

그는 먼저 그의 멀쩡한 눈과 콧대, 눈두덩, 그리고 안대를 보았다.

부드러운 갈색 가죽으로 만든 안대였다. 안대를 착용하고 있쭉 그는 여전히 자기 자신처럼 보였다. 거울에 비친 모습은 과하게 친숙하지도, 아주 낯설지도 않았다. 하지만 거울을 옮겨 반쯤 대머리가 된 머리와 이마, 그리고 눈두덩부터 관자놀이를 지나 두피까지 벌겋게 긇고 흉이 진 채, 마치 반쪽이 잘린 계란껍질처럼 깊이 함몰된 부위를 비추자, 알 수 없는 생명체가 보였다.

머리카락이 자라면서 흉터 일부는 가려질 걸세, 의사가 말했다. 자네가 방 안에서 조금씩 걷는다는 걸 알고 있네. 기운을 쓰고 나면 푹 쉬어야 하지만 오늘은 고든 부인과 함께 지팡이를 짚고 베란다를 걸으며 균형감과 힘을 키웠으면 좋겠군. 넘어지는 일은 없어야 하네.

고든 부인은 다른 할일이 있지 않나요?

있지. 자네를 고든 부인의 병동으로 옮겼으면 해. 붕대는 온전한 상태로 두었으니 원하면 두르고 다니게.

하지만 제 모습을 보는 데 익숙해져야죠. 병동에서는요. 다만 안대에 가려진 부위 말인데요, 눈꺼풀은 있나요? 있다는 느낌이 없어요.

눈꺼풀은 복원하지 못했네, 존. 그건 내 능력 밖이야. 내가 알기론 다른 의사도 할 수 없는 일이지. 눈이 있던 구멍 위로 흉터 조직이 자랐어. 거울이 있지 않나. 내가 곁에 있는 동안 보는 게 좋겠군, 질문이 있을 수도 있으니.

그는 검은 구멍이 머릿속 깊숙이 뚫려 있어 그가 잊어버린 모든 것까지 이어져 있는 모습을 상상했다. 하지만 안대를 들추자 오목하고 텅 빈 타원형의 구멍이 나타났다. 푸른빛이 도는 친밀한 분홍색 흉터로 뒤덮인 그 구멍은 작지만 공포스러웠다. 그는 안대를 제자리로 돌려놓았다. 그러면 다른 흉터들은 뭔가요? 가슴과 몸 앞쪽에 있는 흉터요? 그가 의사에게 묻고 나서 병원 가운의 한쪽 어깨를 당겨 허리춤까지 내렸다.

오래된 부상일세, 의사가 손으로 상처 부위를 가볍게 누르면서 말했다. 몇 년 전, 북군 병사들이 공격을 받은 듯하네. 기억나는 게 없는가?

아니요. 만약 전쟁이란 방해물이 없어서 복수를 다짐했다면, 낙인의 모양을 본떠서 남군을 수색해 이 낙인이 나타내는 사람이나 가문을 찾았을 거예요. 그리고 나를 고문한 자들에게서 정보를 얻어냈을 테죠. 그는 어쩌면 자신이 이미 복수를 했을지도 모른다고, 낙인을 찍은 자들을 죽였을지도 모른다고 생각하며 의사를 차분하게 바라보았다. 아마 여러 명이었을 테지. 감정이 실리지 않은 중립적인 생각이었다. 그가 큰 소리로 말했다. 저는… 괴물이에요. 박사님도 그렇게 생각하시나요?

오셰이 박사는 고개를 저었다. 자네 가슴에 흉터를 남긴 자들이 괴물이라면 모를까, 자네에게 그런 용어를 붙이는 건 부당하네. 이 전쟁이야말로… 괴물이야. 내 관점에서 이 몇 주 사이에 자네가 이렇게 회복한 건 몇 안 되는 훌륭한 결과 중 하나일세. 표정을 보아하니… 믿지 않는 것 같군.

제가요? 저는 표정을 지을 수 있는 것만으로도 감사드리는걸요.

의사가 어깨를 으쓱했다. 우리의 삶은 보잘것없고, 우리의 승리는 더 보잘것없어. 나의 고매한 아내는 내가 이런 말을 하면 못 견뎌하지. 그래도 내가 눈 위쪽까지 잘 보호할 수 있는 다른 기구를 손에 넣을 때까지는, 함몰된 부위를 청결하게 유지하기 위해 안대를 착용해야 해. 병원 일을 봐주는 장인들의 실력이 탁월하다네. 그리고 우리에겐 고든 부인도 있지.

고든 부인이 문을 한 번 두드리고 병실로 들어왔다. 지팡이와 맞는 가운, 소지품, 그러니까 성경과 사전을 넣을 가방을 가져왔어요. 그쪽 병동까지 걸어갈 거예요. 앞쪽 창문으로 바깥이 보이는 침대를 깨끗이 갈아놨어요. 베란다 구경을 시켜줄게요. 6월 말답게 너무 덥지도 않고 화창해요.

그는 가운을 걸치고 지팡이 두 개를 짚으며 그들과 함께 천천히 다른 병동으로 이동했다. 좁은 침대들이 양쪽 벽에 1미터 간격으로 놓여 있어 긴 방이 비좁아 보였지만 다행히 층고가 높았고, 거리 쪽으로 난 창문들이 거의 바닥에서 천장에 닿는 높이였다. 의사는 각 침대마다 멈추며 회진을 돌기 시작했다. 고든 부인은 계속 걸어갔다. 그는 그 사라진 몇 주 동안 자신이 1인실이라는 사치를 누린 것에, 스스로 군인임을 알지도 못한 채 군에 속해 있었다는 것에 부끄러워하며 지팡이를 짚고서 그녀 곁에 머물렀다. 많은 시내들이 팔다리를 하나 또는 둘 절단한 상태로, 환부가 아물도록 시트 아래에 둥근 테가 놓여 있었다. 어떤 이는 신음하면서 비명을 질렀다. 고든 부인이 자기 팔을 잡으라 청하고는 병원 정면 쪽 병실이 한때 호텔 로비로 쓰였고, 노스페어팩스 가를 내다보고 있다고 말해주었다. 그녀는 하얀 시트를 팽팽하게 펴놓은 빈 침대 앞에 서서 그들이 챙겨온 몇 안 되는 물건이 든 배낭을 놓고 성경책을 꺼냈다. 그들은 병실 한가운데 일정한 간격으로 세워진, 의료용품이 담긴 작은 카트를 지나, 물품용 찬장이 줄지어 서 있는 넓은 복도를 지나 계속 걸어갔다. 뒤편에는 병원의 끝에서 끝까지 방충망이 설치된 베란다가 있었는데 그 너머로 높은 울타리로 둘러싸인 방치된 정원이 내다 보였다. 이

건물은 바로 위층인 2층 것까지 합쳐 베란다가 총 두 개 있는데, 한때 알렉산드리아에서 최고급 호텔이었지요, 고든 부인이 말했다. 널찍한 포치 공간은 벤치와 의자에 앉아 있는 남자들로 가득했고, 어떤 사람들은 앞뒤로 걸어 다니거나 서서 밖을 내다보고 있었다. 그가 자리를 뜨기 전에 고든 부인이 그를 소개하기 시작했다. 여러분, 이쪽은 존 오셰이입니다, 북군 병사로 머리 부상에서 회복 중이지요, 그녀는 베란다 끝에 다다를 때까지 이곳저곳의 무리들 앞에 잠시 멈춰 이 말을 반복했다. 맨 끝 쪽에는 안락의자 몇 개가 반원 형태로 놓여 있었는데 일부는 작은 바퀴가 달려 있고 충격을 덜 받도록 담요가 깔려 있었다. 붕대를 감은 말 없는 병사들이 베개를 베고 누워 있었다. 병실 밖으로 나올 수 있는 환자들 중에 가장 거동이 불편한 환자들로 보였다. 좁은 휠체어에 앉은 다른 환자들은 담배를 피우거나 편지를 쓰고 있었다. 고든 부인이 그의 이름을 소개했다.

한 병사가 손을 내밀었다. 오셰이, 그가 말했다. 환영합니다.

고든 부인이 성경을 들어올렸다. 오셰이가 성경을 읽어드려도 괜찮을까요? 어쨌거나 주일이기도 하고요.

그는 자신이 믿음이 있는 사람이 아니라고 강조했다. 그게 뭐 어떻다는 거요, 다른 환자가 말했다. 가슴과 배에 붕대를 두른 소년이 의자를 밀었다. 여기요, 소년이 가리켰다.

오셰이는 앉았다. 그는 창세기를 읽었다. "태초에… 공허하며… 어둠이 깊음 위에 있었다." 자신이 뱉는 운율과 말투 속에서 몇몇 단어밖에 알아듣지 못했지만 그는 창세기를 전부 읽었다.

몇 주 뒤—그는 얼마가 지났는지 몰랐지만—그는 병실 침대에서 커다란 창문 밖으로 거리를 내다보는 한 젊은 중위 옆에 앉았다. 중위는 밤새 미친 듯이 고함을 지르고 얼굴을 씰룩거리며 잠을 설친 터였다. 오셰이는 남자를 묶어놓은 장치를 느슨하게 풀어놓고도 감시가 필요하다는 것을 알고 근처에 머물렀다. 공식적으로 오셰이는 잡역부로서 그에 해당하는 돈을 받았지만 실제 하는 일은 의사의 조수에 가까웠다. 그는 오랜 시간 일했다. 쉼 없이 몸을 쓰는 것은 그의 의사가 치료를 위해 추가로 내린 처방이었다. 오셰이라는 성을 처음 빌려준 그 노의사는 얼마 전 자신의 집 지하실에서 하숙을 하지 않겠느냐고 제안했다. 그러면 연로한 그들 부부가 건장한 사내의 도움을 이따금 받을 수도 있다는 게 그의 설명이었다. 부부가 제공할 수 있는 건 숙식밖에 없었지만, 그로선 더 나은 식사를 할 수 있었고 원할 때마다 작은 뒤뜰로 드나들 수도 있었다. 오셰이는 또 과분한 친절을 받은 것 같았다. 그는 제안을 받아들였다.

처음에는 의사의 집에서 오가며 거리를 걷는 것도, 의사의 친절한 아내와 대화를 하는 것도 어려웠다. 그녀는 기운을 보강해야 한다며 함께 저녁을 들자고 계속 청했다. 체력을 회복했지만, 식탁에 앉아 대화를 나누는 것, 환자가 아닌 사람들과 어울리는 것, 남의 일화를 듣고 반응하는 것, 날씨 이야기에 한 마디를 얹는 것과 같은 다른 능력들은 아직 돌아오지 않았다는 뜻이었다. 그는 군대가 아닌 병원에 속해 있음을 의미하는 수수한 직원복이 마음에 들었다. 덕분에 옷을 살 필요도 없는 데다 기억에도 없는 군인의 삶으로부터 멀어질 수 있었다. 병실과 직원들이 친숙해져서 없어서는 안 될 존재로 느껴졌다. 이곳에서는 온전히 그로서 쓸모가 있었다. 그는 조각난 꿈을 통해 자신이 끔찍한 일들을 보고 겪었으며 자신이 돌보는 환자들처럼 부서졌다는 것을 알았지만 전쟁이 아닌 인간의 노동에 온 정신을 쏟고 싶다는 마음이 간절했다.

바로 이 병실에서 환자로서 수 주 동안 지팡이에 겨우 의지하며 지냈지만, 그는 자신의 문제가 사지가 아닌 뇌라는 것을 알았고 그래서 하나씩 맡은 일을 해나가기 위해 의지를 불태웠다. 처음에는 소소한 일을 도왔다. 물 주전자를 채우고, 심한 부상으로 혼자 읽지 못하는 환자들에게 편지를 읽어주고, 간호사가 베란다 맨 끝에 무리 지어 놓은 움직이지 못하는 병사들에게 책을 읽어주었다. 오셰이는 신문이나 급보를 거부한 것과 달리《톰 아저씨의 오두막집》이나《위대한 유산》처럼 기부받은 책은 즐겨 읽었다. 고든 부인의 말로는 그를 따르는 이들도 생겼다. 힘이 세지면서 그는 더 이상 지팡이에 의지하지 않게 되었고, 균형감이 좋아져 음식 쟁반을 침상까지 나르기 시작했다. 침상에서 의자로 환자들을 들어 올렸고, 병사가 실린 들것을 옮기는 잡역부들을 거들었고, 병원 뒤편에 땔감을 쌓았다. 몸이 훨씬 강해지자 그는 상처 부위와 함몰된 관자놀이를 가리는, 가장자리를 펠트로 덧댄 주석 안대를 착용했다. 가느다란 가죽 끈으로 안대를 머리에 단단히 고정한 뒤 한여름 땡볕 속에서 하루 두세 시간씩 송곳과 손도끼로 통나무를 쪼갰다. 고르게 팬 장작들을 야외 주방에서 쓰도록 쌓았고, 다가올 겨울을 대비한 땔감을 비축했다. 그는 미친 듯 날뛰거나 혼란에 빠진 환자들을 잘 다루었고 간호사들이 구속장치를 채우는 동안 거구의 사내를 단단히 붙들 만큼 힘이 좋았다. 간호사들은 오세이가 잡일을 멈추고 그런 환자들을 진정시키거나 눈물을 그칠 줄 모르는 환자들 곁에 앉아 있도록 했다. 오세이는 그들에게 자신이 손아귀 힘을 키우려고 사용하던 손바닥만 한 인도 고무공을 꽉 쥐도록 시킨 뒤 숫자를 세면서 쥐었다 펴도록 했다. 필요하다면 자신의 커다란 손으로 환자의 주먹을 감싸 힘을 보탰다. 부드럽게 주먹을 펴고 손바닥을 펼쳐 쓰다듬은 뒤 다시 손에 공을 놓았다. 주기적인 반복 행동을 통해 마음을 진정시키는 이런 수법은 심지어 오세이가 절대 이성을 되찾지 못하리라 짐작한 환자에게도 통할 때가 많았다. 열병처럼 오르내리는 광란의 공황 증세로 괴로워하는 젊은 중위도 그중 하나였다.

오세이의 판단력은 곁눈가리개를 착용한 말의 시야처럼 상당히 제한적이었지만 믿을 만했다. 그는 더 많은 일거리를 원했다. 다른 방식으로 하루를 채우거나 대체하는 건 상상할 수 없었다. 그는 육체적으론 강했지만 숫자를 올바르게 나열하거나 가게에서 물건을 사고 잔돈을 세거나 하루나 이틀 이후의 미래를 생각하지는 못했다. 대신 지각이 뛰어나 개별 업무에 오롯이 열중했고 장작을 패거나 석탄을 운반하는 등 짐승 같은 힘을 요구하는 반복적인 육체노동을 하면서 안정감을 느꼈다. 그래도 정서적으로 불안한 병사를 어루만질 수는 있었다. 그는 잠든 중위 옆에 놓인 의자에 앉아 커다란 창문 너머로 맞은편을 바라보며 생각에 잠겼다.

계절의 이치에 따라 여름이 지났다. 거리에 인접한 병원 앞 작은 뜰은 흙을 다지고 포석을 깔아놓았는데, 수속을 마치고 병원 안에 들어갈 때까지 들것에 누워 대기하는 부상병들이 주기적으로 그곳을 가득 메웠다. 10월 초였다. 뜰 한 켠에 그늘을 드리운, 제멋대로 자란 길고 가는 나무들이 잎을 거의 떨군 터였다. 나무 아래에는 언제나 몇몇 사내들이 잠을 자거나 누워 있었는데, 제대를 했지만 너무 혼란스러워 떠나지 못하는 참전 용사들을 한동안 병원이 거두어 먹이고 있었다. 거리는 부상병 수송 마차와 승합 마차, 보급품이 산더미처럼 쌓인 수레로 가득했다. 창문이 반쯤 열려 소음과 흙먼지가 들어왔고, 노스페어팩스 가는 도심의 주요 도로였다.

오셰이는 한 마부가 끄는 텅 빈 짐마차 하나가 거리를 좌우로 왔다 갔다 하는 것을 알아차렸다. 마부는 고삐 위로 몸을 구부리고 앞쪽 창문을 곁눈질로 뚫어질 듯 쳐다보면서 병원 정면을 거의 한 블록가량 천천히 지나더니 마차를 돌려 거리 저편을 지나쳤다. 그렇게 병원 앞을 지나고 나서는 방향을 돌려 다시 거리 이편을 지나쳤다. 얼굴은 안 보였지만 마부는 챙이 넓은 농부 모자 아래에서 시선을 거두지 않고 같은 자리를 수차례 맴돌았다. 오셰이는 하릴없이 그 모습을 지켜보았다. 마침내 마차는 병원 입구에 멈추었다. 키가 크고 호리호리한 마부가 일어나자마자 인도에 배치된 군인과 마주 섰다. 서류가 오가는 듯하더니 군인이 자리를 떴다. 드물게 재력이나 연줄이 있는 집안에서 친척을 찾겠다고 병실에 들어오는 경우가 있었다. 하인이나 중재자임이 틀림없는 마부는 몸을 기울여 말이 놀라지 않도록 고삐를 가까이 잡았다. 오셰이는 그 기울어진 고개에서, 그늘진 모자 아래로 비치는 시선에서 강렬하고 불안한 욕구를 감지했다. 거리는 소음으로 시끄러웠다. 쉼 없이 덜컹거리는 마차 바퀴와 말발굽 소리, 말을 모는 채찍 소리, 짐을 싣고 지나가는 탈것들의 삐걱거리는 신음 소리. 상점과 사무실이 문을 닫기 전이라 거리가 가장 바쁜 시간대였다.

마부가 막 일어섰다. 군인이 돌아와 무언가를 강조하듯 서류를 흔들며 돌려주었다. 오셰이는 그의 말을 들을 수 없었다. 그러다 군인이 몸을 돌려 뜰의 사람들을 향해 소리쳤다. "이 부랑자들 틈바구니에서… 물어볼까요?"라는 질문이 들렸다. 비꼬는 듯한 말투였다. 경비병이 마부에게 식량이 든 자루를 슬그머니 쥐어주려 했다. 보아하니 사상자로부터 압수한 것이었다. 하지만 마부는 거부하며 혼란스런 거리로 마차를 돌렸다.

제3부

1874

웨스트버지니아주 웨스턴,
1870년경

사적인 거래

1874년 3월

◇

더블라는 자신의 오두막에서 내려오는 오솔길 가운데 서서 초목을 질식할 듯 뒤덮은 덩굴 식물에 몸을 숨기고 유심히 바라보았다. 그를 훔쳐본 지 몇 주째였다. 자칭 파파라는 그는 일찍 나갔다가도 느지막히 돌아와 이 땅이 자기 손아귀에 있음을 확실히 보여주었다. 보통은 자신의 거세마를 이용해 오갔지만 오늘은 엘리자의 말에 짐마차를 묶고 코나리를 좌석에 앉혔다. 파파는 자신이 사냥한 다람쥐 한 쌍과 코나리가 거둬서 팔려고 포장했을 계란을 마차에 실으며 우쭐거렸다. 코나리가 꼬맹이를 앞쪽으로 돌려 무릎에 앉히고 숄로 몸에 묶는데 아이가 한 손으로 코나리의 머리칼을 꼭 쥐고 다른 손을 뻗었다. 꼬맹이는 17개월이었지만 오두막에 있는 갓 태어난 쌍둥이는 고작 6~7주였다. 젖을 먹고 낮잠을 자기 바쁜 나이였다. 파파는 법 집행관처럼 그들 모두를 감금했다. 그는 마을에 생필품을 구하러 가면서 코나리가 예쁨을 받는다고 생각하길, 꼬맹이를 데려가도록 허락했으니 두 배로 예쁨을 받는다고 생각하길 바랐다. 하지만 코나리로서는 누워만 있는 엄마 곁에 꼬맹이를 둘 수 없었다. 남자는 코나리를 하인처럼 부렸다. 이제 열두 살인 코나리는 초췌한 얼굴과 비쩍 마른 몸으로 세 아이를 돌보고, 요리를 하고, 집안일이라는 집안일은 전부 했다. 엘리자는 집 안에만 머물며 그의 소리와 느낌에 무뎌지기 위해 내면으로 침잠했다. 그가 코나리 옆에 바싹 붙어 말을 향해 "이랴!"라고 외쳤다. 마차가 앞으로 돌진하자 그가 허세를 부리며 채찍을 허공에 휘둘렀다.

더블라는 뒷걸음질을 치며 보랏빛이 감도는 덩굴 식물 깊숙이 들어갔다. 두꺼운 줄기가 검은딸기나무 덤불과 찔레나무를 타고 올라가 이 나무 저 나무를 휘감으며 그녀 위로 나무 그늘을 드리웠다. 9월이면 코나리의 학교 공부를 위해 씁쓸한 초크베리로 잉크를 만들곤 했지만 그 계절은 지났다. 아롱거리는 햇빛이 나무 틈새로 들어와 사향 뱀풀, 분홍색 꽃봉오리가 점점이 박힌 목배풍등, 노란 꽃으로 뒤덮인 개꽃 등 작은 덩굴 식물들을 건드렸다. 짐마차가 덜컹덜컹 길을 내려가는 소리가 희미해졌다. 그는 코나리를 데리고 마을로 가고 있었다. 그럼에도 더블라는 혹여 아이가 자신의 존재를 발설할까 봐 거리를 지켰다. 그 대신 엘리자와 코나리에게 화가 미치지 않도록 계속 지켜보았다. 그는 전쟁에서 잃은 엘리자의 남편을 비웃기라도 하듯 그녀를 아줌마라고 불렀다. 전쟁은 9년 전에 끝났지만 여전히 많은 것을 망치고 있었다.

더블라는 개꽃을 한 아름 뜯었다. 신선한 개꽃은 벌레에 쏘이거나 물리는 것을 방지해주었다. 긴 초록 잎을 끌어당긴 뒤 뿌리를 비틀어 뽑았다. 초록 잎 부분을 접고 줄기로 단단히 묶은 다음 뿌리를 소매에 깨끗하게 문질렀다. 엄지손가락만큼 두꺼운 덩이줄기는 치료

효과가 좋았다. 보리물에 삶으면 수유 중인 산모에게 좋은 강장제가된다. 더블라는 코나리가 찾을 만한 곳에 개꽃 뿌리를 숨길 생각이었다. 그런데 보리가 있으려나? 그리고 코나리는 꼬맹이가 태어났을적에 본 것을 기억할까? 그녀는 그자의 지시에 따라 그가 시내에서술을 마시는 동안 엘리자의 분만을 도왔다. 그 후로 집 근처에서 더블라가 코빼기라도 보이면 모녀가 고통받게 되리라는 엄포가 떨어졌다.

더블라는 개꽃을 챙기고 뿌리를 자루에 넣은 뒤 말의 굴레를 잡고오솔길을 살살 올라갔다. 한 달에 한두 번 뿌리와 약재가 든 삼베 자루와 배낭을 말에 싣고 토요일에 열리는 장터에 가곤 했다. 자칭 파파라는 그자는 잡화점에서 술을 구할 때가 아니면 절대 시장에서 거래를 하지 않았다. 그는 엘리자가 가진 모든 것을 소유했다. 파파가그들을 발견한 그 주에 더블라가 자신의 오두막에 넣어뒀으니 망정이지, 아니었다면 그녀의 늙은 말조차 빼앗겼을지도 몰랐다. 2년 하고도 조금 더 전이었다—더블라는 그가 빼앗아간 시간을 기억하기위해 오두막 문에 스물여덟 달에 해당하는 눈금을 새겨놓았다. 그때까진 그럭저럭 괜찮았다. 전쟁이 끝날 때까지 산마루에 머물렀고, 마을 사람들처럼 굶주리지도 않았다. 궁핍한 생활이 나아지자 더 많은닭을 거래했고 더블라는 시장에서 계란을 팔았다. 엘리자는 전쟁 이후로 남편이 살았을 거라는 믿음을 버리고 그에 대해 일언반구도 하지 않았다. 남편은 목사님이 서명한 증명서가 새 이름이 진짜 이름이라는 증거라고 했지만 엘리자는 남편이 자신에게 거짓 이름을 주었다고 말했다. 혼자인 것이 배신의 증거였다. 엘리자는 말수가 더욱줄었다. 하지만 텃밭과 식물에 대한 판단력은 여전히 좋았고, 코나리가 자기만큼 읽도록 가르쳤다. 그러다 남군의 그 게릴라병이 자신에게 우선권이 있다는 듯 나타났다. 더블라가 시장에서 교환한 물건을 가지고 마차를 끌고 막 돌아왔을 때였다. 오두막에 마차를 세우는데 그가 일어나 그들이 코나리의 말이라 부르는 말의 고삐를 붙들고 자기 쪽으로 잡아당겼다.

어라, 내가 아는 말이군, 그가 비밀을 발설했다는 듯 한 손으로 입을 탁 막으며 씩 웃었다. 내려와, 할머니. 내 마차와 물건을 좀 봐야겠어. 당신은 들어가서 인사하고 여자애를 봐. 아줌마와 나는 볼일이 있어.

남자가 조지아 억양으로 말하자 더블라가 안으로 들어갔다. 문 위쪽 선반에 있던 소총은 온데간데없고 엘리자는 코나리를 붙든 채 멍한 표정으로 흔들의자에 앉아 있었다. 아이는 열 살이었지만 엘리자의 어깨에 젖먹이처럼 기대어 자고 있었다.

그자에게 소총을 빼앗겼어, 엘리자?

차고 다니던 칼도요, 엘리자는 시선을 들지 않고 말했다. 시냇가에서 물고기를 잡다가 돌아왔어요. 그래서 그자가 오는 걸 못 들었어요. 그자가 총을 가져갔어요.

누구야?

말 안 해줬어요. 그런데 전에도 온 적 있어요… 전쟁 중에요. 그때도 떠났으니 또 떠날 거예요. 일단은 코나리를 깨워서 데리고 있어주세요.

더블라가 몸을 가까이 숙였다. 우리 보물, 그녀가 말했다. 물건들 중에 술이 있다. 놈을 취하게 해서 어두워지면 내 집으로 오렴. 그자가 오솔길은 모를 게다.

하지만 그 불청객이 문간으로 돌아와 열린 문을 붙잡고 위스키 병을 흔들며 웃었다. 이 여자는 당신 보물이 아니야, 그가 말했다. 할멈, 여자애를 맡아. 애가 필요하면 알려줄게.

더블라는 코나리를 일으켜 세우고 아이를 데리고 나갈 수 있게 그자가 문에서 비킬 때까지 서서 기다렸다. 그녀는 떡진 긴 갈색 머리에 냉혹하고 차가운 눈을 가진 그를 전쟁 쓰레기, 협잡꾼, 유랑자라고 생각했다. 그들에겐 그와 맞서 싸워줄 일가도, 법 집행관도 없었다. 더블라는 그자가 전쟁 동안 엘리자를 위협한 유일한 탈영병이 아닐 거라 짐작했다. 하지만 아이는 해를 당하지 않도록, 아무것도 보거나 알지 못하도록 잘 보호한 것 같았다. 그자는 엘리자를 점찍어놓고 돌아왔다. 더블라는 그를 지나 걸어갔다. 말랐지만 힘이 세 보이는 것이 폭력과 교활함으로 생을 연명한 것 같았고, 내면은 화가 난 말벌처럼 들끓는 듯 보였다. 그가 그녀 뒤로 오두막 문을 쾅 닫는데 그 소리가 바늘처럼 그녀를 찔렀다. 더블라는 코나리를 데리고 가장 높은 산마루에 있는 자신의 안전한 오두막까지 가파른 좁은 길을 올라갔다.

더블라는 주술을 부리는 게 아니라, 그저 보고, 간파하고, 사람이나 장소의 맥박을 느꼈다. 그자는 자신이 다른 무언가로 원하는 것을 통제할 수 있다고 믿었다. 혹여 자기 뜻대로 되지 않거나 술에 취하면 그는 미친 사람처럼 날뛰었다.

더블라는 이제 말을 끌고 엘리자의 오두막 앞 빈터로 향하는 좁은 길을 걸어 내려갔다. 텃밭의 대부분이 묵힌 상태로 잡초가 무성했고, 넓은 계단 앞은 비질을 하지 않아 먼지투성이였다. 더블라는 포치로 가서 그 남자가 닫아놓은 조악한 출입문을 넘어갔다. 누군가 그의 보석을 훔쳐가기라도 할 것처럼, 엘리자가 새장을 열기만 하면 정신이 돌아와 도망가기라도 할 것처럼 문은 맹꽁이자물쇠로 잠겨 있었다―이게 파파가 하는 일이었다. 그가 열쇠를 가져간 걸로도 모자라 앞쪽의 두 창문 위로 나무 덧문을 닫고 안쪽에서 걸쇠로 잠가놓은 터였다. 더블라는 그자가 밀어내고 모아놓은 공기가 포치 계단에서 땅바닥으로 굴러 떨어지는 것을 느꼈다. 그 공기는 그자에게서 그들을 보호하고 떠받치기 위해 오두막 아래로 스스로 물러났다.

그녀는 말을 끌고 오두막 뒤로 돌아가 기름 먹인 종이창이 떨어져 미풍에 흔들리는 창문 안으로 발을 들였다. 어두침침하고 갑갑한 넓은 방 한 구석에 놓인 침대에서 중얼거림이 들려왔다. 그녀는 가까이 다가가 깃털 이불 위에 잠든 가련한 생명, 엘리자를 쳐다보았다.

더블라가 마지막으로 봤을 때 엘리자는 만삭의 몸으로 넋이 나가, 몽유병 환자처럼 코나리의 인도를 받아 포치를 걸어 다니고 있었다. 하지만 2월에 쌍둥이가 태어난 후로는 보이지도 않았다. 이제는 코나리만 며칠씩 나타났고, 널찍한 나무 바닥에서 꼬맹이가 노는 동안 포치의 낡은 흔들의자에 쌍둥이를 하나씩 앉혀놓고 흔들었다. 꼬맹이는 코나리를 엄마인 줄 알고 두 발로 일어나 재잘댔다. 갓난아이들은 일거리였지만 적어도 꼬맹이는 코나리에게 벗이었다. 엘리자는 상태로 보아 육아를 하며 또 한 번의 겨울을 보내기도, 심지어 젖을 오래 먹이기도 힘들어 보였다. 더블라는 침대에 가까이 앉아 엘리자를 다정하게 끌어당겼다.

엘리자가 바짝 얼면서 몸을 떨었다.

엘리자, 내가 누군지 알겠니? 엘리자의 등에서 강한 심장박동이 느껴졌다. 그렇다면 힘을 숨기고 있는 것이리라. 자신이 할 수 있는 유일한 방법으로 그에게 대적하는 것이리라. 더블라는 그녀를 눕히고 이마를 쓰다듬었다.

엘리자가 눈꺼풀을 파르르 떨며 눈을 떴다.

엘리자, 그자는 여기 없어.

그녀가 더블라의 손을 잡았다. 코나리, 그녀가 중얼거렸다.

코나리는 마을에 갔어. 그자가 데려갔다.

그자가 데려가요?

내가 최선을 다해 지켜보고 있어. 코나리는 그 갓난쟁이들을 돌보면서 네 옆에 붙어 있어. 가뭄에 콩 나듯 꼬맹이를 데리고 나한테 오기도 했지. 허나 네 상태가 이러니 쌍둥이가 태어난 후로는 꼼짝도 못 하더구나.

그자가 떠나게 해줘요, 더블라.

이 시련을 어찌할꼬, 우리 보물. 하지만 그자는 자신에게 이익이 있어야 떠날 마음을 품을 게다. 엘리자, 그자가 떠나기 전에는 절대 말을 말라고 일렀지만 지금 나한테는 말해보렴, 나한테 말을 해봐…

코나리를 도와줘요, 더블라…

코나리는 너도, 아기들도 떠나지 않아, 엘리자. 네가 정신이 나간 벙어리라고 생각되면 그자가 적어도 더 자주 집을 비울 게다. 하지만 지금은 말을 좀 해보렴. 우리 보물, 힘을 내봐. 내 말 들리니?

하지만 엘리자는 눈을 감고 고개를 돌렸다.

◇　◇　◇

더블라는 그자가 엘리자를 빨아먹을 대로 빨아먹다가 송장을 만들어 내다버릴까 봐 두려웠다. 젖먹이 아기들이 임신을 못하도록 조금이라도 더 시간을 벌어줄지도 몰랐다. 이제 그는 코나리를 엘리자가 복종하도록, 말을 듣지 않을 때 항복하도록 협박하는 수단으로 이용했다. 처음 이곳에 머물던 몇 주 동안 그가 그녀를 희롱하고 조종한 것이 시작이었다. 엘리자는 수치스럽고 두려웠지만 저항하지 않았다. 그녀가 더블라를 단순히 코나리를 좋아하는 이웃이라고 소개한 덕에, 코나리는 ‘이웃집 할머니’ 집에서 며칠씩 지내기 시작했다. 엘리자는 곧바로 아이를 뱄다. 그는 자신의 지배권을 주장하기라도 하듯 그들 모두에게 자신을 파파라 부르라고 명령했고, 거의 매일 집을 비웠다. 더블라는 텃밭을 가꾸거나 요리를 하는 동안 코나리에게 엘리자의 머리를 빗겨주거나 책을 읽어주게 했다. 그리고 얼마 후 엘리자가 혼자 닭장 문 옆에 미동도 없이 서 있는 모습을 발견했다. 그자는 비스듬한 닭장 문에 독사 허물을 달아두곤 했는데—닭장에서 뱀을 멀리 쫓으려고 농부들이 쓰는 방법이었다—문이 허물로 거의 뒤덮일 지경이었다. 아직 문에 달린 뱀 머리들이 시커멓게 덩어리져 있었다. 더블라가 달걀을 찾으려 닭장 안으로 들어가자 엘리자도 뒤따라 들어갔다. 엘리자가 치마를 움켜쥐고서 비틀비틀 앞으로 걷는 바람에 닭들이 구석에서 서로를 밟고 탑을 쌓았다. 더블라는 엘리자를 만져보고 치마를 들추었다. 골반 둘레에 속옷 대신 두꺼운 밧줄이 칭칭 감겨 있고 음부 바로 앞에 불룩하게 매듭이 지어져 있었다.

더블라가 닭장에 있던 칼로 밧줄을 자르자 엘리자가 그녀에게로 쓰러졌다. 이 밧줄은 뭐니? 더블라가 물었다.

그가 돌아올 때까지, 닭장 옆에, 이곳에 나를 묶어뒀어요.

이건 그냥 밧줄일 뿐이야, 더블라가 밧줄을 감아 주머니에 넣으며 말했다. 묶여 있다고 진짜 매인 몸이 아니야. 네가 무서워서 못 자르는 거지. 밧줄은 내가 가져갈 테니 그자한테는 나한테 물어보라고 해라. 이제 가자, 내가 밥을 할 테니 먹고, 씻고, 쉬자꾸나. 그자가 물어보면 침대에서 깼는데 어떻게 된 건지 기억이 안 난다고 해. 아니면 말을 말든가.

엘리자가 비통한 얼굴로 고개를 끄덕였다. 그자 앞에서는… 말 안 할 거예요.

코나리 앞에서도 하면 안 돼, 더블라가 주의를 주었다. 애한테 짐이 될 거야, 네 비밀을 지키기엔 너무 어려. 네가 침묵해야 코나리를 지킬 수 있어.

그는 벌을 주었다가 호의를 베풀고, 해치고 도발하는 게 삶이었지만 그 결과가 부메랑처럼 돌아와 해를 입기도 했다. 바로 그날 밤, 그의 말이 뱀을 보고 놀라서 그를 내동댕이쳤다. 더블라는 다음 날 오솔길 위에서 그가 얼굴과 머리가 들쭉날쭉 찢어진 채 다리를 절뚝이는 모습을 훔쳐보았다. 그는 더블라가 마녀처럼 자신을 저주했다고 믿었다. 그는 분노를 참지 못해 말을 채찍질했다. 그의 분노는 더욱 큰 위험이었다. 그 시기 그가 집을 비운 동안 더블라는 음식과 강장제를 갖다주고 코나리를 도와 밀가루 포대로 기저귀와 배냇옷을 만들었다. 출산일이 가까워지자 그가 마을에 머무는 일이 잦아졌다. 출산이 임박하자 코나리가 더블라를 데리러 왔고, 아이가 나오는 동안 그녀 옆을 지켰다. 코나리는 더블라가 탯줄을 자르고 묶는 것을, 그리고 끓였다가 식혀놓은 물에 뼈만 앙상한 갓난아이를 씻기는 것을 도왔다. 엘리자는 사내아이를 안으려 하지 않았지만 코나리가 아이를 갖다 대면 젖을 먹였다. 수유를 하자 부풀어 오른 가슴이 가라앉았고 엘리자는 자신의 안정에만 신경 쓸 수 있었다.

몇 주, 몇 달이 지나자 엘리자는 파파가 집을 비웠을 때만 침대에서 일어났고, 그가 집에 있을 때는 그가 옷을 입혀주고 이리저리 데려가야만 비로소 돌아다녔다. 그는 처음에는 엘리자의 넋 나간 상태에 흥분하며 시간과 방법을 가리지 않고 그녀를 탐했다. 집에서는 가려 보이지 않는, 검은딸기나무가 무성한 지하 저장실 근처에 의자를 갖다놓고 엘리자를 자기 위에 앉힌 다음 인형처럼 가지고 놀고 시곗바늘처럼 돌렸다. 더블라는 나무 사이로 어렴풋이 그들을 보고 소리를 들을 수 있었다. 하지만 엘리자는 침묵을 지켰다. 더블라가 곁에 없어 엄마의 엄마가 되어버린 코나리는 자신을 따라다니며 재잘거리는 사내아이를 한시도 떼어놓지 않았다. 다른 삶은 기억도 못 하는 듯 보이는 코나리가 한 살 된 꼬맹이를 데리고 더블라에게 와서 엄마의 배가 다시 남산만 해졌다고 말했다. 석 달 후 쌍둥이가 태어났다. 출산을 하고 지금까지, 엘리자는 침대에만 누워 있었다.

더블라는 일어났다. 그녀는 엘리자 위로 양손을 가볍게 올리고 손바닥으로 머리, 목, 어깨, 그리고 얕게 숨 쉬는 몸을 천천히 훑으며 그 형체에 기운을 불어넣었다. 엘리자의 호흡이 깊어지며 서서히 진짜 잠에 빠져드는 소리가 들리자 더블라는 고개를 돌려 쌍둥이들을 보았다. 아기들은 넓은 화장대 위 담요를 덧댄 서랍장 안에 나란히 누워 있었다. 배도 부르고 기저귀도 쾌적한지 곤히 잠들어 있었다.

코나리가 나름 애를 썼지만 그것으로는 역부족이었다. 비눗물이 반쯤 담겨 있고 기저귀를 적셔놓은 세탁조와 빨래판이 방 한가운데 놓여 있었다. 코나리가 밀가루 푸대를 찢고 빨고 바느질해서 만든 기저귀였다. 언젠가 가르쳐준 것을 아이는 기억하고 있었다. 코나리는 식촛물에 기저귀를 헹구고 포치 처마에 빨랫줄을 묶어 말리는 법을 알았다. 코나리가 앉았던 것으로 보이는 낮은 의자가 세탁조 옆에 당겨져 있었다. 더블라는 아이가 그곳에 앉아 기저귀를 빨고, 꼬맹이가 옆에서 식촛물을 두드리고, 파파가 왔다 갔다 하는 광경을 떠올렸다. 더블라는 그자가 더 이상 엘리자에 만족하지 못하고 코나리에게까지 손을 댈까 두려웠다.

여기서 그자를 몰아내야 해, 더블라는 큰 소리로 말했다.

쌍둥이 여자애가 엘리자의 넓은 이마를 쏙 빼닮은 것을 보고 그녀는 아이들에게 손바닥을 갖다 댔다. 아이들에게서는 그자가 느껴지지 않았다. 그는 탯줄을 자른 이후로 아이들에 관심을 끊었다. 그들을 돌보고, 꼬맹이를 보살피고, 엄마를 간호하고 먹인 것은 코나리였다. 남자는 방랑하고, 사냥하고, 나다니고, 엘리자와 코나리를 감시했으나 아기들이 너무 많은 것은 귀찮고 짐스러운 일이었다. 그는 겨울 내내 비에, 진흙에, 눈에 발이 묶여 산길을 이동하지 못할까 봐, 마을을 돌아다니지도, 도박을 하지도, 사람들과 어울려 술을 마시지도 못할까 봐 이곳에 머물지 않고 떠날 방법을 찾으려 했다. 게다가 엘리자가 이성을 잃고 있어 재미를 볼 것도 없었다. 하지만 방법이 필요했다. 그만의 계책이, 우연처럼 보일 교활한 계획이.

마을로 내려간 더블라는 잡화점에 먼저 들렀다. 가게 옆 막다른 골목은 은밀한 거래가 허용되는 장소였다. 더블라가 뿌리와 약재를 필요한 물건과 거래해온 수년 동안, 가게 주인은 그녀의 손가락을 스치거나 눈을 쳐다보는 일이 결코 없도록 주의하며 아무도 못 보게 재빨리 거래를 마쳤다. 가게에서 그녀의 약초와 뿌리를 취급했지만 그것들을 어디서 들여오는지는 아무도 몰랐다. 그는 그것들을 갈색 종이에 싸서 더블라가 일러준 대로 용도를 적어 붙였다. '통풍용', 그는 글자를 적으며 중얼거렸다. '소화용', '부인용'. 그는 지불한 것보다 훨씬 비싼 금액에 물건을 팔았고, 이층 방에 놓을 더 근사한 양탄자와 램프, 젊은 아내를 위한 더 좋은 숙녀복을 샀다. 아내는 남편이 돈으로 제공한 안락함으로 남자들에게 추파를 던지고 맘껏 방종을 즐기며 마을을 돌아다니다 결국 남편으로부터 외출을 금지당했다. 이제 더블라는 골목 쪽 문 가까이 몸을 기대고 문을 두드렸다.

가게 주인이 충혈된 눈에 시뻘건 얼굴을 하고 귀 뒤에 연필을 삐딱하게 꽂은 채 문을 열었다. 서둘러요, 할망구, 그가 말했다. 머리가 뽀개질 것 같으니.

더블라는 교환할 물건 목록을 읊기 시작하다 주인의 아내가 눈을 크게 뜨고 그의 뒤로 다가오는 것을 보았다. 아내가 머리가 희끗희끗한 자신의 남편에게 올가미를 던질 기세로 열쇠에 묶인 줄을 자기 머리 위로 흔들었다. 그녀가 다람쥐처럼 찍찍거리며 그를 조롱하는데 열쇠가 그의 귓전을 세게 때렸다.

마누라, 그 열쇠 이리 내. 내 손에 잡히면! 정신병원에 보내버릴 줄 알아! 아내가 문에서 등을 돌린 남편을 이리저리 피하다 그를 비집고 지나가 골목으로 나왔다. 아직 잠옷 차림에 산발머리를 한 그녀는 비명을 지르며 어슴푸레한 가게로 다시 펄쩍 뛰어 들어갔다. 여기서 기다리시오, 그가 더블라에게 말하고 문을 반쯤 닫았다.

더블라는 뒤로 물러섰다. 아내는 젊었다. 계집애처럼 홀쭉한 발을 가진 어린 부인이었다. 발은 더러운 맨발이었다. 술집에서 세파에 치여 마다할 이유가 없는 여자를 찾은 게 뻔했다. 이제 여자는 그 모습이 점점 보이지 않더니 남편의 어깨 너머를 응시하며 입모양으로 말을 하거나 비밀 메시지를 전달하듯 손가락을 여기저기로 휙 움직였다. 더블라는 열린 문틈으로 가게 주인을 쳐다보았다. 그는 여자를 붙잡고 마구 움직이는 그녀의 두 팔을 옆구리에 붙여 허리띠로 묶은 다음 버클을 채웠다. 그가 천 조각으로 그녀의 입에 재갈을 물려 어깨 위로 둘러매자 소음이 멈췄다.

잠시만 기다리시오! 주인이 더블라를 향해 다시 소리치더니 가게 위 숙소로 여자와 함께 사라졌다. 뒷계단은 골목 쪽 출구 근처에서 끝났다. 그들이 계단을 올라가는 동안 그의 쿵쾅거리는 발걸음 소리와, 여자가 뒤꿈치로 벽을 차는 소리가 들렸다.

더블라는 거리로 등을 돌린 채 불룩한 배낭을 앞쪽으로 들었다. 토요일 장터에서 그녀는 인삼, 차 뿌리, 말린 라벤더, 박하 팅크제, 풀을 엮어서 묶은 세이지 다발 등의 약초를 거래했다. 여우 오줌에 적신 나무옹이가 든 자루는 사슴과 토끼가 텃밭을 해치지 못하게 방지하는 용도였다. 그녀는 사내 차림을 한 말 없는 노파에 대한 이야기가 돈다는 것을 알았지만 그런 소문들 덕분에 골치를 덜었다. 이 마을 사람들은 그녀의 방식이나 말을 이해하지 못했다. 약초를 내주고 그 대가로 빻은 곡식이나 밀가루를 받을 때를 제외하면 더블라는 그들을 멀리했다. 삶이 고달픈 가난한 백인들은 더블라의 약초 가방과 물물교환을 한 덕분에 직접 약초를 캐러 그 험난한 길을 가지 않아도 되었다. 그녀는 골목의 가게 주인과도 거래를 했다. 주인은 이곳에서 맞이한 사람들과 비밀리에 거래를 했다. 그의 낯빛으로 보아하니 그중에는 주류 밀수입자도 있는 것 같았다.

더블라는 농부 모자의 챙을 낮추고 거리 쪽을 보았다.

마을에는 첨탑과 창살, 발코니나 항구, 흔들리는 배의 돛대 대신, 흙길과 보행을 위한 목재 통로, 황폐한 건물, 길거리를 돌아다니는 돼지와 떠돌이 개들뿐이었다. 15년 전 처음 마을 위 산마루에 살 때는 산 아래로 웬만해선 내려오지 않았다. 엘리자는 아예 걸음조차 하지 않았다. 엘리자의 남편은 당시 더 이상 소년이 아닌 스물두 살 사내였고 엘리자는 열일곱이었다. 그는 둘에게 산 위에 머물라고 말하고는 어쩌다 한 번씩 생필품을 구하러 마을을 다녀왔다. 지금은 달랐다. 전쟁이 끝나면서 마을은 사람으로 넘쳤다. 그 후 몇 년 동안 낯선 이들이 오갔다. 자유민이 된 흑인, 이탈리아인, 위쪽 북부 도시에서 온 독일어를 구사하는 노동자 들이었다. 목재 회사들이 앞다투어 마을 인근 숲을 벌목했는데 큰 나무들을 잘라서 북부와 동부 도시들로 목재를 떠내려 보냈다. 이른바 벌목권은 돈에 쪼들린 농부들에게 현찰이었다.

가게 주인이 돌아와 망사문을 불쑥 밀어 열었다. 여기 평소 주던 대로요, 그가 식량 상자를 들고서 말했다. 그는 더블라에게 가까이 오라고 몸짓을 했다. 이거 보시오, 약초 할멈. 계속 가둬놓는데도 마누라가 워낙 교활해서 말이지, 내가 몸이… 불편할 때면 방 열쇠를 가져간다오. 마누라를 진정시킬 만한 뿌리나 물약 같은 팅크제가 있을까?

더블라는 배낭을 뒤적거렸다. 있지요, 하지만 비싸요.

값은 지불하겠소. 얼마 안 있어 저기 웨스턴의 정신병원에도 돈을 내야 하오. 부자들이 가는 곳이지. 거기선 마누라가 원껏 화를 내고 젠체할 수도 있다오.

부인은 휴식이 필요해요, 더블라가 말했다. 따뜻한 수프를 먹여요.

따뜻한 수프라고? 마음 같아선 한밤중에 잠옷 차림으로 정신병원 문 안으로 밀어 넣고 자선으로 받아주길 바라고 싶구먼. 안 그러면 병원비로 돈이 거덜 날 테니. 하지만 입원비를 내야 하고, 거기까지 가려면 마누라를 진정시켜야 하지. 뭘 갖고 있소?

더블라는 자신의 짐을 뒤적였다. 작은 주머니와 위스키 팅크제에 뿌리를 갈아 넣은 유리병을 보여주었다. 이 주머니에는 흰독말풀 이파리 가루가 들어 있어요. 물 4분의 1컵에 한 티스푼이 안 되는 가루를 넣고 차를 만들어요. 그리고 차에 팅크제를 두 방울 떨어트려요, 그 이상은 안 돼요! 까만 종이의 검은 코호시를 간 것인데, 여기선 뱀풀이라 부르…

뭐가 들었건 관심 없소, 할멈!

종이와 빈 유리병 있나요?

주인은 재빨리 그것들을 갖다주고 더블라가 종이를 접고 가루를 약간 붓는 모습을 지켜보았다. 하지만 그녀가 몇 방울인지 세면서 팅크제를 유리병에 따르는데 그가 손을 뻗었다. 이리 주시오, 그가 이렇게 말하며 유리병을 가져갔다.

그건 5일치예요, 더블라가 말했다. 차에 두 방울만 넣어도 차분해져서 밤에 잠들 겁니다. 쓴맛을 가리려면 꿀을 넣어요.

쓴맛 따위 누가 신경 쓴다고? 판다고만 하면 전부 사겠소. 거리 쪽으로 난 이중문에 걸린 종이 땡그랑거리자 그가 고개를 돌렸다. 누군가 소리쳤다. 그 망할 남군 사기꾼이군, 가게 주인이 말했다. 가격을 말해보시오, 할멈, 서둘러요.

더블라가 아는 목소리였다. 파파가 거래를 하러 온 것이었다. 적어도 생필품을 코나리에게 줄 수 있었다.

이 상자에 물건을 더 넣어줘요, 더블라가 가게 주인에게 말했다. 옥수숫가루 2파운드, 보리 1파운드, 육포 많이, 베이컨 하나. 식초 4분의 1병. 사탕수수 몰라세. 그리고 막대 사탕, 스피어민트 맛. 그녀는 그에게 눈을 흘겼다. 가게 주인이 자신을 무서워하는 걸 알고 가능할 땐 그 방법을 썼다. 속일 생각은 말아요, 더블라가 그에게 말했다. 말 안 해도 알겠지.

가게 주인은 노려보기만 했다.

그리고 그걸 전부 저 남자에게 줘요, 그녀가 말했다. 저 사기꾼이요.

저자한테 주라고요?

말했잖아요. 그가 뭘 거래하든, 뭘 사든, 선심 쓰듯이 줘요. 그리고 계란은 필요 없다고 말해요.

이유가 뭐요, 할멈?

저자가 술집에서 술을 마시는 동안, 그의 아내와 애들이 배를 곯아요. 전부 다, 그자에게 줘요.

가게 주인은 종이와 팅크제를 가져가면서 그녀를 향해 그저 고개를 끄덕였다. 그런 다음 더블라의 식량을 품에 안고 등 뒤에서 들리는 파파의 우레와 같은 호출에 몸을 돌린 다음 문을 닫았다.

더블라는 말을 뒤로 끌고서 도로와 인접한 벽 근처로 걸어갔다. 잡화점 앞에 짐마차가 세워져 있고 뒷좌석에 코나리와 꼬맹이가 앉아 있는 게 보였다. 곧 파파가 가게 주인을 속여서 죽은 다람쥐 몇 마리에 이토록 넉넉하게 받아냈다는 것에 기뻐하며 식량을 실었다. 그는 계란이 꽉 찬 바구니와 사탕을 코나리에게 주고 술집으로 말을 몰았다. 더블라가 기다렸다가 짐마차로 재빨리 걸어갔다.

꼬맹이는 막대 사탕을 먹느라 정신이 없었다. 근처에 서 있던 코나리가 깜짝 놀라자 더블라가 조용히 시켰다. 자, 아가, 이 펜넬 뿌리 주머니를 가져가서 보리 물에 넣어 끓여라. 방법이 기억날 게야. 네 엄마한테 먹일 강장제다.

아, 더블라, 엄마가 아파요.

그자가 갔을 때 끓여라, 코나리. 강장제를 먹으면 식욕이 살아날 게야. 보리죽, 삶은 계란, 몰라세를 넣은 옥수수 케이크를 먹여. 베이컨과 계란 프라이는 너와 꼬맹이 몫이야. 잘 먹고, 건강을 유지해야지. 그리고 그자가 술집에서 취해서 나오면 꼬맹이를 네 몸에 묶어라. 짐마차는 네가 몰 테니 그자한테는 쉬라고 해.

알아요, 그래서 저를 데려오는 거예요. 코나리가 더블라를 꽉 잡았다. 더블라 심장 소리가 들려요, 코나리가 말했다.

네 엄마 심장 소리가 이렇단다, 약해 보이지만 실은 강하지. 더블라는 아이의 검은 곱슬머리 냄새를 깊이 들이마셨다. 그리고 너도 강하단다. 기억하렴, 나는 여기 안 온 거야.

코나리가 그녀를 놔주었다. 우리한테 올 거예요? 파파는 거의 매일 집을 나가요.

아가, 그러면 그자가 알 거야. 하지만 난 너희를 보고 있어, 코나리. 난 너희 곁에 있다.

더블라가 서둘러 자리를 뜨는데 말이 걸음걸음을 붙잡으려는 듯 줄에 끌려가지 않으려 버텼다.

◇　　◇　　◇

일주일 뒤, 식량이 떨어지자 더블라는 마을로 돌아왔다. 검은색 크레이프로 만든 현란한 화환이 거리 쪽으로 난 상점 문 앞에 걸려 있었다. 남부처럼 이런 식으로 상중임을 표시하는 게 이곳의 관습이었다. 화환을 장식한 검은 새틴 나비매듭과 구불구불한 검은 리본, 검은 비단 장미는 가게 주인이 곧 고급 장식품으로 판매할 상품들이었다. 더블라는 골목 쪽에 난 뒷문으로 향했다. 문을 두드리지 않고 그저 손만 올리고 기다렸다. 주인이 자신이 거리를 지나는 모습을 본 터였다.

가게 주인은 머리를 손질한 깔끔한 모습으로 문을 열었다. 안경도 차고 있었다. 무슨 일이오? 영업일이 바쁘오만.

그 약을 전부 줬군요. 나한테서 가져간 그 약을 아내한테 전부 먹였어.

입 닥치시오, 할멈. 내가 봐줄 때 가만히 계시오. 그가 분노와 악의에 찬 눈빛으로 그녀를 노려보며 목소리를 낮추었다. 그 여자의 여행 가방이며 옷가지를 가져가시오. 빗과 싸구려 장신구도.

내가 팅크제를 줬을 때 들어와서 당신을 찾던 그 남자.

그자? 남군 사기꾼 말이군. 당신이 식량을 챙겨준 그날부터 더 자주 오더군.

부인의 여행 가방에 최고로 좋은 옷과 소지품을 넣고, 그자를 또 보거든 그 가방을 줘요. 그러면서 이제 정신병원에 갈 일이 없으니 아내의 소지품을 처분하고 싶다고 말해요. 물건을 나눠주려는데 그가 우연히 들른 것처럼 해서.

어? 왜 그자요? 머리핀과 브로치는 얼마 지나 팔면 되는데…

죽은 아내가 입던 최고급 옷만 가방에 넣어요, 비단 재킷, 치마, 속옷, 스타킹. 슬리퍼도. 가죽 부츠, 머리 망사와 빗도.

싫다면 어쩔 건데? 그가 비웃었다.

그러면 우리가 뭘 거래했는지 온 동네가 알게 되겠지.

마녀, 그가 말했다. 아무도 당신 말을 안 믿을걸.

하지만 소문이 나겠지. 당신 아내가 난데없이 죽었고, 당신이 정신병원에 대해 떠들고 다녔다고. 부인이 사람들한테 다 말했어.

어떻게? 마누라는 방 안에 갇혀 있었는데?

한밤중에, 당신이 취해서 곯아떨어졌을 때 부인이 창밖으로 외쳤지. 정신병원도, 당신의 주먹질도 무섭다고 소리쳤어. 거리가 떠나가라 소리를 질러댔어. 노래하고 울부짖으면서.

그의 얼굴이 시뻘개졌다. 그럴 법한 이야기였다. 그의 넓은 이마 위로 땀이 솟았다. 저리 꺼져, 그가 말했다.

당신 아내, 더블라가 말했다. 그 여자는 마녀예요. 아내의 열기가 느껴질 텐데.

마누라는 정신병자였고, 이제 죽고 없어. 교회 뒷마당에 묻혔다고.

목사에게는, 마을 사람들에게는 뭐라고 말했죠? 미쳐 날뛰다 독약을 마셨다고?

그가 비스듬히 쳐다보았다. 마누라는 계단에서 떨어졌소. 머리에 혹도 나 있었어.

그야 잠들 때까지 기다렸다가 던졌으니까. 당신 아내는 지금 화가 났어요. 정신병자라고 했나요? 미치광이면 열 명의 힘이 생기죠, 유령이 되어 남은 사람의 넋을 앗아갈 힘이요.

그러자 그는 유령과 마주보기라도 하듯이 더블라의 뒤를 바라보았다.

아내의 물건들을 버려요, 하지만 그자에게만 버려요. 남군 사기꾼이라 부르는 그 시끄러운 놈에게. 그에게 정신병원 얘기를 해요. 당신 아내가 쉬면서 치료받기를 간절히 원했지만 기다리다가 시기를 놓쳤다고, 그래서 이제 그녀의 물건을 없애려 한다고 해요. 그자가 당신에게 드리운 그녀의 힘을 가져갈 거예요.

거대한 잠자리가 그들 사이를 윙윙거리며 쏜살같이 지나갔다. 가게 주인은 두려움에 비틀비틀 뒷걸음쳤다.

아내의 여행 가방을 싸요, 더블라가 말했다. 열쇠는 리본으로 자물쇠에 묶어요. 그 사기꾼, 그자에게 가방을 줘요. 그가 안을 보고 싶다고 하면 직접 열어서 물건을 뒤져보라고 해요. 당신은 만져선 안 돼요. 그자에게는 신분 높은 여성이 쓰는 비단 제품이라고 말해요. 그러면 그자가 아내의 분노를 대신 가져갈 거예요. 아내가 쓰던 보석까지 준다면 더 빨리 가져가겠죠. 아주 먼 곳으로. 그러면 두 번 다시 그자를 못 볼 거예요.

가게 주인은 소매로 이마를 닦았다. 그렇게 하리다, 그가 말했다.

그러면 목숨은 부지할 거예요, 더블라는 그렇게 말하고 밖으로 나와 문을 닫았다.

◇　　◇　　◇

산마루 위 시야 확보가 좋은 곳에서 자칭 파파를 기다리며 흘깃거렸지만 더블라는 그가 있다는 신호를 읽을 수 없었다. 그의 폭풍 같은 존재감이 숲속의 소용돌이처럼 웅웅댔었다. 그녀는 멀찍이 떨어져 있었다. 수차례 들락거림이 있더니 정적이 감돌았다. 더블라는 더 이상 기다리지 못하고 산길을 내려갔다. 오두막 문이 활짝 열려 있었다. 전부 사라졌다. 전부. 식량 저장실의 식량도, 냄비도, 이불도, 담요도. 침대는 프레임만 있었다. 코나리의 돗짚자리는 없었지만 옷은 남아 있었다. 더블라는 뒤편 창문으로, 금방이라도 터질 듯이 부풀어 올라 옆으로 쓰러져 죽은 소의 모습을 보았다.

겁이 나서 못 먹고 있어요, 뒤편에서 웬 목소리가 말했다. 왜 죽었는지 몰라시요.

뒤로 돌아서자 동쪽 산마루 농장에 사는 과부가 숄을 둘러업은 아기를 달래기 위해 발을 까딱이고 있었다. 진작 알았으면 살렸을 텐데, 더블라가 말했다.

저 위에 사는 약초쟁이지요, 과부가 말했다. 과부가 가까이 다가와서 잠든 아기를 보여주었다. 쌍둥이 여자애를 얻었어요. 아이를 못 낳는 저한테는 축복이지요. 그리고 그 사람이 쓸 수 있는 건 버리지 말고 뭐든 가져가라고도 했어요. 엘리자의 말도 주길래 여기까지 타고 왔어요.

엘리자가 그 정도로 안 좋아요? 더블라가 물었다. 말도 못 탈 만큼?

오, 다리에 힘을 못 줘요. 말도 못하고, 거의 제정신이 아니에요. 사흘 전에 그 사람이 엘리자를 짐마차에 태우고 정신병원으로 갔어요. 그 사람 말로는 호텔 같은 데래요. 쉬면서 치료도 받는 곳이라고요. 마을에서 얻어온 옷을 근사하게 차려 입었던걸요. 제가 이 집 딸이 좋아하는 잡지 그림처럼 머리를 손질해줬어요. 저쪽에 사는 나이 많은 과부는 남자애들을 데려갔어요. 아들을 잃었다죠, 아시다시피, 전쟁통에요.

코나리는 어디 있어요?

딸 말이에요? 엄마를 돕겠다며 그 사람과 함께 갔어요.

그자가 열두 살짜리 여자애를 데리고 떠났다고요?

데리고 떠났다니요? 그 사람은 그 애 아빠예요. 애도 파파라고 부르던걸요. 우리 모두 그렇게 불렀어요. 이 산꼭대기에 사는 유일한 남자라서 우리 집에도 들러 이따금 일을 거들어줬어요.

더블라는 과부의 눈을 빤히 바라보았다. 젊지는 않았지만 아직 아이를 밸 수 있는 나이였다. 과부는 파파에게 붙잡힌 신세도 아닌데 그와 정기적으로 관계를 가졌던 것으로 보였다. 당신도 그를 파파라고 불렀나요? 더블라가 물었다. 자기 이름은 말 않던가요? 어느 죄 없이 떳떳한 남자가 자기를 파파라고 부르게 한답니까?

여자는 어깨를 으쓱했다. 무슨 소린지 모르겠네요.

됐어요, 더블라가 과부에게 말했다. 예쁘고 건강한 아기를 얻었네요. 이 아이가 크면 당신 팔자가 어떤지 알게 될 거예요. 가여운 애 엄마는 모든 걸 잃었죠.

치료를 받을 거랬어요, 과부가 말했다. 하지만 이곳은 그런 여자가 살기에 고달파요. 이 애는 옷도 없이 이런 천만 감고 있었어요. 제가 옷을 만들어줄 거예요. 과부는 아기의 얼굴에서 숄을 걷고 이마를 가볍게 쓸었다.

더블라는 낡은 이불함 쪽으로 뒤돌아섰다. 함을 열어 퀼트를 치우고 코나리의 물건을 찾았다. 그녀는 코나리가 태어나던 겨울에 엘리자가 양모로 직접 떠서 만든 후드가 달린 따뜻한 포대기를 들어올렸다. 이걸 가져가요, 더블라가 과부에게 말했다. 안감에 사슴가죽을 덧댄 거예요. 겨울에 써요. 아기 언니가 쓰던 거예요.

과부가 포대기를 받아 아기에게 갖다 댔다. 아, 그녀가 숨을 내쉬었다. 고마워요.

엘리자가 제발 좋아져서 돌아와야 할 텐데 말이에요, 더블라가 답했다. 하지만 내가 어린애를 돌볼 처지는 못 되니 아기는 데려가서 친자식처럼 키워요.

아, 네. 엘리자한테 약속했어요. 내 말을 귀담아 듣지는 않았지만요. 과부가 딴 곳을 쳐다보며 생각에 빠졌다. 저기요, 그녀가 말했다. 제가 말이 두 마리인데 당장 한 마리를 더 먹이기 어려울 것 같아요. 그러니 엘리자의 말을 데려가시는 게 어때요? 그러다가 혹시 엘리자가 돌아오면…

괜찮으면 그렇게 할게요. 더블라가 답했다.

날씨가 좋아서 집까지 걸어가기 딱이에요. 엘리자가 떠난 걸 몰랐다는 건… 가슴이 아프네요. 너무 갑작스러워서…

더블라가 고개를 끄덕였다, 그래도 잘된 일이에요.

그들은 함께 집밖까지 걸었다. 더블라는 과부가 시야에서 사라질 때까지 서서 바라보았다. 그러고는 말을 잡고 안장과 텅 빈 안장 가방을 정돈했다. 과부라면 엘리자가 물려준 코나리의 책 따위에 눈길도 주지 않았겠지만, 더블라는 대부분의 책과, 엘리자의 어릴 적 방, 이 오두막보다 컸던 그 방에서 가져온 작고 푸른 도자기 접시를 챙겼다. 겨우 세 살일 적에 엘리자는 더블라에게 자신의 엄마가 될 수 없느냐고 물었었다. 엘리자의 엄마는 하늘나라에 갔다고 말했더니, 아이가 혀 짧은 소리로 말했다. 그러면 더블라, 나한테 우리 보물이라고 해줘. 더블라의 진짜 보물은 그들 곁에 서 있는 소년이었지만 더블라는 엘리자의 머리를 쓰다듬으며 그러겠노라고 답했다.

더블라는 오두막 안으로 들어가 벽에 걸린 작은 거울에 대고 숨을 쉬었다. 눈에 보이는 건 사라지는 입김뿐이었지만. 그녀가 보고 싶었던 건 코나리가 그곳에서 손을 흔들고, 들판을 달리고, 엄마를 부르며 겁 없이 그저 따라가는 모습이었다. 파파가 아이를 데려갔으면 느낌이 왔을 거라 생각했다. 이 모든 것으로부터 자유로워진 그 악당은 분명 정신병원 정문에 엄마와 딸을 내려놓고 과부의 보석과 짐마차만 챙기고 떠나 두 번 다시 모습을 드러내지 않을 것이었다. 보석과 말을 팔아 기차나 역마차 비용을 마련해 멀리 떠날 가능성이 컸다. 그가 사납게 매질했던 말은 기회를 틈타 집으로 돌아올 터였다. 더블라는 창문의 나무 덧문을 닫고 그 위에 판자를 질렀다. 그리고 헌 담요에 둘둘 말린 코나리의 옷가지를 집어 들었다. 맹꽁이자물쇠는 열쇠가 꽂힌 채 앞쪽 포치에 버려져 있었다. 그녀는 앞문을 닫고 빗장을 지른 뒤 열쇠를 챙겼다. 최소한 이곳을 그대로 지키기 위해서였다. 더블라는 그가 코나리를 동요시키려고 소를 독살했다는 것을 알았다. 하지만 어찌 됐건 코나리는 엄마와 함께 떠났을 터였다. 이후

소가 형체를 잃고 빛바랜 해골만 남자, 더블라는 포치 난간에 밧줄로 뼈를 묶고 문 앞 계단에 두개골을 박았다. 주술이 아닌 보호를 위해서였다. 접근하는 사람들에게 보내는 경고이자 주의였다.

그렇게 그녀는 버려진 오두막을 두고 떠났다. 오솔길을 오르며 말을 재촉하는데 안장 머리 아래에 동할립* 포장지를 끼워둔 게 느껴졌다. 닭 몇 마리가 잡히지 않자 과부가 미끼를 써서 유인하려 한 것이었다. 더블라는 말 뒤로 모이를 떨어트려 오솔길 위쪽까지 가느다란 길을 만들었다. 뒤돌아보니 여섯에서 여덟 마리의 영계, 어리고 민첩한 암탉들이 숲속에서 나오더니 푸드덕거리며 모이를 따라오는 것이 보였다. 그녀는 오두막에서 햇빛이 제일 잘 드는 비스듬한 막사에 닭을 가두고 선반에 둥지를 설치한 다음 닭장을 지키도록 개를 몇 마리 둘 생각이었다. 짚과 모이는 넘쳤고, 계란이 있으면 추운 겨울을 나는 데 도움이 될 터였다. 파파의 통제력이 사라진 것이 언뜻 보였다. 코나리와 엘리자는 굶주리지도, 얼어 죽지도 않을 터였다. 주술을 넘어선 어떤 힘이 모녀를 더블라가 제공할 수 없는 안전한 곳으로 끌어당겼다.

* 추수를 제때 하지 않고 오래 두어서 표면에 금이 간 현미를 말한다.

코나리
도덕적 치료

◇

오랫동안 증상을 보이는 환자들도… 유쾌하고 쾌활할 수 있다… 이들이 회복 불가능하다고 말하는 것은 다소 주제넘은 판단이다… 치유가 불가능하다고 해도 삶이 지속하는 한, 환자는 치료를 받아야 한다.

– 토머스 스토리 커크브라이드 박사, 1854.

열쇠가 자물쇠 안에서 돌아갔다. 젊은 간호보조원은 나보다 나이가 많지만 엄마보다는 어렸는데 반지나 보석은 차고 있지 않았다. 전부 그렇지 않나 싶었다. 직원복은 소박했다. 풀 먹인 흰 모자를 머리 선에 맞춰 쓰고 검은 긴소매 블라우스와 치마에 어깨 줄이 넓고 가슴 앞부분이 높이 올라온 널찍한 흰 앞치마를 걸치고 있었다. 열쇠 꾸러미가 그녀의 주머니 속으로 사라졌다. 나는 내 옷차림이 부끄러웠다.

숙녀 분들, 그녀가 말했다. 밤새 안녕하셨나요. 저를 따라 스토리 박사님 사무실로 가시죠. B병동을 지나 계단을 내려가서 원형 홀이 있는 병원 입구 층으로 갈 겁니다.

그렇게 하시죠, 내가 말했다. 저는 엘리자 코널리, 이쪽은 제 환자 재닛 아가씨입니다.

그녀는 뒷걸음질을 치며 나오라고 지시할 뿐이었다.

엄마는 기쁘다는 듯 웃었다. 나는 엄마를 따라 문턱을 넘었다. 간호사는—그렇게 불린다면— 방문을 잠그고 눈길 한번 주지 않고 돌아섰다.

나는 엄마의 팔을 잡고 속도를 유지했다. 소음과 소란이 음정이 어긋난 음악처럼 동시에 일었다. 병원은 각 부분이 모두 제 일을 하는 일종의 마을처럼 깨어 있었다. 한 무리의 환자들이 간호보조원을 따라 우리를 지나 반대 방향으로 줄지어 걸어갔다. 어떤 사람들은 복도를 따라 놓인 소파와 안락의자에 앉아서 바느질을 하거나 책을 읽었다. 한 여자가 올림머리에 무수한 깃털을 붙인 채 키 큰 야자나무 잎사귀 사이로 우리를 지켜보고 있었다. 나는 시선을 앞으로 유지했다. 엄마는 차분해 보였다. 방마다 문이 닫혀 있고 넓은 복도가 웅성거리는 것으로 보아 모든 사람이 방에서 나와 넓은 복도에 있는 게 확실했다. 터널을 지나며 선회하는 눈먼 새들처럼 여자들의 목소리가 우리 주위를 에워쌌다. 복도 맨 끝의 커다란 창문에서 햇빛이 비쳐들어 복도를 밝혔고, 우리는 커졌다 작아지는 수많은 대화들을 뚫고 이동했다. 갑자기 사방이 조용해졌다. 간호보조원이 우리 뒤로 병동 문을 잠그자 계단이 나타났다.

◇　　◇　　◇

스토리 박사가 간호보조원을 물리고 우리 앞에 섰다. 미남이거나 인상적인 얼굴도, 노인도 아니었지만, 나이 든 사람다운 차분한 분위기가 있었다. 검은 머리칼을 옆으로 빗어 넘겼는데 뒤쪽이 더 길었다. 눈썹은 빽빽하니 매우 검었다. 움푹 꺼진 두 눈은 청회색으로 눈가가 살짝 처져 있어 인내심이 많고 슬퍼 보였다. 구레나룻은 얇은 양고기 모양으로 길렀으며, 소박한 정장에 풀을 먹인 흰 칼라와 군청색 실크 크라바트*를 착용하고 있었다. 그에게서는 비누 냄새가 났다. 마치 시간이 이곳을 스친 적도, 그의 말을 재촉한 적도 없다는 듯이 말투는 편안하고 목소리가 따뜻했다. 퀘이커교도들은 대개 북부 출신이고 죄다 노예해방론자라고 알고 있었다. 그게 맞다면 이곳에서 눈에 띌 터였다. 산꼭대기에서 엄마와 나는 날씨와 먹고사는 문제의 노예이자, 파파의 눈에 띈 이후로는 그의 기분의 노예였다. 이야기 속 엘리자처럼 쫓기거나 채찍질을 당하진 않았지만, 파파는 우리를 입맛대로 이용했고 자기 방식대로 팔았다.

앉으세요, 스토리 박사가 책상 맞은편에 놓인 천이 씌워진 의자를 가리켰다. 우리는 앉았다. 나는 그가 입을 열 때까지, 마치 우리가 마실을 나온 것처럼 앞에 다기 세트와 도자기 잔이 놓여 있다고 상상했다.

바우만 여사 말로는, 재닛 양—이 대목에서 그가 엄마를 쳐다보았다—이 낯선 행인의 도움으로 이곳에 왔고, 그 여정에 코널리 양이 동행했다고 하더군요.

엄마는 내 쪽은 조금도 흘끗거리지 않으면서 주의 깊게 시선을 들었다.

스토리 박사가 엄마 바로 옆 의자로 옮겨 앉으며 그녀 쪽으로 몸을 기울였다. 그가 금방이라도 엄마의 손을 잡을 것처럼 보였다. 하지만 그러지 않았다.

* 넥타이처럼 매는 남성용 스카프.

힘든 여정이었나요? 그가 물었다.

엄마 역시 앞으로 몸을 기울이고는 천천히 여러 번 고개를 끄덕였다. 어쩌면 엄마가 그에게 말을 할지도 몰랐다. 나는 한껏 기대에 부풀었다.

오는 길에 누가 당신을 해쳤나요? 스토리 박사가 뜸을 들였다. 아니면 그 전에는요?

나는 엄마가 답을 할까 봐 겁이 나서 숨을 죽였다. 파파는 엄마나 우리를 때리지는 않았다. 하지만 내 눈에는 그가 표정과 손길로, 본인 멋대로 우리를 옴짝달싹 못하게 붙듦으로써 매일 엄마를 해치는 것처럼 보였다. 그는 엄마가 서 있든 앉아 있든 그의 아래에 무감각하게 누워 있든 엄마를 자극해 소리를 내게 하는 것을 즐겼다. 엄마가 어떻게 대답할까? 그때 엄마가 고개를 돌려 방안을 쳐다보았다. 엄마가 입을 열어 우리의 이야기를 납득시켜주었으면 싶었다.

재닛 양, 스토리 박사가 말했다. 때가 되어 대화를 나눌 수 있게 되면 좋겠군요. 당신이 적응할 수 있도록 이 사무실에서 격일로 만날 겁니다. 한동안 우리와 함께 지내게 될 거예요. 편히 적응하도록 간호보조원을 배치해드릴까요? 아니면 코널리 양이 곁에 머물며 치료 계획, 그러니까 낮 시간 활동에 동행하는 게 좋으세요?

엄마가 그에게 고개를 돌렸다. 아, 그녀가 말했다. 네.

엄마의 새롭고도 부드러운 목소리가 낯설게 느껴졌다. 내 기억 속, 우리가 함께 노래하고 소리치고 웃던 때와 사뭇 달랐다. 엄마가 내가 잠들 때까지 한참 책을 읽어주던 때. 그가 오기 전, 오직 계절과 동물들과 더블라 할머니와 다른 이웃집 여자들과 우리만 있던 그 시절과 달랐다.

잘 알겠습니다, 그가 엄마에게 말했다. 아직 조금 더 남았습니다. 코널리 양과도 얘기를 나눠야 해요. 하지만 조만간 당신의 생각도 듣고 싶군요.

엄마는 입에 손을 올리고 고개를 끄덕였다.

스토리 박사는 온기가 나를 찾아 헤매다 마침내 발견한 것처럼, 내게로 고개를 돌렸다. 코널리 양, 환자를 얼마나 오래 알았나?

대략 2년이요, 내가 조심스레 말했다. 하지만 그 시간 동안 말하시는 건 거의 못 봤어요. 조금 전에 박사님께 그런 것처럼요.

바우만 여사가 네게 들은 정보를 전달해줬다.

여사님의 질문에 대답을 많이 못했어요, 내가 말했다.

바우만 여사는 의료적 결정을 하는 사람이 아니네, 그가 답했다. 관찰한 것들을 제공해주긴 하지만. 재닛 양의 집에 왜 불이 났는지 말해주겠나?

그는 너그러워 보였으나 나를 꿰뚫어보았다.

화재의 원인은 찾았고? 그가 물었다.

밤이었어요, 내가 대답했다. 번개 때문이다, 등유가 엎질러졌다, 말들이 많았어요. 아무도 몰라요. 하지만 제가 일했던 가족은… 누군가 그분들의 가축을 죄다 죽여서 다음 날 친척이 있는 북부로 이사를 갔어요. 닭, 소, 말 두 마리 전부요. 불이 났던 그 밤에요.

말을 너무 많이 했다. 이제 의사가 그들 이름이 뭐냐, 어느 농가냐, 어느 일가냐, 마을은 어디냐 물어볼 터였다. 하지만 질문은 없었다.

많은 이들이 고통받았지, 그가 말했다. 지금도 마찬가지야, 특히 이곳, 이 경계 주에서. 전쟁은 멈췄지만 슬픔은 이어지고 있어.

그는 나보다 내 생각을 더 잘 읽는 것 같았다. 하지만 나는 잔디밭

위 토끼의 쿵쾅거리는 심장소리와 그 토끼를 찾아 찢어발기려고 날아다니는 올빼미의 거대한 날개 소리에 골몰했다.

재닛 양에 대해 해줄 말이 없나? 그가 물었다. 취미라든가, 기분전환으로 뭘 하는지라든가.

집에 책이 많았는데 하나를 골라 저한테 읽게 했어요, 내가 말했다. 워즈워스, 셰익스피어의 소네트, 어떨 땐 소설 몇 쪽을 읽었어요. 동화책도요. 그림이 그려진《물의 아이들》도 있었어요.

셰익스피어를 읽어줬다고? 자네 교육을 받았나?

집에서 배웠어요. 아빠가 교사라서 입대하시기 전까지 엄하게 가르쳤어요. 오빠들도 같이 입대했죠. 아무도 돌아오지 않았어요. 엄마는… 전쟁이 끝나고 돌아가셨어요. 전 가족이 없어요, 그래서 지난 몇 년 동안 남의 집에 들어가 일한 거예요. 재닛 아가씨 집에는 피아노가 있었어요. 정원도 있었는데 황폐해진 뒤에도 가꾼 것처럼 보였어요. 네, 재닛 아가씨는 책과… 책에 대한 이야기를 좋아했어요.

그는 엄마를 대화에 참여시키려는 듯이 도중에 엄마를 흘끗거렸다. 그러면 재닛 양은 가족이 없나? 그가 물었다. 아이도? 결혼반지는 안 끼고 있던데.

반지가 어디로 갔을까요? 제 기억으론 소박한 금반지를 끼고 있었거든요. 흰 올빼미가 허둥지둥 도망치는 생명체 위로 발톱을 쫙 벌리고 하강하는 느낌이 들었다. 엄마의 아이들은 내 아이들이었다. 하지만 나도 그중 하나였다.

코널리 양? 환자에 대해 뭐라도 알려주면 큰 도움이 될 게야.

아이는 없어요, 나는 겨우 입을 뗐다, 제가 알기로는요. 그런 얘기는 못 들었어요. 사람들이 늘 '재닛 아가씨'라 불렀어요. 약혼을 했을 수도 있지만 너무 많은 사람들이 전쟁터로 갔잖아요. 대대로 살던 저택이라, 그 집 벽에는 부모님, 조부모님이 그려진 초상화 같은 그림도 있었어요.

그런데 재닛 양은 왜 다른 하인을 고용하지 않았지? 자네는 고용했으면서? 어쩜 자네도 이 질문에 대한 답은 모르겠군.

저도 몰라요, 박사님. 아마 할 수 없었던 게 아닐까요. 재닛 아가씨는 좀처럼 바깥출입을 안 하셨어요. 저희 마님이 저녁 식사며 음식 바구니를 그 댁에 갖다주라고 해서 저녁마다 가서 재닛 아가씨와 함께 밥을 먹었어요. 저를 고용한 가족이 그 집안과 아는 사이였거든요, 재닛 아가씨의 아버지는 판사였던 것 같아요. 하지만 그것도 오래전이죠…

그가 내 말을 끊었다. 코널리 양, 둘 사이에는 확실히 유대감이 있군. 자네를 재닛 양의 간호보조원으로 고용하고 싶네. 함께 방을 쓰면서 환자를 돌봐주고 예정된 활동에 동행하게. 하지만 현재로선 숙식을 제공하는 것 외에 따로 돈을 지불하기 어려워. 자네가 긍정적인 영향을 계속 미친다는 걸 확인할 때까지는 말이야. 이곳의 치료 방식은 알게 될 거고, 재닛 양의 진척 상황에 대해선 바우만 여사에게 보고하도록.

스토리 박사님, 내가 말했다. 저도 이곳에 꼭 머물고 싶었어요.

시험 삼아 허락하는 거네, 그가 말했다. 이 점을 명심하게. 보게, 코널리 양, 책은 뭐가 됐든 아주 좋아. 재닛 양과 책에 대해 논의해보겠네, 그가 엄마를 향해 고개를 끄덕였다. 하지만 신체 활동을 비롯한 치료 일정은 엄격하게 지켜야 해. 매일 5~8킬로미터 걷기, 잔디밭에서 크로켓을 하거나 굴렁쇠 굴리기, 늦은 오후에 마차 타기 같은 일들이지. 아침마다 의미 있는 오락거리를 하도록 권하는데, 여럿이서 머리를 자극하는 활동이나 흥미로운 주제를 놓고 대화를 나누면 도움이 될 걸세. 여자 환자들은 표현과 재미 차원에서 바느질을 하거나 자수를 놓고, 파스텔로 스케치도 하지. 참여할 수 있는 모든 사람을 대상으로 저녁에 강연과 공연도 가끔씩 연다네.

나는 혹시 그가 엄마가 진짜 누구인지 알아냈을까 의심하며 고개를 끄덕였다. 이제는 나 자신도 사실과 기억이 헷갈렸다. 엄마는 언제나 더블라 할머니와 사슴을 사냥해 옷을 만들어 입었다. 그들이 챙 달린 모자와 팔꿈치까지 오는 가죽 장갑을 걸치고서 사슴을 당기고 자르고 김이 모락모락 나는 미끄러운 내장을 땅바닥에 쏟트리고 사체를 걸던 모습이 기억났다. 숲에서 소총이 발사되던 소리, 내가 숨은 곳 가까이서 쿵쿵 달리고 몸싸움이 벌어지는 소리가 들렸다. 지하 저장실의 흙냄새가 났다. 내가 벽에 박힌 차가운 돌을 밀었는데 이유는 생각나지 않았다. 하지만 스토리 박사가 밀을 하고 있었다. 그의 목소리가 내 정신을 불러 모았다.

보면 알 걸세, 코널리 양, 우리는 확고하고 사려 깊은 체계를 바탕으로 건강한 공기와 음식, 가족과 외부 갈등으로부터 도피처를 제공하고 있어. 책임감을 가지고 참여하도록 권유하지. 우리의 접근법을 '도덕적 치료'라고 한다네. 인간적인 치료법으로도 수많은 환자들을 고칠 수 있어. 치료가 불가능한 환자들도 마찬가지지.

수수께끼 같은 말이었지만 면담은 끝났다. 스토리 박사가 엄마의 팔을 잡고 대기실로 우리를 안내했다. 바우만 여사가 그곳에 있었다. 필시 우리에 대해 논의하려는 것이었다. 바우만 여사가 그를 따라 사무실로 들어간 뒤 문을 닫았다.

나는 어지럼증이 이는 듯했다. 머릿속이 뒤죽박죽 돼서 그와 내가
무슨 말을 나누었는지 정확히 기억나지 않았다. 의사는 내게 머물러
도 된다고 했다. 맞나? 바우만 여사가 안 된다고 할 게 분명했다. 노
예 상인들이 얼어붙은 강 저편에서 고함을 치고 채찍을 휘두를 때
엘리자의 강에 떠 있던 차가운 얼음 덩어리처럼, 발아래서 바닥이
이리저리 움직이는 것만 같았다. 나를 진심으로 바라봐주는 사람을
만난 것은 처음이었다. 직접 보지는 못했지만 전쟁이 한창일 때는
약탈자들 천지였다. 나는 그들의 존재를 몸을 한껏 웅크리고 숨어
있을 때의 그 공포심으로 알았다. 그리고 파파가 있었다. 그는 친자
식들과 자신이 망친 모든 것을 끝내 내팽개친 약탈자였다. 아기들은
지금쯤 젖을 떼고 투정을 부리며 소젖이나 염소젖 때문에 배앓이를
할 터였다. 사내애들은 적어도 함께 있었고, 꼬맹이는 집에서 제법
가까운 곳으로 갔으니 좀 더 크면 산마루를 넘어 우리 오두막까지
걸어왔다가 그 황폐해진 풍경을 볼 수도 있었다. 그 아이가 내가 읽
어준 이야기를, 여우와 거위 놀이를, 손가락 노래를, 내가 녀석을 위
해 챙겨둔, 손잡이가 다람쥐꼬리처럼 조각된 정교한 나무 컵을 얼마
나 오래 기억할지 궁금했다. 꼬맹이는 《물의 아이들》을 읽어줄 때까
지는 낮에도 밤에도 잠을 자지 않았다. 꼬맹이가 그 뜻을 알고 혀짤
배기소리를 내는 걸 보고 나는 톰의 '벌이 뭐예요?', '꿀이 뭐예요?'
와 같은 질문을 익살스레 읽어주곤 했다. 나는 아이에게 그가 볼 수
없는 세상이 그를 자라게 만든다고 말해주었다. 그러니 세상이 돌
아가게 만드는 건 동화일지도 몰랐다. 책 속의 톰은 피라미처럼 작
은 물의 아이가 되고 난 뒤 잠자리로 변하길 꿈꾸었다. 우리의 꼬맹
이는 심지어 걸음마를 시작한 후에도 서로의 심장이 맞닿을 만큼 내

곁에 꼭 붙어 있었다. 나는 매일 숄로 아이를 앞쪽으로 업고 집 주변을 서성였다. 쌍둥이가 태어나기 전까진 우리 둘뿐이었다. 아이가 누군가 자신을 안아주고, 먹여주고, 상냥하게 말을 걸어줬다는 걸 혹시 기억만 해도 좋을 것 같았다.

엄마는 내가 비틀거리는 것을 느꼈다는 듯이 내 손을 잡았다. 나는 놀라서 엄마의 가느다란 손가락을 그러쥐었다. 엄마의 결혼반지가 사라졌다는 걸 이제껏 모르고 있었다. "난 네 파파가 아니다. 파파였던 적 없다. 우연히 만나기 전까지는 너나 네 어미를 본 적도 없다…" 그가 새로운 모험에 쓸 자금을 마련하려고 반지를 가져가서 팔아버린 게 틀림없었다. 나는 눈을 감고 나의 '시'들을 생각했다. 그가 외출하고 아기들이 잠들면 밤중에 엄마에게 읽어주곤 했다. 확실히 시는 엄마에게 도움이 되었고, 파파가 곧 도착하지는 않을까, 술에 취해 대낮에 돌아오지는 않을까 두려워하던 나에게도 위안을 주었다. 쌍둥이를 돌보다 지칠 때면 아무 쪽이니 시집을 펼쳐서 읽었다. 순간 '인생의 별', '영혼'이란 단어가 떠올랐다. 그때 사무실에서 목소리가 들렸다. 사무실 문 위 채광창이 실수로 열려 있었다. 그들이 엿들었다고 탓할까 봐 열렸다고 말할 수도, 내가 대화를 전부 안다는 걸 들킬까 봐 꼼짝할 수도 없었다. 바우만 여사가 딱딱한 목소리로 반대 의견을 내다가 잠시 말을 멈추었다. 아마 입술을 꾹 다물고 있을 터였다.

그런데도 그 코널리 양, 그… 엘리자라는 애를 고용하겠다는 거예요? 그 아이에 대해 아무것도 모르잖아요.

교육을 받았다는 건 알죠, 스토리 박사가 답했다. 게다가 환자의 절대적인 신뢰를 받고 있잖소. 다른 간호사들에 대해서는 뭐 아는 게 있나요? 대개 웨스턴이나 인근 마을에서 온 젊은 남녀들이에요. 시작부터 기존의 직원들을 해고할 순 없어요. 우리는 이곳에서 이방인이잖소. 우리보다 2년 앞서 도착한 오셰이 씨도 마찬가지고. 전쟁 중에 자신을 살려준 퀘이커교도 의사의 이름을 빌렸다면서 그로부터 의료기록과 추천서를 받아 제출했잖소. 오셰이는 탁월한 야경꾼이에요. 모든 걸 예측할 순 없는 거예요.

그가 창문 바로 앞에서 느긋하게 서성이는 소리가 들렸다. 바우만 여사는 내가 앉았던, 문에서 가까운 의자에 앉아 있었다. 그녀가 또박또박 말했다.

오셰이 씨는 본분을 넘어서는 행동을 했어요, 그녀가 말했다. 새벽에 커피 두 잔과 조니케이크를 제공했더군요. 마치 아무 때고 문 앞에 나타나기만 하면 전부 거둬 먹여야 한다는 듯이요. 그래서 따끔하게 충고했어요.

바우만 여사, 제 숙부께서는 2년도 더 전에 펜실베이니아에서 우리에게 이 여정에 함께하자고 청했었죠. 당신과 나는 '도덕적 치료'의 틀을 만든 그분으로부터 직접 수학했고, 나는 당신이 있어 매일 감사합니다.

하지만 스토리 박사님, 오셰이 씨는 자기 멋대로 그들을 들였어요…

의사가 한 손을 부드럽게 들고 그녀를 조용히 시키는 모습이 그려졌다.

바우만 여사, 드물지만 신임을 얻은 직원이라면 상부에 바로 보고하기보다 스스로 판단하고 조치해야 할 때도 있어요. 내 전임자가 북군 감옥에 한동안 갇혔던 웨스턴 지도자였다는 사실을 잊지 마세요. 우리에겐 웨스턴이 그저 숲과 들판을 개간한 땅처럼 보일지 몰라도, 이곳은 거의 전시 내내 북군에 점령당한 남군 마을이었습니다. 우리의 대잔디밭이 2천 명의 보병대들에겐 집이나 마찬가지였어요. 그들의 흰 천막은 사라졌지만 우리는 이 마을에서 친구를 만들어야 합니다. 오세이 씨의 친절함, 특히 재닛 양의 품위 있는 행동에 대한 친절함은 환영할 일이지요. 실은 오세이 씨에게도 그렇게 말할 작정입니다.

그렇군요, 그녀가 말했다.

코널리 양, 이름이 엘리자 맞죠? 이 경우는 예외라고 믿습니다. 재닛 양은, 성은 아닌 듯하지만, 자신이 누구였는지는 기억하지 못해도 지금의 자신을 받아들일 수는 있을 것 같아요. 심각한 우울증과 트라우마를 겪은 건 분명하지만 망상이나 조증의 징후는 없어요. 재닛 양은 상태가 좋아질 때까지 2인실에서 그 아이를 개인 간호사로 두고 지낼 겁니다. 우리가 제시하는 치료 계획을 잘 따른다면 예상컨대 몇 주겠죠. 딱히 언급하거나 약속하지는 않았지만 만약 코널리 양이 잘 배워서 적용한다면 재닛 양과 비슷한 증상으로 고생하는 다른 여성 환자들과 함께 일하게 할 생각이에요.

대기실 쪽을 바라보는데 숨을 쉴 수 없었다. 내가 저 깨끗한 간호사복을 입게 된다고…

그 여자는 자선이 필요한 환자예요, 바우만 여사가 말했다. 그 '품위 있는 행동'에도 불구하고 말이죠. 게다가 한 명 분의 월급도 지급해야 하잖아요…

그 부분은 협상을 했소, 바우만 여사. 그 아이가 숙식만 제공받겠다는 데 동의했어요. 환자가 우리가 만족하는 수준으로 나아질 때까지만요. 그런 다음 다른 환자들을 돌보기 시작할 때는… 여사가 결정하도록 해요. 당신의 높은 기준을 따르겠어요.

방 안이 조용했다.

그 아이에게 일 잘하는 젊은 간호사를 붙여서 따라다니게 하세요, 스토리 박사가 말했다. 수다스러워서 대화를 북돋는 환자를 돌보는 간호사로요. 코널리 양이 우리의 치료법을 가장 잘 배울 수 있는 방법은 직접 참여하는 겁니다. 그 아이에게 당신의 보고서를 참고하여 이 사무실에서 면담을 하고 향후 방향을 고민하겠다고 했어요. 그때 결정하기로 합시다, 바우만 여사?

그녀가 의자에서 일어나자 바닥이 삐걱거렸다. 스토리 박사가 서둘러 문으로 걸어가 감사 인사를 중얼거리며 문을 여는 소리가 들렸다. 나는 재닛 아가씨의 머리칼을 서둘러 매만졌다. 바우만 여사가 무거운 바닥짐이 실린 배처럼 대기실로 들어왔다.

따라 오너라, 엘리자. 물론 재닛 양도 같이 가시죠. 스토리 박사님의 제안에 대해 의논해봅시다.

◇　◇　◇

스토리 박사님의 진료실은 3층이에요. 바우만 여사가 말했다. 그곳은 짙은 나무 책상과 파일 수납장이 있는 화실 같은 방으로 벽에 지도를 넣은 액자가 여러 개 걸려 있고 지구본이 황동으로 된 낮은 작업대 안에 고정돼 있었다. 그녀가 소개하게 되어 기쁘다는 듯 고개를 끄덕였다.

지구본? 나는 지구본이 공처럼 돌아갈지 궁금했다. 바우만 여사의 사무실은 간소했다. 책상 앞에 딱딱한 의자 두 개가 놓여 있고 책상 뒤에는 수납장이 닫혀 있었다.

이제 우리는 업무적인 관계야, 바우만 여사가 말을 시작했다. 나를 여사님이라고 부르렴. 넌 직원과 환자들에게 코널리 간호사로 불리게 될 거야. 이곳에선 의료적인 임무를 맡지 않더라도 남녀 간호보조원을 간호사라고 부른단다. 모든 의료적인 문제는 수간호사인 내게 보고해야 해, 남자 병동에서는 집사가 보고를 받지. 네가 할 일은 배정받은 부속 건물이 차분하게 유지되도록 돕고, 어떻게 스케줄에 맞춰 환자를 이동시키는지 관찰하고, 시설 관리와 세탁과 관련해서 소통하는 거다.

마치 불이 켜진 것 같았다. 나는 안도감에 두 눈이 촉촉해졌다.

그녀가 잠시 멈추고 나를, 뒤이어 엄마를 노려보았다. 당분간 네가 맡을 환자는 재닛 양, 이름이 뭐가 됐든 이분뿐이다.

나는 재닛 아가씨의 신원이 불확실하다는 데 동의한다는 듯 고개를 끄덕였다.

너를 정식으로 고용할지 여부는 재닛 양의 회복 상황에 달려 있어. 환자가 볼일이 있거나 감독을 받고 있지 않는 한, 언제나 곁을 지켜야 해. 매일 식사를 비롯해 활동 시간에 동행하도록 해라. 그 방은 개인 간호사와 함께 지내기에 충분히 넉넉하단다. 우리 곁을 떠난 숙녀 분도 실제로 부유한 가족이 고용해준 개인 간호사와 함께 지냈어.

나는 고급스러운 드레스를 말끔하게 차려 입은 엄마를 흘깃 쳐다보았다.

바우만 여사가 시선을 돌렸다. 간이침대와 시트를 방 뒤편에 옮겨 놓았다, 그녀가 내게 말했다.

고맙습니다, 여사님. 내가 말했다. 그녀가 우리 사이에 놓인 책상 위로 장부를 펼치자 직원 명단이 나타났다. 세로 행과 수치가 보였으나 무슨 뜻인지는 이해할 수 없었다.

그녀가 장부를 덮고 일어나 옷 뭉치를 내밀었다. 여기 간호사복 두 벌이다. 네 능력을 입증할 때까지는 숙식만 제공받기로 했다지. 옷은 깨끗하게 다려 입고 모자는 풀을 빳빳이 먹여서 착용하도록. 여기 사는 대부분의 여직원은 맨 위층에서 방을 함께 쓰고 있어. 수요일과 토요일마다 깨끗한 간호사복이 배달되는데, 당분간은 네 방으로 배달될 거다.

바로 갈아입을게요, 여사님…

우리가 환자를 어떻게 치료하는지 잘 관찰하고 재닛 양이 반응을 보이도록 북돋아야 한다. 넌 블레빈스 간호사와 그녀의 환자인 카진스키 부인과 보조를 맞추게 될 거야. 몇 주 동안 활동 일과는 매일 동일할 거다. 카진스키 부인은 워낙 표현이 풍부한 분이라 재닛 양이 대화를 하고 싶도록 자극할지도 모르지. 한 시간 후에 블레빈스 간호사가 네 방에 들를 거야. 뭔가 잘할 줄 아는 게 있나, 코널리 양?

저는… 책을 잘 읽어요, 큰 소리로요. 시도… 암송할 수 있어요. 아니면…

악기는 못 다루는구나. 노래도.

하모니카는 불 줄 알아요.

하모니카는 악기가 아니다, 그녀가 이렇게 말하며 나를 곁눈으로 바라보았다.

어쩌면 노래는, 다른 사람들과 함께, 부를 수 있을지도요…

병원 합창단이 일요일마다 예배에 서고, 직원과 환자들이 참여하는 노래 모임도 있지. 일주일에 두 번씩 늘 같은 곡을 부른단다. 네가 참여할 수 있다고 알리마. 흥미로운 주제의 강연이나 마을 배우들이 꾸리는 연극, 유랑극단의 공연도 열린단다. 지역 학교의 토론회나 학교 합창단이 우리 강당에서 행사를 열 때도 있어. 어떤 환자들은 뜰에서 자가용 마차를 타기도 하지, 물론 직원과 함께 말이야.

정말… 근사하네요, 내가 말했다. 파파가 물건 싣는 걸 도우라고 나를 짐마차에 태워 마을에 데려갔을 때 보기만 했지, 자가용 마차를 타본 적은 없었다. 엄마는 자가용 마차를 알지도 몰랐다. 책도 최소 30~40권은 갖고 있었고, 평생 산속에서만 살지는 않았으니까. 나한테 말해줄 수 없었을 뿐, 많은 것을 아는 게 분명했다. 하지만 파파가 온 이후로 엄마는 말수가 점점 줄어들더니 아예 입을 닫아버렸다. 그가 사라졌는데도.

바우만 여사가 엄마를 불렀다. 재닛 양, 치료법을 잘 따르면, 그리고 관심사를 말해준다면 당신도 자가용 마차를 즐길 수 있어요.

네, 내가 답했다. 재닛 아가씨도 이 병원에 있게 돼서 기뻐하세요. 그리고 관심사도 다양하답니다…

바우만 여사가 두 손을 맞잡았다. 이제 가도 좋다, 그녀가 말했다.

전 직원 보수 지급표— 다음 목록에는… 주립 정신병원의 수용 인원이 250명일 때 조직에 필요한 인력만 나열돼 있다. 부족한 인력으로 병원을 운영하면 환자는 물론 전체 지역사회에 손해를 입히게 된다.

– 토머스 스토리 커크브라이드 박사, 1854

내과 원장 1인 ……………………………………… 연간 1,500달러
가구가 딸린 아파트 및 가족 식비 포함
혼자 살지만 부양가족이 있는 경우 …………… 1,000달러 추가
내과 수석 부원장 1인 …………………… 식비 및 연간 500달러
내과 차석 부원장 1인 ……………………… 〃 300달러
집사 1인 …………………………………… 〃 500달러
수간호사 1인 ……………………………… 〃 300달러
남자 감독관 1인 …………………………… 〃 250달러
여자 감독관 1인 …………………………… 〃 175달러
남자 교사 1인 ……………………………… 〃 200달러
여자 교사 1인 ……………………………… 〃 150달러
남자 간호보조원 16인 …………………… 〃 168달러
여자 간호보조원 16인 …………………… 〃 108달러
남자 야경꾼 1인 …………………………… 〃 168달러
여자 야경꾼 1인 …………………………… 〃 108달러
재봉사 2인 ………………………………… 〃 96달러
농부 1인 …………………………………… 〃 200달러
농사 일손 2인 ……………………………… 〃 144달러
정원사 1인 ………………………………… 〃 200달러
정원사 보조 1인 …………………………… 〃 144달러
기술자 1인 ………………………………… 〃 240달러
소방관 2인 ………………………………… 〃 144달러
제빵사 1인 ………………………………… 〃 150달러
목수 1인 …………………………………… 〃 240달러
자가용 마차 운전수 1인 ………………… 〃 168달러
삯일꾼 1인 ………………………………… 〃 144달러
요리사 1인 ………………………………… 〃 150달러
요리사 보조 2인 …………………………… 〃 100달러
여자 가정부 4인 …………………………… 〃 80달러
낙농장 일꾼 1인 …………………………… 〃 100달러
빨래 일꾼 3인 ……………………………… 〃 100달러
다림질 일꾼 3인 …………………………… 〃 100달러

코나리

상쾌한 산책

◇

친절하고 명랑하며 다정한 기질을 가진 간호사는… 환자의 일정을
관리하고… 산책, 승마, 작업 등에 함께 참여한다… 신중하게 대화
를 나누고… 상쾌한 바깥 공기를 마시며 산책을 하거나, 혹은 그저
환자의 관심을 새로운 대상으로 돌리기만 해도… 슬픔이 폭발하거나
폭력을 분출하는 상황을 예방할 수 있다.

– 토머스 스토리 커크브라이드 박사, 1854.

우리는 문이 잠긴 우리 방 앞에 섰다. 옷 뭉치를 뒤지니 주머니에서
둥근 열쇠고리가 나왔다. 달랑 열쇠 한 개가 딸려 있었다. "네 담당은
재닛 양뿐이다." 언젠가는 다른 간호사들처럼 나도 열쇠를 여러 개
가지고 싶었다. 일단은 방으로 들어가 문을 잠갔다. 열쇠가 양쪽 자
물쇠에 딱 들어맞는 게 마법 같았다. 엄마 쪽으로 몸을 돌리니 엄마
는 고작 말 몇 마디에 완전히 지친 것처럼 침대에 앉아 있었다. 그래
도, 엄마가 입을 열지 않았다. 누군가 나를 위해 간이침대와 시트를
갖다 놓았다. 나는 엄마의 드레스를 허리까지 내리고 얇은 천으로
젖을 짜냈다. 그리고 물 주전자와 대야 옆에 있던 리넨 수건으로 가
슴을 동여맸다.

얼마 안 있어 젖이 마를 거예요, 엄마, 내가 말했다. 이제 쉬어요.

엄마는 고개를 끄덕이고 침대 위에 누웠다. 스토리 박사님, 엄마가

골똘히 생각에 잠긴 듯 말했다.

인내심이 강한 분 같아요, 엄마. 그분 앞에서 말을 해야 해요, 하지만 '우리 이야기'에서 엇나가면 안 돼요. 자, 앉아봐요, 나와 연습해요. 나는 그의 사무실에 있는 것처럼 엄마 옆에 놓인 의자를 끌어당겨 가까이 앉았다. 내가 그 사람이라고 여겨요. 내가 묻는 거예요. 재닛 양, 가장 좋아하는 책은 뭡니까?

디킨스… 엄마가 답했다.

아니면 셰익스피어의 소네트라고 얘기해도 돼요.

셰익스피어의 소네트, 엄마가 혼잣말하듯 말했다.

엄마가 예전에 나한테 읊어줬잖아요. 몇몇 구절은 외우기도 했어요. 세월의 놀림감, 글을 쓰지 않으리라, 이런 소네트를 나한테 가르쳐줬잖아요.

116번, 엄마가 말했다.

시 구절이 기억나요? 난 안 나지만 엄마가 기억하기 시작하면… 분명 다 떠오를 거예요. 그분이 책을 빌려주실 거예요. 우리 서로한테 읽어줘요.

네가 나한테, 엄마가 입을 열었다, 소네트를 빌려주면…

나는 옷을 갈아입는 동안 엄마의 나긋한 말소리를 들었다. 더러운 옷을 벗어던지고 그 위에 서서 물주전자의 물을 대야에 부은 뒤 차가운 물과 잿물비누 조각으로 빈약하나마 거품을 내서 비누칠을 했다. 깨끗이 씻고 때를 벗기기를 얼마나 간절히 원했는지 모른다. 뒤이어 옷장 안으로 들어가 마른 침대 시트로 축축한 몸을 닦았다.

엄마, 내가 말했다. 간호사복을 받았어요! 내가 보라고 할 때까지 보면 안 돼요…

누구한테든 말을 하고 싶어 재잘거리는데 엄마가 고개를 끄덕였다. 지금은 진심으로 듣고 있었다. 긴 앞치마 안에는 속치마 원피스와 속옷이 개어져 있었다. 바우만 여사는 복장은 물론 심지어 속옷까지도 규정에 따를 것을 요구했다. 나는 긴 회색 원피스를 머리 위로 집어넣고, 풀 먹인 흰 앞치마의 단추를 허리까지 채웠다. 뻣뻣한 리넨 옷깃은 분리되어 있었는데, 후크와 고리로 솔기 아래에 달게끔 되어 있었다. 오건디* 모자는 어떻게 써야 하지? 나는 엄마의 여행용 가방에서 머리핀과 빗을 찾았다. P라고 새겨진 솔빗은 있었지만 핀은 없었다. 나는 땋은 머리를 풀어 어깨 앞으로 늘어트리고 세게 빗었다. 죽은 여자의 머리칼이 부드럽든 뻣뻣하든 살아생전의 감촉 그대로 솔빗에 남아 있을 터였다. 나는 그런 생각을 하지 않으려 애쓰면서 거울 앞에 앉아 머리칼을 땋고 매듭을 지어 안으로 밀어넣었다.

코나리, 엄마가 속삭이며 침대 너머로 손을 뻗었다.

아, 엄마, 나는 엄마에게 다가갔다. 상태가 좋아지고 있어요. 하지만 이 방을 나가서는 내 이름을 부르면 안 돼요. 집에서처럼 엄마를 돌보지만 날 간호사나 코널리 간호사라고 불러야 해요. 엄마는 재닛 아가씨고요⋯

엄마는 대답 대신 내 손목을 붙잡았다. 그러더니 시선을 돌리고 눈을 감았다. 무슨 말을, 언제 꺼내는 게 좋을까? 혹여 스토리 박사나 이 병원의 도움으로 엄마가 진실을 말한다 한들, 그게 무슨 대수일까? 엄마의 상태가 좋아지면 우리는 이곳을 떠나 더블라 할머니에게 가면 된다. 파파는 분명 멀리 떠났다. 이제 그가 우리에게 뭘 원하

---

* 얇은 모슬린 천을 일컫는다.

겠는가? 우리가 가진 모든 것을 나눠주거나 팔아버렸는데.

나는 의자로 돌아가 오건디 모자를 집었다. 풀을 먹여 각이 잡혀 있는 모자는 깃털처럼 가벼웠다. 나는 모자를 쓰고 회반죽 장미가 장식된 거울을 들었다. 머리 선에 모자를 딱 붙인 내 모습에 말이 안 나왔다. 머리를 바싹 넘기고 간호사복을 걸친 그 모습은 코나리가 아니었다. 나는 내가 지어낸 코널리 간호사의 이야기를 기억하려고 노력했다… 아빠와 오빠들을 전쟁에 빼앗기고 엄마는 죽었다. 실제 전쟁은 보지 못했지만 그것이 망가뜨린 것은 보았으니, 그건 내 이야기일 수도 있었다. 사라진 결혼반지, 누군지 몰라도 곁을 떠난 아빠, 뿔뿔이 흩어진 아기들, 이미 빼앗긴, 어쩌면 곧 빼앗길 텅 빈 오두막. 너무 많은 사람들이, 심지어 우리 집처럼 높은 산등성이의 사람들조차 여전히 방랑했다. 하지만 이웃 여자들은 닭을 가져가고, 원하는 가재도구와 물건을 챙길 것이다. 병든 소는 코요테나 보브캣의 먹이로 남겨두겠지. 나는 늦가을에 더블라 할머니가 와서 뼈를 거두어 갈 거라고 혼자 중얼거렸다. 할머니는 엄마의 성과 내 성을 아는 게 분명했다. 나는 엄마의 이름조차 몰랐다. 파파가 자신은 내 아빠가 아니라고 했을 때, 나도 속으로 그럴 거라 생각했다. 그는 엄마를 '아줌마'라고 부르거나 아예 이름을 부르지 않았다. 더블라 할머니는 엄마를 '우리 보물'이라고 불렀다. 그자가 우리에게 무슨 짓을 했는지 할머니가 어떻게 알 수 있을까? 이웃 여자들의 눈에 띄지 않게 숨어 다녔으니, 더블라 할머니에게 말해줄 사람도 달리 없었다. 할머니가 마술을 부려 우리가 이곳에 온 것을 알아냈다면 또 모르겠지만, 할머니는 자신에 대해선 한 마디도 떠올리지 말라고 했었다. 그때 엄마의 둥근 거울에 김이 서렸다. 내가 내쉰 한숨이었다.

누군가 문을 두드렸다, 똑똑똑. 블레빈스 간호사는, 나중에 알았지만, 그 소리처럼 단호하고 민첩한 사람이었다. 나는 일어나 방문 저편에 귀를 기울였다. 좁은 덮개가 내 얼굴 앞으로 휙 열렸고 그녀와 나는 서로 눈이 마주쳤다.

블레빈스 간호사와 카진스키 부인이에요, 그녀가 말했다.

내가 문을 열자 그들이 들어왔다. 문 위의 채광창과 창문 하나가 열려 있었지만, 그들의 존재가 바람처럼 방 안을 채우는 듯했다. 블레빈스 간호사의 환자는 키가 작고 통통한 여자로, 초조한 듯 서성이면서 벽을 여기저기 만지고 낮은 소리로 중얼거렸다. 몸에서 파촐리 냄새를 풍겼고 옷은 상복처럼 온통 검었다. 하지만 이상한 옷차림이었다. 보닛 모자를 검은 스카프로 묶고 숄을 여러 겹 걸쳤으며 머리카락에는 쿠바늘 뜨개실이 묶여 있었다. 옷깃 근저에는 낡은 상복용 리본이 달려 있었다.

엄마가 침대에서 일어나 앉았다. 나는 엄마 곁에 가서 섰다.

블레빈스 간호사가 다가와 내 손을 잡고 흔들었다. 저는 에이라 블레빈스예요, 그녀가 말했다. 당신이 코널리 간호사군요. 소개 좀 부탁드려요.

이쪽은 재닛 아가씨입니다, 이렇게 말하는데 낯이 붉어졌다. 이쪽은 우리 엄마예요, 라는 말이 튀어나올 뻔했다.

에이라 블레빈스가 숙녀를 대하듯 예를 갖춰 인사했다. 그녀는 얼굴이 둥글고 가슴이 풍만했으며 얇은 갈색 곱슬머리가 모자 양쪽으로 말려 있었다. 이쪽은 카진스키 부인이에요, 그녀가 말했다. 대화를 안 할 때는 노래를 흥얼거리길 좋아하죠. 안 그런가요, 카진스키 부인?

중년 부인은 장송곡을 흥얼거리며 메달처럼 달고 있는 빛바랜 리본을 매만졌다. 그러다 흥얼거림을 멈추고 침대에 앉아 엄마의 손을 쓰다듬었다. 가여운 것, 그녀가 말했다. 이 여자도 에이브러햄을 잃은 게야? 눈앞에서 죽는 걸 봤대?

엄마는 놀라서 뒤로 물러났다. 엄마가 그런 걸 봤을까? 그렇다 해도 나한테 말하지 않을 거라는 것은 알았다. 나는 엄마 옆으로 다가갔다. 재닛 아가씨를 놀라게 하지 말아요. 나는 여자를 밀어내려고 재빨리 말했다.

에이라 블레빈스의 파란 눈동자가 빛을 발하며 홱 움직였다. 자, 그러면! 그녀는 자신의 환자에게 말했다. 당신은 루스 카진스키예요, 말했듯이.

부인이 일어서서 몸을 돌리더니 망상 같은 구절을 낮게 읊조렸다. "사람들이 그이를 피터슨 하우스*으로 데려가면서 나를 방에서 내몰았어! 내가 잠을 못 이루는 게 당연한 일 아니야?"

카진스키 부인, 에이라 블레빈스가 그녀를 힘껏 끌어당겼다.

이제 이리 오세요, 이 예쁜 작은 거울 좀 보세요. 테두리에 조각된 장미 보여요? 내일 모리슨 부인과 수업 시간에 이런 장미를 그려봐도 좋겠어요.

에이라 블레빈스가 거울을 들자 부인은 걸어가 거울을 들여다보며 웃었다. 부인이 자신의 얼굴을 유심히 바라보는데, 흥얼거림이 커

* 에이브러햄 링컨 대통령이 포드 극장에서 저격을 받고 치료를 위해 옮겨진 건너편 집.

졌다가 나긋해졌다.

에이라 블레빈스가 그녀를 창가로 이끌었다. 저기 좀 봐요, 카진스키 부인. 사람들 말대로 산책하기 좋은 상쾌한 날이에요. 산등성이의 나무 꼭대기가 밝은 녹색이네요.

나도 직접 보기 위해 창가로 갔다. 하지만 그녀가 산등성이라 부른 것은 초원이 봉긋 솟은 정도에 불과했다.

카진스키 부인은 한두 마디씩 큰 소리로 외치며 창문에 비친 자신에게 말을 걸었다. "스프링필드행 장례 열차*도 못 탔잖아, 우리 로버트가 빗속의 카펫처럼 꽃이 흩뿌려진 그곳을 밟았어, 모든 색이 검은색으로 멍들어 있었지⋯."

아 이런, 카진스키 부인, 에이라 블레빈스가 말했다. 오늘따라 도가 지나치네요.

엄마가 나를 보더니 일어나서 치마를 매만졌다.

재닛 아가씨, 내가 말했다. 나가기 전에 우리 둘 다 머리를 매만져야 해요.

카진스키 부인의 목소리가 작아지더니 낮게 애도하는 소리로 바뀌었다. "관을 짜는 이들의 망치 소리가 총탄 소리 같구나⋯."

에이라 블레빈스는 부인의 팔을 단단히 붙잡고 그녀의 귀에 대고 익숙한 음을 흥얼거렸다. 카진스키 부인이 알아듣고 따라서 흥얼거렸다.

내가 링컨을 기억하는 건 단 하나, 파파가 암살 소식을 듣고 욕을 섞어 환호하면서 신문에 실린 링컨의 사진을 보관함에 넣어뒀기 때

---

* 링컨의 시신을 싣고 워싱턴 D.C.에서 스프링필드로 향하던 장례 열차를 뜻한다.

문이었다. 나는 파파가 무서웠고, 그러므로 링컨은 좋은 사람일 거라 생각했다.

안타까워요, 나는 에이라 블레빈스에게 말했다. 대통령이 죽고 9년 동안 계속 저러시는 거예요?

에이라 블레빈스가 나를 보고 고개를 저으며 입술에 손가락을 갖다 댔다. 나는 환자의 헛소리는 절대 받아주면 안 되며, 현재로 주의를 돌려야 한다는 사실을 나중에야 깨달았다.

카진스키 부인에겐 이곳 웨스턴에서 부인을 기다리는 남편이 계시답니다, 에이라 블레빈스가 말했다. 그렇죠, 카진스키 부인.

아 네, 카진스키 부인이 말했다. 남편을 위해 그런 척하고 있죠.

실은 다 알면서 그러는 거잖아요. 남편이 우체국장이에요. 일요일마다 빠짐없이 루스를 찾아오죠. 안 그런가요, 카진스키 부인? 에이라 블레빈스가 내 모자를 집어들었다. 카진스키 부인이 침묵을 지키자 블레빈스는 손가락에 모자를 걸고 빙빙 돌리며 눈을 찡긋했다. 일어납시다, 그녀가 말했다.

머리를 다 했어요, 나는 에이라 블레빈스에게 말했다. 그런데 모자를 고정시킬 머리핀이 없어요.

아, 나한테 많아요. 여기 거울 앞에 앉아봐요. 블레빈스가 자신의 묶은 머리에서 핀 두 개를 뽑았다. 앉아요. 머릿결이 참 좋네요? 여기요. 머리핀도 좋지만 모자 핀이 더 나아요. 나는 머리 안에 모자 핀을 숨겨요. 이유는 걸어가면서 말해줄게요. 그리고 핀도 한두 개 갖다 줄게요…

저 어때요? 나는 일어서서 치마를 펼치며 물었다.

와, 근사하네요! 키가 커서 치맛단을 안 줄여도 되겠어요. 그러면 따라와요. 목초지로 가서 숲으로 올라갈 거예요. 다들 수업을 듣는 동안 일찍 갔다 와요.

카진스키 부인이 엄마의 팔을 잡으려고 손을 뻗었지만, 블레빈스 간호사가 부인을 문 쪽으로 재촉하는 틈을 타 내가 그들 사이에 끼어들었다. 부인은 자신의 간호사가 시작한 그 신나는 곡을 흥얼거리고 있었다. 나는 그 노래가 〈캠프타운 레이스〉라는 것을 알아차렸다. 원래 불러야 하는 방식대로 경쾌한 곡조였다.

◇　◇　◇

우리는 정문을 벗어나 이른바 대잔디밭으로 향했다. 에이라 블레빈스는 우리에게 병원 부지를 보여주고자 했다.

이곳은 이 마을과 주의 자랑이에요, 그녀가 말했다. 내부 면적만 약 4만 제곱미터에 달하고, 창문이 900개가 넘고, 부속 건물은 400미터에 걸쳐 양 옆으로 뻗어 있죠.

엄마와 내가 도착하는 것을 지켜봤던 그 아이와 야경꾼, 그리고 그 동틀 무렵에 대해 물어보고 싶었다는 게 떠올랐다. 여자 외투를 걸친 그 긴 금발머리 소년이요, 내가 물었다. 여자애처럼 입은 남자애 말이에요, 그 애 이름이 뭐예요?

아, 블레빈스 간호사가 말했다. 그 애는 위드예요. 요리사가 붙여준 이름이죠. 요리사가 총애하는 아이라 원하는 대로 해요. 몸집이 작고 재빠르죠. 가고 싶은 곳은 어디든 나다녀요.

위드요? 그 애 양쪽 눈 색깔이 다른가요? 요리사의 친척이에요?

헥섬 부인의 친척이냐고요? 말도 안 돼요! 에이라 블레빈스가 자기 말이 재밌다는 듯 웃었다. 우리 사이에서는 '외눈박이 위드'라고 불러요. 야경꾼인 오셰이 씨에겐 근사한 짝꿍이죠. 오셰이 씨는 전쟁 중에 부상을 입었는데 평판이 아주 좋아요. 위드는 아마 도둑일 거고요.

그러면 위드는 누구예요?

에이라 블레빈스가 어깨를 으쓱했다. 헥섬 부인이 주방 밑으로 식당 사이를 오가는 지하 열차에 그 아이를 앉히고 음식 올리는 걸 돕게 하죠.

열차가 있다고요? 지하실에요?

진짜 열차는 아니에요. 작은 목판차 몇 대가 좁은 선로를 왔다 갔다 하면서 각 부속 건물의 식당으로 뜨거운 음식을 날라요. 지붕이 없는 수레에 접시를 실어 보내면 화물용 승강기로 접시를 올려 보내는 식이죠!

무슨 말인지 이해가 안 됐지만 나는 조용히 있었다. 마을에서 철로도 봤고, 기차가 지나가는 것도 봤다. 그런 것들이 어떻게 지하실에 들어간단 말인가?

수많은 마을 사람들이 이곳에서 일하고 있어요, 에이라 블레빈스가 말했다. 스토리 박사님이 그 거물 의사 선생님, 그리고 펜실베이니아 병원과 접촉하면서 이곳의 풍토를 만들고 움직이고 있죠.

그 거물 의사 선생님이 누구인데요?

아유, 토머스 스토리 커크브라이드 박사님이죠, 그녀가 말했다. 많은 정신병원들이 그렇듯 여기도 커크브라이드 건물이에요. 그러니까 스토리 박사님은 커크브라이드 박사님의 조카예요. 이곳이 펜실

베이니아 병원만큼 근사하진 않아요. 듣자 하니 거기는 앞마당 잔디
밭에 원형 철로가 깔려 있대요. 날씨가 화창한 저녁이면 환자들의
기분을 북돋기 위해 열차가 다닌다죠! 하지만 스토리 박사님과 바우
만 여사도 농장에서 쓰는 마차가 아닌, 훌륭한 말 네 마리가 끄는 자
가용 마차를 각각 몰고 이곳에 오셨죠. 덕분에 여기에도 자가용 마
차가 있답니다. 규칙을 잘 따르고 수업 시간에 중얼거리지 않는 사
람들에겐 탑승 기회가 주어지죠. 안 그런가요, 카진스키 부인?

카진스키 부인은 엄마의 팔을 붙든 채 멍하니 있었다. 우리는 분
수를 지나 화단 옆 포장된 보도를 걸었다. 낮은 회양목 울타리 안에
블루벨, 진달래가 펴 있었다. 길고 가는 노란색 하마메리스는 더블
라 할머니의 마당에서 봐서 알았다. 정신병원은 좌우에 긴 부속건물
이 각각 세 개씩 붙어 있었는데, 건물마다 햇볕이 들도록 계단식으
로 들어가 있었다. 뒤쪽으로 돌아가려는데 한 건물의 가장 먼 방에
서 소음과 희미한 울부짖음, 고함 소리가 늘려왔다.

상태가 가장 안 좋은 환자들이에요, 에이라 블레빈스가 말했다. 저
들은 우리가 할 수 있는 게 없어요. 저들을 지키는 경비가 따로 있죠.

카진스키 부인과 엄마가 살짝 앞서 걸었다. 에이라 블레빈스가 내
게 속도를 맞추라고 재촉했다. 카진스키 부인의 노래가 바뀌었다. 부
인은 엄마에게 세레나데를 불러주기라도 하듯 〈내 사랑 넬리 그레
이〉를 흥얼거렸다. 가다 보니 여자병동 뒤편의 주된 길로 이어지는
잔디밭이 나타났다. 높다란 생울타리가 여자 구역과 남자 구역 사이
를 가로막고 있었다. 마차 바큇자국이 선명한 오솔길이 도로처럼 활
짝 넓어졌다. 나는 카진스키 부인이 귀찮게 하는지 보려고 엄마와
걸음을 맞추었다.

재닛 아가씨, 내가 말했다. 산책이 즐거우신가요?

에이라 블레빈스가 내 옆으로 왔다. 그냥 두세요, 그녀가 나긋하게 말했다.

나는 엄마가 아주 나직하게 노래를 따라 흥얼거리는 소리를 듣고 깜짝 놀랐다. 스토리 박사가 실력이 있긴 한 듯했다. 이 중년 부인이 도움이 될 수도 있을 것 같았다.

숙녀 분들, 에이라 블레빈스가 불렀다. 이쪽입니다.

그녀는 마차가 다님직한 공터를 지나 좁은 길로 우리를 인도했다. 커다란 나무들이 무성한 오르막을 걷고 있어 사방으로 시야가 막혔다. 오직 저 멀리 우리가 살던 숲이 우거진 산만 언뜻 보일 뿐이었다. 새들이 노래하며 날아다녔고, 봄 공기는 여름만큼 따스했다. 분홍, 노랑꽃을 피운 잡초들이 무리지어 있었다. 여기저기 나무 손잡이 난간이 딸린 돌무더기 계단이 보였다. 산길 양쪽으로 이끼 낀 바위가 표식처럼 놓여 있었다.

숲으로 빠져나가기 너무 쉬워 보이네요, 나는 에이라 블레빈스에게 말했다. 환자들이 많이 도망가지 않나요?

전혀요, 그녀가 말했다. 간다고 해도 항상 남자들이고 행선지는 마을이에요. 저녁 시간쯤에 알아서 돌아오거나 마을 사람들이 데려다줘요. 환자들은 보면 알아요. 그중에 해를 끼치는 사람은 없어요. 상태가 심각한 환자들은 맨 끝 병동에 있는데 마당 출입이 금지됐어요. 여사님 말대로 자격을 증명할 때까지는요. 진료실 위에 있는 여자 병동 사람들은 전부 상류층이에요. 훌륭한 집안의 숙녀 분들, 특히 재닛 양처럼 젊은 사람들은 오후나 저녁에 마차 타기를 좋아하죠. 여사님이나 의사들과 함께요.

우리 엄마가 '젊은 사람들'에 속한다는 말을 들으니 의아했다. 엄마를 실제 나이보다 어리다고 생각하는 모양이었다.

어떨 땐 저녁에 병동 내 응접실에서 공연이 열리기도 해요. 직원들도 참여하죠. 피아노도 있어요. 언젠가 재닛 양이 노래나 연기를 할지도 모르죠. 당신도 같이요.

아, 그건 힘들 거예요… 전 수업을 받은 적도 없고, 재닛 아가씨는…

네, 알아요. 말을 안 하죠. 아마도 본인이 원해서일 거예요. 하지만 분별력이 없는 것도 아니고 루스와도 이토록 빨리 잘 지내잖아요. 우리의 케이 부인은 자신을 제어할 동기가 필요해요. 본인이 노력만 한다면 할 수 있을 거예요.

우리 위로 나뭇가지가 겹쳐지며 지붕을 드리웠고 초록빛 나뭇잎 몇 장이 팔랑팔랑 떨어졌다. 길이 탁 트이며 우리는 높은 목초지로 나왔다. 남성 산책길과 여성 산책길 사이에 놓인 높은 생울타리가 저 멀리 아래쪽에 보였다. 그 위로는 과일 나무가 심겨진 과수원과 낮은 돌담으로 둘러싸인 평평한 들판이 있었다. 잔디가 짧게 베어진 바로 그곳에, 한 남자가 나무에 말을 묶어둔 채 무개차 근처에 서 있었다. 그는 긴 삽으로 땅을 파서 옆으로 흙을 휙 던지고 있었다. 우리가 보는 동안 흙더미가 쌓여갔다. 카진스키 부인이 흥얼거림을 멈추었다. 숲을 스치는 미풍 소리뿐, 우리는 정적 속에 서 있었다.

저 사람은 누구죠? 내가 물었다.

아, 무덤 파는 사람이에요. 그리고 저곳이 이 병원의 묘지예요.

이 마을 사람인가요?

아니요, 정신이 이상해진 군인이었는데 전쟁 중에 이리로 보내졌어요. 이젠 늙어서 노병이 됐죠. 부상은 회복했지만 떠나기 싫다고 해서 무덤을 가꾸기 시작했어요. 지금 무덤을 파고 있는 거예요.

중간에 있는 저 작은 숲은 사과나무 과수원인가요? 내가 물었다. 비뚤비뚤한 나무들의 우듬지가 고르게 줄 지어 흔들렸다. 늦봄에 이곳에 오면 사과꽃이 흐드러져 있겠네요.

아, 맞아요, 에이라 블레빈스가 말했다. 이곳엔 1년 내내 신선한 사과잼과 애플파이가 넘쳐요, 사과 통조림도 만들고… 아, 재닛 양, 기다려요…

블레빈스가 엄마를 쫓아갔다. 엄마가 과수원을 향해 빠르게 성큼 성큼 내려가자 에이라 블레빈스가 그녀를 잡기 위해 치마를 들고 뛰기 시작했다. 카진스키 부인이 숨을 헐떡이면서 균형을 잡기 위해 양팔을 펄럭거리며 그들 뒤를 둔팍하게 따라갔다. 여러 겹으로 된 검은 치맛단이 공중에 날렸다. 코널리 간호사! 소리가 들렸다. 에이라 블레빈스는 내 환자를 쫓게 되었다며 골을 냈다. 나는 아직 부츠 차림인 것에 기뻐하며 한 손으로 치마를 움켜쥐고 달렸다. 그들 모두 목초지 한가운데에 이르렀다. 재킷 색깔이 주변보다 한두 톤 밝아 엄마는 허리춤까지 올라오는 연노란 풀밭 위에 떠 있는 것처럼 보였다. 에이라 블레빈스가 부르는 소리가 들렸다. 재닛 양! 멈춰요! 하지만 재닛 아가씨는 이미 몸을 돌려 우리를 기다리고 있었다.

내가 도착했을 때 에이라 블레빈스는 아직 헐떡이고 있었다. 재닛 양, 그녀가 말했다. 갑자기 달아나는 것은 금지예요!

달아난 게 아니에요, 내가 가쁜 숨을 몰아쉬며 말했다. 우리가 따라오도록 그냥 빨리 걸었던 거예요.

내가 달아났다면 달아난 거예요! 에이라 블레빈스가 쏘아붙였다.

나는 엄마의 허리에 팔을 둘렀다. 재닛 아가씨, 블레빈스 간호사 말을 들어야 해요. 다른 방향으로 가려거든 미리 말해줘요. 그래야 공평하게 경주를 하죠! 그래도 보세요, 과수원 근처까지 왔어요. 저기 나무 사이를 걷는 게 어때요?

글쎄요, 에이라 블레빈스가 말했다. 목초지를 미친 듯이 가로지르지 않고 길로 왔으면 좋았잖아요.

과수원으로 갑시다! 카진스키 부인이 외쳤다.

내 귀에 노랫소리만 안 들어오면 그렇게 할게요, 카진스키 부인. 그리고 다 같이 걷는 겁니다. 알겠죠? 재닛 양?

엄마가 고개를 끄덕였다.

무슨 뜻이죠, 재닛 양? 동의하는 건가요?

네, 엄마가 말했다.

블레빈스 간호사가 승리의 눈빛을 반짝이며 나를 바라보았다. 엄마가 더 말할 수도 있으리라는 것을 알았지만, 키진스기 부인이 앞으로 걸어가며 엄마에게 부드럽게 팔짱을 꼈다. 우리 모두 과수원으로 몸을 돌리고 우아하게 이동했다.

에이라 블레빈스가 내게 재빨리 말했다. 환자에게 딱 붙어 있어요. 당신의 재닛 양은 놀래키는 재주가 있네요. 환자보다 뒤처지지 않게 주의해요.

죄송합니다. 하지만 좋은 징조예요. 저희끼리 있을 때는 재닛 아가씨가 말을 더 많이 해요, 카진스키 부인도 헛소리가 줄었어요.

루스의 진정 상태가 얼마나 오래 갈지는 두고 봐야죠, 에이라 블레빈스가 말했다.

부인은… 치료가 불가능한가요?

네, 맞아요. 좀 있으면 "한 미치광이가 뒤에서 살며시 다가와 가여운 뒤통수에 총을 쐈다"느니 어쩌니 얘기를 떠들기 시작할 거예요. 하지만 해를 끼치진 않아요. 그리고 명절에는 보통 집에 가요. 아쉽게도 루스는 이곳에 머무는 걸 더 좋아하지만요.

그러면 몸에 달고 있는 저 리본은 뭔가요?

링컨의 장례 열차를 본 사람들에게 배포된 열차표인데 애도를 표시하는 리본과 함께 브로치에 꿰맨 거예요. 그걸 달지 못하게 하면 난리가 나죠. 시댁에서 진절머리를 내지만 루스는 시댁 식구들과 함께 지내야 하는 처지예요. 서로 사이가 안 좋은 게 당연하죠. 루스는 낯부끄러운 행동을 하는 데다 관심받길 좋아하거든요. 그리고 시댁은 링컨을 추종하지도 않아요.

시댁은 분리주의자군요.

이 근처는 대부분 그래요.

왜 그런가요?

농장을 지키려는 건 아니에요! 애당초 농장이 없거든요! 이들은 자신을 '서부인'이나 '개척자'라 부르던 바로 그 사람들을 위해 입대하고 싸우려고 버지니아까지 달려왔어요. 성미가 고약해서 북군의 명령은 받들지 않는 사람들이죠. 북군이 그들을 낙후됐다 여겨서기도 하고, 그들의 뿌리가 남부여서기도 하고요. 북쪽과 동쪽의 주들 대부분이 북군을 강력히 지지하지만 웨스턴 사람들은 북부인들이 자신들을 가장 무시했다 생각하고, 그 기억을 좀처럼 지우질 않아요. 저로선 퀘이커교도가 병원을 맡고, 결박용 침대를 치우는 걸 보고 얼마나 기뻤는지 몰라요.

결박용 침대? 무슨 말이지? 물어보려 했지만 우리는 과수원에 와 있었다. 마디가 울퉁불퉁한 나무들이 줄지어 서 있었다. 엄마가 과수원을 가로질러 묘지 쪽으로 가는 게 보였다. 하지만 엄마는 아무 말 없이 정처 없이 헤매듯 걷고 있었다. 카진스키 부인도 똑같이 따라 했다.

두 분이 잘 지내는 것 같아요, 나는 에이라 블레빈스에게 말했다.

너무 잘 지내는 게 아닌가 몰라요. 숙녀 분들, 그녀가 외쳤다. 길 위로 걸어요. 점심시간에 맞춰 돌아가야 해요.

우리는 아침 식사를 거른 상태였다. 일과에 차질이 생긴 게 아니라면 바우만 여사가 일부러 우리를 굶기려 했는지도 몰랐다. 병동으로 돌아갔을 때쯤에는 원래 의도한 것보다 두 배는 더 걸은 터였다. 그때 우리 뒤로 쿵하고 부딪치는 굉음이 들렸다. 에이라 블레빈스가 나를 옆으로 당기더니 손으로 내 입을 막았다. 나무 사이에서 우리는 거대한 수사슴 두 마리를 보았다. 뿔이 얽힌 채, 고개를 숙이고 서로를 앞뒤로 밀어붙이고 있었다. 사슴들이 주둥이에서 하얀 침을 질질 흘리며 몸싸움을 벌이는 통에 두꺼운 가지들이 우두둑 꺾였다. 한 놈이 다른 놈을 날카롭게 꺾인 나뭇가지 위로 반쯤 내던졌다. 가지에 걸려 궁지에 몰린 사슴은 네 발로 버텼지만 다른 사슴이 더욱 깊이 밀어붙이자 날카로운 가지에 살이 뚫렸고, 두 사슴 사이로 붉은 거품이 꽃처럼 피었다. 갑자기 심장의 피가 찬란하게 분출되어 눈을 멀게 하려는 듯 두 놈의 얼굴을 갈겼다.

에이라 블레빈스가 나를 천천히 뒤로 당기더니 길을 벗어나 과수원을 곧장 가로지르게 했다. 다들 몸을 돌리고 얼마간 전력으로 질주하는데, 붉은 빛이 솟구치며 우리를 따라 달리는 듯했다. 이곳으로 오던 길이, 짐마차가 덜컹거리며 거대한 너도밤나무 아래에 멈추었던 일이 떠올랐다. 어둠이 주위로 다가왔지만 낮은 돌담 너머 탁 트인 들판에서 엄마의 재킷, 그리고 카진스키 부인의 네모난 검은 형상이 언뜻 보였다. 다들 묘지로 달려간 터였다. 하지만 더 이상 빛이 보이지도 캄캄한 졸음이 찾아오지도 않았다. 나는 심호흡을 하고 묘지 담장의 차가운 바위에 몸을 기댄 채 중심을 잡았다.

다 왔어요, 에이라 블레빈스가 내 옆에서 말했다. 얼굴이 백지장이네요. 모자가 바닥에 떨어졌으니 챙겨요.

그녀가 얼굴을 닦던 손수건과 함께 모자를 내게 건넸다. 나는 손수건으로 눈가를 지그시 누른 다음 머리에 꽂힌 핀을 찾아 모자를 최대한 단단히 고정했다. 정말 끔찍했어요, 내가 말했다.

저녁 식탁에 사슴고기가 올라오겠네요. 짐작컨대 130킬로그램은 나갈 것 같아요. 빨리 돌아가서 요리사한테 말해야겠어요. 그러면 농장 일꾼들을 보내서 사슴을 끌고 가 손질하게 할 거예요. 담을 넘어 서두릅시다. 보여요? 두 사람이 무덤 파는 사람 쪽으로 향하고 있네요. 잘 어울리는 한 쌍이에요!

우리는 담을 넘었다. 엄마와 카진스키 부인은 풀을 베어놓은 땅을 가로질러 어슬렁어슬렁 걷고 있었다. 남자는 고개를 들지 않고 무덤 안에 서서 흙을 파고 또 파며 일에만 매진했다.

저분들을 멈춰 세워야 할까요?

너무 늦었어요. 아니, 그냥 뒤따라가죠. 무슨 이유인지는 몰라도 재닛 양이 관심을 보이네요. 루스는 그냥 운동 중이고요.

하지만 여사님이 남자와 여자는 엄격히 분…

저 사람은 남자가 아니에요. 무덤 파는 사람이고, 마음씨도 착해요. 사람들 말로는 전쟁 중에 기술을 배웠대요. 포플러 나무 그늘에 있는 저 헛간 보이죠? 저 사람이 지었는데 날씨가 화창하면 저기서 지내요. 마을 사람들을 위해 무덤을 파주고도 돈을 벌지만 병원 가까이 지내면서 끼니를 해결하길 좋아해요.

여긴 비석이 없네요, 내가 말했다.

숫자를 새겨 놓았어요. 가족들을 위해서죠.

그제야 땅바닥에 박힌 표식이 눈에 들어왔다. 쇠로 된 짧은 표식이 완벽하게 줄지어 박혀 있었다.

정신병원 묘지에 자기 집안의 이름이 남길 원하는 사람은 없어요. 많은 사람들이 이곳에 비밀리에 와 있죠. 심지어 살아 있을 때도요. 당신 방에 살았던 그 고상한 부인처럼요.

바우만 여사는 그분을 굉장히 높게 평가하는 것 같던데요.

당연하죠, 그 가족이 큰돈을 냈거든요. 입단속과 특별한 호의에 대한 대가로요.

나는 재닛 아가씨가 얼마나 오랫동안 신분에 따른 호의를 받을지 궁금했지만, 앞만 바라보고 숫자들은 읽지 않았다. 한두 줄이 아니었다. 그리고 훨씬 많은 무덤이 늘어설 공간이 있었다. 우리는 무덤 파는 사람의 짐마차를 지났다. 마차에 사다리가 기대져 있었다. 고리버들 관이 하관을 기다리며 땅에 놓여 있었다.

우리는 무덤 가장자리로 다가갔다. 무덤 파는 사람은 어깨 깊이의 구멍 안에 서 있었다. 그는 작은 키에 대머리로 어깨와 팔이 우람하고 하얀 눈썹이 무성했다. 두터운 콧수염이 입술을 가리고 있어서 입은 얇은 실금처럼 보였다. 그의 촌스러운 중절모가 풀밭에 놓여 있었다. 튼튼한 판자 하나가 그의 부츠에 묻은 진흙에 더럽혀진 채 무덤 안에 세로로 고정돼 있었고, 남자는 그 반대편을 파고 있었다.

엄마가 한쪽에서 아래를 내려다보았다. 카진스키 부인은 엄마의 맞은편에서 아래를 유심히 보았다. 남자가 그들을 올려다보자 그가 노인이며 밝은 점과 같은 푸른 눈동자를 가진 것을 알 수 있었다.

안녕하세요, 내가 말했다.

에이라 블레빈스가 카진스키의 팔을 꽉 잡았다. 이제 갑시다, 그녀가 말했다.

하지만 카진스키 부인이 무덤에 대고 행군하듯 운율을 붙여 소리쳤다. "당신의 아들을 죽은 자들 가운데서 찾지 마시오. 그는 그곳에 없소. 지금 천국에서 살아 있다오."

카진스키 부인, 블레빈스 간호사가 말했다. 이리 와요.

"우리는 윌리*의 관을 사랑하는 그의 아버지의 관과 함께 실어 보냈지," 그녀가 읊조렸다. "관을 열차에서 열차로 옮기며 매 순간 경계를 세웠어…" 그녀가 진흙투성이의 무덤 속을 가리켰다. 무덤 바닥에 3~5센티미터 정도 물이 차 있었다. "오크리지 납골당 옆에 개울이 있구나…"

무덤 파는 사람은 그녀를 못 본 척하고 바닥을 첨벙거리며 길고 납작한 삽으로 무덤 안쪽을 다졌다. 구덩이의 형태를 매만지는 데온 정신이 팔려 있어 고리버들 관은 잊힌 듯 보였다. 이제 그가 모서리에 긴 삽을 세워놓고 손바닥을 쫙 펼쳐서 한 뼘 한 뼘 무덤의 정확한 크기를 쟀다. 양끝의 물웅덩이의 깊이가 달라서 흙탕물이 소용돌이치며 철벙거렸다. 그 모습은 슬픔이 땅에 고여 있다가 초원과 들

---

* 링컨 대통령의 셋째 아들 윌리 링컨을 의미한다. 열한 살에 장티푸스로 사망해 워싱턴에 묻혔는데 링컨의 관을 고향 스프링필드로 이송할 때 특별 장례 열차에 윌리의 관을 같이 실었고 결국 오크리지 묘지에 아버지와 함께 묻혔다.

판을 지나도록 세차게 흘러 가파른 고향 산까지 미칠 듯이 높이 솟구칠 것 같았다. "전쟁은 끝났지만, 슬픔은 끝나지 않았다." 어디서 이 말을 들었는지 생각나지 않다가 스토리 박사님이 했던 말이라는 게 떠올랐다.

카진스키 부인은 서둘러 큰 소리로 문장을 읊조렸는데, 그중 몇 마디는 무덤 속으로 세차게 후려치듯 외쳤다. "연극이 시작할 때 로열석에 앉았어요. 사랑하는 남편이 내 손을 잡았어요. 남편한테 말했죠. 우리가 이렇게 손을 잡으면 해리스 양이 어떻게 생각하겠어요."*

에이라 블레빈스가 부인을 끌어당기며 뒤로 물러나도록 재촉했다. 카진스키 부인은 엄청난 무게에 짓눌린 듯 꼼짝도 않고 서서, 흐느끼며 조용히 눈물을 흘렸다.

하지만 엄마가 무덤 위로 손을 뻗어 부인의 손을 잡으며 물었다. 그다음에는요?

무덤 파는 사람이 흙더미에 발을 박고서 대답을 기다리듯 일을 멈추었다.

카진스키 부인은 읊조리지 않고 또박또박 말했다.

그이가 해리스 양은 아무 생각도 안 할 거라고 대답했어요. 그게 그이가 나에게 남긴 마지막 말이었죠.

아, 엄마가 말했다.

* 링컨 대통령 암살 시도가 있던 날을 묘사하고 있다. 1865년 4월 14일 저녁, 링컨 대통령은 포드 극장에서 영부인, 친구 해리스 상원의원의 딸 클라라 해리스, 그녀의 약혼자 래스본 소령과 함께 〈우리의 미국인 사촌〉이라는 연극을 관람했다. 연극이 절정에 이를 무렵, 암살자 존 부스가 로열석으로 침입해 권총으로 링컨의 뒤통수를 쏘았다.

입원 사유

1864~1889

무절제 및 사업적 문제
말에 머리를 걷어차임
유전적 성향
남편의 학대
상상에 의한 여성 문제
히스테리
부도덕한 생활
감금
질투 및 종교
게으름
아들의 결혼
자위 및 매독
30년간 자위
피임약
비정상적 월경
정신적 흥분
소설 읽기
여성 색정증
아편 중독
정신의 과잉 작용
종교에 지나치게 몰두함
정신을 너무 혹사시킴
부모가 사촌지간
주기적 발작
담배 및 자위
정치적 흥분
정치
종교적 열정
소송 실패 및 그로 인한 열병
남편에게 버림받은 후 발작
천식
나쁜 무리와 어울림
나쁜 습관 및 정치적 흥분
저질 위스키
이질
뇌염
사업적 문제로 인한 불안
탄산가스
뇌울혈
전쟁에서 아들들을 잃음
속아서 입대
비정상적 자위
남편에게 버림받음

방탕한 습관
가정에 생긴 고통들
가정 문제
수종증
자기중심벽
간질 발작
과도한 성적 학대
장교로서의 심적 고통
유해한 환경에 노출 및 유전
유해한 환경에 노출 및 엉터리 치료
군대를 직접 체험
열병과 시기심
불과 사투를 벌임
자위행위 억제
무월경
전쟁
갱년기
자궁 문제
성병의 과잉
부도덕한 행위
부인과적 문제
미신
딸이 총에 맞아 죽음
천연두
2년간 코담배 사용
척추 염증
머리에 압력이 모임
탐욕
슬픔
총상
과도한 공부
남편이 살해당했다는 소문
구세군
성홍열
유혹당했다 배신당함
수음
성적 학대 및 흥분제 사용
성적 광증
억울한 감금
지적 장애
전시에 집에서 낙상
여성 특유의 질병
불안 초조로 인한 쇠진

헥섬 부인의 소관

◇

정신병원의 수많은 직책에는 특별한 요건을 갖춘 인력이 요구된다…
그들의 모범적 행동은 결정력이 부족한 다른 사람들에게 긍정적인
영향을 미친다… 게으르고 사납고 불성실한 직원은 차라리 없느니만
못하다.

– 토머스 스토리 커크브라이드 박사, 1854.

식당은 자리마다 흰 식탁보가 덮여 있었고, 물잔에는 잘 접힌 냅킨
이 꽂혀 있었다. 우리 줄이 움직이기 시작했다. 우리 신발의 발소리
와, 수많은 숙녀들의 드레스가 나란히 늘어선 의자를 스치고 지나는
소리가 마음을 진정시켰다. 창밖으로 에이라 블레빈스가 큰 덩치에
혈색이 좋은 직원복 차림의 여자와 대화하는 모습이 보였다. 그 여
자는 새치가 섞인 불그스름한 머리칼을 툭 튀어나온 왕관처럼 머리
위로 높이 틀어 올리고 있었다. 이 사람이 반지하에 위치한 주방과
담장이 쳐진 주방 마당의 가장자리를 이루는 허브 및 라벤더 화단을
책임지는 수석 요리사가 틀림없었다. 모든 부속 건물 뒤편에는 문
이 잠긴 벽돌담이 있었다. 숲이나 목초지를 드나들 수 없는 환자들
도 벽돌담 안쪽은 안전하게 거닐 수 있었다. 하지만 병원 마당과 헛
간, 뒤편의 들판으로 연결되는 주방 마당은 오직 직원들을 위한 공
간이었다. 에이라 블레빈스가 돌아서자 요리사는 햄처럼 생긴 두 팔

을 급히 휘두르며 주방 입구로 이어지는 넓고 경사진 돌길을 서둘러 내려왔다. 그때 한 작은 남자아이가 요리사를 지나쳐 바로 그 계단을 뛰어 올라가는 모습이 보였다. 우리가 오늘 지났던 헛간 중 하나로 향하는 것이었다. 엉덩이 아래까지 내려오는 모자가 달린 여자 외투를 걸친 위드라는 그 아이는 우리가 병원에 도착했을 때 야경꾼인 오세이 씨와 함께 있던 녀석이었다. 위드는 무릎을 높이 쳐들고 어린 애처럼 뛰었다. 수사슴 소식을 들은 것이리라. 첫 번째 헛간은 마구간일 공산이 컸는데 자가용 마차와 짐마차가 보관돼 있었다. 농장 일꾼들이 여기저기 나와 있을 것이었다.

에이라 블레빈스가 서둘러 돌아가자면서, 카진스키 부인에게 노래를 너무 많이 불러서 내일은 산책이 없다고 말한 터였다. 부인의 '불안'을 달래기 위해 식사도 방에서 하기로 했다. 하지만 부인이 엄마 옆에 꼭 붙어서 완전히 입을 다문 모습을 보고, 나는 결정을 재고하는 게 어떠냐고 물었다. 그렇게 우리는 병동이 있는 위층으로 올라가 외투를 벗어놓고 점심을 기다리는 줄에 합류했다. 이제 에이라

블레빈스가 돌아와 식당 안, 내 오른편에 자리를 잡았다.

이 병원은, 그녀가 내게 상기시켜주었다, 길이가 400미터예요. 저기 벽에 걸린 전성관傳聲管 보이죠? 소형 화물 승강기 근처에, 직원 구역에 있는 거요. 저기에 대고 얘기하면 주석 뚜껑을 덮은 따뜻한 음식이 올라와요. 나중에 빈 그릇이 내려가고요. 내가 지하에 있는 철로에 대해 얘기했죠. 헥섬 부인의 위드가 가여운 주방 하녀들 일을 덜어주죠. 몸을 작게 웅크리고 운반 차량에 올라타서 화물 승강기에 음식을 올려놓거든요. 그 애는 그 일이 재밌나 봐요. 부인이 그 애를 위드*라고 부른다니 웃기죠, 그렇다고 이국적인 꽃도 못 되지만요!

의자들이 계속 움직이는 북새통 속에서 나는 그녀 쪽으로 몸을 기울였다. 그러게요, 내가 말했다. 그런데 그 애는 어디 살아요?

몇몇 아이들은 지하층 세탁실과 건조실에 살아요, 그녀가 조용히 말했다. 겨울에 따뜻하고 여름에는 시원하거든요. 그리고 뒤편으로 나가 담장 안 주방 마당에서 놀죠. 생각만큼 나쁘지는 않아요. 지하층이지만 거의 지상이라서 햇빛이 잘 들거든요. 환기 통로와 운반 차량을 위해 만든 저장고만 땅 아래에 있어요.

그런데, 부모는요?

그녀가 어깨를 으쓱했다. 환자가 이미 애를 배서 오기도 하고, 가족이 원치 않는 갓난애를 데려오기도 해요. 아니면 '신사'인 환자나 경비, 일꾼이 사고를 칠 때도 있죠. 아. 자주 있는 일이에요. 아니 스토리 박사님이 오기 전까지는 그랬었죠. 갈 곳 없는 그런 갓난애들

* 잡초를 뜻한다.

중에 아주 일부를 헥섬 부인이 맡아요.

부인이 맡는다고요? 몇 명이나요?

그건 헥섬 부인의 소관이에요, 에이라 블레빈스가 속삭였다. 우리는 헥섬 부인이 의사는 아니지만 진짜 관리자라고 얘기해요. 난 부인과 좋은 관계를 유지하죠. 계단 아래층에서는 요리사가 실세이거든요, 우리를 먹이는 일만 말하는 게 아니에요.

나는 꼬맹이와 쌍둥이를 떠올리며 그 애들이 가까이 있으면 좋겠다고 생각했다. 그러면 이곳에 머물지 않는 아이들은요? 내가 물었다. 그런 아이들은 마을에서 지내나요?

이곳뿐 아니라 어디서도 미치광이의 아이를 입양하려 하지 않아요! 애들이 멀쩡해 보이면 워싱턴이나 피츠버그처럼 먼 곳의 보육원으로 보내죠. 있잖아요, 덮어놓고 산 물건은 탈이 나는 법이에요! 나는 내 자식이 아니면 키우지 않을 거예요. 그리고 그런 결정은 차라리 빠른 게 낫죠.

나는 이상한 옷을 입고 주방 계단을 뛰어올라가던, 지금은 보이지 않는 그 사내아이를 생각했다. 그러면 요리사는, 에이라 블라빈스에게 나는 물었다, 그게, 헥섬 부인은 맡은 아이들에게 잘해주나요?

그런 것 같아요. 애들이 병아리 떼처럼 부인 옆에 모여서 시키는 대로 하잖아요. 부인은 애들을 늘 옆에 끼고 있으면서도 위드만은 마음껏 돌아다니게 해요.

그 아이가 헛간 쪽으로 뛰어가는 걸 봤어요. 왜 여자 외투를 입고 있지요?

하지만 에이라 블레빈스는 냅킨을 과장되게 휙 펼치고선 고개를 돌려 식탁의 다른 사람들과 대화를 나누고 있었다. 봐요! 수프가 나왔어요! 카진스키 부인이 제일 좋아하는 거네요. 안 그래요, 루스?

맞아요, 카진스키 부인이 동의했다. 그녀가 식탁보에 묻은 얼룩처럼 보이는 것을 재차 문질렀다.

숙녀들이 무릎 위에 냅킨을 펼치는 동안 주방 하녀들이 뚜껑이 덮인 주석 그릇과 접시를 식탁으로 날랐다. 그들은 줄을 위아래로 오가며 서빙을 했다. 으깬 당근이 들어가 되직한 꿩이밥 수프였다. 내 왼쪽에 앉은 엄마는 다른 사람들과 마찬가지로 수프를 먹고 그릇을 비운 후 포크와 나이프를 조심스레 들어 양고기와 감자 조각을 한입 크기로 작게 잘랐다. 엄마는 아무와도 얘기하지 않고 다른 사람들의 말에 동의한다는 듯 웃으며 고개만 끄덕였다.

그렇게 많은 사람들과 식탁에 앉아본 것은 처음이었다. 건너편의 한 여자가 두 팔을 흔들었고, 어떤 여자는 일어섰다 앉았다 반복했지만, 대부분은 선술집에서 식사하는 듯한 분위기였다. 모두 즐거워 보였다. 집에서는 식탁에 니와 꼬맹이, 단 둘이있다. 나는 쇼맹이를 무릎에 앉히고 숟가락으로 밥을 떠먹였다. 대부분의 가족이 전쟁 통에 산등성이의 농장을 포기하고 마을로 이사했다는 것을 알았다. 어떤 이들은 그 마지막 몇 년 동안 오두막에 숨어 지냈다. 네다섯 살 무렵, 나는 엄마가 포치에 꼼짝도 않고 앉아 푸른 경사로 사이, 계곡까지 이어지는 구불구불한 내리막길을 주시하는 모습을 보고 우리도 숨어 지낸다는 것을 깨달았다. 소총을 항상 끼고 있던 엄마 옆에서 콩을 세거나 거친 나무 바닥에 분필로 글자를 끼적였던 일이 오래된 꿈처럼 기억났다.

이건 이 동네 양으로 만든 양고기예요. 에이라 블레빈스가 말했다. 우리 시댁이 이 병원에 고기와 옥수수를 팔아요, 제 믿음이 틀리지 않다면요. 새끼돼지, 양, 닭도 키우고, 옥수수 농사도 크게 짓죠…

한낮의 태양이 내 얼굴로 곧장 떨어져 나는 높다란 식당 창문을 향해 눈을 찡그렸다. 새하얀 커튼이 창문을 반밖에 가리지 않아 눈이 부셨다. 눈부신 빛의 파편 속에 있자니, 우리가 병원에 도착한 그 첫날 새벽, 파파가 내게 매무새를 다듬으라고 줬던 그 작고 둥근 거울이 내 손에 쥐어진 듯했다. 순간 그 거울이 그의 것이 아닌 내 것이었다는, 아주 오래전 엄마가 내게 장난감 삼아 준 것이었다는 깨달음이 들었다. 내가 잊고 있던 기억이 두루마리 속 그림이 줄줄이 펼쳐지듯 떠올랐다. 내 손바닥은 워낙 작아 거울이 손에 꽉 찼었다. 둥근 거울을 이리저리 돌리면서 햇빛을 반사시키며 놀고 있었는데, 엄마가 갑자기 나를 와락 들어 올리더니 숨을 못 쉬게 꽉 껴안고 마당을 지나 뒤편으로 달렸다. 엄마가 쿵쿵 걸어가는 소리가, 아직 나무 냄새가 나는 신선한 소나무 가지가 휙 소리를 내다 부러지는 소리가 들렸다. 엄마가 가지를 옆으로 급히 치우자 지하 저장실의 네모난 입구에 박힌 짤막한 판자문이 드러났다. 언덕 한쪽을 파서 만든 저장실은 아래로 120센티미터 깊이였다. 엄마는 내 손목을 잡고 발부터 먼저 내려놓은 뒤, 손을 놓았다. 문이 쾅 닫히며 암흑이 찾아왔다.

무슨 생각해요? 코널리 간호사? 에이라 블레빈스가 물었다. 모자핀을 보여줄까요?

뭐라고요? 내가 말했다. 그녀의 말이 납작해진 빗방울처럼 눌려 쪼그라든 채 내 옆으로 부유하듯 지나갔다. 내 몸이 아래로, 아래로 떨어지는 느낌이었다.

곁에 있던 엄마가 내 팔을 움켜잡았다. 나는 엄마가 애야! 코나리!

하고 속삭이는 줄 알았다. 엄마의 목소리 주위로 종소리가 울려, 마치 엄마가 정령의 세계에서 말을 하는 것 같았다. 하지만 그것은 각 식탁 머리에 선 간호사들이 작은 은빛 종을 울리는 소리였다. 재닛 아가씨는 손길을 거두었다.

디저트 시간이에요! 에이라 블레빈스가 말했다. A와 B병동 환자만 먹는답니다, 그녀가 조용히 말했다.

디저트는 절인 딸기를 올린 스펀지케이크였다.

더블라

귀환

◇

더블라는 모아두었던 계란과 약초를 팔고, 거래한 물건들이 든 자루와 안장 가방을 챙겨 시장을 떠났다. 산길로 향하는 도로는 곧 텅 비었다. 뒤에 남은 마을의 소리, 짐마차 소리와 개 짖는 소리가 희미해졌다. 숲에 난 오솔길에 다다르자 더블라는 서서 생각에 잠겼고, 이내 말에 올랐다. 머릿속으로 비집고 들어오는 것들이 많았지만 그 순간 말을 몰기 전에 잠시 자신의 집 아래에 버려진 오두막을 바라보고 싶었다. 엘리자와 코나리가 떠난 지 며칠째였더라? 사흘. 나흘? 더블라가 할 수 있는 최선을 다해 단속해놓았지만 집은 버려진 채 그 자리에서 기다리고 있었다. 그들이 이곳으로 돌아올 수 없다면 그녀에게로도 올 수 없는 거였다. 소문과 수다가 가득한 어떤 마을이든, 길거리든, 촌락이든 그녀에겐 맞지 않았다. 웨스턴 근처에서는 한때 이곳에서 다 함께 살던 것처럼 안전하고 사적인 삶을 살 수 없었다. 9년 전 전쟁이 끝나면서 발각되는 일은 더 이상 염려거리가 아니었다. 하지만 이 높은 산등성이와 외딴 낭떠러지는 그녀의 영토였다. 그들의 피난처는 그녀가 살아 있는 시간 동안 사라지지 않을 터었다. 그게 아니면 그에 맞추기 위해 자신의 시간을 구부릴 터였다. 어떻게 해야 하는지는 알았다. 하지만 그녀는 코나리와 엘리자를 기다렸고, 그들이 돌아오지 않더라도 안전한지 알아야 했다.

더블라는 왼쪽에서 들려오는 희미한 소리를 듣지 못했다. 도로들이 교차하고, 가파른 숲을 둘러서 웨스턴으로 가는 작은 길이 나 있는 방향이었다. 헌데 보이지 않는 새가 머리 위를 날아가거나 벌레가 빠른 날갯짓으로 가까이 왔다 사라진 것처럼 그녀의 시야 위로 그림자가 휙 지나갔다. 언덕길 위로 가죽 끈을 질질 끌며 고개를 떨어뜨린 채 걸어가는 말이 보이더니, 그 뒤로 짐마차가 마부도 없이 바큇자국이 깊이 팬 흙길에서 삐걱거렸다. 허깨비가 너울거렸다. 더블라는 자신의 말을 수풀 안쪽, 가지를 드리운 단풍나무에 묶고 그쪽으로 걸어갔다. 땀을 흘리는 말에 두 손을 갖다 댄 후에야 그녀는 말이 얼마나 쇠약해져 있는지 알 수 있었다. 주둥이를 잡고 목과 귀를 만져 기운을 느끼는데 말의 재갈에 긴 잡초들이 삼켜 있는 것이 보였다. 가죽 끈에 묶인 채 굶주림에 닥치는 대로 먹을 것을 뒤진 것이었다. 이제 됐다, 그녀가 중얼거렸다. 물만 마시고 먹지는 못했구나. 그자를 술집에 내려줬다고. 자, 이리 온.

그녀는 입에 거품을 문 말을 그늘진 길 아주 깊숙한 곳으로 끌고 간 뒤 멍든 주둥이에서 재갈을 벗기고 짐마차를 풀었다. 아마도 그 못된 놈은 돈 있는 사람에게 어울릴 만한 더 좋은 말을 구했을 것이다. 그녀의 늙은 말이라면 길을 제대로 찾았겠지만, 이 녀석은 엘리자의 것이었다. 엘리자가 말하길, 이 말은 산등성이에 처음 나타났을 때 거세한 지 얼마 안 된 한 살배기였고, 안장을 얹은 채 기진맥진해 있었다고 한다. 엘리자는 부상자나 포로가 몰던 녀석이리라 짐작했다. 아니면 도둑이 몰던 것이었겠지, 더블라는 알렉산드리아에서 빈손으로 돌아와 헛간에서 말을 발견하고 이렇게 생각했었다. 병원으로 탈바꿈한 호텔의 담장과 창문 너머로 영혼의 질문을 던졌지만 답을 못 들었으니 빈손이 맞았다. 당시 코나리는 그녀를 데려와 달라는 듯 말에게 더블라라는 이름을 붙여주었으나, 더블라는 짐승에게 이름을 붙이는 것을 못마땅해 했다. 말발굽에 군대 일련번호가 각인되어 있지 않아 말은 산등성이에서 함께 지냈고, 자신을 먹이고 보살피는 코나리를 유달리 좋아했다. 코나리가 여덟아홉 살 무렵 말을 타기 시작하자 셋이서 멀리까지 먹을 것을 찾거나 사냥을 나가기도 했다. 그러다 그 사기꾼이 나타났다. "어라, 내가 아는 말이군." 코나리가 열 살이던, 72년 늦여름이었다.

가만히 있어, 더블라가 중얼거렸다, 가만히. 그녀가 늙은 말에 짐마차의 마구를 채우고 제어장치와 가죽 끈, 끌채를 제자리로 옮겼다. 그런 뒤 거세마에게서 굴레는 두고 마구를 벗겨냈다. 말의 살갗에 줄무늬 모양으로 눌리고 팬 자국이 있었으나 부러진 데는 안 보였다. 하지만 먹일 물이 없었다. 말은 그녀를, 이 장소를 알았다. 말은 무거운 짐을 내려놓고, 오르막을 천천히 올라가는 짐마차 뒤를 따라갔다. 삐걱거리는 바큇소리, 먼지투성이 빈터에 환영처럼 반복되는 말발굽소리에 엘리자의 버려진 오두막이 훨씬 공허해 보였다. 더블라는 짐마차를 겨우 숨길 만한 길이의 헛간 뒤로 돌아갔다. 교환한 물건과 마구를 놔두고 자신의 말에서 마구를 벗긴 다음, 말 두 마리를 오두막 뒤편 개울로 끌고 갔다. 더블라의 산꼭대기 뒤편은 봄날의 급류처럼 물이 거세게 흘렀지만 엘리자의 오두막 뒤쪽은 여름을 닮은 이 봄날, 나뭇잎을 점점이 실은 굽이진 물길이 잔잔하게 졸졸

흘렀다. 엘리자는 계략과 이야기 속으로 사라져, 감옥을 탈출했다. 이제 이곳은 누구의 땅인가? 이 나무들, 숲 위의 숲, 산 너머 산…. 생기가 돌았지만 이제는 인적 없는 오두막, 황폐해진 텃밭, 사라진 일손, 풍요를 상실한 땅과 개울과 수렵지, 이 모든 것은 그의 것이었다. 죽음을 대가로 버텨낸 북군을 위해 희생한 그의 것. 설령 그가 다시 돌아오고, 이곳에 먹을 것과 살림이 남아 있다 한들, 마을에 배어든 독은 승전이 무색하게 점점 퍼졌을 테지. 더블라가 밝히지 못한 그의 출생의 비밀이 마음을 더욱 헤집었고, 그를 잃었다는 아픔은 가시지 않는 고통으로 남았다. 이곳은 더블라가 그와 가장 강하게 이어지는 장소였다. 그녀는 시원한 물 냄새를 맡기 위해 개울 기슭에 무릎을 꿇었다.

말들이 개울에 발을 디딘 채 나란히 서서 물을 마셨다.

보호자

◇

다음 날 나는 스토리 박사님과의 아침 약속에 엄마를 데려갔다. 사무실 문 위의 채광창이 닫혀 있어 웅얼거리는 소리만 들렸지만 스토리 박사는 즐거운 대화였다고 말하면서 엄마와 악수를 나누었다. 그러니까 엄마가… 대화를 했구나, 나는 에이라 블레빈스와 카진스키 부인과 공동 일과에 참여하면서 이렇게 생각했다. 처음에는 세탁실에서 편을 나눠 시트를 접었다. 다음 일정은 미술 수업으로, 카진스키 부인은 캔버스 앞에 말없이 서 있었지만 엄마는 초록 잎이 풍성한 꽤 훌륭한 장미를 그렸다. 선생님이 "생생하다"고 평가하자 엄마가 진짜 숙녀처럼 감사 인사를 하는 소리가 들렸다. 점심 식사가 끝나고 카진스키 부인이 계속 노래를 불렀고 에이라 블레빈스가 루스를 진정시켜야 하니 한 시간 있다가 놀이 시간에 만나자고 말했다. 나는 엄마와 단둘이 걸어도 되느냐고 물었다.

사람들한테는 말하지 마요, 에이라 블레빈스가 말했다.

그럴게요, 내가 답했다.

하늘이 파란 화창한 오후, 그렇게 우리는 표식이 놓인 오솔길을 따라 숲으로 걸었다. 엄마가 내가 기억하는 방식으로 내게 팔짱을 꼈고 나는 스토리 박사님과의 대화에 대해 물었다.

많이 안 물었어, 엄마가 말했다. 그런데 내게… 읽어줬어.

뭘 읽어줬어요? 디킨스요, 아니면…

내가 읽어달라고 했어… 소네트 116번. 그리고 같이 읽었어.

같이요? 내가 물었다.

응. 기분 좋아 보였어, 내가… 말을 아주 잘해서…

그 시가 기억나요, 엄마?

엄마가 높은 곳에서 목초지를 내려다보려고 걸음을 멈추었다. 잠시 후, 응. 그분은… 똑똑한 분이야.

그럴 것 같았어요, 엄마! 그런데 친절해요?

응, 엄마가 울음을 터트리며 답했다. 깜짝… 놀랄 만큼.

나는 엄마에게 팔을 둘렀다. 엄마한테는 의사가, 보호자가 있어요. 내가 말했다. 그래도 지금은 돌아가서 일과에 참여해야 해요. 어쨌거나 스토리 박사님이 세운 계획이잖아요.

◇　◇　◇

우리가 도착했을 때 뒤편 잔디밭에는 숙녀들이 가득했다. 여자 병동 환자들이 놀이를 하고 굴렁쇠를 굴리는 동안 남자 병동 환자들은 대 잔디밭에서 크로켓 경기와 달리기 시합을 하고 정자에 모여 체커나 도미노, 고리 던지기를 했다. 내일은 바꿔서 할 거예요, 에이라 블레빈스가 말했다. 오늘은 놀이가 끝나면 여자들은 실내로 들어가서 함께 앉아 바느질과 자수를 할 거예요. 이제 여자들이 맞춤 못과 나무 막대기로 수십 개의 나무 굴렁쇠를 굴렸다. 바닥이 평평해야 쓸 수 있는 장난감은 산둥성이 고향집에서는 아무 쓸모가 없었다. 나는 옥수수 껍질과 노끈으로 만든 인형에게 글자를 가르쳐주는 것 외에는 놀이를 한 기억이 없었다. 나의 유일한 오락거리는 책과 엄마가 놀이로 만들었던 집안일뿐이었다. 이곳에서는 모두가 놀아야 했다. 젊은 여자들은 매끈하고 눈부신 굴렁쇠를 따라 달리기 위해 치맛자락을 질끈 묶었다. 카진스키 부인이 굴렁쇠를 옆에 밀어두고는 양피지를 씌운 작고 둥근 채를 내밀며 배틀도어*가 무엇인지 설명했다. 부인은 채 하나를 휘둘러 블레빈스 간호사의 채에서 날아온 깃털 달린 코르크 공을 받아넘기고는, 재닛 아가씨를 쳐다보며 흥분된 말투로 "자, 위로, 어서 위로!"라고 외쳤다.

자신의 환자가 엄마를 상대로 코르크 공을 한동안 주거니 받거니 하자 에이라 블레빈스는 옆으로 비켜섰다. 재닛 양이 놀란 기색이네요, 에이라 블레빈스가 말했다. 이런 놀이를 예전에 어디선가 해본 게 분명해요.

아, 그럼요, 내가 대답했다.

내 말이 맞는다는 걸 증명하듯 엄마가 간격을 벌리기 위해 뒤로 물러나서 카진스키 부인이 즐겨 사용하는 손목 꺾기를 구사했다. 깃털 달린 코르크가 날아다니는 광경을 보자 한쪽 끝에 붙은 깃털이 마치 인간에게 포획돼 구타당하는 작은 새 같다는 생각이 들었다. 카진스키 부인은 코르크를 치기 위해 앞뒤로 뛰기 시작한 반면, 재

* 배드민턴의 전신.

닛 아가씨는 매번 팔의 각도만 세심하게 달리했다.

맞받아치기를 정말 잘하네요, 에이라 블레빈스가 말했다. 루스가 배틀도어를 하면서 저렇게 많이 움직이는 일은 좀처럼 없어요. 이거 정기적으로 해야겠어요!

재닛 아가씨는 키가 더 큰 데다 상대를 겨냥하고 치는 듯 했으나 통통한 카진스키 부인은 위로 옆으로 뛰어다녔다. 그러다 부인이 넘어진 모양이지만, 나는 수많은 긴 부츠들 사이로 나무 굴렁쇠가 번득이며 굴러가는 모습을 구경하느라 정작 보지는 못했다.

◇   ◇   ◇

에이라 블레빈스가 헥섬 여사를 데리러 갔다. 몸집이 카진스키 여사의 두 배, 블레빈스 간호사의 세 배, 호리호리한 엄마의 네 배는 됨직한 투실하고 가슴이 풍만한 헥섬 여사가 겨자 습포제를 들고 나타났다. 여사가 몸을 좌우로 흔들며 잔디밭을 가로지르는데 긴 앞치마에 묻어 있던 밀가루가 후드득 떨어지며 흩날렸다. 의사를 부를 줄 알았지만 병이 아닌 사고라 간호사들에게 책망이 돌아갈 듯했고 그 부분은 헥섬 여사가 책임자였다. 그녀가 근처 주방에서 나오는데 그 이상한 사내아이가 그녀 옆에 붙어 한 발로 깡충깡충 뛰어왔다. 여사가 널찍한 손으로 카진스키 부인의 맨발을 붙잡자 아이가 근처에 쪼그리고 앉았다. "발이 삐지도 않았고, 멍도 안 들었어요!" 여사는 심지어 카진스키 부인의 입도 다물게 했다. 헥섬 여사가 발목에 습포제를 단단히 두르는데 카진스키 부인의 표정이 겁에 질린 듯했다.

그녀는 루스에게 "계집애들처럼 가만히 앉아서 카드나 치슈"라고 명령한 다음 웃음을 터트리는 사람들을 향해 시선을 돌렸다. 스토리 박사님 같은 퀘이커교도들은 카드를 엄격하게 금지했다. 그녀가 큰 팔을 들어 올려 앞치마를 펄럭이자 소년이 그 밑으로 휙 숨었다 나왔다를 반복했다. 여사는 블라우스 목 부분이 풀린 채 가슴이 들썩거릴 정도로 아이를 힘껏 들어 올렸다가 달아날 수 있게 내려놓았다. 몇몇 숙녀들이 마술을 본 것처럼 손뼉을 치며 환호했다. 아이는 긴 금발머리와 옅은색 코트를 휘날리며 사라졌고, 헥섬 여사가 살찐 황소처럼 기운차게 따라갔다. 그렇게 걸어가면 심장이 울부짖듯 뛸 게 분명했다. 그러다 여사는 재닛 아가씨를 발견하고 걸음을 멈춰 빤히 쳐다보았다. 나는 그녀의 관심을 끌기 위해 "안녕하세요"라고 중얼거렸다. 여사가 내 위로 미끄러질 듯 시선을 주더니 한쪽 눈을 천천히 깜빡거렸다. "두 사람을 들여보내요." 그녀가 에이라 블레빈스에게 말하는 소리가 들렸다. 그녀가 느릿느릿 조심스레 발을 디디며 지나가는데 바닥이 움직인다는 느낌이 들었다. 탄 설탕과 땀이 섞인 자극적인 냄새가 그녀가 지나간 자리에 자취를 남겼다.

더블라 할머니는 주술이 생각을 속이고 눈을 혼란스럽게 하는 것일 뿐, 진짜가 아니라고 말하곤 했다. 멀고 가까움을 달리 보이게 하고, 그림자들이 한데 모이거나 스르르 이동하는 것처럼 보이게 한다는 것이었다. 나머지 환자들은 계속 "바람을 쐬고" 루스는 발목 때문에 쉬는 사이, 에이라 블레빈스가 우리에게만 안으로 들어가라고 분명히 말했다. 하지만 나 말고 헥섬 여사의 명령을 들은 사람이 또 있는지 긴가민가했다. 그녀가 한쪽 눈을 찡긋하는 걸, 그 넓은 얼굴을 온전히 고정한 채 왼쪽 눈만 천천히 깜빡이는 걸 본 사람이 또 있는

지도 아리송했다. 더블라 할머니는 그렇게 나타나자마자 사라지는 것을 '마법의 눈'이라 불렀다. 헥섬 여사는 우리 깊숙이 영향을 미치고 있었다. 그녀가 요리하거나 감독하는 음식 속에, 보이지 않는 선을 따라 정원과 낙농장과 과수원과 들판(그 각각이 모두 그녀가 돌리는 하나의 수레바퀴를 이루는 살들이었다)으로 이어지는 부엌 속에 그녀의 손길이 미쳤다. 그녀의 허리둘레는 그 자체가 마술처럼 보였다. 헥섬 여사의 영향력은 그녀가 힘과 지략의 도구로 이용하는 그 큰 체구를 넘어서는 것이었다.

우리는 실내로 가는 척 걸어가다 계단을 올라가 병원 뒤쪽의 좁은 포치로 향했다. 나는 엄마를 옆으로 당겼다. 불안한 마음이 일어 사람들이 보지 않는 멀찍한 곳에서 가만하고 조용히 있을 수 있는 순간이 필요했다. 우리는 월화향과 포도나무 잎이 매달린 격자무늬 정자 뒤에 안 보이게 서서 그물천의 테두리를 걷어 올리고 일꾼과 정원사들이 사용하는 시선한 수조물을 마셨다. 물을 또 힌 빈 마신 뒤 나는 엄마와 대화할 수 있음에 감사하며 물에 젖은 시원한 손을 엄마의 머리칼과 얼굴에 갖다 댔다. 안식처에서 보낸 지난 하루이틀간 엄마는 내 말을 더 잘 알아들었다.

여기, 이 병원에 우리 머물까요? 내가 물었다.

응, 그래야 해, 엄마가 말했다.

그 여자, 헥섬 부인이라는 요리사요. 가까이 하지 마요, 엄마. 그 여자의 눈길이 날 향했어요, 내가 말했다. '난 네가 보인다, 코나리.' 머릿속에서 그런 소리가 들렸다.

엄마는 나를 침착하게 쳐다보다가 내 손을 잡았다. 코나리, 겁내지 마, 엄마가 말했다.

"많은 사람이 널 볼 게다, 코나리. 시선을 돌리는 법을 배워야 해."
더블라 할머니는 수차례 그렇게 말했었다. 더블라 할머니가 가까이
있는 것처럼 그 말이 들렸다. 그러다 에이라 블레빈스를 조심해야
하나 하는 의문이 들었다.

에이라 블레빈스가 모자 핀*을 보여주겠다고 했어요, 나는 엄마에
게 말했다. 혹시 그 여자가 그걸 카진스키 부인한테…

엄마는 내가 멍청한 질문을 했다는 듯 눈썹을 치켜 올릴 뿐이었다.

그러니까, 그 핀을 부인한테 쓴다고요? 혹시 카진스키 부인이 그
렇게 말하던가요? 만약 그런 말을 할 정도면 부인도 아주 미친 건 아
닐 텐데.

아니, 그런 게 아니야, 엄마가 말했다. 루스는 그냥… 그래야만 하
니까 그러는 것뿐이야.

엄마가 그랬던 것처럼요? 엄마도 말할 수 있었지만 파파가 무서워
서 안 한 거죠?

모르겠어. 나는… 그자를 떼어놓을 희망이 없었어, 엄마가 말했다.
엄마는 내 두 손을 붙잡고 자기 쪽으로 끌어당겼다. 미안하다…

아, 엄마… 그냥 좋아지기만 하세요. 지금 좋아지는 중이에요.

엄마가 포치 너머로, 높은 창문의 윗부분만 언뜻 보이는 주방 쪽
을 쳐다봤다. 주방은 거대해 보였다. 높은 창문이 여섯 개고, 마당으
로 난 양쪽으로 여닫는 문 위에는 부채 모양의 아치형 유리창이 붙
어 있었다. 틀림없이 헥섬 부인도 그런 모자 핀들과 무관하지 않을

---

* 보통 15~20센티 길이에 끝이 뾰족해서 무기로 쓰기 좋다. 실제로 19세기 여자들은 모
자 핀을 자신을 지키기 위한 무기로 사용하기도 했다.

것이다. 아니면 어쩌면 그녀에게는 그런 것 따위 전혀 필요 없을지도 모른다.

엄마는 여기 있는 동안 절대 내가 없으면 안 돼요, 내가 엄마에게 말했다. 혼자 있으면 절대 안 돼요.

엄마가 내 눈을 물끄러미 쳐다보았다. 우린 여기가 가장 안전해, 코나리.

가요, 내가 말했다. 우리 방으로 가요. 10분쯤 쉬어야겠어요.

◇　◇　◇

안으로 들어가는데 뒤쪽 복도에서 소란스러운 소리가 들렸다. 발걸음을 늦추려 했지만 엄마가 기다리려 하지 않았다. 엄마는 소음에 이끌리는 듯 나를 끌고 갔디. 여자 병동 계단참으로 가려면 거대한 원형 홀을 지나야 하는데 거기서 시끄러운 소동을 마주했다. 근사한 모닝코트와 링컨 모자를 걸친 한 남자가 우리에게 등을 보인 채 자신을 둘러싼 사람들을 향해 사납게 날뛰고 있었다. 조금 더 가까워지자 고함 소리와 욕설이 들렸다. 이건 우리 잘못이 아니야, 나는 혼잣말을 했다. 그리고 아무도 우리를 눈치채지 못했어. 네다섯 명의 남자 간호사들이 움찔거리며 피하느라 정신이 없었다. 잘 차려입은 그 남자는 황홀 상태에 빠진 탁발 수도승처럼 빙글빙글 돌면서 접근하는 사람을 닥치는 대로 공격했고, 한 간호사가 무릎을 꿇고 이상한 말을 외치면서 그의 웃옷 뒷자락을 붙잡으려 했다. 남자가 근사한 길쭉한 모자를 다른 간호사에게 던지자 간호사가 주먹으로 맞기라도 한 것처럼 물러났다. "빌어먹을 상놈아!", "사악한 악마!", "양키 호색가야!"란 소리가 들렸다. 그 미치광이는 자신과 맞서는 모든 사람에게 욕을 하는 듯했다. 부원장으로 보이는 신사가 주먹을 피할 요량인지 종이파일을 앞으로 뻗은 채 뒤쪽에서 접근했다. 그때 그 사나운 남자가 우리 쪽으로 돌아섰고, 나는 그가 파파임을 알아차렸다. 하지만 그는 근사한 옷차림에 머리와 수염을 멋지게 다듬고서 사나운 눈빛으로 미친 듯 악을 쓰고 있었다. 광견병에 걸린 생명체처럼 입에서 거품을 뿜어내는 그는 우리를 알아보지 못한 것 같았다. 나는 너무 무서워 숨도 못 쉬고 뒷걸음질을 치다 엄마와 부딪쳤다. 그는 나도 엄마도 알아차리지 못한 채, 의사가 쥐고 있던 파일을 찢어서 허공에 흩뿌리더니 일부를 입에 넣어 씹다가 덩어리째 뱉기 시작했다. 부원장이 "아, 가만있어요! 아, 가만히!"라고 소리치며 뒤로 움츠러들자, 검은 바지와 조끼 차림에 모슬린 셔츠 소매를 팔꿈치까지 걷어 올린 다른 남자 간호사 두 명이 몸을 확 숙이며 그를 붙잡으려 했다. 한 사람이 몸을 날려 파파를 쓰러트렸으나 파파는 붙들린 채 몸을 비틀어 양손으로 그의 목을 졸랐다.

야경꾼이 남자 병동 층계참과 이어진 문에서 나타났다. 그제야 내가 이상한 소리라고 생각했던 말이 오셰이의 이름이라는 것을 알았다. 지금은 밤도 아니고, 보초를 서야 할 시간도 아니었지만, 사람들은 계속 그의 이름을 부르짖고 있었다. 양팔을 옆구리에 가지런히 붙이고 빠르게 걸어오는 오셰이는 그들 중 누구보다 키가 컸다. 남자 간호사 두 명이 그의 뒤에서 덮개와 옆면이 촘촘한 창살로 된 좁은 침대를 들고 왔다. 뒤이어 그 침대가 자기 소관이라는 듯 헥섬 여사가 나타났다. 위드라는 그 작은 금발 소년이 근처에서 춤추듯 뛰어다니는 걸 언뜻 본 것 같았다. 하지만 헥섬 여사 뒤에서 이리저리 너풀거리던 창백한 움직임은 그녀의 치맛자락일 수도 있었다. 어쩌면 남자병동에서조차 그녀보다 위세가 좋은 사람은 없는 듯했다. 개인 시간에 호출된 탓에 오셰이는 무릎 언저리까지 내려오는 짙은 재킷과 모자를 걸치고 있지 않았다. 그의 모습은 살벌했다. 원뿔형 안대를 고정하는 가죽 끈이 또렷이 보였다. 끈의 한쪽은 머리에 두르고 다른 쪽은 정수리를 가로지른 것이 마치 작은 버클이 달린 좁은 벨트 같았다. 안대의 천으로 감싼 원뿔이 특이한 갑옷처럼 눈에 띄었다. 흐트러진 검은 곱슬머리를 흉터 일부까지 내려뜨린 그는 광인을 자기 쪽으로 유인하듯 그 아수라장에 가만히 서 있었다.

나는 엄마를 꽉 붙들고 있었지만 파파가 휙 돌아서 오셰이를 마주했을 때 엄마는 나를 뿌리쳤다. "저주받은 뿔 달린 사냥개! 바로 그 야수가 나타났구나!" 파파는 악마가 어쩌니 하며 으르렁거리더니 오셰이에게 달려들어 한 손으로 그의 머리채를 휘어잡고 다른 손으로 셔츠를 찢었다. 오셰이가 셔츠가 찢어진 채 파파의 겨드랑이를 잡고 번쩍 들어 올렸으나, 파파는 이를 드러내며 오셰이의 목을 향해 달려들었다. 간호사들이 침대 덮개를 열어놓은 터였다. 모두가 바삐 움직이는 사이, 엄마가 뒤에서 파파를 잡고 양팔로 목을 꽉 끌어안더니 그의 이가 탁 닫히는 소리가 들릴 정도로 그를 떨쳐냈다. 곧이어 오셰이는 그를 바닥에 내동댕이치고는 엄마를 자기 옆에 바짝 붙들었다. 간호사들이 파파 위를 우르르 덮쳐서 그의 손발을 묶었다. 오셰이가 나를 보더니 네 걸음 만에 내 앞으로 다가왔다.

저분을 왜 여기로 데려온 거냐? 그는 엄마를 밀어 내 쪽으로 보내며 소리쳤다.

내가 데려온 게 아니에요! 나는 말을 더듬었다. 들어가라고 해서
온 거예요…

　나는 그의 맨몸을 보고 갑자기 말문이 막혀버렸다. 길쭉한 흉터와
가죽처럼 두툼하고 울퉁불퉁한 분홍빛의 둥근 자국이 불룩한 오른
쪽 가슴 근육을 덮고 있었다. 엄마가 그의 흉터에 손바닥을 얹자 그
는 찢어진 셔츠 조각으로 몸을 가리려 했다. 그가 황급히 돌아서는
바람에 엄마는 내 쪽으로 털썩 기대며 쓰러졌고, 간호사들이 파파를
좁은 침대에 고정했다. 몸이 간신히 들어갈 정도의 깊이라서 파파
는 꼼짝도 못한 채 고개만 좌우로 돌리며 울부짖었다. 부원장이 "침
대를 잠그시오"라고 외치자 그들이 찰칵하고 맹꽁이자물쇠를 잠갔
다. 간호사들이 그를 들고 데려갔다. 나는 위안을 찾기 위해선지 주
기 위해선지 모른 채 엄마에게 고개를 돌렸다가, 내 자신이 흐느끼
는 소리를 듣고 두 손으로 입을 틀어막았다. 간호사들이 멀어져가는
내내 그들 사이에 들린 닫힌 상자 안에서 우울한 저주와 포효가 흘
러나왔다. 헥섬 부인이 부원장과 야경꾼에 앞서 가다가 우리와 마주
했다. 그녀의 짙은 눈이 천천히 찡긋하는 게 보였다. 그녀는 잘했다
고 말하듯이 미소를 언뜻 보이며 우리에게 고개를 끄덕였다.

◇　　◇　　◇

함께 계단을 올라가 방으로 향하는 동안 엄마는 내 허리춤을 붙들었
다. 방에 도착해 문을 잠그고 나서 나는 숨을 헐떡였다. 엄마, 파파가
우릴 찾아낼 거예요! 그러면 우리를 어떻게 하겠어요? 우리를 데려

가…

엄마는 지난날 내가 유일한 자식이었을 때처럼 나를 안아주었다. 쉬, 쉬, 코나리. 엄마가 내 손을 눈가에서 내리고 내 얼굴을 붙든 채 말했다. 아가, 봤지? 엄마가 말했다. 저들도 그자가 어떤지 알아. 그자는 갇혔고, 우린 자유야.

나는 그 말을 거의 믿을 뻔했다. 엄마는 정말 확신하는 듯 보였다.

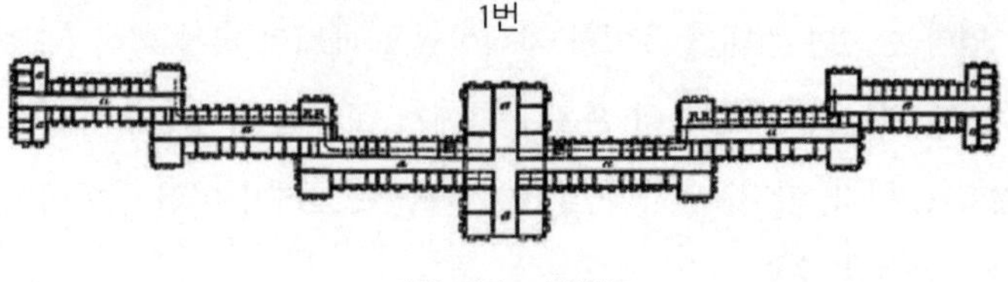

지하 저장고 계획도

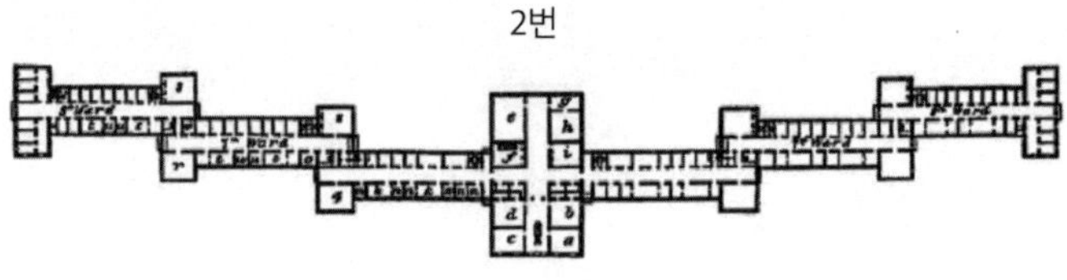

지하실과 1층 계획도

1번 도판은 1층 바닥에서 2미터 30센티미터 아래로 파서 만든 지하 저장고의 모습이다. 중앙 통로(a)는 가열 장치가 있는 곳으로 건물 전체로 뻗어 있다. 이곳 양 옆에는 차가운 공기를 저장하는 공간이 있다… 이 중 한 곳은… 주방에서 다양한 소형 화물 승강기로 음식을 전달하는 철로(R.R.)다… 음식은 지하 주방에서 준비해 뜨거울 때 양철통에 넣어 잘 닫은 다음… 철로에 올려 각 승강기 바닥에 차례로 건네진다. 이런 방식으로 뜨거운 음식이 병원의 모든 장소에 즉각 배달된다. 각 병동에는 벨과 전성관이 설치되어 있어… 간호사가 병동이나 식당을 떠나지 않고도 …주방의 어떤 물건이든… 보내달라고 요청할 수 있다. 주방에는 간호사들의 출입이 금지된다.

– 토머스 스토리 커크브라이드 박사, 1854.

난리통

◇

아이는 둥근 납숟가락으로 파고 파고 판다. 모두들 맡은 일을 하고 있을 때 그늘진 헛간 뒤편에서 두 손과 발뒤꿈치로 시원한 흙바닥을 판다. 매일 파다 보니 땅이 그의 슬리퍼 모양으로 패였다. 흙을 거르고 당기고 그러모을 때는 비옥한 흙냄새와 검은 모래 맛이 난다. 차갑고 부드럽고 나른한 벨벳에 그의 몸이 딱 맞는다 자가용 마차와 삼베 자루가 놓인 곳 뒤쪽, 제프와 딥이 말들을 돌보는 곳 안쪽이다. 쌓여 있는 짚이 움직이다 그는 흙 둥지에 누워 귀를 기울인다. 희미한 소리들이 연이어 사라지고 속삭임이 들린다. 그는 삼베 자루를 뒤집어쓴 채 직물 틈새로 숨 쉬고 십자와 사각형 사이로 본다. 생쥐가 쌀알이 후드득 떨어지는 소리를 내며 종종걸음을 친다. 큰 쥐가 옹이가 박힌 모퉁이 판자 근처에서 쿵쿵거린다. 뚱뚱한 헛간 고양이가 가만히 앉아서 꼬리를 혹하니 휘둘러 먼지 자욱한 허공을 때린다. 그러다 고요해진다. 가볍고 따스하고 아련하게 따끔거리는 한 줄기 햇빛이 그를 물처럼 감싼다. 그는 몸을 웅크리고 조용히 누워 있다. 너무 거대해서 보이지 않는 무언가의 말 못 하는 작은 팔이라도 된 것처럼.

◇　◇　◇

헥섬의 주방에는 그녀가 채우고 움직이는 열기가 떠돈다. 길고 넓은 공간, 마당으로 이어지는 이중문 위로 난 부채 모양의 환한 창문, 커다란 검은 화로와 거기에 딸린 두 개의 오븐, 썰고 두드리고 반죽을 접는 흉터투성이의 거대한 요리용 탁자, 엉덩이를 맞대고 일하는 여자들, 그 아래에 놓인 뚜껑이 꽉 닫힌 넓은 밀가루 그릇. 한쪽 벽에는 천장 높이의 창문들이 늘어서 있는데, 낙농장에서 따뜻한 우유통을 가져오는 두 남자의 키보다 높다. 동이 트면 제프와 딥이 외양간에서 수레를 끌고 온다. 위드는 자기 키만 한 우유통들 가운데 앉아 무딘 납숟가락으로 통을 두드린다. 아가, 뚜껑을 못 쓰게 만들면 이 늙은 헥섬이 혼쭐을 낼 거야. 하지만 위드는 통에 귀를 대고 우유가 찰랑대는 소리를 듣는다. 위드가 주방 앞 경사로를 뛰어다니는 동안 제프와 딥은 우유가 사나운 짐승이라도 되는 양 멀찍이 몸을 젖히고 함께 통을 나른다. 헥섬은 냄새를 맡고 맛을 본 뒤 백랍 항아리를 꽉 채우고 얼음 상자에 넣는다. 나머지 요리사들은 넓은 그릇을 복부로 지탱하며 움켜잡고 있는데 일부는 벌써 주걱이나 거품기로 젓고 있다. 아침에 너희 아이들은 여자들이 위에서 일하는 동안 긴 식탁 아래 붙어서 앉아 있어라. 헥섬이 아이들의 접시를 채운다. 기름기 적은 돼지고기 등심, 메밀 팬케이크, 오븐에서 꺼낸 뜨거운 옥수수 빵. 이 녀석, 저 녀석, 이 녀석, 저 녀석, 그리고 헥섬이 아끼는 위드가 있다. 다른 아이들이 흩어질 때도 위드는 혼자 남는다. 저 바구니에 블루베리를 채워라, 헥섬이 아이들에게 말한다. 딜과 겨자가 남아 있으면 따고 피클 항아리를 꺼내 와라. 위드는 남는다. 위드의 유일한 임무인 아침, 점심, 저녁 배달은 오직 그 아이만 한다. 네가 너무 커버리면 나는 어찌할꼬? 네가 없으면 저치들이 끼니나 때울 수 있을까? 저 높으신 나리들은 그게 당연한 줄 알겠지만, 늦게서야 식어빠진 밥을 먹겠지!

위드는 가장 작고 가장 빠르다. 헥섬이 단호히 말하며 추켜세우므로 위드는 어둡고 덜커덩거리는 좁은 지하 저장소 철로에 오른다. 헥섬이 위드의 목에 호루라기를 둘러주고 가죽 벙어리장갑을 묶어준다. 그래야 운반용 승강기 선반에 접시를 하나씩 밀어 넣어도 주석 접시에 손을 데지 않는다. 위드는 각 병동 식당 아래에 있는 전성관으로 호루라기를 분다. 전성관은 그의 주먹만 한 주석 나팔로, 어두침침한 저장실에서도 귓바퀴를 반짝이며 빛을 받는다. 위드는 호루라기를 두 번 불어 상자를 실었다고 알리고는 철로를 왕복한다. 음식이 배달되는 순서는 맨 먼저 여성 병동, 중앙의 A와 B병동, 그 옆 병동, 먼 병동, 가장 먼 병동이다. 그리고 방향을 돌려서 헥섬이 남자 환자들의 접시를 실을 수 있도록 다시 왕복한다. 음식과 접시를 감독하는 건 오직 헥섬, 철로에서 몸을 낮게 웅크리고 피라미가 실개천을 스르르 빠져나가듯 한 차에서 다음 차로 손쉽게 이동하는 건 오직 위드뿐이다. 어슴푸레한 빛, 지하 저장소에 메아리치는 굴러가고 부딪치는 소리, 좁은 선로, 심지어 침목 사이의 자갈로 된 노반조차 위드만의 풍경이자 소리다. 둔탁한 웅웅거림, 낮게 우르릉거리는 굉음, 고음의 울림은 위드가 다시 그 소리를 몰고 달릴 때까지 그의 속에 머무른다.

　아침이 되면 작은 창문을 통해 지하 저장소에 옅은 빛이 든다. 헥섬은 너비가 두 배인 주방 승강기에서 운반차로 음식을 싣는다. 쇠로 된 차량 위에 널빤지를 붙인 낮은 수레가 실려 있는데, 벽과 철커덩거리는 차량 사이 간격이 7~8센티미터다. 저기는 절대 손대지 마라, 우리 위드, 좁은 틈새에 손가락이 잘릴 수도 있어! 자 이제, 우리 강아지, 뭘 해야 하는지 알지.

　29분이 끝나간다. 위에서 주방 일꾼들이 헥섬의 명령에 따라 쿵쾅거리며 오가는 동안 헥섬은 시간을 재며 위드가 일을 마치기를 기다린다.

　위드는 낮은 운반차를 타고 좁은 철로 위를 달린다. 숙녀 병동, 신사 병동, 가장 먼 병동. 승강기가 다니는 수직 통로를 통해 웅웅거리는 소음과 숙녀들의 미끄러지는 듯한 발소리가, 남자들의 낮은 웅얼거림과 부츠 긁히는 소리가 들린다. 중앙 병동에서 멀어질수록 소리가 작아지는데, 식당의 소음이 누그러지기도 하고, 식당이 없어 그저 간호사들이 통을 꺼내면서 숟가락과 접시를 달그락거리는 소리만 들리기도 한다. 이따금 칼에 찔린 늑대가 수직 통로에 머리를 처박고 울부짖는 듯한 불쾌한 고함 소리도 들린다. 위드는 텅 빈 운반차를 타고 느릿느릿 돌아간다. 홀로 운반차에 남아 미끄러운 공간을 지나 헥섬에게로 돌아가는, 위드가 가장 좋아하는 순간이다. 헥섬이 위드를 잡고 감자 부대처럼 위로 휙 끌어올린 뒤 주방으로 이어지는 계단을 올라간다. 자 여기, 네 철사 고리와 비눗방울 그릇이다, 내 강아지. 밝은 데로 나가서 놀아라!

　그래서 그는 비눗방울을 불어서 날리고 터트리고, 개미를 찾아 손가락 위에 올렸다 살며시 내려놓고, 개미에 대고 비눗방울을 분다. 헥섬이 조금 전과 반대로 운반차를 타고 가서 잔반이 담긴 주석 접시를 가져오라고 부를 것이다. 흠뻑 젖은 빵, 연골과 대리석 무늬의 지방은 괜찮지만 뼈는 절대 안 된다. 뼈가 쪼개지면 칼처럼 날카로워지는 거야, 우리 강아지. 뼈는 말고, 뼈를 발라낸 살코기와 음식물 쓰레기만 부드럽게 곤죽을 쒀서 돼지한테 주는 거란다.

미치광이들이 음식을 남겨서 다행이야, 제프가 말한다. 돼지한테 좋은 일이지. 외양간 뒤편 우리에서 꿀꿀대는 돼지들이 제프를 향해 작은 눈을 깜빡이며 끽끽거린다. 암돼지는 새끼들에 젖을 물려서 달고 다니는데, 얼룩덜룩한 젖먹이들은 털이 없는 새끼 다람쥐처럼 작다. 저 돼지들은 웬만한 인간보다 똑똑하단다, 애야. 먹이가 귀할 땐 자기들끼리 잡아먹기도 하지. 저 가로대 울타리 사이로 손을 집어넣었다간 큰일 날 거야! 위드는 우리 밖에서 숟가락을 총처럼 겨누고 선 슝, 슝, 슝 하고 낮게 중얼댄다. 몸집이 크고 눈이 작은 암돼지가 축축한 코를 씰룩이며 발을 쿵쿵대더니 몸을 기울여 돌진한다. 위드는 뒤로 물러나 돼지가 쿵하고 부딪치길 기다린다. 돼지가 꿀꿀거리고 씩씩거리며 정신없이 울타리를 처박고서는 나무 울타리에 짧은 엄니를 간다. 몸을 부들부들 떨고 끽끽거리면서 털이 곤두선 흠뻑 젖은 코를 울타리 사이로 들이민다. 위드는 축축하고 더러운 콧구멍 바로 위에 납숟가락을 갖다 대고 위아래로 미끄러지듯 부드럽게 문지른다. 돼지가 콧김을 뿜는다. 꿀꿀거린다. 소리가 짧아지고 부드러워진다. 야, 최면이라도 걸었어? 그냥 놔두고 뒤로 물러나. 네가 사라지면 돼지가 두 배로 날뛴단 말이야. 이제 가봐. 돼지들이 왜 널 좋아하는지 모르겠다니까.

위드는 중앙의 숙녀 병동과 잔디밭의 신사들을 몰래 지켜보길 좋아한다. 그는 신사가 될 것이다. 쾌청한 가을날, 신발에 흰 각반을 차고 외알 안경을 걸친 채 대잔디밭 정자에 앉아 있다가 딥이나 제프가 마을에서 특별히 신문을 공수해 오면 홱 펼쳐들 것이다. 신사들 틈에 끼는 건 허락되지 않아 위드는 그들 눈에 띄지 않는 곳에서 관찰만 한다. 헥섬은 그게 남자들이라고, 아무리 멋진 코트나 칼라를 걸치고 있어도 진짜 모습은 절대 알 수 없는 거라고 말한다. 헥섬이 차림새가 번드르르한 남자가 미쳐 날뛰다가 화난 짐승처럼 침대에 묶이는 걸 그에게 보여주지 않았던가? 위드는 중앙의 여성 병동이나 헥섬의 숙소 근처에서 지내다 소파에서 잠을 청하거나 그녀 옆에 기어 올라가 반려동물처럼 몸을 말고 잔다. 가끔은 말 축사에 가서 제프와 딥 근처에서 자기도 한다. 축사 내 마구간 뒤에 그들의 숙소가 있는데 옥수숫대로 만든 침상이 줄에 매달려 있고 응접실에서 가져온 러그가 여러 겹 깔려 있다. 그 양반들은 해롭지 않을 게다, 강아지. 일한 만큼 돈을 버는 자유민이지. 마을이나 밭에서 그만한 일꾼은 못 찾을 게야. 그 양반들도 사탕이나 기념품을 선물로 주는 숙녀들 근처에 붙어 있으라고, 나하고 똑같이 말할걸. 반짝반짝 빛나는 장신구가 보이면 이 늙은 헥섬에게 갖다주는 게야, 우리 위드? 보석과 귀중품 같은 것들 말이다. 그러면서 열쇠로 책상 서랍을 열어 벨벳 지갑을 와르르 쏟는다. 빛이 일렁이는 귀걸이, 브로치와 반짝이는 버클, 번뜩이는 돌이 박힌 반지들이 나온다. 헥섬은 위드가 둥근 돋보기를 쥐도록 허락해준다. 돋보기의 놋쇠 손잡이가 찰칵 펼쳐진다. 위드는 돋보기로 헥섬의 녹색 눈동자와 중앙의 빛나는 점을 응시한다.

늦은 밤이면 위드는 오셰이를 따라 넓은 복도를 돌아다니길 좋아한다. 순찰, 오셰이는 그렇게 부른다. 신사들이 지내는 A와 B병동을 걸어 다니면서, 기름칠을 한 문의 좁은 감시구 너머를 한쪽 눈으로 살피고 귀 기울인다. 멀리 있는 병동은 오셰이 혼자 간다. 애들이 갈 곳이 못돼, 오셰이가 말한다. 위드가 헥섬의 방이나 헛간으로 자러 간 사이, 야경꾼은 이중으로 잠긴 병동을 오르내리며 야간 담당 간호사들에게 뭐라고 소곤댄다. 헥섬은 맨 끝 병동은 달이 차고 기울 듯 단계적으로 각성하곤 하는데 보름달이 밝은 밤에는 늑대처럼 사나워진다고 말한다. 밤은 야경꾼에게는 낮이지만 위드는 일하고 방랑하고 관찰하는 사이사이 낮잠을 잔다. 차가운 흙바닥과 말 축사의 삼베 자루 속에서 웅크리고 자거나, 모두 일하러 가고 없을 땐 제프의 침상을 느긋하게 흔들거나 딥의 부드러운 깃털 매트리스에 올라간다. 텅 빈 공간, 부재, 기다림. 제프와 딥. 딥과 제프. 저녁마다 금지된 촛불과 등유 램프가 깜빡거린다. 일요일은 쉬는 날이지만 그들은 항상 새벽에 우유를 짜서 아침 배달을 간다. 안 그러냐, 딥? 예전엔 우유 항아리나 포대기에 싼 아기를 실어 날랐잖아. 하지만 넌 아니었어, 꼬맹아, 넌 여기가 최고지. 마음대로 뛰어다닐 수도 있고, 안 그래? 통에서 물 좀 갖다 다오, 그리고 체커판을 준비해. 이리 가까이 앉아, 내가 가르쳐줄게. 언젠가 네가 저 늙은 야경꾼을 이기게 될 거야, 말들을 훌쩍 뛰어넘어서 판을 싹 쓸어버릴 걸. 오늘밤에 오셰이 꽁무니를 따라다니려고? 그럼 저 해진 양말을 신도록 해.

헥섬은 난리통에 위드를 데려가길 좋아한다. 난리통은 헥섬이 여기저기 일을 명령할 때 그 현장을 부르는 이름이다. 헥섬은 그녀가 소음이나 혼란을 해치우고 해결하고 잠재울 때, 위드가 그 주변을 달리고 뛰고 맴도는 것을 좋아한다. 헥섬이 잔디밭을 지나 소녀들과 여인들 사이를, 굴렁쇠와 막대기, 모자와 베일 사이를 걸어갈 때면 위드가 늘 따라다닌다. 헥섬 자신이 하나의 베일이었으며, 그녀는 스스로를 잡아당기고 펼치고 다시 거두어들였다. 머리가 헝클어진 중년의 카진스키가 위드처럼 맨발 차림으로 배틀도어 채를 들고 땅바닥에 서 있다. 헥섬이 큰 손으로 그녀의 발목을 고이 안고 겨자 냄새가 나는 뜨뜻한 찜질제를 놓는 동안 카진스키는 무서워서 고개를 돌리고 있다. 헥섬의 말에 여자들이 웃지만 위드는 카진스키가 노래를 멈추지 않으면 블레빈스의 모자 핀이 그녀의 풍만한 어깨를 찌른다는 것을 안다. 여자들은 이동하며 원을 그리고, 헥섬에게 가까워졌다 멀어진다. 카진스키가 비단 스타킹을 뭉쳐서 내던지자 위드가 그것을 아무도 못 볼 만큼 재빨리 움켜쥔다. 그것을 보드랍게 꽉 쥐고서 헥섬을 따라 이리저리 휙휙 달린다. 그녀가 주방으로 돌아가며 위드를 보내준다.

위드는 헛간으로 쏜살같이 와서 스타킹을 쭉 늘리고 그 사이로 마구간의 말들을, 헛간 마당을, 너울거리는 병원의 끝없는 담장을 자세히 본다. 사각형으로 다듬어진 돌에서 비눗방울 속에 있던 것과 같은 무지개가 보인다. 그는 스타킹에 한 팔, 또 한 팔을 집어넣고 손가락을 쫙 펼친다. 한쪽 다리에 끼우고 반짝이는 장갑을 낀 듯 발끝을 뻗는다. 위드는 스타킹으로 눈을 가리고 어지러울 때까지 빙글빙글 돌다가 긴 코트를 헛밟아 마구와 마당 사이에서 휘청대다 여물통을 지난다. 정신을 차려보니 두 발에 톱밥을 켜켜이 묻힌 채 닭장 울타리 안에 와 있다. 갓 태어난 병아리들이 생각났다. 암탉들이 꼬꼬댁 거리면서 으스대며 걷는다. 위드는 지금쯤 부드럽게 으깨졌을 빵 껍질을 주머니에서 꺼내 바스러트려서 주변에 뿌린다. 병아리들이 그의 발가락 주변에 모여들더니 아기 손톱 같은 작은 발톱으로 찌르며 그의 발목 위로 올라온다. 헥섬의 종소리가 들리자 위드는 닭이 알을 품고 있는 둥지 아래에 스타킹을 숨긴다. 이 종은 위드만을 위한 것이다. 저녁은 아직이지만 헥섬이 닭장에 있던 위드를 불러내 지금 오셰이에게 갈 거라고 말한다. 음, 강아지, 정말 난리법석이지 않았니? 따박따박 월급 타가는 간호사들보다 네가 훨씬 낫구나.

◇　◇　◇

집사의 방과 부원장의 방, 그리고 맨 끝에 있는 야경꾼 오셰이의 숙소로 이어지는 뒤편 복도는 너무 좁아서 둘이 걷기엔 비좁다. 위드가 헥섬의 치마를 밟는다. 헥섬이 통통한 팔로 잡아주면, 위드가 그녀의 허벅지로 뛰어올라 다리를 벌리고 옆구리에 걸터앉는다. 그녀는 복도 안쪽, 침실과 욕실이 딸린 야경꾼의 방에 멈춰서 문을 가볍게 톡톡 두드린다. 오셰이, 그녀가 말한다. 누가 보러 왔어.

　오늘은 사양할게요, 헥섬 여사님.

　지금 당장 이 녀석이 있을 곳이 필요해. 다른 방문객이라도 있나

봐? 세탁실의 젊은 처자? 아님 간호사?

방문객은 없습니다, 여사님.

그럼 걸쇠만 돌려봐. 녀석을 들여놓게.

오세이가 침대에서 천천히 일어나 문으로 다가오는 소리가 들린다. 헥섬이 걸쇠 쪽을 향해 손가락으로 원을 그리며 위드를 곁눈질하는데 마침내 걸쇠가 돌아간다. 문이 살짝 열린다. 위드가 미끄러져 내려와 안으로 쏜살같이 들어간다.

저녁 종소리에 안 늦게 주의해라, 우리 강아지, 그녀가 뒤에 대고 말한다. 우리 야경꾼이 오늘 자다가 호출되는 무례를 당해서 휴식이 필요할 게야.

오세이가 문을 닫는다. 헥섬이 멀어지는 걸음마다 나무 바닥이 삐걱삐걱 신음하는 소리가 들린다.

방이 어두침침하다. 야경꾼에게 낮은 밤이고 밤은 낮이다.

내 옷차림을 이해해다오, 오세이가 말한다. 자다가 끌려 나갔는데 웬 미친놈이 내 셔츠를 다 찢어버렸어.

오세이는 짧은 반바지에 헐렁한 모슬린 셔츠 차림으로 몸을 돌려 바닥에 놓인 찢어진 흰 셔츠를 옆으로 찬다. 셔츠가 양팔이 너덜너덜한 채 허공으로 날아가 착지하는 동안 위드는 그를 따라 둥근 팔걸이가 있는 두툼한 응접실 의자로 간다. 벨벳이 반쯤 닳아 있고 쿠션이 푹신한 그 의자는, 단추 주위가 팽팽하고 가장자리에는 술이 달린 거대한 발판과 한 쌍이다. 게임용 탁자와 위드가 옆으로 당겨 올 수 있는 등받이 없는 의자도 있다. 커튼 뒤에는 철제 침대가 있고, 거울이 없는 중간 크기의 장롱도 있다. 구석에 놓인 옷장에는 신사용 간이 옷걸이가 있는데 그의 직원복 재킷과 접어놓은 바지, 모자가 걸려 있다. 그릇 위에는 가죽 끈이 달린 그의 안대가 제물처럼 놓여 있다. 짧은 검은색 타이도 보인다.

오셰이가 게임 탁자 서랍에서 체커를 꺼낼 생각을 않는다. 그는 의자에 앉아 소년을 바라본다. 오늘은 위드니, 강아지니?

위드가 미묘한 미소를 지으며 그를 빤히 바라본다.

널 제임스라 불러야겠다. 머리는 왜 그런 거야, 제임스? 헥섬이 안 잘라줘? 리본으로 묶거나 땋아주기라도 할 모양이지?

위드가 고개를 젓는다. 끄덕인다. 젓는다. 좁은 서랍을 열어 색칠이 된 체커를 집는다. 그의 것은 검은색, 오셰이의 것은 빨간색이다.

그래 알았다. 네 이름은 네가 알아서 바꾸도록 해주지. 그가 움찔하더니 몸을 앞으로 기울여 등을 쭉 편다.

몸 상태가 최악이구나. 오셰이가 고통스럽게 목을 돌린다. 블라우스 같은 셔츠의 목 부분이 풀려 있어 그의 큰 머리와 검은 곱슬머리, 얼굴과 턱수염 자국, 커다란 녹갈색 눈동자 하나와 위로 말려 올라간 검은 눈썹이 돋보인다.

위드가 서서 얼굴을 찌푸리고 쳐다본다.

다른 데서는 몰라도 여기선 말해도 돼, 위드. 어떤 게임을 하고 싶은지 말해봐.

체커요, 위드가 말한다. 그가 서랍에서 나무 조각들을 모은다.

네가 준비해라, 오셰이가 말한다. 나는 오늘 별로 내키지 않는구나. 네가 두 사람 몫을 하렴.

오셰이가 오른쪽 관자놀이의 깊이 팬 흉터를 반쯤 덮은 텁수룩한 곱슬머리를 손으로 훑는다. 그가 셔츠를 머리 위로 벗고 세안洗眼컵만 한 연고병을 내민다. 자, 얘야, 그자가 할퀸 자국에 이걸 발라다오.

위드가 병을 받고 가까이 다가서자 오셰이는 등을 돌린다. 소년의 작은 손가락이 고양이가 할퀸 자국처럼 부풀어 오른 상처를 훑는다. 위드는 붉게 부어오른 자국을 그 옆이며 사이사이며 하나씩 훑으면서 신중하게 기름진 연고를 바른다.

오셰이가 연고를 받고 뚜껑을 닫은 뒤 연고가 흡수되게 두고 돌아앉는다. 위드는 오셰이의 가슴에 난 흉터를 자세히 들여다본다. 엄지손가락 너비만 한 분홍색 자국이 솟아 있다. 위드가 양 손바닥을 움직여 그 아래에 있는, 삐죽삐죽 퍼져 있는 둥근 보랏빛 흉터를 가린다.

낙인이야. 잔인한 주인이 부리던 노예나 소처럼 낙인이 찍혀 있는 거야. 나도 너처럼 알 수 없는 것투성이란다.

위드가 입을 열지만 아무 말도 나오지 않는다.

넌 위드야, 오셰이가 말한다, 제임스가 아니라. 나처럼 불완전한 인간이지. 그들이 이런 짓을 왜, 어떻게 했는지 궁금하지, 위드? 그래서 네가 말을 해야 하는 거야. 넌 말을 해야 해.

어쩌다 생겼어요? 위드가 묻는다.

전쟁에서 생겼지 싶어, 아마도, 오셰이가 말한다. 놈들이 내 두개골을 박살내기 전에. 하지만 의사 선생님은 아니라더구나. 얼굴의 흉터는 맞지만 가슴은 아니라고 했어. 어떤 지나간 폭력은 잊는 게 약이라고 했지. 오셰이 선생님은 자기 이름을 주면서 나를 아들처럼 거둬줬다. 병원에선 이름이 필요하고 나는 내 이름을 몰랐으니까. 난 살아남은 덕분에 연구 대상이 됐어. 그들이 내게 안대를 마련해주고 병원 일도 줬지. 몸이 좋아지자 부두에서 구급차로, 다시 병원으로 환자들을 이송하는 일을 맡았다. 주치의는 3년 가까이 날 관찰했어.

전쟁이 끝나고 사회생활이 가능할 정도로 몸이 회복되자 추천서를 써줬고 그곳에서 이리로 자리를 옮겼지. 너만 아는 비밀이다, 위드.

위드가 주의 깊게 들으며 고개를 기울였다.

네가 원하면 스스로 네 이름을 고를 수 있어. 자, 체커판을 준비하려무나.

위드는 서로 딱 들어맞는 둥근 나무 말과, 검은색 테두리 안에 빨간색과 검은색 체크 칸이 그려진 체커판을 좋아한다. 말이 빠르게 이동할 때 대각선으로 뛰어넘는 점도 좋다. 쓰이는 단어도 마음에 든다. 초반 국면. 비기다. 잡다. 판이 준비되자 그는 등받이 없는 의자에 앉아 오셰이를 쳐다보며 시작 신호를 기다린다.

그럼 좋다, 오셰이가 말한다. 내 안대를 가지고 와다오. 너한테 지지 않으려면 집중해야지.

위드의 키만 한 나무 의복정리대에 옷걸이 모양을 과시하듯 오셰이의 재킷이 걸려 있고, 굴림대에는 바지가 놓여 있다. 위드가 안대 장치를 접시에서 집어든다. 그것을 들어 올리자 끈이 축 늘어진다.

우리 둘 다 반쯤 눈이 멀었구나, 오셰이가 말한다.

위드는 오셰이의 이마에 자기 이마를 갖다 대고, 흐릿한 눈을 오셰이의 멀쩡한 눈에 맞댄다. 자신의 밝은 눈에 비친 균열된 빛으로 오셰이의 움푹 들어간 검푸른 흉터를, 눈이 있어야 할 자리에 난 구멍을 본다. 구멍 깊숙이 단단히 자리 잡은 피부는 붉은 혀처럼 부드러운 연보라색이다. 오셰이는 머리를 낮추어 위드가 끈을 조정하고 펠트를 덧댄 원뿔 모양 안대를 제자리에 놓을 수 있게 도와준다. 위쪽 줄을 뒤통수로 곧장 두른다. 두 번째 줄은 첫 번째를 지나 머리 뒤로 두른 다음, 함몰된 흉터를 지나 두피가 붉은 달처럼 훤한 부위 너머 머리칼 속으로 사라지도록 앞쪽에서 각도를 조정한다. 위드는 오셰이가 직접 하면 더 빠를 것이라는 걸 알면서도 작은 버클들을 조인다.

이제 됐다, 오셰이가 말한다. 네가 시작해라. 그래야 나한테 유리하지.

잠시 후 종이 두 개 달린 자명종 시계의 똑딱거림 외에는 아무 소리도 들리지 않는다.

오셰이가 위드의 말을 몇 개 잡았으나 마침내 위드는 오셰이의 맨 뒷줄에서 틈새를 발견하고 숨 죽여 말을 이동한다.

오호? 오셰이가 말한다.

왕으로 승격시켜주세요, 위드가 속삭인다.

◇　◇　◇

직원용 종이 땡땡 울리자 위드가 긴 코트자락을 휘날리며 달려간다. 오셰이의 방에서 나와 복도 바닥을 탁탁 밟으며 마당으로, 잔디밭으로, 흙바닥을 돌아 주방 뒤편으로 향한다. 헥섬에게로 힘차게 오가던 길이다. 헥섬의 넓은 얼굴이 세상을 가득 채운다. 헥섬은 주근깨투성이의 풍만한 가슴 쪽으로 위드를 들어올린다. 그녀의 목과 가슴골에 텔컴파우더가 얇게 덮여 있다. 그녀는 거대한 두 팔과 접힌 살 아래에 파우더를 뿌리고, 저녁때가 되면 그녀의 지독한 땀 냄새는 녹은 버터, 고기 굽는 냄새, 돼지기름 튀기는 냄새와 뒤섞여 달콤하게 변한다. 끼니 사이에는 깨끗하게 닦인 텅 빈 깊은 냄비와 거대한 용기들이 주방 중앙의 돌바닥에 깔아놓은 먼지 한 점 없는 유포 위에 위드만 한 키로 쌓여 있다. 프라이팬과 나무 국자는 천장에 달린 나무 격자판에 걸려 있다. 늘 쿵쿵거리며 음식을 준비하는 여자들의 치렁치렁한 치맛자락은 이들이 숙이고 이동하고 무언가를 나를 때마다 나부낀다. 아침에는 조니케이크, 삶은 계란, 오트밀, 점심에는 옥수수 빵, 닭고기 스튜, 젤리 아스픽, 저녁에는 수프, 양고기나 기름에 튀긴 소고기, 옥수수, 호박, 푸딩을 준비한다. 큰 소리로 명령이 떨어지고, 뜨거운 식사가 하루에 세 끼 제공된다. 저녁시간이 가까워지면 여자들은 더 빨리 움직인다. 그들은 위드가 차갑고 깨끗한 냄비 안에 숨어 있거나 그들의 대화를 듣기 위해 구석에 쪼그리고 숨어 있는 것을 보면 빗자루로 쫓아낸다. 헥섬이 직원복 차림에 거친 앞치마를 목에 두른 직원들에게 고개를 돌린다. 자 자, 헥섬이 그들에게 말한다. 몸집이 작든 어떻든 이 아이는 흠잡을 데 없이 튼튼해. 제아무리 어려도 너희 중 누구도 이 녀석보다 눈이 밝지는 못할 게야. 자, 우리 위드, 저 냄비를 씻어라. 그러면서 그녀는 깨끗한 젖은 행주를 위드에게 선네준다. 내가 여기서 가르친 녀석들 중에 커서 제 밥벌이를 제대로 못할 애들은 없어. 여기서 애들을 써주면 얼마나 좋을 꼬? 이곳 태생이라는 이유로 일자리를 얻으려면 멀리 떠나야 한다는 게 가당키나 해? 안 그러냐, 우리 오리들? 나머지 꼬마 아이들은 무리지어 모여 있지만, 위드가 그녀의 강아지다. 헥섬이 잡고 휙 들어 올려주는 건 위드뿐이다.

우연한 만남

1874년 12월

◇

환자들 5분의 4는… 계절에 상관없이 아침, 오후로… 탁 트인 들판
에서 산책을 해야 한다. 그리고 날씨가 따뜻할 때는 정자와 좌석이
즐기기 좋게 마련되니 하루의 절반은 건강을 위해 시원한 공기를 쐬
는 게 좋다.

— 토머스 스토리 커크브라이드 박사, 1854.

12월 중순인데도 아직 날씨가 화창했다. 다들 따뜻한 가을이 끝나
지 않고 두 계절이 섞인 이유를 궁리하면서 불운이 닥칠 거라느니,
악마가 장난질을 치는 거라느니 하고 떠들었다. 언덕과 높은 산마루
에 눈이 내리지 않아 짐승들도 어리둥절했다. 교회는 일요일마다 가
득 찼고 종교인들이 들판에 부흥회 천막을 설치했다. 나무가 오렌지
색, 노란색, 불그스름한 색으로 변했지만 잔디와 초지는 아직 녹색이
었다. 여행 가방에 들어 있던 가죽 앵클부츠가 엄마에게 잘 맞았다.
엄마는 오늘 숲과 들판으로 산책을 나가면서 그 부츠를 신었다. 여
름쯤에 엄마는 거의 정상적으로 대화할 정도로 좋아져서 겨울이었
어야 마땅한 지금까지도 상태를 유지했다. 이곳에 도착하고 얼마 되
지 않은 4월의 그날, 가장 안전하다고 여긴 장소에서 파파를 보고 얼
마나 무서웠는지 모른다. 에이라 블레빈스의 말로는 그가 이름도, 친

척에게 연락할 방법도 기어코 밝히지 않았으며 그 후 여태까지 가장 먼 남자 병동에 감금되어 있다고 했다. 정신병원이나 감옥, 둘 중 하나죠, 그녀가 웃었다. 그 '링컨광'이 옷을 근사하게 빼입고 술에 취해 웨스턴의 한 마구간에서 자신의 말과 짐마차를 훔쳐갔다고 고함을 지르며 마부에게 강도질을 하려고 했다는 거였다. 그러니 보안관과 보안관보 다섯 명이 그를 묶어 정신병원으로 끌고 올 수밖에는! 나는 그녀에게 그자가 침대에 묶인 모습을 봤다고, 헥섬과 엄마가 큰 역할을 했다고 말하지 않았다. 파파가 저 멀리로 사라졌다고 생각했었지만 그는 그답게 인생의 낙을 찾고 있었다. 면도를 하고 광을 내고 멋진 옷에, 링컨을 그토록 싫어했으면서 링컨 모자까지 쓰고, 역마차나 기차를 타러 가는 길에 술집에 들러 술을 마시고 있었다니. 말이나 짐마차가 필요해서가 아니라, 그것들을 돈으로 바꾸지 못해 역정이 났을 것이다. 나는 그가 누군가를 조종하지 못하도록, 이곳에서 '두덕적 치료'를 받지 않기를 바랐다.

엄마는 두려워하지 않는 듯했지만, 나는 말이 짐마차를 끌고 더블라 할머니에게 돌아갈 수 있는 경로를 매일 흙바닥에 막대기로 그리거나 종이 위에 손가락으로 덧그려보았다. 나는 말이 집으로 돌아가는 고된 여정이 곧 파파를 단단히 묶는 밧줄이라고 상상했다. 내가 편해지기 위해 만들어낸 생각이었다. 엄마를 속상하게 만들기 싫었지만 나는 겁이 나서 매일 그 생각을 했다. 악몽 속에서 파파는 여자 병동으로 성큼성큼 걸어와 엄마 방문을 휙 열거나 다른 간호사들과 함께 쓰는 병동 위층 내 방으로 들어와, 내가 엄마인 줄 알고 잠옷차림인 내 얼굴과 두 팔을 꽉 쥐며 나를 붙들었다. 나는 축축한 침대에서 눈을 뜬 뒤 이불을 들고 작은 세면실로 달려갔다. 지린내가 나는 이불을 절반 크기 욕조에 담가서 빨고 짜는데 마음이 갑갑했다. 실외에서, 복도 모퉁이를 돌다가, 창밖을 보다가, 매주 일요일 대잔디밭 정자에서 다른 신사들과 함께 조용히 앉아 격분하는 파파가 보였다.

엄마는 절대 그를 입에 올리지 않았다. 엄마가 연기하는 재닛 아가씨는 이제 대화도 하고, 음악이 있는 오후에는 심지어 피아노도 연주했다. 사람들은 엄마가 "조용하다"고 생각했지만, 재닛 아가씨로 약 9개월을 지내자 진짜 지체 높은 숙녀처럼 보여서 내 기억이 잘못됐나 의아할 정도였다. 게다가 새 옷도 생겼다. 다들 말하는 끝나지 않는 여름을 위한 흰 드레스로, 회색 케이프와 흰 양산도 있었다. 산등성이에 살 적에는 고된 일을 하느라 그런 옷을 입지도 못했고 연주할 피아노도 없었다. 엄마는 둘만 있으면 나를 코나리라고 부르며 내가 고향집 얘기를 꺼내도 들어줬지만, 나는 엄마에게 곤란한 질문을 하지 않는 게 낫겠다 싶었다. 대개 주변에 사람들이 있거나 남의 이야기가 들리는 거리여서 이제 사생활을 갖기가 어려웠다. 게다가 엄마는 거의 매일 스토리 박사님과 대화를 나누었다. 내가 사무실에 데려다주긴 했지만 그림 수업, 바느질 동아리, 음악 시간에 참석할 때는 나도 다른 환자들을 돌보았다. 둘만의 오후 산책은 여전히 즐겼는데 카진스키 부인은 여자 병동 뒤쪽의 담장 마당으로 산책이 국한되어 동행하지 못했다. 부인은 변함없이 식사 때마다 엄마 근처에 앉고 싶어 했지만 좀처럼 허락받지 못했다. 반면 재닛 아가씨는 일주일에 한두 번 저녁에 스토리 박사님의 집에서 "가족 식사 자리"를 함께했다. 직원들이 시중을 드는 이런 저녁 자리에는 부원장들과 그들의 아내, 마을의 후원자, 그리고 병원 여성 후원회의 숙녀들이 언제나 참석했다. 엄마는 새로운 특권에 대해 입에 올리지 않았다. 나는 묻지 않았으나 간호사들의 대화로 내용을 알았다. 스토리 박사님의 집이 소박하지만 웅장하고, 벨벳 소파와 하프시코드가 있어서 손님들이 차를 홀짝이는 동안 엄마가 연주를 한다는 얘기였다. 그의 발코니에서는 병원 입구 마당이 내려다보였는데, 두 층 아래로 그 새벽 내가 문을 두드렸던, 엄마가 문간에 기절해서 야경꾼이 엄마를 들쳐 안았던 그 거대한 문이 있었다…

오늘따라 조용하구나, 코나리, 엄마가 말했다.

나는 하프시코드에 대해 묻고 싶었지만 엄마와 팔짱을 끼고 숲을 따라 구불구불 올라가는 오솔길에서 눈을 떼지 않았다. 거의 매일 산책하는 길이라 너무 친숙했다. 나는 목초지와 들판과 숲에서, '땅의 자유'가 주어진 여자 환자들만 밟는 오솔길과 시골길을 걸을 때 가장 행복했다. 엄마는 이제 목적을 가지고 걸었다. 우리는 병원을 나와 3~6킬로미터를 벗어났다. 주위로 사방이 고요해지며 새소리, 나비의 날갯짓 소리로 가득 찼다. 철이 한참 지났지만 아직 나비가 있었다. 가까운 미래로 시간 이동을 한 것처럼 나비들이 한꺼번에 죽어 떨어진 꽃잎처럼 바닥을 뒤덮은 광경이 보였다. 나는 엄마의 생각을 알아내야겠다고, 나를 짓누르는 말들을 뱉어야겠다고 마음먹었다.

엄마, 내가 물었다. 왜 안 무서워요, 그 사람이 이곳에, 이렇게 가까이 있는데?

엄마가 놀라며 고개를 돌렸다. 코나리, 나는 그자가 무섭지 않아. 그냥 충격을 받았을 뿐이야… 그자를 여기서, 너무 변한 모습으로 보게 돼서…

하지만 파파는 우리를 모른 척한 것뿐이에요, 엄마, 분명 우리를 찾아낼 거예요. 나는 엄마의 눈빛이 변하는 것을 보고, 눈만 가리고 숨었다 생각하는 어린애처럼 눈을 가렸다. 내 말이 그를 불러들일까 겁이 났다.

엄마는 낮은 소리로 나를 달래며 안아주었다. 코나리, '그 남자'는 감옥보다도 보안이 철통같은 독방에 묶여 있어. 미친 척을 하는 거겠지. 하지만 우리 이야기를 하려면 자기 이야기도 해야 해. 그러니 말하지 않을 거야.

하지만 엄마가 넋이 나가 있을 때 그가 우리를 역까지 태워줬다고, 내가 털어놨었어요. 그가 그렇게 말하라고 했어요.

그래서 그렇게 말했구나. 하지만 그는 이름 모를 낯선 사람이고, 그건 네 이야기야. 너무 잘 지어내서 여느 것만큼 진짜 같은 이야기. 우리가 도착하던 날에 그를 본 사람은 아무도 없어. 신사처럼 차려입고 화를 내는 그 모습에서 그를 알아본 건 우리뿐이야. 엄마는 눈물이 차오르는 내 눈에서 내 손을 치웠다. 주변을 둘러봐, 코나리. 우리 아래 풀밭을. 우리가 숱하게 다닌 이 숲과 오솔길을. 나는 재닛 아가씨고 넌 네 능력으로 돈을 버는 코널리 간호사야. 그리고 우리는…

스토리 박사님의 호의 덕분이죠, 엄마. 박사님한테 무슨 말을 했어요?

별 얘기 안 했어, 코나리. 우리 이야기에는 전혀 지장이 없는 오래전 이야기들이야. 우린 이제… 친구란다. 그분이 말하길… 약혼은 했지만 결혼을 한 적은 없다고 하더구나.

그러면 엄마는요? 반지를 끼고 있었잖아요, 파파가 가져간 거요.

파파가 이곳에 내려주면서 자기는 내 아빠가 아니라고 했어요. 우연히 우리를 만났을 뿐이래요. 사실이에요?

엄마가 몸을 떨면서 내게서 고개를 돌렸다. 엄마의 눈썹이 물기로 빛났다.

힘들어도 말해줘요, 엄마. 파파가 우리를 언제 발견했어요? 어쩌다가요? 기억해내야 하요, 왜냐면 나는…

엄마가 다시 고개를 돌려 떨리는 손으로 내 얼굴을 부여잡고 내 눈을 가까이서 마주 보았다. 그는 네 아빠가 아니다, 코나리. 그자는 내가 없애줄 수 없는 고통일 뿐이야. 미안하다, 너무 미안해…

그러면 아기들은요, 엄마.

코나리, 나는… 기억이 안 나.

눈물이 내 뺨을 타고 흘렀다. 난 똑똑히 기억해요, 엄마. 이웃 여자들이 애들을 데려갔어요. 한 명은 남자애들을, 또 한 명은…

그 애들은 우리 애들이 아니야, 코나리. 엄마가 손을 거두었다. 값진 드레스에서 위안을 찾기라도 하듯 치마를 매만지며 마음을 진정시키는 것 같았다.

하지만 혹시 아이들이…

자기 삶을 살아야지. 그 애들은 혼자가 아니야.

엄마 애들이에요.

내게 억지로 주어진 애들이지. 난 그 애들을 본 적도 없고 알지도 못해. 네가 제일 잘 알잖니. 난… 거기 없었어. 엄마가 내 팔을 만졌다. 상실감이 크겠지만, 넌 어린애였어…

그렇게 옛날도 아니에요, 내가 말했다.

하지만 오랜 과거 같아… 엄마의 목소리가 흔들렸다.

엄마한테는, 내 목소리가 단호해졌다, 아주 오래전 일이지만 나한 테는 아니에요…

네가 아이들을 아꼈고 전부 잃어버린 거, 나도 안다, 하지만 이제 거기엔 아무것도 남지 않았어. 네가 그랬잖니, 전부 줘버렸다고. 우 리를 옭아매는 건 없어. 파파도 자신이 우리를 가둔 것처럼 이곳에 갇혀 감시받고 있잖니.

그 사람이 얼마나 영악한지 알잖아요. 사람들을 구슬려서 풀려나 지 않겠어요?

그럴 수도 있겠지. 하지만 진실은 그의 편에 서지 않을 거야. 우리 는 믿음과 호의를 받고 있고, 그는 폭력적인 범죄자이자 미치광이야. 하는 짓에서 다 드러나잖아. 게다가 이곳은 모든 것이 제공돼서 우 리에게 안전해. 사냥하고 덫을 놓고 밥을 짓고 태풍과 추위와 맞서 싸우고 우연히 마주친 사람들로부터 몸을 보호할 필요도 없어. 거기 선 널 지킬 수 없어.

하지만, 더블라 할머니는요. 왜 할머니는 우리를 보러 오지 않아 요?

더블라가 온다고 최선이 아니야. 더블라는 이곳처럼 우리를 보호 해줄 수 없어.

지금 우리에게 할머니는 뭐예요? 나는 엄마의 답을 기다렸지만 나 로선 오래 생각한 질문이었다. 엄마, 내가 말했다. 할머니는 어디 있 어요?

가까이에, 엄마가 말했다. 엄마가 내 머리를 만지더니 머리카락 몇 올을 들어올렸다. 이 머리칼처럼 가까운 곳에, 코나리. 더블라는 원 래 자리에 있단다.

엄마, 우리는 이제 집에 안 돌아가요?

코나리, 여기 있어야 안전해.

더블라 할머니는…

그자가 더블라의 것은 하나도 건드리지 않았어.

우리 것들을 건드렸죠, 내가 말했다. 전부 우리 거였어요. 여전히 너무 많은 것들이… 거기 있어요. 오두막, 난로, 포치, 땅. 거기선 산을 내려다보고, 바람과 태풍이 오는 것을 보고, 엄마가 가르쳐준 별자리를 읽을 수도 있어요…

엄마가 고개를 저었다. 난 그곳으로 돌아갈 수 없어, 코나리. 다른 이들도 마찬가지야.

엄마, 다른 이들이라뇨?

하지만 엄마는 그저 시선을 돌렸다. 지금은 여기가 내 집이야, 그녀가 말했다. 그리고 네 집은 내 곁이야.

나는 뒤로 물러섰다. 집이라고요? 여기 평생 머물 거예요?

코나리, 영원은 없어. 날은 화창하고 우리는 산책 중이야. 방법이 뚜렷이 보일 때까진 각각의 날들이… 별개의 날이라는 것을 생각해야 해.

엄마는 진짜 자신으로 돌아온 듯한 얼굴로 나를 너무나 사랑스럽게 쳐다보았다. 비탈진 목초지와 오르막이 이어지는 숲에서 시간의 흐름이 잠시 멈춘 것 같았다. 머리 위로 푸른 하늘이 기울어져 있었고 여러 갈래의 오솔길과 시골길이 우리 주변을 느릿느릿 돌아 저 멀리로 뻗어 있었다. 엄마, 내가 물었다. 내 아빠는 누구예요? 어디 있어요?

엄마가 고통스런 표정으로 목소리를 떨며 말했다. 코나리, 그건…

네가 지어낸 이야기와 별로 다르지 않단다. 네 아빠는 네가 태어나기 몇 달 전 오두막을 떠나 전쟁터로 갔어. 그러곤 돌아오지 않았지. 아무런 소식도 받지 못했어. 끝내 알 수가 없더구나. 편지가… 끊겼거든.

그러면… 아빠 이름은요? 어떻게 만났어요? 초상화는 없어요?

더블라가 명함판 사진과 전쟁 초에 받은 입영통지서를 가지고 있어. 제발, 코나리, 그냥 넘어가자꾸나. 그 이야기는, 그러곤 엄마가 속삭였다, 너무 고통스러워. 그 속에 갇혀 있고 싶지 않아.

엄마, 그냥 언젠가 말해주겠다고만 해줘요.

그래, 언젠가 그러마, 그녀가 말했다.

엄마가 내게 팔을 두르고 나를 이끌었다. 우리는 목초지 꼭대기로 천천히 걸어 올라갔다. 옆구리를 맞댄 채 우리는 함께 숨을 쉬었다. 엄마는 어느 때보다 강했다. 그 사실을 알게 되니 몸이 떠받쳐진다는 느낌이 들면서 허공을 떠다니며 누런 풀밭을 내려다볼 수 있을 것처럼 몸이 한없이 가벼워졌다. 우리는 팔짱을 낀 채 걸음을 멈췄다. 주머니에서 이제 부적처럼 지니고 다니는 손바닥만 한 거울이 만져졌다. 거울을 집어 드니 햇빛이 반사되며 우리 아래로, 목초지를 가로질러 숲 아래쪽 가장자리까지 아찔한 빛줄기가 작은 칼날처럼 비쳤다.

이 거울 기억나요, 엄마?

네가 두세 살 무렵 더블라가 길을 떠난 적이 있어, 엄마가 말했다. 그때 네게 준 거야. 자기가 돌아오는 걸 지켜보라고.

그러니 내가 파파로부터 뺏은 그 작은 거울은 그의 것이 아니라 내 것이었다. 눈만 깜빡이면 파파가 오기 전, 아기들이 태어나기 전,

더블라 할머니와 엄마와 함께 안전하게 살던 그 시절 그 산꼭대기 오두막 포치로 돌아갈 것만 같았다. 나는 더블라 할머니가 그리웠고, 할머니가 우리 일을 알고 있을 거라고, 우리 아래 펼쳐진 사발처럼 우묵한 목초지를 보고 있을 거라고 상상했다. 흔들리는 풀밭 가장자리에 서 있는 울창한 나무숲을, 우리 뒤편으로 점점 더 높이 솟아올라 마침내 우리의 산에 닿을 듯한 숲을.

이게 이제 우리의 풍경이야, 엄마가 내 마음을 읽은 듯 말했다.

우리는 비탈진 나무숲을 벗어났다. 아래쪽으로 언덕의 경사면이 보였다. 들판 가운데쯤 사람 키보다 높은 두툼한 회양목 생울타리가 전체 목초지와 그 너머 사과 과수원을 가로지르며 남녀의 산책길과 구역을 분리했다. 무덤 파는 사람이 가꾸고 손질한 생울타리는 두껍고 근사한 경계 벽이었으나 높은 데서 보니 자연스레 오르락내리락하는 우아한 선처럼 보였다.

특이하네요, 내가 말했다. 돌담이나 장애물이 아니라 생울타리로 남자와 여자 구역을 가른다는 게요.

어디든 늘 이렇게 만들어놓으면 얼마나 좋을까, 엄마가 말했다.

그랬으면 좋겠어요?

어떠한 생명력 있는 힘이 우리 모두를 보호해주었더라면 좋았을 텐데. 인간은 인간을 사냥하고 가뒀어… 노예로 삼고 족쇄를 채우고 나라를 불태웠지. 정의로운 이들은 그렇지 않은 이들의 잔인함으로 고통받았고. 전쟁의 상흔은 지속되는 거야. 세대를 거쳐서…

스토리 박사님과 그런 이야기를 나눠요?

응, 그분도 같은 생각이야. 이 안식처는 축복받은 곳이야. 사람들을 보호해줄 담장이 있지만 정원과 생울타리도 있고, 산책하고 치유하고 눈을 즐겁게 해줄 산길도 있잖니. 그거 아니, 원래는 구역을 분리하기 위해 말뚝을 박고 철조망을 감았는데 그 위로 생울타리가 아주 높고 두툼하게 자라서 살아 있는 담장이 되었다지. 전쟁이 일어나기 한참 전에는 농장과 농장을 나누는 경계였다더구나.

그런 이야기를 누가 해줬어요, 재닛 아가씨? 나는 웃으며 병원용 이름으로 엄마를 놀렸다.

그게, 스토리 박사님이, 엄마가 말했다. 그분은 이 마을 출신이라도 되는 것처럼 이곳의 역사를 잘 알아.

그분과 자가용 마차를 타러 나간다면서요. 같은 방 친구들과 간호사들이 말해줬어요. 그분이 엄마의 환심을 사려 한대요.

그분만의 방식일지도. 그분은… 다정한 사람이야.

사람들이 뭐라든 믿지 않아요. 나는 그냥 뜬소문이라고 했어요…

하지만 엄마는 눈을 반짝이며 내게로 고개를 돌렸다. 언젠가 저녁에 우리와 같이 마차를 타자. 오늘 밤은 어떠니, 저녁 식사 후에?

그건 안 될 일이에요. 난 그냥 간호사예요.

내가 부탁하면…

이상하게 생각하지 않을까요? 흔한 일이 아니잖아요…

넌 내 벗이자 간호사고, 네가… 하룻저녁 그런 즐거움을 느껴봤으면 좋겠으니까. 발아래로 그 모든 것을 내려다보고 있자니 마음이 기꺼이 움직였다. 나는 엄마를 기쁘게 해주고 싶어서 고개를 끄덕였다. 그리고 자가용 마차를 너무 타고 싶었다. 자가용 마차라니 생각만 해도 낭만적이었다. 이곳에 서 있으니 생울타리를 가로질러 아래쪽 들판을 보는 것만으로도 갈망이 채워진다는 생각이 들었다. 그때 나무가 우거진 작은 골짜기에서 무언가 밖으로 튀어나왔다. 네 발로 걷는 것이, 옅은 색의 개나 여우처럼 보였다. 그러다 그가 몸을 쭉 폈고 나는 긴 금발 머리칼과 형체, 옷을 알아보았다. 이른바 헥섬의 강아지, 위드였다. 나는 한 손으로 눈 그늘을 만들고 그를 유심히 보았다. 위드 역시 걸음을 멈추고 우리를 올려다보는 것 같았다. 언덕이 적당히 솟아서 위드에게도 엄마와 내가 보인 모양이었다. 그때 위드가 서두르는 듯하더니 생울타리 쪽으로 뛰어갔다. 그가 시야에서 사라졌다.

봐요, 엄마, 저기 위드라는 아이가 있어요. 생울타리 쪽으로, 남자 구역으로 사라졌어요. 가까이서 보고 싶어요.

그 아이를? 지금이 절호의 기회구나. 신출귀몰한 아이 같으니.

엄마가 위쪽에서 내가 걸어 내려가는 모습을 지켜보았다. 생울타리에 가까이 다가가자 삐죽빼죽한 구멍이 나 있고 그 자리에 초록색 풀이 시들어 있는 게 보였다. 구멍이 얼추 허리 높이에 동그란 편이어서 나는 몸을 숙여 안을 들여다보았다. 내가 도착하길 기다렸다는 듯 소년이 나를 마주보았다. 그가 웃었다.

안녕, 내가 말했다. 네가 위드니? 산책하는 중이야?

위드가 고개를 끄덕였다.

너 위드인 게 확실해? 나는 그와 얼굴을 마주보기 위해 무릎을 꿇었다. 네 이름을 말해줄래?

위드, 그가 나직이 말했다.

해가 좀 더 져서 어스름 무렵이었다면 들판을 떠도는 영혼으로 착각할 것 같았다. 위드는 손으로 황갈색 눈썹과 분홍색 입술을 그려 넣은 듯한, 완벽한 작은 얼굴을 가지고 있었다. 나는 고향집의 꼬맹이가 떠올라서 조금 더 다가갔다. 가까이서 보니 장발에도 불구하고 작고 섬세한 사내아이인 게 확실했으나 내 생각처럼 어리진 않았다. 예닐곱 살쯤은 될 것 같았다. 어쩌면 그 긴 외투를 여자가 입던 헌옷이 아니라 망토라고 여겼는지도 몰랐다. 위드의 한쪽 눈은 크고 푸르렀다. 다른 한쪽은 모양이 온전했으나 홍채가 흐릿했다. 흰자는 순수하고 맑아 보였다. 앞이 안 보일 공산이 컸다.

눈동자가 우윳빛이구나, 내가 말했다. 사람들 말로는 그러면 예지력이 있다던데. 미래를 말해줄 수 있어?

그가 고개를 돌리더니 손으로 입을 가리고 한쪽 뺨을 부풀렸다. 그리고는 종달새가 지저귀는 소리를 냈다.

진짜 똑같다, 내가 말했다. 여기 아는 사람 있어?

위드는 기쁜 듯한 표정으로 쳐다보기만 했다. 위드가 생울타리에 난 둥근 구멍으로 그 작은 몸을 허리까지 밀어 넣자 서로의 얼굴이 거의 맞닿았다. 그가 우리 사이에 놓인 초록 잎사귀에 손을 올렸다. 따끔따끔한 생울타리는 두께가 적어도 1미터는 훌쩍 넘어서, 나는 손바닥을 내어주기 위해 손을 뻗었다. 그가 내 손목을 지나 손가락 끝까지 아주 가볍게 건드렸다. 목초지의 따뜻함이, 햇볕을 쬔 풀과 뒤얽힌 클로버가 위로 뿜어내는 온기가 느껴졌다. 한참 아래에선, 저 멀리서 쿵쿵거리는 심장처럼 추위의 맥박이 잦아들 줄 모른 채 뛰고, 또 움직였다.

저거 느껴져? 내가 물었다. 나는 무심코 위드의 손을 감싸 쥐었다. 그가 신호를 주기라도 하듯 시선을 떨어트렸다. 나는 손을 놓고 손바닥을 펼쳤다.

위드가 조심스레 고개를 숙이더니 입에서 하늘색 표면에 침이 묻은, 온전한 종달새 알을 떨어트렸다.

아, 내가 말했다. 그러면 어미가 둥지를 비운 거야? 나는 무게가 거의 느껴지지 않는 알을 받치기 위해 손바닥을 오므렸다.

그가 고개를 끄덕이며 아기처럼 내 검지를 쥐었다.

올빼미나 까마귀가 먹게 놔두느니 네가 보물처럼 간직하는 게 낫겠다, 내가 말했다.

가져, 그러고는 위드는 몸을 앞으로 내밀어 확실하진 않지만 이렇게 속삭였다, "안에 새가 있어."

그래, 내가 말했다. 맞아. 어미 새가 계속 품어서 부화했다면 새가 태어났을 거야.

위드는 내 말을 듣는 둥 마는 둥 하고 고개를 살짝 돌려 다시 그 새소리를 냈다. 위드의 목에서 나는 매끄러운 지저귐은 그가 몸을 숙이고 울타리에서 내려가 풀이 높이 자란 목초지로 걸어가는 동안 낮은 휘파람 소리로 바뀌었다. 위드가 한 번, 또 한 번, 나를 돌아보았고, 그러다 풀의 움직임만 보였다. 그가 숲으로 들어가자 소리는 점점 더 희미해졌다. 분명 환청이었다. 그렇게 먼 거리에서 들릴 리 없었다.

◇　◇　◇

엄마와 내가 돌아오니 여자 병동의 간호사들이 병원 옆 넓은 공터에 나와 서 있었다. 길고 흰 앞치마가 초록 잔디에 가만히 맞닿아 있고 뒷짐을 져서 검은 소매가 가려진 바람에 멀리서 보니 다들 흰 종 모양이었다. 그들은 제자리에서 몸을 기울이거나 움직이며 아홉에서

열 명 정도의 남자 환자들이 대잔디밭의 가장 낮은 지대에서 달리는 모습을 지켜보고 있었다.

그런 일정이 있는지 몰랐으나 여름 같은 날씨 때문에 뜻밖의 행사가 열린 것이었다. 남자 간호사들이 모든 신사들을 실외로 이동시켜 관중으로 삼았다. 많은 사람들이 멋지게 갖춰 입고 접시에 준비된 아이스티를 즐기고 있었다.

신사들은 간호보조원들을 간호사가 아니라 하인이나 종자로 여긴대, 엄마가 말했다.

힘을 써야 할 일이 생기기 전까지는 그럴지도요, 내가 대답했다.

아, 그러니까. 그런 대접을 받다 보면 본인들도 헷갈릴 거야. 하지만 그게… 신사처럼 행동하는 또 다른 이유기도 하지. 듣기로는 많은 남자들이 좀 더 격식을 갖춘 옷이나 커프스단추, 셔츠 칼라, 각반 착용을 도와달라고 부탁한다지. 반면에 여자들은 과거에 지위가 어떠했든 신경 쓰지 않는대.

누가 그런 얘기를 다 해줘요, 엄마?

엄마는 병원으로 향하는 굽은 오솔길을 걸으며 그저 웃기만 했다.

바로 아래 달리기 주자들의 출발선이 있었다.

그림 같은 풍경이었다. 해가 지면서 높은 돌벽과 살짝 안쪽으로 들어간 긴 부속 건물이 금빛 광채로 빛났고 잔디밭과 정원이 노란빛으로 물들었다. 여자 병동의 숙녀들은 여전히 치료 일과 때문에 방에 들어가지 못해 경주를 내려다볼 수 없었지만 일이 없는 간호사들은 조용히 지켜보았다.

달리기 주자들이 반바지를 입고 있네, 엄마가 말했다.

그랬다. 내의에 종이로 된 큰 숫자가 달려 있었고 대부분이 맨발이었다. 남자 병동의 바우만 여사 격인 집사가 출발선에서 시가를 피우는 모습이 보였다. 그의 바로 뒤에, 그 건장한 집사보다 머리와 어깨가 더 높은 우리의 야경꾼이 서 있었다. 그는 모자만 주머니에 넣어둔 직원복 차림으로 편안해 보였다. 그가 옆모습을 보인 채 집사를 마주보고 고개를 끄덕이며 대화하는데 아주 약한 미풍이 그의 길고 검은 곱슬머리를 헝클어트렸다. 안대가 보이지 않아서인지 잠시 동안 그가 다른 사람처럼 보였다.

천천히 걸어, 코나리, 엄마가 말했다. 도착하면 나는 안으로 들어가야겠다.

나는 엄마에게 맞춰 걸음을 늦추었다. 종이 울리자 선수들이 자기 레인에서 출발했다. 모두가 달리는 대신 뒤꿈치부터 엄지발가락까지 밟으며 몸을 꼿꼿이 세우고 아주 빠르게 걸어갔다. 뛰는 모양이 너무 웃겨요! 나는 엄마에게 말했다. 전혀 달리지를 않아요!

나는 웃으며 엄마를 쳐다보았으나 엄마는 경주를 보고 있지 않았다. 엄마의 시선은 출발선에 고정돼 있었다. 저건 빨리 달리기야, 엄마가 내 팔을 잡으며 말했다. 남자들 사이에서 지금 아주 유행이란다. 독서 시간에 《하퍼스 위클리》에 실린 삽화를 봤어.

《위클리》를 읽어요? 훨씬 교양 있는 소설을 읽는 줄 알았어요.

아, 대부분이 가벼운 읽을거리를 선호하거든, 하지만 몇몇 사람은… 엄마가 잠시 말을 멈췄다 내게 고개를 돌렸다. 있지, 코나리, 네가 이따금 토론 진행을 맡아주면 어떨까 싶은데. 예를 들면 디킨스처럼 네가 좋아하는 책이면 뭐든지 좋아. 책은 필라델피아에 있는 도서관에서 빌리면 돼.

아, 이젠 독서를 안 하는걸요…

해야지, 무슨 소리야. 네가 어릴 적에 책 읽기를 얼마나 좋아했는데.

거대한 나뭇가지가 갑자기 내 위로 차가운 그림자를 드리운 것처럼 눈앞이 캄캄해졌다. 엄마는 몸져누워 있던 그 세월 동안 내가 어떻게 살았는지, 무슨 일을 했는지 정말 기억하지도 떠올리지도 못했다. 꼬맹이가 걸음마를 뗄 때까지 숄로 업고 다니고, 꼬맹이를 먹이고 토닥이고, 쌍둥이에게 엄마 젖을 물리고, 애들을 전부 씻기고 노래를 불러주고, 엄마를 숟가락으로 먹이고 스펀지로 목욕을 시키고, 그러는 와중에 파파가 돌아올까 봐 겁에 질려 있던 일들을. 어떤 날에는 엄마의 머리를 땋아줄 시간이 있어도 그냥 묶고 말았다. 엄마의 검은 머리 뭉치가 베개에 놓여 있으면 파파가 아무리 늦은 시간이든, 아무리 취해 있든, 엄마가 창백해 보이든 말라보이든 상관없이 관심을 보일까 봐서였다.

엄마, 나도 안으로 들어갈래요. 방이 비어 있을 테니… 잠시 조용히 쉴 수 있을 거예요.

너도 쉬어야지, 그녀가 말했다. 저녁 식사에 맞춰 단장하고 나오렴, 그 뒤에 자가용 마차를 탈 테니까. 아, 줄 게 있어. 그러더니 엄마는 블라우스에 달린 비단 지갑에서 작은 상자를 꺼내 내게 줬다. 연분홍색 볼연지야. 병원 여성 후원회의 숙녀들이 잡다한 것들을 사주거든…

우리는 경내에 도착해 구경하는 간호사들 뒤를 지나 포치 입구로 걸어갔다. 남자들의 경주가 끝난 듯했다. 간호사들이 손뼉을 치며 소곤거리는 소리가 들리자마자, 엄마가 망으로 된 문을 닫고선 헤어짐의 의미로 나를 살짝 안아주었다.

◇   ◇   ◇

저녁 식사가 끝난 후에도 대부분이 돌아오지 않아 꼭대기층 방에는 나 혼자였다. 주로 나이 어린 미혼 간호사 열두 명이 이곳에 머물렀다. 좁은 침대들이 커다란 트렁크를 사이사이에 두고 양편에 여섯 개씩 놓여 있었고, 세면실과 휴게실이 딸려 있었다. 대부분의 지붕창이 바람이 조금이라도 들어오게끔 망만 남겨둔 채 획 열려 있었다. 창밖으로 옆쪽의 작은 정원과 오솔길, 앞쪽의 대잔디밭, 도로에서 이어지는 진입로가 보였다. 병원 앞 철로는 웨스턴이 주요 역이어서 병원 사람들 외에는 거의 이용하지 않는 측선이었다. 잔물결이 반짝이는 좁은 강물과 그 너머의 마을, 높은 산으로 이어지는 경사진 언덕도 보였다. 우리는 밤 9시까지 벽에 붙은 가스 촛대를 꺼야 했고, 한 달에 한 번 침대 자리를 바꿔야 했다. 바우만 여사의 말에 따르면 매트리스를 아끼기 위해서였다. 구석 자리의 침대가 인기가 좋았는데 어떤 여자애들은 침대 발치에, 또는 자기 침대와 양쪽 침대 사이에 가림막을 치기도 했다. 가림막은 병원 치료실에서 쓰던 것인데, 간호사들이 어떻게 구했는지는 알 수 없었지만 늦은 오후에 그 안에 홀로 있으면 혼자만의 공간 같았다. 그러면 숙소 건물들이 길고도 공허해 보였다. 촘촘하게 정렬된 침대들이 서로 속삭이는 소리, 커튼이 바스락거리는 소리가 들린 것 같았지만, 아래로 끌어내리는 블라인드뿐, 커튼은 없었다.

나는 세면실을 혼자 차지하고 마차를 타기 위해 매무새를 다듬었다.

집에서 가져온 옷은 세탁하여 병원에서 제공한 트렁크에 숨겨놓았다. 직원복 말고는 입을 옷이 없었지만 깨끗한 앞치마와 모자를 걸치고 얼굴 옆으로 검은 곱슬머리를 몇 가닥 내렸다. 상자에서 꺼낸 얇은 휴대용 금색 주석 분갑은 회중시계만 했다. 그 속의 화장품도 자기만의 시간을 재고 있지 않을까 싶었다. 세면실 개수대 위에 달린 작은 공용 거울은 가로세로 60센티미터도 안 됐다. 나는 몸을 거울에 바짝 붙였다. 내 피부색은 희지도, 햇볕에 잘 타지도 않았지만 두 눈이 피곤해 보였다. 다른 여자애들이 내 짙고 두꺼운 눈썹과 속눈썹에 대해 한마디씩 한 것이 무색하게 지난 몇 주 동안 엄마는 점점 젊어지고 나는 점점 늙어가는, 아니 매력이 사라지는 것 같았다. 나는 분홍색 볼연지를 두 볼에 둥글게 문지르다가 오두막 뒤에서 꼬맹이와 빙글빙글 돌던 일을 떠올렸다. 내가 손을 잡고 빙빙 돌려주면 녀석은 좋아라 하며 공중을 날았다. 꼬맹이는 내가 세상의 전부라는 듯이 나를 따라다녔다. 내가 냄비를 닦으면 꼬맹이도 헝겊 조각을 들고 문질렀고, 내가 밥을 지으면 꼬맹이도 막대기로 바닥을 휘저었고, 내가 쌍둥이를 안고 있으면 꼬맹이도 내 무릎이나 품으로 꿈틀꿈틀 다가왔다. 나는 그 아이의 유일한 보물이었다. 이곳에서 우리 간호사들은 전부 똑같은 존재, 주의를 끌어서는 안 되는 보잘것없는 존재였다. 나는 내 직원복을 소중히 여겼고 다른 간호사들처럼 되는 게 기뻤지만, 누구도 나를 사랑하거나 생각해주지는 않았다. 엄마와 대화를 나누긴 했지만 엄마도 새로운 인생에 열중하고 있었다.

머릿속이 혼란스럽고 괴로웠다. "안에 새가 있어"라는 위드의 말소리가 들리더니 그가 생울타리 사이로 나를 뚫어지게 쳐다보던 모습이 떠올랐다. 나는 깜짝 놀라 직원복 주머니를 벌려서 까맣게 잊고 있던 작디작은 파란 새알을 힐끗 확인하고는 어둠 속에서 들어올렸다. 아직 모양이 온전했다. 어떻게 해야 이걸 깨지지 않게 보관할까? 나는 볼연지 통이 들어 있던 작은 상자에 알을 반듯하게 놓았다. 하지만 껍질이 약해서 둥지가 필요했다. 나는 솔빗에 말려 있던 내 머리카락을 뽑아 상자 가장자리에 둥글게 깔았다. 새알은 은신처에 쏙 들어가 몸을 숨겼다. 나는 끈으로 상자를 묶었다.

작은 터트림

◇

감옥처럼 불쾌한 모든 것들은 세심하게 피해야 한다… 다양한 흥미
로운 물건들… 그리고 숲과 관목, 화초, 정자가 있어야 한다… 이런
것들이 얼마나 중요한지는 아무도 검증할 수 없다.

—토머스 스토리 커크브라이드 박사, 1854.

위드는 보려고 숨었다가, 관찰하려고 그 자리에 머문다.

3층에 있는 헥섬의 네모난 방은 한때 원장의 하인이 쓰던 숙소로,
언제나 열려 있다. 위드가 아닌 어느 누구도 감히 들어갈 엄두를 못
낸다. 헥섬은 침대 두 개를 붙여서 잠을 자는데 높다란 앞쪽 창문을
열면 바로 옆에 스토리 박사가 쓰는 좁은 사무실 발코니의 나무 포
치 난간이 있다. 위드는 열린 창문으로 미끄러져 나가 균형을 잘 잡
고 포치 난간을 몇 걸음 걸어서 병원 4층까지 커다란 가지를 활짝
뻗친 높은 나무 쪽으로 건너간다. 그리고 몸을 숨기고 큰 가지를 기
어 올라가 몸통에 다다른다.

나뭇가지와 잎이 뻗어나가는 견고한 나무 아귀에 앉는다. 아래쪽
의 병원 진입로를 쳐다본다. 둥근 생울타리와 화단, 중앙의 분수, 그
너머 대잔디밭, 바람을 쐴 수 있는 격자 문양의 나무 정자가 있다. 나
무 깊숙이 숨어 누구 눈에도 띄지 않는 최고로 잘 보이는 자리다. 내
키면 아래로 기어 내려온다. 낮은 가지에 매달렸다가 수레나 짐마차

로 뛰어내리거나, 자가용 마차가 가까워지길 기다렸다가 지붕에 앉기도 한다. 하지만 위드는 가만히 있으면서 거대한 문 앞에서 방문객들이 대화하고 속삭이고 흐느끼는 소리를 듣는다. 아니면 말이 끄는 역마차가 지붕 위에 트렁크를 잔뜩 쌓고 진입로까지 들어왔다가 둥근 정원을 지나는 모습을 바라본다. 작고 둥근 창문이 달린 상자 같은, 보안관의 검은 마차도 드물게 보인다. 하지만 그 신사가 미친 듯 악을 쓰며 소란을 일으킨 날은 아수리장이 따로 없었다. 앞에는 마부가 말을 몰고 뒤에는 사람들이 매달려 서 있는 마차, 속도를 높이라는 재촉에 힝힝대며 흙덩이를 튀기고 먼지구름을 일으키는 말들, 덜커덩거리고 쨍그랑대는 소리. 보안관의 상자 같은 마차 안에서 벽을 쿵쿵 두드리는 소리가 들리더니 그 남자가 입에 재갈이 물리고 결박된 채 온몸을 비틀고 흔들어대며 사람들 손에 끌려 나왔다. 보안관이 바우만 여사에게 소리쳤다. "야경꾼을 불러요… 또 술에 취한 미치광이가… 마구간을 털고 보안관보를 때려눕혔소. 물러서요, 여사!" 아, 머저리들이 낑낑대고 있는데 그 대단한 양반은 출근도 안

했구먼. 헥섬이 나중에 이렇게 비아냥거렸다. 설마 이 미치광이를 면담한다는 건 아니겠지? 포박도 않고 재갈도 안 쓰다니! 헥섬은 결박용 침대와 쇠사슬, 나무판자, 그물망이 어디 쌓여 있는지 안다. 그 퀘이커교도가 그렇게 하란다고 결박용 침대를 치워? 이 헥섬이 대화를 좀 해야겠어. 위드가 헥섬을 찾아가고, 헥섬이 위드에게 간호사들을 따라 결박용 침대가 숨겨진 곳에 가도 좋다고 허락한다. 사람들이 문을 들이받는 나무통처럼 침대를 치켜들고서 아래층 복도를 지나 계단을 올라간다. 원형 홀에 이르니 그 미치광이 신사, 헥섬이 위드에게 늘 조심하라고 경고했던 그 사람이 길쭉한 모자를 옆에 내팽개치고 코트자락을 휘날리면서 사납게 저주를 퍼붓고 있다. 그 미친 개가 야경꾼에게 뛰어들어 목에 대고 침을 흥건히 흘리자, 벽감에서 본 적 있는 여자 환자가 사나운 표정으로 그 마귀의 목을 양팔로 껴안는다. 미치광이가 쓰러지는 순간 사람들이 전부 달려들어 그를 결박용 침대에 집어넣고 잠근다. 그사이 야경꾼이 여자 환자를 밀쳐내고 그 여자애, 떠나지 않고 머문 그 소녀에게 큰소리를 친다. 상황은 끝나고, 저주와 외침만 들린다. 헥섬이 돌아서서 파도가 바닷물을 잡아당기듯 사람들을 이끌고 결박용 침대를 따라간다.

◇　◇　◇

헥섬은 소란이 일어날 때 위드가 주변을 얼쩡대는 걸 좋아하지만 일요일에는 실내에 머물렀으면 싶다. 일요일마다 마을 사람들이 찾아와, 그녀 말로는 어슬렁거리면서 사탕 포장지와 기름 묻은 종이를 흘리고 다니며 누가 미쳤는지, 이야깃거리가 없는지 탐색하고, 음흉하게 쳐다보며 웃기 때문이다. 저 무리에 비하면 차라리 병원 환자들이 더 고귀하지! 하지만 마을에서 모두가 먹을 점심 식사를 가져온다고, 헥섬 말로는 그 대단한 양반이 우쭐대면서 그녀는 아침에 삶은 계란, 저녁에 수프만 준비하면 된다고 하니 마음껏 거닐라고 허락했다. 하지만 우리 강아지, 너는 안에 있어라. 마을 사람들 중에도 이 담장 안의 인사들만큼이나 영악하고 정신 나간 자들이 있단다.

화창한 일요일이면 위드는 잎이 무성한 높은 가지에 앉아 마을에서 온 방문객들을 관찰한다. 봄과 여름에 이들은 날씨가 허락하는 한 오래 정원을 거닐고 대잔디밭에서 소풍을 한다. 마을 사내아이들은 잔디밭에 그물망을 세워놓고 배틀도어를 치고, 아가씨들은 레모네이드를 갖고 와서 파이를 판다. 어떤 이는 아코디언, 트럼펫, 심지어 바이올린도 연주한다. 위드는 거대한 나무 꼭대기까지 높이 올라가지만 절대 겁먹지 않는다. 그는 병동에서 풀려나와 놀이와 산채을 즐기는 신사들, 숙녀들을 바라본다. 그들의 마음속에 오래도록 떠다니는 비눗방울을, 자신처럼 머릿속에 있는 눈을 본다. 이들은 마을 사람들과 다르다. 뒤집어진 딱정벌레와 날아다니는 새만큼 다르다. 간호사들과 걸어가면서도 그들의 생각은 사방을 날아다니고, 신사 환자들은 숙녀 환자들에게 고갯짓을 한다. 신사들은 마을 사람들과 대화를 나누며 정자에 앉지만, 숙녀들은 일요일에 정자에서 쉴 수 없다. 마을 사내가 쉴 곳을 찾을 수도, 신사 환자가 젠체하며 속삭일 수도 있기 때문이다. 헥섬의 말에 따르면 젠체하는 건 남자들이 덮치기 전에 내는 가르랑거리는 신호다. 숙녀 환자들은 양산 아래서 고개만 끄덕이면서 계속 걸어간다. 간호사들이 옆에서 날씨가 얼마나 좋냐느니, 정원이 얼마나 근사하냐느니, 하고 떠든다. 스토리 박사는 근무 시 입는 검은 정장 차림으로 오솔길에서 산책을 하지만 ―헥섬은 이것을 '한가로이 노닌다'고 비웃는다― 위드의 사람들은 실외에 없다. 헥섬은 주방에서 일꾼들에게 일을 시키고 자신의 몸통만 한 반죽을 한 아름 치대고 두드린다. 제프는 젖소 사육장이나 마구간에서 두 손으로 하모니카를 받치고 발그스름한 입술을 미끄러트린다. 저녁에는 천장이 비스듬한 그늘진 헛간 구석의 어두침침한 방에서 딥이 기름 램프 불빛에 의지해 체커판을 마주보고 "어디 보자" 하고 추임새를 넣는다. 오셰이는 진흙 감방에 갇힌 검은 말벌 떼처럼 야간 순찰을 시작하기 전까지 방에서 잠만 잔다. 바우만 여사로부터, 속을 꿰뚫어보는 그녀의 시선으로부터 숨는다. 스토리 박사, 남몰래 보고 사라지는 그의 불빛을 피해 숨는다. 잔디밭과 들판 저 뒤편에서 언제나 무덤을 파는 사람을 좇는다. 버드나무 관은 어지러운 노랫소리로 시끄럽고, 수북한 흙더미는 돌격해 쟁취해야 하는 쑥대밭이 된 나라와 닮아 있다. 무덤에는 휘장 같은 묘비가 줄지어 서 있고, 과수원 위로 기나긴 언덕에는 풀밭이 물결친다. 메뚜기와 잠자리가 노래하는 풀잎 사이를 휙휙 스친다. 저녁이 되면 자가용 마차를 끄는 말들이 눈을 희번덕거리며 흥분하다가 마침내 마구와 눈가리개를 찬 채 이빨 사이로 쇠로 된 재갈 맛을 느낀다. 소들은 입 모아 울어댄다. 헥섬의 지시를 받은 주방 일꾼들은 두툼한 팔뚝과 무거운 발에 불과하다. 그들이 위드에게 나가라고 손짓하며 한쪽 눈의 대망막이, 움직이지 않는 그 허여멀건 눈동자가 악마의 저주라고 욕을 한다. 우리한테 마법을 걸거나 뭐가 보인다고 말하기만 해봐라, 이 사탄 같은 놈아. 썩 꺼져! 그들은 위드가 이르지 않을 거라는 걸 안다. 그리고 핵섬이 보지 않으면 모를 거라고 생각한다.

하지만 위드는 나무 위에서 그들 모두를, 심지어 마을 사람들을 보러 나오지 않고 한사코 숨어 있는 사람들까지 모두 본다. 그는 일요일을 이렇게 채우고 넓은 나뭇가지를 되밟아서 난간으로 돌아온 다음 핵섬의 창문까지 짧은 거리를 조심조심 걷는다. 그리고 넓은 여닫이창을 붙잡고 안으로 미끄러져 들어간다. 핵섬은 태풍이 몰아치는 날이 아니면 언제나 위드의 몸집만 한 틈을 열어둔다. 시원한 공기만 한 치료제가 없단다, 우리 위드, 겨울 공기가 질병을 죽이고 열병을 가라앉히는 걸 기억해라. 위드가 가슴만큼 올라오는 핵섬의 책상을 손가락으로 훑으며 실패, 리본, 종이, 세워진 깃펜, 겹겹이 쌓인 펼쳐진 회계 장부를 만진다. 핵섬에게는 출처를 알 수 없는 고급스런 촛대와 길쭉하고 얇은 초가 있다. 비밀에 쌓인 여왕이 저녁 식탁에 켜두는 초 같지 않니, 우리 강아지? 잠긴 서랍에는 싸구려 보석 상자가 있다. 위드가 밤마실을 오면 핵섬이 꺼내 보여준다, 그들은 금지된 초를 켜고 반지와 귀걸이를 가지고 논다. 핵섬의 확대경이 그녀가 펼쳐놓은 장부 위에 놓여 있는데 유리가 두툼하니 둥글고 손잡이는 칼의 고리 모양으로 생겼다. 핵섬이 유리 품질이 아주 뛰어나서 햇빛을 비추면 종이를 태울 수도 있다고, 스토리 박사의 오래된 책 위에 확대경을 들고 있어보라고 말했다. 그 작자 말이다, 어, 위드? 퀘어커 식이네 어쩌네 하면서 우쭐대며 돌아다니는 것 좀 봐라. 이스트 넣은 빵을 줄이라고? 채소 양은 더 늘리고? 내가 내놓은 상추, 파슬리, 겨자 잎이 부족해? 이젠 줄기 토마토를 심으라고? 물만 낭비하고 말지. 제프와 딥이 운동장 담벼락에 줄을 맞춰 식물을 심고 있는 건, 여자 환자들은 물을 주거나 수확을 할 수 없으니까 그런 거잖니. 그런데 손에 물 한 방울 안 묻히는 양반들한테 그걸 가르치라는구나! 물뿌리개가 있어야 한다질 않나, 마을 사람들한테 도움을 청하라고 하질 않나! 또 무슨 케케묵은 책에서 본 모양이지! 헥섬이 얇은 나뭇개비가 가득한 긴 놋쇠 성냥갑을 자랑한다. 이 끄트머리 하나하나에 유황이 묻어 있단다, 우리 강아지, 악마의 불이지. 그 작자는 보는 사람마다 가스등을 자랑하고 다니지만 난 내 등유 램프와 촛불을 포기하지 않을 거야, 생고생하다가 진땀을 빼봐야지! 하지만 정작 위드를 힘겹게 빙빙 돌리면서 진땀을 빼는 것은 헥섬이다. 위드는 뚜껑이 닫힌 놋쇠 성냥갑을 흔들며 성냥소리를 듣다가 확대경을 집어 든다. 확대경을 펼쳤다 접으면서 어떻게 햇빛에 불이 붙는지 궁금해 한다. 책이 있나 살펴보지만 쓰레기통에서 구겨진 종이밖에 찾지 못한다. 위드는 둥근 유리를 옆에 내려놓고 종이를 집어 아침부터 넣어둔 빵부스러기와 함께 주머니에 넣어둔다. 그리고 복도로 미끄러져 나와 뒤쪽 계단을 이용해 주방으로 내려온다.

헥섬이 위드를 부르는 소리가 들린다. 일요일이 끝났다. 마을 사람들은 떠났을 테고, 수프 냄비를 휘젓는 여자들이 그에게 나가보라고 손짓한다. 헥섬이 "다섯 오리"라고 부르는 아이들을 위해 비눗물이 담긴 큰 대야와 자수틀을 가지고 온다. 곧 아이들로 하여금 거품을 불어 오색 고리 모양의 큰 비눗방울을 만들게 해준다. 계집애들이 비눗방울을 잡으러 사방팔방 뛰어다닌다. 사내애들은 그 속으로 뛰어 들어가 비눗방울을 터트리며 작은 안개의 감촉을 느낀다.

스토리 박사의 환자

◇

스토리는 거의 매일 그녀를 만났고 면담이 끝나면 곧바로 일지를 작성했다. 마치 이런 예상 밖의 장소에 느닷없이 나타난 이 환자를 맞이하기 위해, 오랫동안 갈고 닦아온 그의 치료법—그들이 나눈 대화를 회상하여 글로 옮기는 방식—에 정점을 찍기라도 하듯이. 그는 꼼꼼히 적어놓은 면담 기록을 읽으면서, 그녀가 발언 기회를 얻어 목소리를 내고 신뢰와 안전을 느낌으로써 점차 자유로워지고 있다고, 그녀가 마침내는 안식처를 찾게 되리라고 생각했다.

- 어릴 적엔 사람들에게 뭐라고 불렸나요, 재닛 양?
- 재닛이요, 확실해요.
- 그렇다면 재닛은 성이 아니군요. 그 점을 미심쩍어 했잖아요.
- 예의를 갖춰 부를 때 "양"이라고 덧붙이죠, 스토리 박사님? 미혼 여성을 부를 때요…
- 전쟁 전에 당신이 어떤 사회에 속했는지를 알려주는 많은 단서 중 하나이지요, 재닛 양.

　– 하지만 스토리 박사님, 공정한 사회라면 어떤 여성이라도 존중
　해야 하잖아요. 그게 바로 도덕적 치료 아닌가요?

　스토리는 그 말에 동의했다. 그들은 그런 세상을 볼 수 없을지도
모르지만. 그녀는 면담 중에 그에게도 자기 이야기를 해보라고 권했
고, 직접 질문을 던지기도 했다. 그녀와 함께할 때, 그는 몇 번이나
어떤 변화—공간, 빛, 혹은 인식—를 느꼈다. 그런 경험은 처음이었
다. 스토리는 여성 후원회나 그의 집에서 갖는 식사자리에서 그녀가
연주하는 순간을 고대했다. 아니, 더 정확히는 갈망했다. 그 순간에
만, 다른 이들 앞에서 그녀를 뚫어지게 응시할 구실이 생겼기 때문
이었다. 그는 이 모든 것이 그녀를 더 깊이 이해하기 위한 첫 단계라
고 스스로를 다독였고, 몇 가지 사실을 그녀와 공유해도 해될 게 없
다고 판단했다. 그리고 그녀는 그의 말에 지혜롭게 반응했다. 그는
그녀에게 토머스 스토리 커크브라이드가 펜실베이니아 병원에서 도
덕적 치료를 도입한 이야기를 들려주었다. 그녀는 그의 가족과 그가
받은 교육에 대해 물었다. 어머니는 살아 계신가요? 아니오, 그가 대
답했다. 그의 멘토인 커크브라이드 박사의 친척이기도 했던 그의 어
머니는 10여 년 전 세상을 떠났다. 저는 외동이고, 아버지는 어머니
가 돌아가시자 바로 재혼했습니다. 아버지께서 새 삶을 꾸리셨군요,
그녀가 말했다. 그렇다고 못마땅하게 여기진 않았습니다, 스토리 박
사가 말했다. 하지만 나는 집을 떠나 필라델피아의 커크브라이드가
에서 지내며 학업에 몰두했죠. 그는 일이 자신의 유일한 가족이나
다름없다고 그녀에게 말했던 것을 떠올렸다.

– 스토리 박사님, 궁금한 게 있는데, 박사님은 어릴 적에 사람들
   에게 뭐라고 불렸나요?

– 다들 토머스라고 불렀습니다.

– 톰이 아니었군요. 그러게, 톰은 안 어울려요.

– 나는 토머스 커크브라이드 스토리였습니다. 어머니는 스토리가
   의 일원과 결혼하셨고, 가장 성공한 숙부의 이름을 순서만 바꿔
   제게 붙여줬죠. 그러니까, 커크브라이드 박사님이 제 아저씨라
   는 거였어요. 우리는 필라델피아에 자주 찾아갔어요. 그분의 자
   식들은 어떤 면에선 내 형제나 다름없었죠.

– 그렇다면, 숙부님 댁은 행복한 곳이었겠어요. 게다가 그 유명한
   커크브라이드 박사님, 그 가정적인 분의 집이잖아요.

스토리는 자신의 숙부가 홀아비가 되었다가, 얼마 뒤 그의 환자였
던 여자와 재혼했다고 설명했다 환자였던 아내는 온전한 정신을 회
복한 뒤, 그 오랜 세월 믿음직한 배우자가 되어주었다. 그분이 아내
를 도와주셨군요, 재닛 아가씨가 말했다. 박사님이 지금 나를 도와주
는 것처럼요. 그녀가 잠시 말을 멈췄다가 그들 슬하에 자식이 있었
냐고 물었다. 순간 그는 그녀의 질문에서 불안을 감지했다. 여럿 있
었어요, 그가 대답했다. 두 번째 부인이 원했거든요…

나라면 못해요, 그녀가 재빨리 말했다. 난 절대… 아이를 갖지 않
을 거예요.

스토리는 그녀가 시선을 돌리는 것을 알아챘다. 그러면 안 가지면
됩니다, 그가 빠르게 대답했다.

스토리가 그녀 쪽으로 살짝 움직였고, 그녀도 그를 향해 움직였

다. 두 사람의 무릎이 닿을락 말락 했다. 일반적으로 환자들이 어린 시절에 사로잡혀 있는 것처럼 그녀도 그 시절의 기억에 억눌려 있거나 조심스러워 보였다. 하지만 사회적 의식이나 지각은 양호했고 타인에 대한 관찰력도 좋았다. 그것만으로도 스토리는 재닛 양이 말만 하지 않을 뿐, 정상이라고 확신했다. 그럼에도 스토리는 면담에서 직접적인 질문을 던졌다. 기억이 되돌아오길 원하는가. 어린 시절을 기억하는가. 그녀는 자신이… 죄수였으며 이곳에 도착한 이후로 스스로가 어린애처럼 느껴진다고만 답했다. 매일이 새롭게 느껴졌다. 그럼 이곳으로 오는 길은 어땠습니까, 스토리가 물었다. 그 아이가 먹을 걸 챙겨줬어요, 그녀가 말했다. 코널리 간호사를 말하는 걸까? 그녀와 동행한 그 여자애? 여기 오기 전에는 그 아이를 어떻게 불렀나요, 스토리가 재빨리 물었다. 그냥, 안 불렀어요, 재닛 양이 답했다. 여기 와서 그 아이에 대해 잘 알게 됐어요. 그 애는 거의 자매나 마찬가지예요. 그런 다음 그의 환자가 몸을 앞으로 기울이고 환한 얼굴로 웃으며 혹시 그날 밤에 코널리 간호사가 같이 마차를 타도 되냐고 물었다. 되다마다요, 그가 날씨가 좋다며, 이런 온화한 날씨는 오래 가지 않는다고 말했다.

스토리는 재닛 양의 간호사가 그녀와 과거의 트라우마를 연결하고 있긴 하지만 사회적 지위가 낮은 여자애와 가족과도 같은 편안함을 느낀다는 것은 그녀가 깊은 유대관계를 형성할 수 있음을 잘 보여준다고 믿었다. 재닛 양의 기억 상실은 자기방어적인 것이었으나 그녀는 이제 동석자가 있으면 잘 웃었다. 스토리의 동료들과 그 아내들, 즉 여성 후원회의 몇몇 회원들은 재닛 양의 회복 상황에 대해 물으면서 "건강을 회복할 자격이 충분한", "사랑스러운 존재"라고 말했다. 그리고 행복할 자격도 충분해요, 한 여성 후원자는 격려의 의미로 그에게 고갯짓을 하며 이렇게 덧붙였다. 스토리는 그런 모임에서, 또는 직원들 앞에서 감정을 드러내지 않으려고 조심, 또 조심했다. 하지만 사적인 면담에서는 팔을 뻗으면 손이 닿을 만큼 가까이로 팔걸이의자를 옮겼다. 하지만 안 될 일이었다. 심지어 지금도, 그는 강하게 절제력을 발휘했다. 그녀가 어린 시절에 대해 잠깐씩 언급하는 내용을 들어보면 유복하고 안정적인 가정에서 자랐음을 알 수 있었다. 방어적인 표정, 불안한 시선, 깜짝 놀라는 반응은 줄었다. 더 이상 손을 비틀거나 꽉 움켜쥐지도 않았다. 짧은 응답이 사라지고 대화와 토론이 그 자리를 채웠다. 재닛 양은 그들이 공통으로 읽은 책에 대해 얘기하고, 이전에 나눈 대화를 자세히 떠올리고, 코널리 간호사와 오랫동안 산책 나갔던 일을 설명했다. 스토리는 그녀의 관대함과 열망이 살아나는 것을 감지했고, 불꽃이 너울거리는 모양을 보기 위해 난로를 응시하는 사람처럼 그녀의 눈을 몰래 바라볼 수밖에 없었다. 오늘, 면담이 끝날 무렵, 재닛 양이 여느 의사 못지않게 교묘한 솜씨로 그에게서 이야기를 끄집어냈다.

- 스토리 박사님, 듣자하니 결혼하신 적이 없다고요.
- 네, 오래전에 약혼을 한 적은 있어요… 4년 전, 이곳에 오기 전의 일입니다. 애정하는 사이였죠. 하지만 지금과 같은 감정은 아니었어요.

그의 말에 그 자신도 놀랐다. 그녀는 두 눈이 휘둥그레졌지만, 고백을 받아들였다는 기색은 보이지 않았다. 방 안이 그림자로 얼룩졌고, 일렬로 늘어선 창문에서 들어온 햇빛이 그녀의 얼굴을 슬쩍 스치고 지나갔다. 지난 몇 주 동안 그녀에 대한 생각이 딱 이러했다. 불쑥 떠오르고, 조용히 머무르다 이내 사라지고, 희미한 흔적을 남기면서, 행복에 대한 질문을 불러일으켰다. 그로서는 오래전 끝났다고 생각한 질문이었다. 재닛 양은 그를 향해 고개를 살짝 기울이며 그를 침묵으로 초대했다. 그는 그녀가 어떤 사실을 드러내든, 아니 드러내지 않기로 하든 자신이 더는 그것에 개의치 않는다는 것을 깨달았다.

– 스토리 박사님, 혹시, 괜찮으시면, 단둘이 있을 때, 이름으로 부르는 게 어떨까요? 그러면 제가 토머스라고 부를게요.
– 그리고 저는 재닛이라고 부르겠습니다.
– 네. 당신에게는, 그게 바로 저예요.

신뢰가 두텁게 쌓였다는 생각에, 지금까지 스토리는 그녀의 답변에 대해 추궁하지 않았다. 스토리는 다시 일지를 읽어보았다. 어쩌면 재닛 양은 받아들이기 좋은 모습만 보여주고 있는 것인지도 몰랐다. 상관없었다. 오늘 밤, 그녀의 간호사를 동반해 마차를 함께 타기로 했다. 그들은 더 깊은 대화를 나누고, 그녀의 속도에 맞춰 나아갈 것이다. 그녀의 매력적인 인품, 고상한 성장 배경, 그의 일에 도움이 될 수도 있는 재능… 스토리는 완전히 회복하여 새로운 삶을 부여받은 그녀가 흰 잠옷 차림으로 그의 사무실 거울 앞에 서 있는 모습을 상상했다. 자신도 모르게 그녀의 벗은 몸이 자신의 품 안으로 미끄러져 들어오는 느낌이 들었다.

그는 마흔다섯이다. 수년 전, 펜실베이니아 병원에서 촉망받는 의사였던 그는 혼처로서 적당한 퀘이커 숙녀들의 마음을 얻으려 애썼다. 그가 약혼녀에게 청혼하고 답을 기다리고 있던 때, 기혼인 그녀의 언니가 그들의 "공통된 벗"이 다른 구혼자에게 더 관심이 있다고 그에게 알려주었다. 스토리는 그녀를 놓아주겠노라며 행운을 빈다는 글을 써서 보냈다. 몇 주 뒤, 그 언니가 조심스러운 제안을 해왔다. 그가 이미 그 가족의 주치의였던 터라 두 사람은 자주 만났다. 스토리보다 연상인 그녀는 자기보다 수십 살 많은 유력한 퀘이커 상인과 결혼한 몸이었다. 그녀는 아이가 생기지 않기를 바랐고, 모든 종류의 성적 친밀함과 더불어 피임법에 관해 그에게 기꺼이 조언하는 한편, 편지나 쪽지, 선물, 맹세, 고백은 금지했다. 그 와중에도 그녀는 남편에게 한 달에 한 번 자신을 허락했는데 그것을 의무라고 불렀다. 남편에게 또 후사가 생긴다면 그의 장성한 자식들이 수치스러워할 터였고, 그녀 자신도 임신을 "여자가 견뎌야 하는 러시안 룰렛"이라고 여겼다. 이미 부유했던 그녀는 그에게 오직 신중함과 충실함만을 바랐다. 그는 자신이 사랑하고 또 사랑받고 있다고 믿었고, 두 사람은 영원히 그 관계를 지속했을지도 몰랐다. 그녀의 남편이 65세 생일을 맞아 유럽으로 이사를 가자고 고집하지만 않았더라면.

그러다 30대 후반이 되자, 스토리는 이렇다 할 계획 없이 저녁 식사와 파티, 강연에 억지로 참석하면서 어머니의 죽음에 대해 글을 쓰기 시작했다. 그는 일의 영역을 넓히기 위해 필라델피아에서 급성장하던 숙부의 병원 일에 합류했고, 더 많은 개인 환자를 받아들였다. 한 매력적인 과부가 자신의 장성한 아들이 쇠약해진 것은 죽은 남편에게 학대를 받아서이며, 남편은 아들뿐 아니라 자신도 억압했다고 털어놓았다. 그녀는 그의 환자가 아님에도, 아들이 치료를 통해 이성을 되찾는 사이 스토리에게 상담을 청했다. 얼마 후 그녀는 우정을 지속하고 싶다고 그에게 말했고, 그들은 유쾌하고 비밀스런 관계를 시작했다. 그렇게 그는 그녀와 관계를 유지하면서 자신의 일에 매진했지만, 이곳으로 오면서 그 모든 것을 뒤로했다. 새로이 탈바꿈한 트랜스 앨러게니 정신병원에서 그는 병원 원장이라는 직책으로 야심찬 새 출발을 했다. 그러한 막중한 자리에 최연소 의사로서 지명된 스토리는 도시와 동떨어진 이 산골에서 도덕적 치료를 성공시키기 위해 헌신했다.

그렇게 4년이 흘렀고, 재닛 양이 그의 환자가 되었다. 그의 치료를 받고 회복한다면 그녀는 환자 그 이상이 될 수도 있었다. 그의 삼촌 커크브라이드의 성공적인 재혼은 안전하고 평온한 도덕적 치료가 한때 침묵에 빠질 만큼 큰 트라우마를 지닌 사람조차 치유할 수 있다는 불변의 증거였다.

마차 타기

코나리

◇

일상적인 오락거리는… 소홀히 해서는 안 되는 요소다… 마차 타기
는 많은 이들에게 거의 필수불가결한 오락이 아닌가 싶다.

– 토머스 스토리 커크브라이드 박사, 1854.

이른 저녁이라 주위에 마차를 기다리는 사람이 거의 없었다. 앞치마
도 깨끗해 보였고, 엄마도 내 머리며 볼연지가 마음에 든다고 말해
줬지만, 나는 속으로 반쯤은 다시 병원 안으로 들어가고 싶었다. 레
이스 같은 꽃봉오리가 오래전에 떨어졌는데도 공기 중에서 희미한
라일락향이 났다. 그때 엄마가 라일락 향수 내음을 풍기며 술이 달
린 작은 가방과 새 비단 숄을 들고 가까이 다가왔다. 이 온갖 잡다
한 물건들은 여성 후원회에서 선물 받은 게 분명했다. 마을 여자들
은 엄마에게 많은 관심을 쏟았지만, 나는 너무 친해 보이거나 붙어
있으면 안 됐다. "넌 가족이 아니야, 하녀지." 그날 동틀 무렵 이곳에
처음 도착했을 때, 짐마차에서 파파가 이렇게 말했었다. 하지만 지금
그는 맨 구석 병동에 갇혀 있고, 엄마는 나를 데리고 자가용 마차를
타려 한다. 돌돌 감긴 올림머리를 한 엄마가 한 계단 아래에 서 있었
다. 머리를 그렇게 예쁘게 손질하는 법이며 하프시코드와 피아노를
연주하는 법을 어떻게 알았는지 궁금했다. 엄마는 원래 그런 것들을

알고 있었던 걸까?

우리는 첫 번째 산책 순서를 기다리는 이들과 함께 넓은 병원 계단 앞에 서 있었고, 근사하게 차려 입은 아홉에서 열 명가량의 숙녀들이 정원 벤치에 앉아 있었다. 두 명의 식당 하녀가 레모네이드를 쟁반에 담아 나눠주었다. 이 숙녀들은 얌전하게 행동한 덕에 마을에 다녀올 수 있는 특권과, 네 명씩 마차를 타고 그늘이 드리워진 넓은 숲속 길을 산책할 수 있는 기회를 얻었다. 엄마도 그들 중 하나였지만 병원 구역을 떠나는 것에 별 관심이 없었고 마을까지 걸어가고 싶어 하지도 않았다. 엄마와 같은 숙녀들은 다른 날 저녁 바우만 여사나 상급 직원과 함께 마차를 탔다.

달가닥거리는 소리가 들렸다. 말들이 조를 이뤄 병원 뒤편에서 나타나자 엄마가 내 팔을 잡았다. 그 뒤로 따라 나온, 선홍색 바퀴 위에 검은 보석처럼 높이 앉아 있는 마차의 자태를 보니 심장이 쿵쾅거렸다. 말들은 멈추지 않고 병원의 긴 진입로로 나아가더니 길과 마을 쪽으로 멀어졌다. 서서 혼잣말로 감탄하던 숙녀들이 흥분하며 절제된 박수를 보냈다. 일상적으로 행해지는 행진인 듯했다. 마부들이 길 위에서 방향을 돌려 진입로로 돌아왔고, 그중 작은 마차가 우리 쪽으로 기분 좋게 다가왔다. 높은 마부석에는 야경꾼이 양손에 고삐를 쥐고 앉아 있었다. 순간 손끝이 저릿했다. 그는 병원에 머물러야 마땅했다. 겨울답지 않게 날이 포근해서인지, 밤마다 저 맨 끝 병동 환자들이 열린 창문의 두꺼운 창살 너머로 미친 듯이 고함을 질러댔다. 그럴 때마다 나는 파파의 소리가 들린 듯한 착각이 들었다.

엄마, 야경꾼이 마차를 자주 몰아요?

아니, 이번이 처음이야, 엄마가 말했다.

푸른 잎사귀 조각들이 내 흰 앞치마 앞으로 떨어졌다. 고개를 들어보니 위드가 병원 출입문 근처에 서 있는 큰 나무 위에서 우리를 주시하고 있었다. 위드는 가장 낮은 가지에 걸터앉아 찢어진 나뭇잎을 비처럼 뿌렸다. 야경꾼이 고삐를 당겨 보이지 않는 고리나 레버 같은 것에 묶는 사이 나는 머리와 어깨를 털었다. 말들이 초조하다는 듯 고개를 홱 젖히는데 갈기가 가지런하니 윤이 났다. 어느새 야경꾼이 바닥으로 내려와 말이 울음을 그치도록 진정시켰다. 마부석 바닥에 기대어져 있는 소총의 개머리판이 눈에 들어왔다. 그때 나뭇잎이 또 한 차례 내 발치로 흩뿌려졌다. 위드가 마법이라도 부린 것처럼 나뭇가지에 길게 누워 팔다리를 축 걸치고 있었다. 야경꾼이 내 시선을 따라가다 못마땅한 아빠처럼 위드에게 마뜩찮은 표정을 지어보였다. 위드는 더 높이 기어 올라가 시야에서 사라졌다.

그때 야경꾼이 우리를 도와주러 다가왔고 엄마가 나를 뒤로 끌어당겼다. 그는 재킷과 바지 차림에 안대를 가리기 위해 앞쪽에만 챙이 있는 푸른 털실 모자를 푹 눌러 썼으나 마치 직원복을 입고 근무를 서는 것처럼 움직였다. 우리 셋은 반짝기리는 마차의 검은 문 앞에 느닷없이 바싹 붙어 섰다. 마차의 유리 창문에 비친 우리 모습은 회화 작품처럼, 둥실 떠올라 날아가버릴 비눗방울 속에 갇힌 이미지처럼 보였다.

오세이 씨, 엄마가 들릴락 말락 한 소리로 말했다.

야경꾼은 마차 문을 열기 위해 손을 뻗을 뿐이었다. 엄마가 드레스를 들고 그의 손을 잡은 채 금속 발판에 발을 디뎠다. 엄마의 치맛자락이 안으로 따라 들어갔다. 흰 천 자락이 어둠 속으로 미끄러지듯 사라지자 나는 너무 당황해 따라가지 못했다. 야경꾼이 내게로 고개를 기울이자, 그의 매력적인 녹갈색 눈동자 위로 여자들이 부러워하는 둥글게 말린 풍성한 검은 속눈썹이 보였다. 나는 팔꿈치를 잡아주는 그의 손길을 느끼며 발판을 딛고 마차 안으로 들어갔다가 맞은편에 스토리 박사가 앉아 있는 것을 보고 깜짝 놀랐다. 그는 한쪽 구석에, 엄마는 반대편 구석에 앉았는데 드레스가 활짝 펼쳐져 그들 사이의 빈 공간을 채우고 있었다. 나는 스토리 박사가 그들을 마주볼 수 있도록 내려준 선반 좌석에 자리를 잡았다. 치마가 신경 써야 할 정도로 길지는 않아 다행이었다.

스토리 박사가 내 양쪽에 있는 가죽 끈을 가리켰다. 그걸 잡게, 코널리 간호사, 그가 말했다. 길이 험할 수도 있으니.

그늘에 들어가고 나서부턴 흔들림이 잦아들 거야, 엄마가 말했다.

마차가 움직이기 시작했다. 여닫이 창문은 닫혀 있었는데 마차 문의 위쪽 절반을 차지했다. 유리창이 비스듬한 저녁 빛에 환히 빛나며 마차 안을 작은 방처럼 밝혀주었다. 마차는 내벽과 널찍하고 굴곡진 소파 좌석, 마차 문의 아래 반쪽, 심지어 천장까지 윤기 나는 회색 천이 촘촘한 박음질로 씌워져 있었다. 사면에 머리를 델 수 있는 받침대가 둘러져 있어 나는 그곳에 기대고 몸을 가누었다.

보이니? 엄마가 말했다. 여기가 뒤뜰이야.

스토리 박사가 일어나서 창문 옆의 경첩을 풀고 안쪽으로 접더니 천장의 작은 고리에 모서리를 고정시켰다. 양옆으로 친숙하면서도 낯선 탁 트인 풍경이 마법처럼 휙휙 지나갔다. 후텁지근한 공기와 정원, 숲과 벤치, 풀밭을 가로지르는 산책로, 온실. 그러다 마차가 넓은 길로 들어서면서 헛간이 하나둘 나타나고 길이 평탄해졌다. 모든 것이 거꾸로 가는 느낌이었다. 바닥에 닿은 두 발이 그들의 발과 닿올락 말락 했으나 나만 엄마와 스토리 박사님 앞에서 반대로 돌진하는 듯했다. 그들이 함께 붙어 있는 모습을 보는 게 너무 어색해서 그들 틈 사이로 좁은 후면 창문 바깥을 똑바로 쳐다보았다. 그곳에서 위드가 얼굴을 불쑥 내밀더니 내가 발견한 것을 알고 웃었다. 마차를 따라 뛰다가 뒷면 발판 위로 뛰어오른 것이었다. 위드는 일어섰다, 앉았다, 나타났다, 사라졌다를 반복하며 관심을 끌었다. 제발 그 아이가 바퀴에 끼지 않고 제때 뛰어내리는 법을 알기를 바랐다.

아름다운 저녁이로군요, 스토리 박사가 말했다. 박사는 재닛 아가씨를 지긋이 쳐다보며 대답을 기다렸다.

마치… 5월 같아요, 재닛 아가씨가 열린 창문으로 얼굴을 기대며 답했다.

정말 그렇죠, 재닛 양. 다들 이런 가을은 난생 처음이라고 하더군요. 하지만 이런 저녁을 즐길 수 있으니 우리로선 매우 즐거운 일이죠. 그는 출근복 차림이었으나 어딘가 달라 보였다. 그럼에도 비뚤없고 사려 깊은 건 여전했다.

엄마는 내게 예의바르게 행동하되 말을 너무 많이 하지는 말라고 일러두었다. 스토리 박사님, 내가 말했다. 초대해주셔서 감사합니다.

그래. 재닛 양이 자네를 아주 좋아해—이 대목에서 그는 몸을 앞으로 기울였다—거의 가족처럼 여긴다고 하더군.

아. 네, 박사님. 지내다 보니… 서로 매우 친숙해졌어요.

때로는 선택된 가족들끼리 누구보다 공감대를 형성하며 가까워지기도 하지, 그가 답했다.

나는 무슨 의미인지 아리송해하며 고개를 끄덕였다. 그가 기뻐하며 앞에 붙들고 있던 지팡이의 둥근 은색 손잡이에 양손을 놓았다.

좁은 마차 안에 갇혀 있으니 그의 곱고 잘생긴 두 손과 우아함에 가까운 날씬한 체격이 눈에 들어왔다. 나무꾼이나 농부가 되거나, 야생에서 집을 짓지는 못할 것 같았지만 그의 차분한 회색 눈동자가 나를 끌어당겼다. 나는 파파가 두렵다고 그에게 말하고 싶었다.

마차 바퀴가… 정말 눈부시네요, 내가 말했다.

아, 그가 말했다. 그렇지. 색이 화려한 데는 실용적인 목적도 있네. 번뜩거리는 색을 쓰면 저녁에 토끼나 꿩을 사냥하러 나온 마을 밀렵꾼들에게 경고할 수 있거든. 물론 밀렵은 불법이지, 하지만… 고되게 일하는 사람들이잖나.

게다가 아직 날이 너무 포근해서 정원에 다람쥐와 새가 많잖아요, 내가 말했다. 제가 살던 곳엔 지금쯤이면 눈이, 폭설이 쏟아졌을 거예요… 엄마가 눈치를 줘서 나는 말을 멈췄다.

하지만 그가 동의했다. 아 맞아, 이곳도 그러네, 그가 말했다. 매년 눈이 오지, 성탄절이 되기 몇 주 전부터 말이야. 그가 내 쪽으로 고개를 숙였다. 가족을 보러 가나, 코널리 간호사?

우리와 면담한 내용을 잊었나? 아니면 나를 시험하는 건가? 아니요, 내가 말했다. 저는 가족이 없어요… 이곳 말고는요.

내 작은 말이 크게 부풀어 떨어지기 직전의 물방울처럼 허공에 걸렸다. 내가 그 안에 갇힌 느낌이 들면서 사방이 막힌 마차의 푹신한 내부가 빛나는 것처럼 보였다. 천의 옴폭 들어간 곳에 박힌 단추들이 작은 불빛처럼 빛나며 눈 뒤에서 타는 듯한 열감이 훅 끼쳤다.

엄마가 엉거주춤 일어나 스토리 박사 너머로 몸을 기울이자 엄마의 어깨가 그의 조끼에 닿았다. 이쪽 창밖을 보세요, 스토리 박사님. 초지는 아직 푸르른데 과수원에는 단풍이 들었어요. 마치 아이들이 보는… 그런 이야기를 뭐라고 부르죠? 마법 같은 이야기요. 엄마가 그와 눈을 마주쳤다. 하지만 그러면서 뒤쪽으로 손을 뻗어 내 손목을 잡더니 나를 자기 좌석 쪽으로 끌어당겼다.

스토리 박사가 자기 옆에 바싹 붙은 엄마를 보고 웃었다. 동화요? 그가 말했다.

네, 엄마가 답했다, 단어가 생각나지 않았어요. 엄마가 엄마답지 않게 까르르 웃으며 그의 바로 옆에 똑바로 앉았다. 자리를 좀 바꿔도 괜찮겠죠, 스토리 박사님? 엄마가 물었다. 코널리 간호사는 거꾸로 타는 걸 힘들어 하거든요, 그리고 이쪽으로 드는 바람이 워낙 상쾌해서요.

나는 마차의 푹신한 구석, 엄마와 열린 창문 사이에 콕 끼게 되었다. 빛을 멈추기 위해 두 눈을 감는데 엄마가 접힌 드레스 아래로 내 팔뚝을 세게 꼬집었다. 빛의 명령을 받고 부유했을 때처럼 시간을 잃고 여기서 잠든다면 어디로 가게 될까? 시간을 거슬러 더블라 할머니에게 돌아가지 않을까…

코널리 간호사, 엄마가 말했다. 이리로 고개를 내밀어봐. 길이 탁 트이면서 가죽 끈을 맨 똑닮은 말들이 보일 거야.

나를 눌러주는 엄마의 손길을 느끼며 열린 창밖으로 고개를 내밀고 숨을 쉬었다. 그날 아침 보슬비가 내려 흙먼지가 가라앉은 후라서 공기에서 달콤한 풀냄새가 났다. 말이 검은 갈기를 휘날리며 마구 아래서 불그스레한 색의 불룩한 옆구리를 움직이는 것이 보였다. 마차가 오르막을 올라가다 초지 맨 위에 다다라 굽잇길을 도니 내가 잘 아는 평평한 길이 나왔다. 거기서부터 속도가 빨라졌다. 나는 마구에 딸랑이는 종이 달려 있었으면 싶었다. 눈과 할머니의 집에 대한 추수감사절 노래처럼. 스토리 박사 덕분에 '방울', '거위' 같은 말만 중얼거리던 엄마가 얼마나 변했는가. 공기, 햇빛이 아롱다롱한 오솔길, 울창한 숲, 심지어 마차의 움직임까지도 그가 설계한 것처럼 보였다. 나는 그가 내 마음을 꿰뚫어보지 않기를 바랐다.

갑자기 마차가 급정거를 하면서 옛날 노래에 나오는 바로 그 썰매처럼 길을 따라 미끄러지다가 숲으로 던져지듯 비스듬히 멈췄다. 말들이 힝힝거리며 길을 가로질러 몸을 반쯤 돌리고 서 있었다. 내 쪽 열린 창문으로 말들이, 그리고 그 앞으로 오십 걸음도 안 되는 거리에 검은 곰과 아기 곰 세 마리가 또렷이 보였다. 곰은 뒷다리로 일어서서 앞발로 허공을 치며 조심스레 두 걸음을 움직였다. 가슴에 두 개의 흰 반점을 보이면서 갑자기 마차보다 높아진 곰이 으르렁거리는 것도 짖는 것도 아닌 고동치는 울부짖음과 함께 씩씩거렸다. 눈가리개를 씌운 말들이 사향 냄새를 맡고 이리저리 날뛰자 야경꾼이 고삐를 당겨 진정시키려 했다.

스토리 박사가 마차 외벽을 쿵쿵 치며 소리쳤다, 오셰이! 소총으로 쏘게—

조용히 하세요! 야경꾼이 말했다. 아무도 움직이지 말아요.

나는 뒤쪽 창문 밖을 보면서 입술에 손을 올려 위드에게 신호를 보냈다. 길이 너무 좁아 마차를 돌릴 수도, 후진해서 이 상황을 벗어날 수도 없었으므로 위드를 마차 안으로 들여야만 했다. 스토리 박사가 내 어깨를 가볍게 건드리며 지나가 창문을 닫았다. 유리창 너머로 곰이 뒷발로 서서 몸을 쭉 펴고는 거대한 머리를 뒤로 젖히며 공기 냄새를 맡기라도 하듯 하늘을 향해 코를 들이미는 모습이 보였다. 곰이 커다란 앞발을 땅에 가볍게 내리자 우리를 겁주려는 듯이 더 우람해 보였다. 암컷 곰은 재빠르고 난폭해질 수 있었다. 그런데 이 정도 크기라면… 내 쪽 문은 길가에 선 길고 가는 들꽃 덤불에 박혀 있었다. 내가 숨 막히는 고요함 속에서 위드에게 내 쪽으로 오라고 손짓하는데 엄마가 스토리 박사의 코트 뒷자락을 붙잡았다. 두 사람이 그들 쪽의 닫힌 창문 밖을 응시하는 동안 나는 비스듬히 기울어진 문을 적당히 열고는 위드가 있음을 느끼고 그를 재빨리 들어서 안으로 들였다. 문을 잠그는데 위드가 내 발치에 몸을 숙였다. 우리 둘 다 숨을 수만 있으면 얼마나 좋을까…

저기요, 스토리 박사가 소곤거렸다. 있어봐요, 곰들이 길을 건너서 숲으로 가고 있어요.

엄마는 그의 품 안에 안겨 있었다. 마차가 왜 안 움직이는 거죠? 엄마가 물었다.

오셰이의 직관을 믿고 기다려봅시다. 스토리 박사가 한 손으로 엄마의 뒤통수를 감싸며 말했다. 7가 나를 흘끗 보고 반대쪽 창문을 잠그려고 일어섰다가 위드를 내려다보았다. 위드는 바닥에서 마치 그러면 시리지기리도 할 것처럼 무릎을 움켜쥐고 있있다.

근처 길에 서 있어서 안으로 들였어요, 내가 말했다. 숲에서 헤매고 있었던 것 같아요. 이 아이 이름은 위드예요, 헥섬 부인이 맡은 아이들 중 하나지요.

알고 있네, 스토리 박사가 말했다. 얘야, 그가 위드에게 말했다. 병원 경내를 벗어나지 말거라. 계절이 완전히 바뀌기 전 몇 주 동안은 위험해. 알아듣겠니?

나는 위드를 내 무릎 위로 당기고 대답하라고 쿡 찔렀다. 위드, 내가 말했다. "네, 박사님"이라고 해야지.

네, 박사님, 위드가 말했다.

스토리 박사는 엄마 옆 창가에 자리를 잡고 엄마와 낮은 소리로 이야기를 나눴다. 마차가 움직이기 시작하자 엄마는 그의 팔을 잡았다. 야경꾼이 마차를 다시 길 위로 올리기 위해 말들을 직접 앞으로 끌면서 다독였다. 그는 마부석에 앉고 마차를 조심스레 돌린 다음 조용한 여정을 원한다는 듯이 왔던 길을 절반의 속도로 되돌아갔다. 위드가 내 무릎 위에서 내 목에 고개를 받치고 사지를 축 늘어트린 채 안겨 있었다. 그 곰의 사나움이 부러웠다. 나는 어린 나이에 벌써 내 아이들을 잃어버렸다는 생각이 스쳐지나갔다. 이 갈 곳 없는 소년은 엄마도, 이름도 잃었다. 그의 과거는 백지였고 내 과거도 백지나 다름없었다. 위드에게서 흙먼지와 끈적거리는 설탕 냄새가 났다. 숨소리가 너무 조용해 잠든 줄 알았지만 위드는 진주알처럼 옅은, 막이 낀 우윳빛깔 눈으로 나를 흘끗 올려보았다. 나는 위드를 달래고, 나 자신을 달래기 위해 그의 머리칼을 쓰다듬었으나, 마차가 길 위에서 전복되어 유리창이 박살나고 말들이 도륙돼 가죽이 다 벗겨지고 그 찢어발겨진 옆구리 위로 눈이 내리는 장면이 떠올랐다. 하지만 야경꾼이 우리를 살렸다, 심지어 그는 스토리 박사한테 명령까지 했다.

우리는 길을 내려가다 아래쪽 숲에서 두 번째 마차를 만났다. 스토리 박사가 창문을 열고 마부에게 돌아가라고 말한 다음 우리를 근엄하게 쳐다봤다. 숙녀 분들, 그가 말했다. 오늘 일에 대해 사과드립니다. 이 이상한 계절 때문에 자연이 혼란에 빠진 모양입니다.

위드는 내 품으로 움츠러들었다. 스토리 박사가 엄마 옆에 자리를 잡더니 둘이서 조용히 중얼거리는 소리가 들렸다. 과수원 나무, 조용한 초지, 평지의 정원이 보이기 시작하자 숨쉬기가 쉬워졌다. 위드, 내가 물었다. 넌 몇 살이야? 아이는 입을 꾹 다물 뿐이었다. 말 안 할 거야? 내가 속삭였다.

아마도 모르는 모양이구나, 엄마가 말했다.

내가 이곳에 처음 도착하기 전에는 많은 것이 달랐지요, 스토리 박사가 화제를 돌리듯 말했다.

나는 그들이 듣지 않고 관심사를 돌리고 싶어 한다고 생각했다. 병원 정원이, 내가 말했다, 마차에서 보니 정말 아름답네요. 그리고 정말 흥미진진한 여정이었어요…

지나치게 흥미진진했지, 스토리 박사가 동의했다. 재닛 양, 도착하면 우리 집에 가서 차와 식전 반주 한 잔 하시겠어요? 순수하게 의료 차원에서요. 마음을 진정시키는 데 도움이 될 겁니다. 엄마가 대답 없이 나를 흘끗 쳐다보자 그가 물었다. 코널리 간호사, 재닛 양과 동행하겠나?

네, 내가 답했다, 물론이죠.

좋아요, 그가 나를 처음 보는 것처럼 쳐다보며 말했다. 두 사람의 이런 친밀함이, 그리고 이어서 말했다. 우리가 과거를 넘어 앞으로 나가도록 만들 걸세. 재닛 양이 자네 도움을 필요로 하지 않는 날이 오겠지만, 능력 있는 숙련된 간호사라면 많은 이를 돕고 때가 되면 더 많은 급료를 받을 수 있네. 모든 간호사가 병원에 살지는 않아. 어떤 이들은 마을에 거주하지.

내가 마을 어디서 살 거라 생각하는 건지 알 수 없었다. 저는 재닛 아가씨와 가까이 머무는 게 좋습니다, 내가 말했다. 간호사 숙소도 괜찮고요. 하지만 고맙습니다, 박사님…

저기… 너무 피곤하네요. 엄마가 장갑 낀 손으로 내 손을 잡았다. 방으로 돌아가야겠어요, 그나저나 언제나 이해해주셔서 감사해요, 친애하는 스토리 박사님. 우리는 내일 볼까요?

마차가 병원 앞에 멈추자 나는 고개를 돌렸다. 야경꾼이 하차를 돕기 위해 마차에서 내려가자 위드가 우리 쪽 마차 문으로 미끄러져 나갔다. 엄마는 반대쪽 문으로 앞서 나가 잠시 서서 오세이가 자신의 허리에 두 손을 잡아서 내려주길 기다렸다. 엄마가 그에게 뭐라고 말했지만 들리지 않았고 나는 혼잣말로 고맙다고 속삭였다. 따라오게, 박사의 말소리가 들렸다.

마구간에 말을 집어넣고 얼굴 좀 보세, 오세이. 내 사무실에서.

엄마가 병원 안으로 너무 빨리 들어가서 따라잡으려고 뛰어가니, 거대한 출입문 옆에 붙어 있는 좁은 창문으로 두 사람을 쳐다보며 서 있었다. 엄마는 먼 길을 달린 사람처럼 숨을 내쉬다가 나를 보자 뒤로 물러났다.

재닛 아가씨, 내가 말했다. 위층에서 봐요.

그래, 그러자, 엄마가 그렇게 대답하더니 곧바로 내 손을 잡고 가까이 당겼다. 코나리, 엄마가 말했다. 내 스카프와 가방을 방에 갖다 두렴. 열쇠는 갖고 있지? 나는 정원에, 좀 한적한 곳에 앉아 있어야겠어.

하지만 정원에 혼자 있는 건 금지예요…

방문은 잠그지 마. 그리고 자러 가렴. 휴식을 취해. 너를 데려와서 미안하구나, 용서해다오.

엄마, 같이 올라가요. 병원 문이 잠길 거예요.

하지만 엄마는 내 손을 잡았다. 내가 하라는 대로 해. 나는 혼자 있을 시간이 필요해.

나는 뒤돌아서서 여자 병동으로 향하는 계단 아래 벽감에 머뭇거리며 서 있었다. 엄마는 술이 달린 작은 가방과 스카프만 놓고 사라졌다. 오셰이는 마구간에 마차를 세우고 있을 터였고, 스토리 박사는 잠시 후 병원으로 들어갔다.

탈출

◇

오셰이는 스토리 박사의 3층 사무실이, 그가 치료실이라 부르는 그 곳이 싫지 않았다. 오셰이는 그 방을 자신이 다른 시대에 다른 삶을 살았다면, 다른 세상에서 가졌을지도 모를 환상의 공간이라 생각했다. 떡갈나무로 된 여러 개의 파일 서랍장, 뚜껑을 여닫는 책상에 딸린 타자기, 전용 받침대에 놓인 거대한 지구본, 액자에 걸린 지도, 그 모든 것은 범주화되고 통제되는 세상을 나타냈다. 병원장은 병원 경내의 산책길과 오솔길을 걷지도, 앨러게니 산맥의 도로를 이동하며 주변 주들을 돌아다니지도, 역마차나 기차를 타고 필라델피아에 가지도 않았으나, 파스텔 색으로 칠해진 지도 여러 장이 액자에 걸려 있어 한눈에 보고 살필 수 있었다.

앉게나— 스토리 박사가 의자를 가리킨 다음 커다란 책상 맞은편으로 가서 오셰이 옆에 앉았다.

오셰이는 그가 또 누구와 이런 식으로 앉았을지 궁금했다. 분명 권위의 장벽을 누그러뜨리려는 의도였다. '염려스런 사건' 이후 그들은 적어도 달마다 만났다. 오셰이는 언제나 거대한 마호가니 책상을 사이에 두고 떨어져 앉지 못하는 것이 유감스러웠다. 이젠 그 책상이 검게 반짝이는 거울로 된 벽처럼 그들 쪽으로 기울어져 보였다.

브랜디는 웬만하면 마시지 않지만, 스토리 박사가 말했다, 자네도 같이 들면 좋겠네.

오셰이는 놀라며 고개를 짧게 끄덕였다. 둘 다 독주를 즐기지 않았지만 병원장의 방과 약품 조제실에 의료용 브랜디가 구비되어 있다는 것은 알았다.

스토리 박사가 황금색 브랜디로 가득 찬 잔을 탁자 위 그들 중간에 놓았다. 둘 다 잔을 들었지만 향만 들이마셨다.

천을 씌운 오른쪽 의자에 앉은 오셰이는 약 4년 전 노의사 오셰이 박사가 처음 언급한 것처럼 "위대한 인물의 조카"인 스토리 박사가 자신과는 공통점이 없다고 생각했다. 하지만 유리잔에 브랜디를 따르고 냄새를 맡는 의식은 친숙했다. 노의사 오셰이도 겨울밤 종종 불가에서 이런 식으로 손바닥으로 데운 유리잔에 브랜디를 담아 대접하곤 했다. 바로 그곳에서 그와 함께 앨러게니 정신병원의 공석에 대해 논의했었다.

오셰이의 생각을 읽었다는 듯이 스토리 박사가 침묵을 지켰다.

오셰이는 자기 앞을 똑바로 쳐다보면서 오셰이 박사의 부재에 대해, 그 빈자리가 주는 그의 존재감에 대해 생각했다.

우리가 서로 아무런 관계가 없다는 건 알지만, 그때 스토리 박사가 말했다. 그러나 오셰이 박사님의 부인이 내 숙부님의 먼 친척이었다는 사실, 그래, 나는 이걸 연결고리로 여긴다네. 그리고 운 좋게도, 그 인연이 자네를 이리로 데려왔고 내 철학을 펼칠 수 있게 도왔지.

스토리 박사가 수완이 좋아서지, 라고 오셰이는 생각했다. 실은 야경꾼이 헥섬 부인이 데리고 있던 다섯 아이를 당장 고아원으로 보내지 않도록 새 병원장을 설득한 덕분에, 헥섬 부인과 화해를 이끈 공이 더 컸다. 헥섬 부인은 아이들을 병아리처럼 어루만지며 보살폈고, 기독교 자선단체는 숫자가 늘지만 않는다면 그 아이들을 병원에 머물게 하라고 요구했다(오셰이의 주장도 같았다).

자네가 도와준 덕에 직원들이 도덕적 치료가 요구하는 변화를 따라오도록 할 수 있었네, 스토리 박사가 말을 이었다. 이것 또한 다른 종류의 연결고리지.

두 사람 다 어떤 변화를 말하는지 알았다. 남녀 환자의 엄격한 분리, 의사를 비롯한 직원에 대한 직관적이지만 공격적인 심사, 날마다 오락과 유용한 과제를 포함하는 체계적인 일과, 간호사가 환자를 근접 감독하는 방식. 그 과정을 맡아 처리하는 것이 바우만 여사의 역할이었다. 그런데 오셰이를 고용하는 것은 바우만 여사의 소관이 아니었기에 그녀는 여전히 그를 의심했다.

오셰이가 브랜디를 한 모금 마셨다. 그래요, 그가 대화에 동참했다. 이곳에서는 오직 스토리 박사만 알렉산드리아에 있는 오셰이의 후원자에 대해 알았다. 오셰이 박사님의 부인께서, 그러니까, 원장님의 아버지와 십촌쯤 되시던가요? 오셰이가 스토리 박사에게 물었다.

구촌이라네. 그분은 모태 퀘이커교도였는데, 교제 중에 아일랜드인 구혼자를 개종시켰지.

꼭 그렇지는 않습니다, 오셰이가 말했다. 제 후원자는 그 신앙에 감화된 분이었어요. 그리고 큰 부상을 입은 북군 병사들을 자신의 병원에서 살린 애국자이자 의사였지요. 하지만 무엇을 위해 그렇게 하셨을까요? 그 부분에 대해서는 동의하기 힘들더군요.

336

하지만 자네가 그 증거이지.

제가요? 전 야경꾼입니다.

안다네. 그리고 직함을 변경해 더 많은 책임을 지고 싶으면 말만 하게. 부집사가 되면 환자들의 치료 일과를 감독할 수 있고, 일종의 자문 역할로 의사 회의에도 참석할 수 있으니…

저는 병동 내 모든 환자와 교류하고 간호사들을 감독하면서 혼자 일하는 게 좋습니다. 환자들은 저를 자신의 대리인으로 여깁니다, 일부 공격적인 사람들은 위협을 느끼기도 하지만요. 알렉산드리아의 제 후원자들은, 며칠 간격으로 세상을 떠나 지금은 세상에 안 계시지요. 지난가을에 그분들을 찾아뵙도록 허락해주셔서… 매우 감사했습니다.

자네가 곁에서 유산 정리를 도울 때 부인이 눈을 감아서 다행이네, 오셰이. 난 당연히 그분들이 자네 가족이라고 생각해.

전 가족이 없습니다.

스토리 박사가 고개를 끄덕이며 술을 마셨다. 많은 이들이 비슷한 처지이지. 시대가 시대이니만큼 드문 일이 아니야. 9년이 지난 지금, 사회적 지위를 막론하고 우리 환자들 다수가 국가적 재난의 유일한 생존자네.

아직도 독이 묻은 실타래가 풀리고 있는 중이지요, 오셰이가 말했다.

적절한 표현이네, 스토리 박사가 말했다. 그는 꿰뚫어보는 듯하면서도 공감 어린 특유의 눈빛을 보였으나, 사실 오셰이를 신뢰했다. 오셰이는 대화를 싫어했지만 말을 할 때 아주 신중한 사람이었다. 그의 비전문적인 조언이 정확하고 값질 때가 많았다.

오셰이는 대꾸하지 않았다. 전쟁이 일어나기 전의 세상에 대한 기억은 백지였다. 희미한 조각들만 남았을 뿐, 모든 것이 소멸되고 없었다. 기억하는 사람들은 훨씬 힘들 거라고 그는 생각했다.

오늘은 예외였네, 스토리 박사가 말했다. 환자와 간호사와 함께 마차를 탄 것 말이야. 둘 다 이곳 말고는 갈 곳 없는 사람들이지. 재닛 양은 트라우마 때문인지 과거에 대한 기억이 별로 없어. 가족과 막역한 관계인 집에서 하녀로 일했던 여자애가 전쟁 후에 그녀를 보살피다가 이곳까지 동행했지.

그러면 그 여자애가 환자를 잘 알겠군요, 오셰이가 말했다.

둘의 유대 관계가 깊어. 하지만 그 애는 어린애나 마찬가지야. 환자는 가족 저택에서 혼자 고립되어 살던 중에 세간이 다 타버렸고 여자애의 고용주는 사라졌지. 북군을 지지하던 사람들은 필시 어쩔 수 없이 북쪽으로 떠났을 거야. 일부 마을에서는 이렇게 아직 서로 싸우면서 앙갚음을 하고 있어.

불길만 겨우 잡았을 뿐이에요, 오셰이가 말했다.

안타깝지만 동의하네. 스토리 박사는 오셰이와 시선을 마주치며 어느 누구와도 이런 대화를 나누지 못할 거라고 생각했다. 하지만 그는 오셰이를 거의 알지 못했다.

오셰이가 앉은 자세로 몸을 기울였다. 오늘 일에 대해 얘기하려고 부른 거죠? 총을 쏘라는 명령을 어긴 점에 대해선 사과하지 않겠습니다.

우리한테 조용히 하라고 명령한 것도 포함이겠지, 스토리 박사가 말했다. 하지만 자네의 소총은 분명 곰을 향해…

전 여기서 사냥꾼으로 일하는 게 아닙니다. 워낙 몸집이 컸고 새끼들이…

그렇게 어린놈들은 아니었어. 스토리 박사가 유감스러운 미소를 지었다. 주방 사람들이 봤으면 고기가 필요하다고 했을 거야.

한 살배기들이라 그렇게 좁은 길 위에서는 사람한테 달려들 수도 있습니다. 게다가 탈출로도 없었고요.

오셰이, 내가 어떻게 자네의 판단력과 능력에 대해 불평하겠나. 자네한테는 감사한 마음이야, 벌써 몇 번째인지 모르겠어. 자네는 총과 숲에 대해 나보다 훨씬 많이 알고 있지. 이 이상한 계절 때문에… 숲 속 오솔길과 산책로가 위험해졌어.

동의하는 바입니다. 날씨가 변하기 전까지는 마차 탑승을 멈춰야 합니다.

그건 안 되네, 스토리 박사가 말했다. 환자들에게 중요한 일과야. 하지만 정원과 헛간 근처 길로만 마차를 다니게 하지.

오셰이가 고개를 끄덕였다. 일과는 유지하되 경로를 바꾸죠. 그러면 더 이상 무장한 마부가 필요 없을 겁니다.

스토리 박사도 앉아서 몸을 앞으로 기울이자 그들 사이의 거리가 좁아졌다. 오셰이, 이곳에서 자네의 역할이 커. 자네에게 무기며, 전투, 응급 상황의 기억을 떠올리게 해서 미안하네.

기억에 없습니다, 오셰이가 말했다. 아무것도 기억나지 않아요. 하지만 소총이 손에 착 감기고 목표물을 깨끗하게 맞히는 걸 보면 전… 폭력적인 사람이지 않았을까 싶습니다.

자네는 군인이었네, 오셰이, 어릴 적부터 증오하라고 배운 악마들에 맞서 싸운 사람이야. 자네에게 도움을 청해야 할 상황이 아니었으면 좋았을 것을, 하지만 내가 침입자에 대비해 경계하고 있다는 걸 '우리 둘 다' 알잖나. 그자가 이 근처에 있을 리는 없겠지만.

그자의 탈출 소식을 알렸으면 즉시 탈주자 수색이 시작될…

경찰에겐 알렸고, 도로마다 감시하고 있지만 그자의 이름도, 과거도 모르잖나… 그자를 도와준 간호사는 해고했네. 본인이야 물리적인 강요를 받아 그럴 수밖에 없었다고 주장하지만.

그 사나운 미치광이에게 신사복을 제공하고 풀어준 혐의지요?

그렇다네. 그렇지만 꾐에 넘어갔을 가능성이 높아. 그 환자는 사람을 조종하는 데 능한 사이코패스야. 이곳에 도착한 후에 현금이나 귀중품을 옷 속에 바느질해 숨겼다가 공범에게 준 게 틀림없어. 경찰이 그를 호송해왔을 때 나는 자리에 없었고, 그자는 조증 증세를 보여서 곧장 독방에 갇혔지. 자네도 익히 알고 있는 사실이야, 자네 보고서를 읽었네. 특권을 빼앗는 게 맞는지 판단하려고 딱 두 번 그자를 직접 만났어. 영리하고 악랄한 놈이라 아마 재빨리 이곳을 벗어났을 걸세. 이제는 법 집행관의 손에 그자의 운명을 맡겨야 해. 그런 유형이라면 금방 경찰의 눈에 띄겠지. 혹여 그자가 탈출했다는 소식이 퍼지면 병원은 해만 입게 될 거야.

하지만 그자가 근방에서 해를 끼치는 행동을 하면, 오셰이가 말했다, 그리고 우리와 관계가 있다는 사실이 알려지면, 훨씬 큰 화가 미칠 텐데요.

무슨 말인지 알아. 하지만 똑똑하고 상황 판단이 빠른 자라서, 병원 담장 너머에 얼씬거렸다간 폭행과 강도 미수로 곧장 체포될 걸 알고 이 근방을 가능한 한 빨리 벗어나려 할 거야. 오셰이, 난 자네가 신중히 행동해줄 거라 믿네.

오셰이는 대답하지 않았다. 커다란 괘종시계가 그의 뒤에서 째깍거렸다. 동그란 황동 추가 유리 뒤에서 번뜩이며 앞뒤로 움직였다. 오셰이의 생각은 단호했다. 그가 '도덕적 치료'로 일부 환자들에게 어떤 보살핌과 안전을 제공했든 간에, 이 문제에 있어 스토리는 기만적이고 교활했다.

조금 전에 합의한 대로, 스토리 박사가 말했다, 이제 모든 환자가 경내를 벗어나지 못하게 하고, 그 인간답지 않은 짐승에 대해 걱정하세나.

인간답지 않은 짐승. 오셰이는 그 표현이 자신을 설명하는 것만 같았다.

◇　◇　◇

그 12월 저녁은 기온이 한층 내려가, 마치 서늘한 10월 같았다. 안개가 추위를 품고 오기라도 하듯 바닥에서 부드러운 연기처럼 피어올랐다. 아까 일련의 사건을 겪고 나니 근무 시작 전까지 남은 한 시간을 방에서 보낼 수 없을 것 같았다. 그래서 오셰이는 네모난 건물 둘레를 따라 걷기 시작했다. 여자 병동의 돌담 근처에 도착하자 숨어 있던 측면의 정원이 나타났다. 커다란 철쭉나무와 마로니에 생울타리 덕분에 잘 꾸며진 정원 길과 탁 트인 잔디밭에서는 보이지 않는 곳이었다. 거대한 너도밤나무의 넓은 우듬지가 그 아래 오솔길에 둥근 그늘을 드리웠다. 그곳에서 어떤 형체가 기다렸다는 듯 그를 향해 몸을 돌렸다. 검은 머리를 풀어헤친 여자였다. 눈도 표정도 보이지 않았다. 여자는 움직이는 낌새도 없이 갑자기 가까워지더니 유령처럼, 매우 가까이, 바로 앞에 다가와 있었다.

그 형체가 말했다. 설명하긴 힘들지만, 난 당신을 알아요.

어쩌면 그가 혼자 머릿속으로 떠올린 말인지도 몰랐다.

그녀가 그의 손을 잡으려 하자 그는 물러났다. 오늘 당신과 함께 있었어요, 그녀가 말했다. 마차에서요… 그리고 당신을 잃어버린 그 수년 동안에도요.

잃어버려요? 여자의 말이 실체 없는 메아리처럼 들렸다.

내가, 우리가 잃었었죠. 기다리고, 찾았어요. 너무 오랜 세월 동안…

그녀의 눈물 젖은 목소리가 그를 강타했다. 유령아, 그는 그렇게 말하고 싶었다, 물러가라… 형체 없는 과거로 물러가라는 뜻이었다. 그는 부상을 당해 기억이나 미래가 존재하지 않는 무의식 속에서 고통 없이 떠다닐 때처럼 불안정한 차원에 있는 것만 같았다. 땅바닥과 그 위로 늘어진 나뭇가지가 갑자기 덜컥거리며 움직이는 것처럼 보였다. 들판이 폭발했다. 무릎까지 올라오는 풀들이 뿌리째 흔들리며 몸을 떨었다. 안개가 연기가 되어 영혼처럼 창백하게 피어오르더니 화염이 하늘에 붉은 줄을 그었다. 그가 이곳에 죽 있어왔고 이곳을 결코 떠나지 못하리란 감각이 눈부시게 빛나는 불시의 어둠처럼 다가왔다. 오셰이는 뒷걸음질을 쳤으나 그녀가 두 손으로 자신의 어깨를 꽉 붙들고 함께 움직이는 것을 느꼈다. 그녀가 조금이라도 거리를 줄이려고 다가와 그의 발을 딛고선 축축한 얼굴을 그의 목에 파묻었다. 오셰이는 그녀의 냄새를 알았다. 어떻게 아는 거지?

그만, 오셰이가 말했다. 이러지 말아요.

더는 말하지 않을게요, 그녀가 흐느꼈다, 당신이 묻지 않는다면.

그녀의 말이 빙빙 돌더니 굉음이 들렸다 멈췄다. 그의 뒤에서, 왼편에서, 천을 걸친 끔찍한 신체 조각이 피가 흥건한 채 공중에서 떨어졌다. 위산과 부패의 냄새가 부풀어 올라 그를 에워쌌다. 어떻게 그녀가 이곳에 있는 거지? 오셰이는 땅이 흔들리는 느낌에 그녀를 붙들었다. 그녀가 입을 빌리고 그를 끌어당기며 입을 맞추는데 숨을 헐떡이는 것이 마치 그에게 영양분을 공급하는 것처럼 보였다.

종이들

◇

여자 B병동의 넓은 복도는 텅 비어 있었다. 모두 숙녀용 식당에서 저녁 식사를 하고 있었다. 나는 열쇠로 문을 열고 엄마 방으로 들어갔다. 자물쇠가 내 뒤에서 찰칵하고 닫히자 나는 엄마의 숄과 구슬 달린 가방을 옆에 놓았다. 우리가 이곳에서, 이 작은 공간에서 거의 한 몸처럼 지냈다는 생각이 떠올랐다. 이제는 야외에서 산책할 때 엄마와 만나기에, 엄마의 방에 들어온 건 여러 주 만이었다. 내 간이 침대가 사라진 대신 길이와 너비가 비슷한 좁은 탁자가 놓여 있었다. 딱딱한 수직 의자가 딸려 있는 책상 같아 보였다. 누군가가 아주 소중히 올려두었던 둥글고 노란 베개는 이제 방석처럼 쓰였다. 엄마는 책상에서 뭘 하는 걸까? 종이 다발과 펜촉이 보였다. 나는 더 이상 엄마의 사생활을 지켜주는 대신, 엄마가 말해주지 않는 건 뭐가 됐든 전부 읽고 싶었다. 흩어진 종이를 둘둘 말아서 내 앞치마 안에 쑤셔 넣는데 가슴에 둥근 창을 갖다 댄 것 같았다. 훔치는 건 옳지 않다. 나는 십계명이 생각나 잠시 창가에 서서 석고로 된 천사상을 만졌다. 천사는 여전히 네모난 못에 단단히 박힌 채 창턱에 놓여 있었다. 구멍이 송송 난 얼굴은 이목구비가 전부 사라진 터였다. 기도를 할 수 있게 천사를 갖고 싶었다. 혹시 바스라질까 겁이 나서 한 손을 엉거주춤거리다가 시선을 들어 정원을 내려다보았다. 날은 거의 저물었지만 하늘이 아직 밝아서 안개에 촉촉해진 머리칼을 어깨에 늘어트린 엄마의 모습이 보였다. 엄마가 길 위에서 바로 앞의 어두운 형상에 접근하는데 애원하는 감정이 내게도 전해지는 듯 했다. 뒷모습이었는데도 키가 크고 등이 넓은 그 남자가 스토리 박사가 아니라 야경꾼인 오셰이라는 걸 알 수 있었다. 엄마를 데려오라고 부름을 받았나 보다 짐작했으나, 그는 엄마를 피하려는 듯 두 팔을 들면서 뒤로 물러났다. 하지만 엄마는 그를 자기 쪽으로 당기고 그의 부츠 위에 올라서더니 그의 입에 입술을 포갰다. 엄마가 정말 미친 걸까? 길 위에서 두 사람은 힘껏 부둥켜안고서 하나처럼 움직이며 그늘 속으로 들어갔다. 그들이 사라진 흔적이 그 자리에 남아 반짝이는 것처럼 보였다.

몸에서 숨이 다 빠져나가는 느낌이었다. 아주 오랜만에 빛이 찌를 듯이 환히 비추며 눈앞이 캄캄해졌다. "발작이 있다고 해라…" 파파가 엄마의 방에 대고 나직이 속삭이는 것처럼 다시 그의 말이 들렸다. "넌 나와 같이 간다. 내가 이 문으로 들어갈 거야." 파파가 엄마의 방문 앞에 있을 리 없었다. 그 말은 분명 내 속에서 들린 거였다. 내 눈앞에 빛을 일으키고 이후 어둠이 찾아오게 만든 것은 파파였다. 그가 우리를 죄인처럼 가두기 전에는 그런 고통을 겪은 적이 없기에 나는 확신했다. 그는 여전히 악몽 속에서 나를 따라다녔고, 지하 저장실로 향하는 그 단단한 흙길로 나를 쫓아왔다. 내 보폭의 세 배나 되는 걸음걸이로 쫓아와 나를 잡더니, 나무 문짝을 휙 젖혀 안으로 떨구고는 항아리 뚜껑을 열어 자신의 두툼한 엄지손가락에 꿀을 찍어 발랐다. 그가 내 입에 꿀을 가득 채우고 내가 입을 꽉 다무는 느낌이 생생했다. 그가 나를 내던져 어둠 속에 처박은 다음 머리 위의 납작한 나무 문짝을 쿵쿵 밟자 빛이 번쩍였다. 나는 그의 주위로 검은딸기나무 그늘이 흔들리는 것을 느끼면서 더블라 할머니가 가까이 올 때까지 하염없이 떨어졌다. 더블라는 내 호흡 때문에 밀도가 물처럼 높아진 높은 창공에 있었다. "그자가 무슨 짓을 하든, 상상 속에서 내게 날아오려무나." 더블라를 따라 굉음 속으로 들어가니 깊은 상처처럼 쩍 벌어진 검은 강가를 달리는 엄마의 모습이 보였다. "깊은 구멍이란다, 너무 깊어서 엄마 손이 안 닿아…" 나는 천둥이 치는 빗속에서 눈을 가린 채 엄마가 나를 내리는 것을, 나를 앞으로 미끄러트려 허공에서 붙잡고 있는 것을 느꼈다. "도랑에 오물이 있어서 그래." 축축한 곳으로 손을 뻗었는데, 강이 일어서며 별이 불타는 듯한 나무의 가지처럼 갈라졌지만 야경꾼 오세이가 어깨로 받친 덕분에 거대한 강은 쓰러지지 않았다. 나는 현기증을 느끼며 마치 파파가 다시 근처에 오기라도 한 것처럼 불꽃이 튀는 빛 속으로 주저앉았다. 엄마의 종이쪽지가 불이 붙은 채 내 주위를 날아다녔다.

◇　　◇　　◇

나는 엄마의 침대 옆 바닥에서 정신을 차렸다. "빛을 본다고 말하지 마. 아무나 빛을 보는 게 아니야." 파파가 누더기가 되도록 나를 흔든 것 같은 느낌이었다. 한 번도 잊은 적 없는 것처럼 그의 손길이 기억났다. 나는 후들후들 떨면서 침대 프레임에 의지해 몸을 일으켰다. 얼굴의 식은땀을 닦고 모자를 주워 머리에 고정시키는데 엄마가 거울을 통해 나를 빤히 보는 것만 같았다. 정적이 감도는 것을 보니 환자들이 병동으로 돌아오기 전에 빠져 나갈 시간이 있었다. 어느새 어스름이 어둠으로 변해 있었다. 나는 앞치마를 펴고 엄마의 종이쪽지가 날아다니지도, 떨어지지도 않고, 내 가슴팍에 구겨져 있는 것을 느꼈다. 이 시간과 저 시간 사이에 갇힌 창문처럼 정신이 멍하고 공허했다. 나는 엄마가 들어올 수 있게 문을 살짝 열어놓은 뒤 병동 문들을 지나 간호사 숙소의 내 좁은 침대로 돌아갔다. 눈을 감고 싶었지만 그 종이들이 내 가슴팍에서 타올랐다.

위드

더 높이

◇

위드는 아래쪽의 두 사람을 본다. 야경꾼과 그 여자다. 위드는 고개를 돌리고 나무 몸통 쪽으로 이동해 더 높이 기어오른다. 측면의 정원에서 가장 큰 이 너도밤나무는 그의 나무다. 창백한 낮은 가지들이 거의 땅바닥까지 늘어져 있고 가장 높은 가지들은 그의 무게에 휘어져 허공에서 삐걱거리며 기지개를 펴고 잠에서 깬다. 위드는 아래로 처진 겹겹의 나뭇잎 사이로 시야가 뚫린 타원형의 틈새를 찾는다. 그 높은 곳에서 그는 오셰이를, 그 여자가 그에게 바싹 붙는 것을 관찰한다. 사람도 건물도 멀리 떨어진, 병원에서는 보이지 않는 우거진 가지 아래로, 이끼가 껴서 푹신한 바닥으로 더욱 깊숙이 이동한다. 그녀가 치마를 떨어트리고, 가운을 벗고, 헐렁한 옅은 색 속치마를 들어 애정의 표시를 기대하는 어린애처럼 그의 품 안으로 들어가는데 색깔들이 움직인다. 외양간의 송아지나 염소처럼 홱 잡아당기지 않고, 그녀는 미끄러지듯 다가가 그의 셔츠 단추를 풀고 바지를 잡아당긴다. 들판의 황소와 젖소, 개들과 달리, 그가 그녀를 마주보고 붙든다. 그녀가 몸을 떨며 움직이자 그가 칼에 찔린 듯 호흡하는

348

소리가 들린다. 그가 그녀를 잡고 서 있다가 그녀 위로 무릎을 꿇고 함께 누우며 몸을 포갠다. 바닥에 치마가 펼쳐져 있다.

그들의 들썩이는 소리가 자신도 그 순간에 함께하고 있는 것처럼 들린다. 숨어서 관찰할 때면 일어나는 마법 같은 현상이다. 그들이 작은 소음을 낸다. 위드는 그들이 천천히 무너지다가 바닥에 반듯이 누운 것을 본다. 그 모습이 어느 황혼 무렵 과수원에서 봤던 사슴 같다. 하지만 그들은 멈춰 있지도 조용하지도 않다. 그녀의 발이 그의 바지를 밀어 내리자 그의 옆태가 훤히 드러난다. 그의 몸 위로 교차된 그녀의 빛나는 두 다리가 그를 세게 잡아당긴다. 위드는 그들의 숨 막힐 듯한 다급한 음악 소리를 들으며 더 높이 올라간다. 너무 높아서 저 아래 오직 하나의 창백한 생명체가 저 혼자 싸우며 움직이는 것처럼 보인다. 따끔하게 찌르는 느낌이 들어서 손을 쳐다보니 개미들이 있다. 개미들이 이 높은 두툼한 나뭇가지에 난 쪼개진 옹이 부근을 떼 지어 기어다니고 있다. 미색 유충 조각을 붙든 채 서로를 밟고 지나가다 탑을 쌓고 위로, 나무 깊숙한 곳으로 기어간다. 위드는 개미를 털어내고 저 아래서 하얀 형체가 여전히 움직이고 부여잡고 헤엄치는 모습을 본다. 위드가 손바닥의 벌겋게 물린 자국을 입으로 세게 빠는 순간 아래쪽의 두 사람이 떨어져 서로를 보며 숨을 쉰다. 그러다 그 느린 헤엄이 다시 시작된다, 더 느리게, 침착하게, 절박하게. 위드는 돌아선다. 바람이 나무 사이로 숨을 쉬며 가지들을 들어 올리고 나뭇잎을 산들산들 흔들고 그를 움직인다. 위드는 폭풍이 몰아쳐 맨발로 소리 없이 나뭇가지를 밟고 더 높이 올라가고 싶다.

모략

◇

글씨가 온통 길고 가늘어 고리처럼 휘었다. 이것은 이야기인가, 모략인가. 놀이인가. 아니면 엄마는 보기와 달리 정말 미친 걸까. 여러 단어들 사이에 X를 꾹꾹 눌러 써서 휘갈긴 부분밖에 읽을 수 없었다. '살인자'라는 단어가 여기저기 적혀 있었다. '우리가 숲에서 나왔을 때 그들이 더블라를 덮쳤다.' 그런 일은 없었다. '돌을 쥐고 그들 XXXX X돌진했다.' 글자는 비스듬하고 삐뚤빼뚤했다. 펜을 꾹 눌러 동그라미를 친 듯한 잉크 얼룩들이 보였다. '감독관이 쓰러졌다' 감독관이 누구일까. 바우만 여사가 나를 감독한다는 말을 자주 하긴 했다. '나는 일어나 부츠 긁개를 들어올렸다XXXX XXXX.' 병원 계단 옆에는 큰 돌이 놓여 있었는데 그것에 주철로 된 날이 박혀 있었다. 그렇지만 나는 좀처럼 정문으로 다니지 않았고 눈이 오거나 바닥이 진흙일 때는 아예 그쪽으로 간 적이 없었다. '그의 머리가 그 좁은 날에 부딪쳐xxxxx 박살났다.'

도무지 말이 안 되는 소리였다. '한 놈이 얘기를 고하러 달려갔다.' 엄마가 쓰고 있는 얘기, 이야기를 말하는 건가. 꿈일 수도 있겠지. 어쩌면 스토리 박사에게 자신이 미쳤음을 확인시켜서, 세심한 치료며 책상, 잉크, 종이를 베풀게 하려고 썼는지도 몰랐다. '전속력으로 시냇물을 건너면서 물 냄새를 맡을 때까지 내가 고삐를 붙들고 있는지도 몰랐다.' 그 옛날 우리는 말을 달려 시냇물을 건넌 적이 없었다. 말을 끌고 사슴 사냥용 잠복처에 가기 위해 발목 높이의 개울을 걸어간 적은 있었지만. 그때 우리는 한참 떨어진 곳에 말을 묶어놓고 아빠가 만들었다는 그 잠복처에서 사슴을 기다렸다. 날이 어둑어둑했다. 나무껍질과 나뭇가지로 만든 벽에서는 눅눅한 냄새가 났고 우리는 체취를 가리기 위해 몸을 한껏 웅크렸다. 그 일을 기억하다니 신기했다. 아무도 아빠에 대해 말해준 적이 없어서 잠복처는 그 당시 내가 아빠에 대해 알고 있는 전부였다. 내가 너무 작아서 망을 보는 높은 틈새로 밖을 볼 수 없었다는 사실을 잊고 있었다. 소총이 발사되는 소리, 화약 냄새가 떠올랐다. '하지만 죽음이 따라와 XXX 우리 아이를 데려갔다.' 무슨 아이지? '슬픔을 내세워 나를 이용하고 고문했다.' 파파는 엄마를 이용했다. 엄마가 자주 그렇게 말했다. 한 단어를 이해하기도 전에 다른 단어가 뒤어나왔다. 나는 종이를 이쪽저쪽으로 돌려서 모로 쓰인 글자들을 읽고 그 의미를 크고 작게 해석하려 애를 썼다. '그가 그토록 변한 것을 보고 기절할 뻔했다. 그의 XXXX 품에 안겨 눈을 떴지만 XXXXXX 그는 나를 알아보지 못했다.' 나는 꿈속에서 본 거리를, 나를 알아보지 못하던 다 큰 아기들을 떠올렸다. '그의 곁에 있던 그 아이, 아니 아이가 아니라 그냥 헛것인가, 혹시 여정 중에 잃었던 XXXX 그 아이가 아닐까? XXXX 아이의 영혼이 내가 아닌 그를 찾아온 걸까.' 누구를 잃었고, 누구를 찾았다는 걸까? 누가 변했다는 거야?

나는 이곳을 떠나야 한다는 걸, 더블라 할머니를 찾거나 이리로 불러야 한다는 걸 알았다. 마음이 너무 뒤숭숭해서 여러 줄을 휙휙 훑어 지나가는데 마지막 구절에 시선이 걸렸다. 엄마가 쓴 글자들은 나를 찌르기로 작정한 칼날이었다. 내가 이 낙서를 읽을 줄 알고 나를 자기 방으로 보낸 것이었다. '그를 시체로 발견했다면XXXxx 코나리도 우리와 함께 망각에 빠졌겠지.' 무슨 말인지 이해할 수 없었다. '그 딱딱한 고깔XXXxx 눈과 관자놀이는 악마의 투구 같기도, 천사의 갑옷 같기도XXXXXXXx XXXx 그가 접시를 들고 우리 위로 몸을 숙이는데, 볼 수는 없었지만 그의 숨결을 느낄 수 있었다.' 엄마가 가리키는 사람은 다름 아닌 야경꾼 오셰이였다. 그리고 위드는 그를 찾아낸 유령이었다.

내 아빠가 우리를, 나를 모른다는 게 정말일까. 엄마는 내내 알고 있으면서 내게 알려주지도, 말해주지도 않았다! 어떻게 아빠가 이곳에 있는 거지? 하지만 그는 이곳에 있었다. 그러면 그렇지. 나는 깨달았고, 종이를 눈송이가 되도록 갈갈이 찢고, 찢고, 또 찢었다. 다른 간호사들이 계단을 오르는 소리가 들렸다. 바우만 여사가 저녁 식사를 걸렀다고 꾸짖을 터였다. 보나마나 엄마는 방으로 돌아가 비밀을 간직한 그 길을 창밖으로 내다보고 있을 게 뻔했다.

돈다

◇

더블라는 눈이 내릴 때를 대비해 이곳에 보관해온 동물 털로 몸을 감싸고 오늘밤 포치 해먹에 앉아 있다. 한때 코나리를 무릎에 앉혀놓고 흔들던 것처럼 맨발 뒤꿈치를 툭툭 쳐서 해먹을 움직인다. 아이는 해먹에서 잠들기를 좋아했고, 검은 하늘에는 별들이 점점이 박혀 있었다. 이곳은 그 어떤 곳보다 안전하다. 더블라는 코나리가 이야기를 외우고 다음 구절을 기다리게 되도록, 천체에 새로운 별자리가 나타날 때마다 이야기를 들려주었다. 이야기는 똑같았지만 별들은 계절마다 위치가 변했다. 우리는 가만히 있지만 별들은 돈다. 더블라는 투명하게 정지한 세상 속에서 혼자만 돌고 있는 것 같았다.

산 아래 마을 사람들은 올해 겨울이 오지 않을 거라고 말한다. 12월인데도 햇빛이 아직 따사롭다. 전쟁이 끝난 지 10년이 지났지만 땅에 너무 많은 피가 묻어 있다. 그러나 몇 주 안 되어 해가 바뀔 테고, 겨울 별자리인 일곱자매별이 지나간 자리에 눈먼 오리온자리가 솟아오르고 있다.* 더블라의 이야기에서 일곱자매별은 코나리의 별이었다. 코나리는 눈에 잘 띄는 여섯 별들에게 날아가다 잠시 멈춘, 잃어버린 일곱 번째 자매였다. 언니들을 따라가다 쉬고 있는데, 더블라가 말했다, 사냥꾼 모양의 짐승 오리온이 한쪽 어깨에 베텔게우스를 달고 허리에는 별이 박힌 넓은 허리띠를 차고 쫓아오는 거야. 자매들은 흐느꼈고 그래서 비가 내렸지. 그런데 왜 흐느껴요, 코나리가 알면서 물었다. 자매들의 아버지가 땅의 무게를 짊어져야 하는 운명 때문에 더 이상 딸들을 볼 수도, 소식을 들을 수도 없었으니까. 자매들은 하늘로 도망쳐 영원히 이동했고, 도망치는 자매들의 옷은 굶주린 오리온이 일으키는 바람에 갈가리 찢겼다. 그 아버지 없는 아이가 지금도 그 이야기를 떠올렸는지, 누가 알았을까. 그 시절 코나리는 별들이 지구 반대편으로 사라져 보이지 않을 때에도 그 빛나는 자매들을 사랑했다. 그 세월 동안 하늘에는 시간의 흐름이 새겨졌다.

더블라는 가을에서 겨울로 이어지는 이 포근한 몇 주 내내 동틀 때부터 해질녘까지 일을 했다. 짐승을 쫓아 사냥하고, 육포와 사슴 고기를 말리고, 말에 써레를 묶어 땔감을 모으고, 딸기, 떨어진 사과, 길고 긴 여름 동안 거대하게 자란 뿌리채소를 저장하고, 엘리자의 지하 저장실에 항아리를 채우고 밀봉했다. 밤이면 그들 셋이 땅을 파서 공간을 넓히고 벽 안쪽에 선반이나 시렁처럼 돌을 세웠던 일들을 떠올린다. 그때는 코나리가 없었다. 오롯이 그들 셋뿐이었다. 아주 길고 충만해 보였던 그와의 짧은 시절이었다. 더블라는 실제

---

* 그리스 신화에서 아틀라스의 일곱 딸들은 탐욕에 눈이 먼 오리온에게 7년간 쫓기다가 제우스의 도움으로 하늘로 올라가 별자리(일곱자매별, 플레이아데스성단)가 되는데, 변덕스런 제우스는 전갈에게 물려 죽은 오리온을 하늘로 보내 이들을 뒤쫓게 만든다. 플레이아데스성단은 육안으로 여섯 개만 보인다.

그 안에 있는 것처럼 지하 저장실의 컴컴한 텅 빈 공간을 본다. 그녀의 시간이 지나고 있다. 그녀는 자신이 준비해둔 것들이 곁을 떠난 사람들을 지탱하기라도 할 것처럼 일한 탓에, 쉼 없이 자신을 몰아붙인 탓에 통증을 달고 산다. 그녀는 그들을 불러들일 수 없다. 꽁꽁 얼 정도로 추운 밤이 아니고선 실내에 들어갈 수 없는 개와 고양이들이 포치에서 옹기종기 모여 있다. 몇 주 전, 한 어미 고양이가 길을 너무 멀리 벗어나 코요테인지 여우인지에게 물려가는 바람에 아직 눈도 못 뜬 새끼 고양이들만 남아 꼬물거리며 힘없이 울었다. 더블라는 새끼들을 집에 들이고 불가에서 데운 염소젖을 먹였다. 얼마 안 있어 새끼들이 야외로 모험을 떠나더니 잠자리를 물고 돌아왔다. 그녀는 다른 고양이들과 어울릴 수 있게 새끼들을 밖으로 내보냈다. 이제 고양이들은 쥐와 설치류를 잔뜩 사냥한다. 침대와 난롯가에서 그것들의 빈자리를 보면 코나리가, 그녀가 한때 꼭 안고 자던 그 아이가 생각난다.

포근한 초겨울이 별안간 끝날 것처럼 요즘 들어 서늘한 밤을 틈타 추위가 다가오고 있다. 더블라는 과거의 폭설을, 산속에서 퇴설 덩어리가 총소리를 내며 쩍 갈라져 아무 데로나 미끄러져 내려가던 소리를 상상한다. 그런 폭설이 며칠 안에 내릴 거라는 기운을 느낀다. 진정한 12월이 계절을 지배할 것이다. 내일 길을 떠나 말에게 먹이와 물을 줄 때만 빼면 웨스턴으로 쉬지 않고 이동해야 한다. 신사와 숙녀가 머무는 그곳을, 숙녀가 아니어도 그런 대접을 해주는 그 정신병원을 보기 위해서다. 엘리자는 숙녀로 태어나 길러졌지만 코나리는 어떻게 하고 있을까? 코나리와 엘리자가 더블라는 상상할 수 없는 곳에서 머무는 동안 일곱자매별이 천체를 서서히 지나 멀어진다.

듣기로는 타원형 길이 출입문까지 길게 이어져 있다고 하니 도착하여 길가에서 건물을 볼 것이다. 그저 그곳이 어떤지 보고 싶어서, 자신이 그들 근처에 있음을 깨닫고 싶어서다.

아니면 짐마차를 문 앞까지 끌고 가서 말을 묶어놓고 안으로 들어가 묻는 것이다… 웬 여자와 아이가 몇 달 전 이곳에서 함께 내리지 않았느냐고. 얼마나 많은 이가 그런 식으로 그곳에 갔을까? 아무도 모른다. 더블라는 그 여자가 아닌 아이만 안다고 말할 생각이었다. 보내야 할 전갈이 있다고 하면서. 아니면 아이에게 집을 제공하고 숙박의 대가로 집안일을 시키려 한다고 말하는 것이다. 가정에서 전쟁고아들을 위해 그런 제안을 한다는 걸 알고 있었다. 혹시 다들 무탈하게 지내면 그냥 코나리만 봐도, 아이와 정원에서 얘기만 나눠도 좋았다. 누구보다 똑 부러지는 아이이니, 그 모든 고난에도 잘 지내고 있다는 걸 알고 싶었다… 더블라는 광대하기 그지없는 둥근 하늘, 별이 흩뿌려진 하늘을 다시 올려다본다. 그 순간 불빛이 오리온의 거대한 허리띠를 지나간다. 별똥별이다. 별이 남긴 긴 자국이 순식간에 사라졌지만 더블라는 놓치지 않았다. 짐마차에 음식, 물, 담요까지 준비했다. 권총을 장전해 발치에 두고 말에 마구만 채우면 된다. 새벽녘이 적당할 것이다.

◇　◇　◇

길이 달빛을 받아 환하다. 여정이 절반쯤 지났을 때, 그녀는 집 한두 채가 가려질 만큼 나뭇가지가 넓게 펼쳐진 거대한 너도밤나무 아래에 마차를 세운다. 코나리가 봤으면 요정의 집들이 천지라고 했겠지. 나뭇잎이 갈색으로 말라비틀어졌지만 가지들이 서로 닿을 만큼 뻗어 있어 짐마차를 빙 둘러가도 건너편에서 보이지 않는다. 다른 이들도 들렀던 흔적이 있다. 침낭이나 담요로 삼으려고 푹신하게 만들어놓은 흙과 나뭇잎 더미가 여기저기 놓여 있다. 더블라는 말에 묶인 가죽 끈을 느슨하게 풀고 바로 뒤쪽의 줄줄 흐르는 시내에서 물을 마실 수 있도록 말을 끌고 간다. 좁은 돌다리의 한쪽 끝부분은 물에 잠겨 있고, 굴러떨어진 돌덩이들에 이끼가 잔뜩 끼어 있다. 더블라는 물을 마시려고 쪼그리고 앉아, 전쟁이 발발한 첫 해 겨울, 배가 남산만 한 엘리자가 그녀와 단둘이 기저귀와 플란넬 싸개, 모자가 달린 따뜻한 포대기를 바느질하며 들려준 이야기를 떠올린다. 그때는 두 사람 모두 눈이 녹고 봄이 오면 그가 아기를 보러 올 거라고, 그가 길을 찾아낼 거라고 생각했다. 산 아래 마을의 잡화점 앞으로 편지 두 통을 보내오지 않았던가? 더블라는 잡화점에 가서 편지를 확인하고 엘리자의 편지를 열 통도 더 보냈다.

하지만 눈이 하염없이 내릴 땐 산 아래로 내려갈 수 없었다. 바람이 윙윙거리는 화창하고 추운 낮이며, 소복이 쌓인 눈밭이 환히 빛나는 밤이며, 두 사람은 엘리자의 난롯가에 함께 붙어 앉았다. 더블라는 출산이 임박한 엘리자를 밤에 혼자 둘 수 없었다. 엘리자는 도주와 전쟁이 시작되기 전, 더블라에게 만남을 금지당한 후로 수년 동안 그를 구경하기도 힘들었다는 이야기를 나누고 싶어도 그럴 사람이 없었다. "더블라 당신은 그이를 봤겠지만 난 보지도 못했어요." 열여섯 살이 되던 봄, 목초지에서 말이 다리를 다쳤을 때 그를 우연히 만난 일도 그때까지 마음에만 묻어두었다. 그는 부엌에 갖다 줄

새가 덫에 걸렸는지 확인하려고 말을 타고 지나다가 엘리자를 발견해 자기 말에 태우고 다친 암말을 천천히 끌고 갔다. 안장의 움직임, 뉘엿거리는 해, 느릿한 속도에 그녀는 눈을 감은 채 그의 허리춤을 느슨히 잡고 허벅지를 그에게 바싹 붙였다. 샛강에 멈춘 그가 두 팔로 그녀를 잡고 훌쩍 내려주었다. 그는 부츠를 벗고 차가운 얕은 물속으로 다친 말을 데리고 들어가 두 다리를 묶었다. 암말의 멍든 다리가 퉁퉁 부어 있었다. 그가 몇 분만 지나면 훨씬 좋아질 거라고 말했다. 엘리자는 이끼가 주렁주렁 달린 참나무에 말고삐를 감고서 경사지가 펼쳐진 나무 아래로 들어가 그의 곁에 앉았다. 정적이 흘렀다. 몇 분이라고? 그녀는 속으로 생각했다. 그 몇 분이 얼마큼이지? 그리고 그의 얼굴을 자기 쪽으로 돌렸다. 그는 엘리자의 첫사랑이자 그때까지 유일한 사랑이었고, 그에게 그녀는 첫사랑은 아닐지 몰라도 지극히 사모한 사람이었다. 이후 몇 달 동안 그는 자신이 아는 모든 것을 그녀에게 다정하게 알려주었다. 그러다 둘은 연인이 되었고, 탈출을 계획했다.

계획이라는 게 참 그렇죠, 엘리자가 더블라에게 말했다.

고향집에 살던 15년 전, 찰스턴의 친지들과 함께 엘리자의 사교계 데뷔 파티가 이미 계획돼 있었다. 하지만 어느 날 아침 엘리자의 아버지는 딸이 뜰 저편으로 이제 장성한 사내가 된 아일랜드인 마부 아이를 응시하고 있는 것을 목격했다. 그 밝은 피부의 건장한 청년은 지나친 특혜를 누리는 것으로도 모자라 딸과 시선을 맞추고 있었다. 엘리자의 아버지는 더블라를 받아들였음에도 그 사내애가 오르지 못할 나무를 쳐다보지도 못하게 만들리라 결심했고, 그가 옷을 벗으면 누구든 또렷이 알아볼 수 있도록 채찍질을 한 뒤 가슴에 낙인을 찍었다. 더블라는 붕대를 감아주고 그를 간호했다. 상처는 쓰라렸지만 일주일도 채 안 돼 아물기 시작했다. 그들은 감독관이 지니고 있던 무기와 말을 빼앗고 더블라의 저장고에서 필요한 물건을 되는 대로 집어 갑작스레 도망을 쳤다. 몇 주 동안 이동했지만 얼마나 오래인지 알 수 없었다. 처음에는 눈에 띄지 않는 변변찮은 옷으로 남자 행세를 했고 얼굴에 흙을 묻힌 채 밤에만 움직였다.

그들은 도피처를 찾았다. 고된 노동으로 생계를 이어나갔고, 약 3년 뒤에는 코나리가 태어났다. 더블라는 8개월 전, 코나리가 엘리자와 함께 정신병원에 가는 길에 이 너도밤나무 아래에서 쉬었을 거라고 확신했다. 그들은 바로 이 짐마차에서 밤을 지냈다. 하지만 더블라는 말을 매어놓고 물 양동이를 채운 뒤 한숨만 돌리고 다시 길을 떠났다.

나머지는 알아서

◇

요리사들이 위드에게 환자들이 아침 식사를 기다리고 있으니 헥섬 부인을 찾아오라고 심부름을 시킨다. 헥섬 부인이 직원들에게 자주 식사 준비를 맡기긴 하지만 아침이나 점심 식사, 오후의 음식 준비와 저녁을 이들에게만 맡기는 일은 절대 없다. 위드는 병원 문 옆에 서 있는 높은 나무를 기어 올라간 다음, 열린 창문으로 방에 들어가 헥섬 부인 곁에 선다. 헥섬 부인이 육중한 몸에서 숨이 다 빠져나간 것처럼 의자에 파묻혀 앉아 있다. 두 눈은 뜨고 있다. 보물 서랍이 열려 있고 아침인데도 등유 램프가 켜져 있다. 뒤엉킨 회색 머리칼이 너무 무거워서 매여 있기 힘들다는 듯 머리핀에서 삐져나와 축 처져 있다. 위드가 헥섬의 의자를 돌아가는데 조심스런 걸음걸음마다 의자에서 신음소리가 새어나온다. 위드가 기다려도 헥섬은 아무 말이 없다. 위드가 눈을 감고 몸을 가까이 기울여보지만 헥섬의 손상된 녹색 프리즘에는 생기가 돌아오지 않는다. 위드는 마음에 위안을 주는 그 냄새를 맡기 위해 그녀의 주방용 앞치마에 매우 조심스레 얼굴을 묻는다. 겹겹의 치마와 앞치마에서 우유, 밀가루, 버터 냄새가 났다. 치마는 거품처럼 펼쳐져 있다. 종이가 여기저기 무더기로 쌓여 있고, 램프 불꽃이 환한 아침 햇살 속에서 희미하게 타오른다. 투실투실한 한쪽 팔이 미동도 없이 책상 위에 고정돼 있고, 창백한 한쪽 손은 무릎 위에 구부러져 있다. 아, 나도 한때는 한 인물 했지, 우리 강아지는 못 믿겠지만, 아홉 살 때부터 사내들이 나만 보면 죄다 추근댔단다. 피붙이들이 최악이었어. 게다가 몸집이 너무 작아서 사내들이 달려들어도 막을 수가 없었지. 덩치가 커지니 얼씬도 못하더구나. 오, 나는 싸우는 법을 배웠단다, 우리 강아지, 그래야 네가 마음껏 활개를 치고 다닐 수 있지. 이곳에선 감히 누구도 이 핵섬한테 말대꾸를 못해. 여기저기 뛰어다닐 때면 심장이 요동치지, 하지만 다들 내가 깔고 앉기라도 할까 봐 앞길을 터준단다! 위드는 그 말을, 그녀의 요동치는 큰 심장을 안다. 그리고 그 말을, 그녀의 고함치는 목소리를 듣고 싶다. 그녀를 깨워서 말하고 존재하게 해야 한다. 위드는 작은 두 손으로 그녀의 어깨 뒤를 받친다. 두 발에 힘을 다다히 주고 민다.

 핵섬 부인이 책상 위로 고꾸라지는 순간, 총소리가 들린다. 이 방이 아니라 가까운 곳 어딘가다. 일꾼들이 다리가 부러진 말에 총을 쏠 때 몰래 따라가봐서 위드는 그 소리를 안다. 당시 말은 지금 핵섬만큼 빠르게 쓰러졌고, 그때와 똑같은 화약 냄새가 나는 것 같다. 하지만 핵섬은 다리가 부러진 말이 아니고 총을 맞고 쓰러진 것도 아니다. 위드는 눈물이 그렁그렁한 눈을 질끈 감고 핵섬이 수도꼭지라 부르던 코를 줄줄 흘리며 그녀의 넓은 등 위로 몸을 던져 매달린다. 자, 우리 강아지, 내가 준 신사의 손수건으로 얼굴을 닦으렴. 너는 어떤 미치광이와는 비교도 안 되는 신사이지 않니.

위드는 눈을 뜨고 핵섬의 육중한 몸이 책상 위로 널브러져 있는 모습을 본다. 고개가 옆으로 돌아가 있고 뜬 눈은 그녀가 고꾸라지며 쓰러트린 램프에서 새어나온 불길을 응시하고 있다. 불이 종이 위로 번지며 활짝 펼쳐진 장부에 구멍을 낸다. 처음에는 불꽃이지만 벽의 꽃무늬 벽지에 불길이 번진다. 꽃들이 살아서 타다닥거리며 꽃잎을 벌린다. 우리 강아지, 램프도, 촛불도 안 된다는구나! 스토리 원장이 자기 정신병자 호텔에서는 가스등을 써야 한다지 뭐냐. 그러거나 말거나 나는 가리개를 내리고 내 맘대로 할 게다. 보석은 램프 불빛을 받아야 더 반짝거린다는 걸 기억하렴, 우리 강아지. 이거 보이니? 이게 다 급히 떠날 때를 대비해 모은 거란다, 나머지는 알아서 처리하라지! 하지만 이제 쓰러진 핵섬의 머리칼에도 불이 붙어 그녀 주변에 후광이 환히 비치자 위드가 의자를 무자비하게 잡아당겨 그녀를 끌어내려 한다. 그러다 도움을 요청하기 위해 자신이 들어온 열린 창문으로 달려가지만 펼쳐진 가리개 윗부분에 불이 옮겨 붙어 바닥으로 떨어진다. 위드가 불붙은 가리개를 뛰어넘어 돌로 된 창문 선반으로 나가 시원한 아침 속으로, 나무 위로 건너간다. 핵섬 방의 창문에서 연기가 자욱하게 피어오른다.

누군가 연기를 보았다. 마당에서 화재를 알리는 종소리가 연이어 울린다. 줄을 당기는 두 간호사의 몸이 위아래로 살짝 들리고 그들의 손과 검은 소매가 땡그렁거리는 종에 닿고 또 닿는다. 그들의 앞치마가 너무 하얘서 얼음처럼 보인다.

스토리 박사의 창문

◇

화마보다 끔찍한 사고는 없다… 건물 다락에 설치한 거대한 무쇠 탱크는 저녁 무렵에는 항상 물이 채워져 있어야 한… 한시라도 물이 떨어져선 안 된다. 건물 시설에는 소방차는 물론이고 곳곳에 180미터 길이의 호스를 설치해… 최대한 빨리 수도관을 찾아 연결할 수 있어야 한다.

— 토머스 스토리 커크브라이드 박사, 1854.

재닛 양이 오늘 아침에 만나자는 전갈을 보내왔다. 오후에 예정된 면담 약속보다 이른 시간이다. 실은 아침 식사도 하기 전이다. 그녀도 그들이 자주 그리고 오래 대화를 나누었던 이곳, 그의 3층 사무실에서 그들 사이의 문제를 진척시키고자 하는 욕구를 느낀 것이 분명하다. 어제 마차에서 그녀는 그의 품에 흔쾌히 안기며 아주 자연스레 그에게 보호를 청했다. 어쩌면 지금이 그의 바람을 드러낼 시간일지도 모른다. 스토리는 그녀와 마주 보고 나긋하게 말하는 모습을 상상한다. 이 이상한 계절이 정신을 차리고 겨울로 바뀌려는지 날은 가을답게 화창하고 쌀쌀하다. 스토리는 높은 타원형 창문으로 가서 대잔디밭, 노랗게 변한 도로, 병원과 마을 사이를 지나는 좁은 강이 보이는 밖을 향해 창문을 활짝 연다. 창턱을 넘어가 좁은 발코니에 서 있어도 될 것 같다. 어쩌면 오늘, 대화를 나눈 뒤, 그녀와 함께 이곳에 서게 될지도 모르겠다. 스토리는 우연이나 운명은 배척하지만 사람을 앞으로 조금씩 끌어당기는 가만하고 조용한 목소리를 믿는다. 그녀에게 개종을 청하는 대신, 가끔 필라델피아의 프렌드 교파 모임에만 참여해달라고 할 것이다. 커크브라이드 삼촌과 스무 해 넘게 삼촌과 해로한 숙모가 특히 반겨줄 것이며, 그녀는 아치 가에 있는 우아한 프렌드 교파 하우스에서 잔잔한 포근함을 느낄 것이다.

지금 이 순간에도 그녀가 사무실 밖에서 그를 보려고 기다리고 있을지 모른다. 여자 병동은 바우만 여사와 간호사들의 감독 하에 아침 식사를 하는 중이다. 스토리가 사무실 문을 살짝 열어놓고 나가려고 방을 가로지르는데 그녀의 조용한 노크소리가 들린다. 두드리는 소리에 가깝다. 그가 문을 활짝 연다.

◇　　◇　　◇

문이 열리는데 오셰이가 재닛 양 옆에서 그녀에게 손목이 붙들린 채 서 있다. 스토리는 놀라서 뒷걸음질을 치며 책상 앞의 의자를 가리킨다. 그들이 좀처럼 앉지 못하고 있는데 웬 환영이 열린 창가에 나타나 소리를 지른다. 불결하기 짝이 없는 찢어진 신사복을 걸친 채 발광하는 모습을 보는 순간 모를 수가 없다. 오셰이가 경고한 대로 도망친 미치광이가 돌아온 것이었다. 아니면 그동안 내내 숨어 있다가 스토리의 사무실 근처에 선 높은 나무를 타고 올라와 벽에 붙어 있는 하수관과 발코니 발판을 밟고 건너온 것이리라. 이 폭력적인 망상증 환자가 존재의 이유와도 같은 악행을 수행하도록 돕기라도 하듯이 스토리는 바보처럼 창문을 활짝 열어놓았다. 이 교활한 환자와 관련해 오세이가 맡은 역할은 야경꾼으로서 그를 감시하고, 강도, 폭행, 주택 방화, 아녀자 협박에 대해 허풍스레 늘어놓은 말들을 주의 깊게 살피는 것뿐이었다. 이자는 병적인 정신세계를 위장하기 위해 남군을 지지하는 척했다. 이제 오세이는 이자가 스스로를 파파라 부르며, 오세이 자신이 도피 중에 발견했던 그 산꼭대기 오두막을 인질로 삼은 침입자라는 사실을 깨닫는다. 엘리자의 설명 덕분이었다. 엘리자의 이름은 엘리자고, 더블라라는 여자가 그들이 도망치기 전 살던 곳에서 그들을 키워주었다고 했다. 그의 가슴에 찍힌 낙인도 전쟁 중에 얻은 것이 아니었다. "미치광이 신사"가 사무실의 창문턱을 막 딛고서 스토리를 향해 조롱하듯 총을 흔들며 퀘이커 악마니 양키 쓰레기니 악을 쓰는데, 스토리는 목표물이 되겠다는 듯 책상 뒤에 서 있다.

신사 분, 스토리가 소리친다, 진정하세요! 하지만 스토리의 명령은 무력하다. 미치광이가 바람개비처럼 동공이 커진 채 권총의 공이치기를 당기는데 조증에서 비롯한 그의 땀 냄새가 방에 옅게 스며든다. 높은 링컨 모자가 온 데 간 데 사라져 그가 시야를 확보하려는 듯 텁수룩한 머리를 흔들면서 입을 크게 벌리고 수염이 꺼칠한 얼굴을 길쭉하게 늘린다. 승리에 찬 울부짖음과 실성한 듯한 웃음이 연이어 터져 나온다. 엘리자를 알아보지 못했으나 분명 알아볼 것이다. 엘리자를 알고 이용하고 공포에 몰아넣었을 뿐 아니라 코나리를 인질로 삼고, 질색하는 더블라를 얼씬도 못하게 한 그니까. 엘리자는 밤새 흐느끼며 오세이의 목과 입에 대고 그 모든 이야기를 지금의 악몽보다 더 생생하게 속삭였다. 마침내 그가 내면에서 진실을 깨닫고 믿게 되는 기적을 경험했음에도 아무것도 기억하지 못하자, 엘리자는 그의 머리에 두른 딱딱한 안대를 벗기고, 지금의 그를 바꿀 수 있다는 듯 입을 맞추고 손으로 만졌다. 그리고 전쟁과 잃어버린 과거가 탄생시킨 이 미치광이가 지금 이곳, 그들 사이에 있다. 과거는 알아차리지 못한 현재이니까.

스토리가 마치 자신의 목소리와 시선이 숨통이 조이는 이 상황에 영향을 미칠 수도 있다는 듯 또렷하고 조용하게 계속 말을 한다. 미치광이가 장전된 권총을 스토리에게로 뻗고선 목표물과 놀이를 하듯 작게 원을 그리며 총을 움직이자 오셰이의 근육에 힘이 잔뜩 들어간다. 총알이 세 개면 그가 그들 모두를 쏠 거라고 오셰이는 생각한다. 그의 생각을 알아차리기라도 한 듯, 괴한이 소리를 죽인 채 총구를 차분히 오셰이에게로 옮긴다. 엘리자는 눈을 내리깔고 의자에 꼼짝 않고 앉아 있다. 총이 살짝 움직이더니 그녀의 머리를 겨냥한다. 스토리가 주술을 깨트리려는 듯 손뼉을 치며 소리를 친다. 찢어진 더러운 정장을 걸친 괴한이 너저분한 긴 머리칼을 나부끼면서 총구를 스토리에게로 돌리고 웃는다. 그가 팔을 뻗어 두 손으로 목표물을 침착하게 조준한다. 왼편에 있던 오셰이가 괴한에게 소리 없이 달려들어 저지하고는 열린 창문 밖으로 그를 힘껏 내던지는데 권총이 발사된다. 그의 가슴에 총이 발사되는 순간 누군가의 비명 소리가 들리지만, 오셰이의 눈에는 딸의 얼굴이, 딸이 스토리와 그녀의 엄마와 함께 자가용 마차에 올라타다가 놀라 주저하는 모습이 보인다. 딸의 두 눈과 긴 속눈썹은 너무나… 친근하다. 만약 그가 딸을 두고 떠나지 않았더라면…

자리에 서서 설득 중이던 스토리는 이 광란의 괴한이 갑자기 조용해지면서 권총을 뻗어 자신의 머리를 천천히 조준하고 있다는 사실을 진정 믿을 수 없다. 이제 끝났다고 생각하는데 오셰이가 힘차게 돌진하는 모습이 보인다. 곧이어 그 미치광이가 차가운 허공 아래로 힘껏 내던져진다. 천둥 같은 소리와 함께 화약 냄새가 난다. 총소리가 떠나갈 듯 울리며 사무실 안에 반향을 일으키는 순간 오셰이가 등으로 떨어진다. 그의 셔츠 앞면에서 연기가 피어오른다. 재닛 양이 소리치며 그에게로 향하고 스토리는 창문으로 달려간다. 어느새 스토리 곁에 온 바우만 여사가 그 도망자가 3층 아래로 내던져져 돌로 된 배수로 위에 누운 것을 발견한다. 놀란 듯 입을 딱 벌리고 손에는 긴 리볼버를 쥐고 있는 모습으로. 그의 머리 아래로 액체가 땅을 검게 물들이며 급한 일이라도 있는 것처럼 퍼져나가고 있다.

바우만 여사, 스토리가 그녀에게 명령한다, 의사를 데려와요! 들것과 간호사를 이리로 보내줘요.

죽은 것 같은데요, 바우만이 말한다.

오셰이 말이에요. 빨리! 지금 당장!

그녀가 방을 급히 나서는 순간 스토리가 몸을 돌려 재닛 양 옆에 무릎을 꿇고 그녀를 반쯤 부축해준다. 재닛 양이 오셰이를 품에 부드럽게 안고, 오셰이의 흰 셔츠를 금세 붉게 물들이며 그녀의 치마에 고여 가는 피를 멎게 하겠다는 듯이 한쪽 손으로는 그의 얼굴을, 다른 쪽은 그의 가슴을 붙든다. 이상하게도 오셰이는 직원복이 아닌 평상복 차림이다. 이리 나와요, 스토리가 자신의 환자를 떼어놓으려고, 이미 그들을 향해 달려오고 있는 사람들의 눈에 띄지 않게 하려고 이렇게 말한다. 하지만 재닛 양은 스토리를 올려다보며 말한다.

이 사람이 내 남편이에요. 이 사실을 말하려고 함께 왔던 거예요.

당신 남편이라고요? 스토리가 그 말을 반복한다. 그가 그녀의 어깨에 두 손을 감싸듯이 올린다.

마당에서 화재를 알리는 종이 울린다. 사무실 안에 연기 냄새가 스미면서 창문 너머로 번뜩이는 불꽃과 구름처럼 피어오르는 회색 연기가 보인다. 근처의 방이 불길에 휩싸였다. 그 미치광이가 급습을 할 때 주의를 딴 데로 돌리려고 불을 놓은 것이 틀림없다. 경보음을 듣고 응급마차, 소방 수레는 물론이고 물 양동이를 든 마을 사람들이 나타날 것이다. '그녀의 남편이라니.' 스토리는 오세이의 목에서 맥박을 찾아보지만 아무것도 느껴지지 않는다. 그는 그 자리에 손을 그대로 둔 채, 그녀의 손 가까이에 머문다.

◇　　◇　　◇

코나리는 동료들과 함께 식당에서 아침 식사 중이던 여자 환자들을 병원 뒤편 주방 출구로 서둘러 내보낸다. 헥섬의 구역은 아치형 공간으로 코나리가 짐작한 것보다 훨씬 크고 한쪽 벽에 높은 창문이 늘어서 강렬한 햇빛이 비쳐들고 있다. 환히 빛나는 부채 모양의 가로대 아래에 쌍여닫이문이 활짝 열려 있는데 헛간 문만큼이나 크다. 숙녀들이 줄지어 빠져나가는 와중에도 거대한 검은 오븐은 계속 빵을 굽고 있다. 하지만 커다란 주방에는 요리사도 주방 일꾼도 없다.

빵 굽는 군침 도는 냄새는 화재를 알리는 종소리가 점점 커지면서 계속 쨍그랑거리는 순간에도 헥섬의 힘을 증명하는 또 다른 증거다. 코나리는 주방 정원을 지나 넓은 오르막길을 치마를 들고 오르는 환자들의 뒤를 따른다.

건너편에 요리사들과 주방 일꾼들이 서둘러 헛간으로 이동하는 모습이 언뜻 보인다. 일부 일꾼들의 남편들이 그곳에서 일하고 있다. 이제 그들은 긴 앞치마 차림으로 야외에 서서 중앙 건물로부터 환자들이 줄지어 탈출하는 장관을 지켜본다. 지붕 위로 연기가 옅게 피어오르는 것을 보고 요리사들이 뒤쪽 부속 건물은 위험하지 않은데 왜 이리들 야단법석이냐며 의아해한다. 여자 환자들이 다 빠져나오면 이들은 빵을 구출해야 한다. 이들과 가족 관계인 남자 일꾼들은 양동이 부대에 합류했지만 일부는 낮은 수레차에 고리버들 관만 달랑 싣고서 이 뒤쪽으로 돌아오고 있다. 언제나처럼 말이 끄는 이 수레차는 과수원과 숲을 지나 초원을 가로질러 그 아래, 낮은 돌담과 숫자가 새겨진 말뚝이 박힌 묘지로 향한다. 요리사들은 수레차가 지나는 깃에 아랑곳 않고, 숙녀들과 간호사들이 혼란에 빠진 거위 떼처럼 병원 앞쪽과 대정원 쪽으로 이동하는 모습을 놓고 한마디씩 한다. 주방 정원의 경계에 세워진 높은 벽돌 담장 너머로 신사들이 이동하는 소리가 들린다. 코나리는 그 혼잡한 행렬이 정원 오솔길을 따라 좁고 길게 늘어져 정원 장식과 건축물들 주위로 수로처럼 갈라지는 모습을 상상한다. 여자들은 치마와 멋진 부츠를 걸치고 고요한 구름처럼 이동하는 반면, 남자들은 마치 가두행진에서 행군하는 사람들처럼 "만세!", "브라보"를 외친다.

더블라

트랜스 앨러게니

◇

마을이 보이기도 전에 화재를 알리는 종소리가 들린다. 전쟁이 끝나기 전, 알렉산드리아에 다녀오면서 웨스턴을 지났는데 그때보다 마을 규모가 훨씬 커졌다. 정신병원이 가져온 소득과 고용 창출로 경제가 되살아난 듯 했다. 갈수록 크게 울리는 정신병원의 화재 종소리 쪽으로 향하는 말, 수레, 줄지은 행인들로 넓은 중심가가 북적거렸다. 돌연 종소리가 그쳤다. 더블라는 담요와 양동이를 들고 있는 남녀와 아이들을 따라 다리를 건너 연기 냄새가 나는 쪽으로 향했다. 정신병원을 처음 본 순간이었다. 4천~8천 제곱미터쯤 되어 보이는 거대한 잔디밭에 사람들이 숨 막힐 듯 빼곡히 모여 있었고 안쪽으로 시계탑이 딸린 거대한 석조 건물들이 보였다. 높은 철제 울타리와 활짝 열린 정문도 보였다. 간판에는 놋쇠로 된 굵은 글씨로 이렇게 새겨져 있었다. "트랜스 앨러게니 정신병원". 맞은편에는 좁은 강과 철로가 있었다. 묵직한 화재 종소리가 멎나 싶더니 웨스턴 소방마차의 높은 종소리가 연기 서린 허공을 쨍그랑거리며 울렸다. 붐비는 도로를 지나 병원 경내로 들어가자 길이 트였다. 소방 마차

와 경찰 마차들은 잔디밭을 지나 거대한 출입문 근처에 무리지어 있
었다. 온통 소음과 혼란이 가득한 아수라장이었다. 더블라는 말을 재
촉해 병원 정면 위쪽의 창문 두 곳에서 피어나는 연기 쪽으로 향했
다. 불길이 비죽비죽 솟고 있는데도 이동하는 무리 중 일부는 불길
을 갈구하기라도 하듯 가까이 다가갔다. 헬멧과 큼지막한 코트를 걸
친 남자들이 타버린 창문 밖으로 물건을 던지고 있었고, 그 시커먼
구멍으로 물이 쏟아져 나왔다.

궁금증

◇

숙녀들이 병원을 돌아 대잔디밭으로 올라왔다. 코나리는 엄마를 찾는다. 아침식사 자리에 없었으니 이곳에 있거나, 안전하게 스토리 박사와 함께 있거나, 은밀한 삶 속으로 사라진 게 틀림없다. 누군가 자신을 알아봐주는 사람이 있다면 코나리도 사라지고 싶었다. 이런 혼란스런 아수라장에 붙잡혀 있으려니 그저 탈출하고 싶은 마음뿐이다. 숙녀들이 마을 사람들 무리로 사라지는 통에 통제가 불가하다. 온 마을이 처음에는 종소리 때문에, 지금은 호기심과 궁금증 때문에 이곳에 와 있다. 여성 후원회가 누구에게도 필요 없어 보이는 담요를 가져와 곧 네모난 양모 담요와 누비이불들이 바닥을 조각보처럼 장식한다. 많은 여자들이 앉아서 남자들—사업가, 가게 주인, 농부—이 분수를 오가며 양동이를 채우고 병원의 석조 담벼락을 적시는 광경을 구경한다. 병원 소방 마차에 실려 있던 3층 길이의 긴 호스가 스토리 박사의 좁은 사무실 발코니에 고리처럼 걸려 있고, 그곳에 헬멧을 쓴 두 남자가 앞뒤로 나란히 서서 이제 시커멓게 탄 구멍이 되어버린 인접 창문으로 호스를 조준하고 있다. 더 이상 화염이 보이지 않는다. 아래쪽 군중들 속에서 화재가 진압됐다는 말이 퍼진다.

화재를 알리는 종소리는 멈췄지만 그 소리가 이 맑은 날의 화재 연기처럼 몇 킬로미터를 퍼져나간 터였다. 구급 마차가 주변 마을에서 계속 도착하고 시골 사람들이 말을 탄 채로 서성이거나 나뭇가지에 굴레를 감는다. 일부 적극적인 마을 상인들은 수레에 고기파이를 싣고 와서 판다. 위험한 순간이 지나가자 마을의 숙녀들은 양산을 펼쳐들고 대화를 나눈다. 코나리의 눈에도 화염 대신 어마어마한 양의 축축한 연기가 피어오르는 모습과 정문에서 기둥이 세워진 병원 출입문까지 수많은 수레와 마차가 줄지어 지나가는 행렬만 보인다. 코나리는 짐마차 한 대가 사람 무리를 뚫고 지나오는데 홀로 앉은 마부가… 일어섰다 앉았다, 말에게 소리치는 모습을 쳐다본다. 그리고 코나리가, 다른 간호사들에 파묻히지 않기 위해 간호사 모자를 던지고 묶은 머리를 풀면서 달리기 시작한다. 코나리는 사람들을 요리조리 피하며 두 팔을 들고 소리친다. 더블라가 짐마차를 멈추고 그녀를 안으로 들어 올렸는데도 외침이 멈추지 않는다.

애야, 더블라가 그녀를 안아주며 말한다, 엄마는 어디 있니?

그들은 연기와 까맣게 그슬린 병원 벽을 쳐다본다.

저기요, 코나리가 말한다. 그녀가 스토리 박사 사무실의 좁은 발코니를 가리킨다.

소방수들이 안으로 들어갔다. 자욱한 연기 사이로 두 사람이 아래를 내려다보며 서 있다. 얼굴은 안 보이지만 스토리 박사가 엄마의 허리를 감싸고 있는 형체다.

이제 가야 해요, 코나리가 더블라에게 말한다. 제발요, 지금이에요….

뒤에 타라, 코나리. 너무 혼잡해서 마차를 돌릴 수가 없구나.

짐마차가 황급히 출발하면시 코나리가 자세를 바꾼다. 마차가 앞으로 나가자 코나리가 흔들리는 마차 옆을 양손으로 붙들고, 더블라가 넓은 화강암 계단과 병원 입구를 지나는 도로를 용케도 빠져나간다. 코나리가 매캐한 연기를 들이마시며 고개를 들어 엄마를 찾는 동안 더블라가 소방 마차를 지나며 속도를 늦춘다. 병원 출입문 옆의 나무를 올려보니 위드가 낮은 나뭇가지에 매달려 그녀 쪽으로 다리를 흔드는 게 보인다. 코나리는 서행하는 마차에서 일어나 손을 뻗고, 때마침 위드가 그녀의 품으로 떨어져 내린다.

이름들

◇

시간이 지나면서—스토리가 한때 좋아했지만 지금은 혐오하는 표현이다—의사와 경찰, 소방 마차가 도착했다. 오셰이가 "심장에 총을 맞고 즉사"했다고 외과의사가 사망을 선고하는 동안 스토리는 경찰에게 탈출한 정신병자가 창문으로 들어왔다고 설명한다. 한때 야경꾼의 관리 감독을 반던 남자 간호사가 오셰이의 시체를 영안실로 옮긴다. 마을 장의사의 손에 입관된 그의 시체는 스토리의 집에 놓이겠지만 그건 몇 시간 후의 일이다. 지금은 모든 것이 대혼란이다. 하지만 경찰이 무기를 압수하고 스토리에게 돌바닥에 널브러진 괴한의 시체를 당장 병원 묘지에 묻게끔 허락해준다. 대잔디밭으로 대피해 호기심 어린 마을 사람들 사이에서 서성이는 병동 환자들은 마차 한 대가 고리버들 관에 시체를 넣는 광경을 가리고 서 있는 것을 거의 눈치채지 못한다. 스토리 박사는 자신의 환자가 쉴 수 있게 자기 방에 데려다놓고 마을 사람들에게 상황을 설명하고 일이 질서 있게 해결되는지 감독해야 한다. 그날 밤, 그녀가 코널리 간호사는 오셰이와의 사이에서 낳은 딸이라고 설명하자 스토리는 그녀에게 아이를 데려오라고 재촉한다. 엘리자 역시 엄청난 충격을 받은 터다. 스토리가 자신의 환지를 진짜 이름인 엘리자로, 그녀의 딸을 코나리라고 부르지만 엘리자는 딸이 떠났다고 말한다. 마차로 하루하고 반나절이 걸리는 고향집으로 돌아갔다는 것이다.

발코니에서 아이의 할머니가 데리러 온 걸 봤어요, 엘리자가 말한다. 코나리에겐 집이 있어요, 나와는 달리.

이곳이 당신 집이에요, 그가 말한다. 당신 이름이 뭐든 간에요.

제4부

◇◇◇

1864

유일한 열쇠

◇

오셰이는 매일 저녁 자신의 후원자와 식탁에 앉아 무릎 위에 냅킨을 펼치고 포크와 나이프를 든다. 노의사와 그의 부인이 그가 사회화되도록 힘써주고, 집이 없는 그에게 가정을 경험하게 해주고, 일자리를 갖도록 도와주었다는 걸 그도 안다. 병원은 걸어서 겨우 20분 거리다. 노부부에게는 부모를 잃은 손주가 있었으나 그마저 전쟁 초반에 잃었다. 손주는 나이가 워낙 어려서 입대 전 군사기숙학교에서 1년을 보낸 것을 제외하곤 집을 떠난 적이 없었다. 아들과 며느리는 손주가 갓난아이일 적에 장티푸스로 숨을 거두었다. 오셰이는 저녁식사 자리에서 이 사실을 알게 됐고, 그가 큰 의미는 없어도 필요한 존재임을 감지했다. 일부 병원 사람들은 "나이 든" 오셰이와 구분하기 위해 그를 "젊은" 오셰이라고 부른다. 그 덕망 높은 외과 의사는 자신의 환자와 거리낌 없이 친구가 되었고 아주 많은 것을 베풀어주었다.

그리하여 부상에서 회복한 환자는 인접한 좁은 온실로부터 빛이 한껏 들어오는 넉넉한 지하실 방에서 지낸다. 그는 전쟁에 대한 부부의 대화를 묵묵히 견디면서, 장작을 패서 땔감을 쌓고 불을 지피고 지하실에서 물건을 가져오는 등 할 수 있는 모든 집안일을 거들었다. 퀘이커교도인 부부는 소박하게 산다. 남편인 아일랜드인 의사는 40년 전, 아내에게 구애하던 중 퀘이커교로 개종했다. 그들은 빨랫감을 내보낼 때를 제외하고는 하인을 쓰지 않는다. 오셰이는 맨땅을 정원으로 일구다가 자신도 모르게 삽을 어깨에 메고 조준을 한다. 그의 두 손은 예민하고 남아 있는 한쪽 눈의 시야는 날카롭다. 자신이 누구였고 어떤 사람이었는지 몸이 아는 것 같아 두 번 다시는 총을 쏘지 않으리라 다짐한다. 기억 상실, 일그러진 머리, 행인들의 시선을 잡아끄는 원뿔 모양의 방패 같은 안대는 그가 잊어버린 것에 대한 대가인 것만 같다. 그는 자신이 무엇을 잃어버렸는지 몰라서 기쁘다. 때로는 다른 사람들의 애끓는 비통함이 너무 강하게 다가와서 갑자기 돌아서거나 방을 떠나야 할 때가 있다. 악몽을 꿀 때면 어두운 형체들이 그를 감싼다. 뇌진탕과 폭발 때문에 귀는 멍하지만 땅이 쿵쿵 흔들리는 느낌, 불에 그슬리고 고통에 몸부림치는 냄새는 느껴진다. 그런 다음 아래로 내려가 형체 없는 어둠 속을 헤엄치다 좁은 틈새에 떨어지기도 한다. 그곳에서 그는 죽음의 부름을 느끼고 또 죽음을 원하면서 쫓기고 손을 내뻗고 몸부림친다. 손가락에 웬 여자의 머리칼이 향기처럼 잡히다가 산산이 흩어진다.

노의사 부부는 '여환자 후원회'와 병원 내 환자들을 위한 크리스마스 식사에 대해 논의하는 중이다. 거동이 괜찮은 환자들을 다양한 가구에 초대해 가족 식사자리에 앉히는 게 좋을까, 아니면 병동에서 환자들끼리 식사를 하게 하는 게 옳을까?

오셰이 박사가 말을 멈추고 그에게로 주의를 돌린다. 존, 무슨 생각하나?

이곳에 더 오래 머물면 안 되겠다고 생각하고 있었어요, 그가 대답한다. 두 분께 너무 큰 빚을 져서 마음이 무겁습니다.

두 사람이 놀라 정적에 빠진다.

실은, 오셰이가 나긋하게 말한다, 전 누구의 아들도, 손자도 아닙니다. 정말 그랬으면 얼마나 좋을까마는요.

의사의 아내가 맥 빠진 표정을 짓지만 애써 아무 말도 않는다. 자신의 깊은 염려가 다른 결과를 가져오기라도 할 것처럼 그저 고개를 들고 강렬한 의문의 표정을 지을 뿐이다.

이해하네, 오셰이 박사가 재빨리 대답한다. 독립을 하고 싶은 게로구먼. 성인이라면 누구나 그렇지. 하지만 존, 병원에서 새로 시작한 일에 대해 말해보게. 환자들을 진정시키고 손의 운동 기능을 훈련시키는 일 말이야.

무해한 잔재주지요, 오셰이가 대답한다. 하지만 일부는 확실히 즉시 차분해집니다. 그래선지 긴장하거나 두려울 때면 혼자서 훈련을 하더군요. 제가 부상에서 회복할 때 박사님이 가르쳐주신 것처럼, 인도 고무공을 꽉 쥐는 겁니다. 손이 꼭 두 개가 아니어도 대부분의 환자들이 할 수 있는 반복 운동이죠.

박사가 고개를 끄덕인다. 고든 간호사 말로는 병동의 많은 환자들이 자네를 신뢰한다더군. 병원에서 손에 넣기 쉽고 저렴한 기구를 제공해줄 테니 병원 도우미들을 가르쳐보는 건 어떤가. 자네는 환자를 다루는 남다른 재주가 있어. 그 기술을 그들에게 가르쳐주는 거야.

싫지는 않습니다만…

병원 도우미가 되는 거야. 이미 그런 일을 하고 있으니 벌써 도우미라 봐도 무방하지만. 다른 병동 도우미들에게 부탁해서 자네가 환자를 다루는 모습을 관찰하도록 하겠네. 그러면 의료진 회의에 참여해 다양한 아이디어를 논의할 수도 있어. 몇 달 안에 전쟁이 끝나겠지만 회복하는 데 오랜 시간이 필요한 부상자는 끊이지 않을 걸세. 핵심은 이거야. 정신적 트라우마를 다루는 치료도 있다는 것. 그리고 병사들은 자신의 경험을 이해하는 사람들을 더욱 신뢰한다는 거지.

네, 저도 동의합니다. 제 생김새만 보면 안 할 수가 없죠.

자네 이야기를 들어봐도 그렇지, 오셰이 부인이 말한다.

잘 지적했어요, 여보, 의사가 말한다. 환자를 대하는 자세를 가르칠 수 있을까? 난 시도해봄직하다 생각하네. 존, 자네는 마음만 있다면 천직으로 삼을 만한 능력을 가지고 있어. 경험을 쌓고… 병사들의 고뇌를 가라앉히는 법을 다른 이들에게 가르칠 수 있다면 병원은 자네를 훨씬 더 필요로 할 걸세. 그동안 여기서 우리와 함께 계속 살아도 되고, 아니어도 상관없네…

제가 은혜를 모른다고 생각하지는 말아주세요. 두 분은 과분한 친절을 베풀어주셨어요.

그렇지 않아, 오셰이 부인이 말한다.

이곳은 널리 알려진 병원이야, 의사가 말한다. 가끔씩 다른 기관에서 직원을 추천해달라고 요청해오곤 하지. 자네가 계속 경험을 쌓고 있으면 좋은 기회가 찾아올 걸세.

그렇다마다요, 그의 아내가 동의한다.

북부에서 연락이 올 수도 있지, 의사가 말한다.

오셰이가 노의사와 눈을 마주치고 고개를 끄덕인다. 존 오셰이는, 그러고 이어서 말한다, 북군을 위해 싸웠죠.

아, 그럼, 의사가 말한다. 이름이 뭐가 됐건 자네는 북군을 위해 싸웠지. 그리고 전쟁이 끝나면 저 남쪽에도 병원이 생길 걸세, 그곳도 도움이 절실하니까. 노의사는 생각에 빠진 듯 말을 잠시 멈추었다. 더 큰 책무를 맡아야 자네가 언급한 독립을 얻을 수 있어, 그가 조심스레 말한다. 존, 더 큰 임무를 맡을 용의가 있나?

네, 그렇습니다.

준비가 끝날 때까지 얼마든지 이 집에서 지내도 좋아, 오세이 부인이 말한다. 알다시피 우리는 자네에게 많은 걸 의지하고 있어.

오세이가 더 이상 아무 말도 하지 않자 부인이 기쁜 표정을 짓는다. 그들은 식사를 이어나간다. 오세이는 노부부가 베푸는 가족 같은 애정을 진심으로 되돌려줄 수도, 심지어 유대감이 자랄 공간을 내줄 수도 없다는 걸 알지만 한동안 이곳에 머물 것이다. 때가 되면 이곳을 떠날 테고 지금의 감정은 괴로움보다는 공허함에 가깝다. 헛되이 고동치는 심장 박동 소리는 그가 가진 유일한 열쇠였으나, 열쇠에 맞는 자물쇠가 없다. 허지만 그는 매우 안도한다. 그는 연이 지표면에서 버둥거리다 줄이 빠르게 풀리면서 돌연 바람을 타고 날아오르는 장면을 떠올린다. 바람에 휙 날리는 소리가 들리고 부력이 느껴진다. 자비를 구하는 기도 소리가 울려 퍼지는 시끄러운 푸른 언덕 저 높이 올라간 것만 같다.

에필로그

◇ ◇ ◇

1883

코나리

1883년 1월 2일

◇

그들은 코트를 껴입고 웨스턴에 있는 세 군데의 퍼스트 익스체인지 은행 중 한 곳 바로 건너편에 서 있었다. 바람이 거세어서 추위에 살이 에이는 듯했다. 코나리는 그들 뒤쪽의 칠이 안 된 말뚝 울타리를 장갑 낀 손으로 훑었다. 휘어진 문에 '매매'라는 팻말이 걸려 있었다. 길에서 조금 안쪽으로 들어가 있는 평범한 이층집으로, 빛바랜 장식 테두리와 정원의 격자문을 제외하곤 소박했다. 좁은 앞쪽 포치는 거의 바닥 높이로 집의 좌부터 우까지 뻗어 있었다. 집 뒤편에는 4천 제곱미터가량의 땅과 작은 헛간이 있었다. 땅은 정원으로 써도 좋을 만큼 평평했고 한쪽에는 나무들이 그늘을 드리웠다. 키 작은 잡초가 듬성듬성 나 있어 흙길이 집까지 곧게 이어졌다. 나무그늘 옆쪽으로 2층에 마련된 수면용 포치가 보였다. 코나리는 여름날 저녁 그곳에서 땅거미가 지고 밤이 찾아오는 풍경을 바라보는 자신의 모습을 상상했다.

위드, 내가 나올 때까지 팻말 앞에 서 있어.

누나가 하라면 해야지, 위드가 답했다.

코나리는 이제 위드의 키가 자신과 엇비슷해졌다고 생각했다. 어쨌거나 코나리도, 위드도 저마다의 방식으로 성장했다.

◇　◇　◇

은행원은 중년 여자였다. 코나리는 아빠가 직접 선택한 이름이 적힌 그의 입영통지서와 통장을 건넸다.

은행원이 통지서를 읽고 난 뒤 손에 들린 작은 출납부를 내려다보았다. 에브라임 코널리 씨의 통장 때문에 오셨나요? 그녀가 물었다.

네, '에브라임 코널리'요. 엄마는 아빠가 직접 선택한 성을 딸에게 이름으로 붙여준 것이었다. 그러니까 그녀의 이름은 성을 변형한 형태였다. '코나리'는 단서이자, 수수께끼이자, 기억하는 행위였다.

그러면 댁은 코널리 양인가요? 가족이에요?

전 이분의 딸, 코나리 코널리예요, 그녀가 말했다. 외동딸이에요. 미혼이고, 성인이죠. 이건 아빠의 예금통장이에요, 날짜를 확인하실 수 있도록 가져왔어요.

사망증명서나 제대증명서는 없나요?

그런 건 없어요. 하지만 거기 적혀 있다시피, 22년 전 61년 6월 17일에 입대하셨어요. 코나리는 잠시 말을 멈추고 시선을 들어 여자를 마주보았다.

그러면, 이름이 적힌 출생증명서는요?

불에 탔어요. 그리고 아빠는 벌판에… 표식 없는 무덤에 누워 계세요.

사실이었다. 정신병원은 벌판이었고, 그녀보다 그 사실을 더 잘 아는 사람은 없었다. 아빠의 무덤은 그날 밤 엄마가 거닐었던 그늘진 좁은 정원에 만들어졌다. 엄마의 바람에 따라 표식은 세우지 않았다. 어떤 이름도 그를 살리지 못했기 때문이었다. 숫자도 묘비도 없이, 작고 흰 조약돌만 그득했다. 그날 밤 그들이 서로를 발견했던 그 큰 나무 곁 그 돌무더기 위로 무성한 풀이 자라고, 나뭇잎과 눈이 내려 쌓였다. 매년 봄이 되면 엄마는 작은 돌멩이 한 줌을 그 나무 둘레에 놓았다. 아빠가 죽은 이듬해, 더블라와 코나리는 길을 떠나 엄마의 기념의식에 합류했다. 위드는 쳐다보기만 할 뿐, 흰 조약돌을 주먹 가득 들고 산등성이로 돌아왔다.

은행원이 물었다. 사망일이 기재된 서류는 없나요?

우리가 아는 건… 송금이 멈춘 날짜뿐이에요. 이건 아빠가 군인 시절에 보내준 '명함판 사진'이에요. 코나리는 겨울 코트 주머니에서 사진을 꺼내, 통장을 든 은행원의 손에 조심스레 올려놓았다.

은행원은 말이 없었다. 두 개를 합쳐도 손바닥에 꽉 차지 않았다.

제7 웨스트버지니아 자원기병대예요. 코나리가 말했다. 위쪽에 있는 저격수가 아빠예요.

여자가 고개를 끄덕였다. 야외에서 찍은 병사들의 사진은 드물지요. 그녀가 중얼거리며 이제 동정 어린 눈빛으로 올려다보았다. 아버님께 받은 편지가 있을까요?

몇 통 없어요, 코나리가 말했다. 전부 엄마한테 온 거예요. 코나리는 웨스턴의 사서함 주소로 보내온, 엘리자 코널리 부인을 수취인으로 기재한 누렇게 변색된 봉투를 보여주었다.

은행원은 소인을 흘끗 보았다. 저기, 그녀가 말했다, 저는 여기서

30년을 일했어요. 병사들 중에는 예금 전표에 날짜나 장소, 글귀 같은 걸 끼적인 경우가 더러 있거든요. 전부 파일로 보관해뒀어요. 혹시 이 이름으로 된 전표가 있는지 확인해볼게요. 그녀가 창구에서 일어나 몸을 돌리더니 반대편 벽에 세워진 목재 파일 서랍 앞에 섰다.

코나리는 열쇠가 돌아가는 소리를 듣고 고개를 돌렸다. 새해 둘째 날인 오늘, 겨울 하늘은 맑고 청명한 푸른색을 띠었다. 웨스턴 중심가에는 눈이 흩뿌려져 있었다. 2년 전, 추수감사절을 일주일 앞두고 더블라가 눈을 감았다. 겨울 명절을 앞뒤로 둔 그 몇 주 동안 코나리는 환한 겨울 하늘을 쳐다보거나 생각만 해도 가장자리에 돌맹이를 두른 봉긋한 무덤으로 눈길이 갔다. 그해 가을은 11월에 들어섰는데도 날씨가 계절에 맞지 않게 따뜻했다. 사람들 말로는 한 세대 전인 74년 이후 두 번째로 포근한 겨울이라고 했다. 땅이 얼지 않아서 그들은 무덤을 깊이 판 다음 수의를 입힌 더블라를 안장하고 무덤 전체와 둘레에 납작한 돌을 놓았다. 그런 뒤 그 둘레에 또 흙을 놓고 가장자리에 둥근 돌을 둘렀다. 더블라는 돌을 많이 놓아달라고 부탁하면서 코나리에게 아빠가 잊어버린 이름과 통장, 입영통지서를 건넸다. 더블라는 육신으로든 영으로든, 더 이상 땅이나 바다를 돌아다니지도, 이 산 아래로 내려가지도 않을 거라고 했다. 더블라는 아들의 죽음을 슬퍼했지만, 코나리가 자기 품으로 돌아왔다는 사실에서 그의 힘을 느꼈다. 코나리와 위드는 병원에서 나온 뒤 약 7년 동안 더블라와 함께 살았다. 코나리는 많은 일을 도맡아 하면서 위드에게 시장에서 약초와 강장제를 거래하는 법, 사냥하는 법, 텃밭 가꾸는 법을 가르쳤다. 그리고 꼬맹이가 어느 정도 크자 말을 타고 이곳을 자주 찾아왔다. 꼬맹이를 입양한 이웃 여자는 몇 주도 채 되지 않아 그들을 보려고 꼬맹이를 데려왔었다. 어떻게 지내는지 궁금하기도 하고, 아낙의 목소리가 듣고 싶기도 해서였다. 쌍둥이 중 사내애는 생후 3개월째에 폐렴으로 세상을 떠났다. 계집애를 데려간 여자도 한참 전에 산등성이를 떠났다. 그럼에도 코나리는 꼬맹이가 가장 그리웠다. 시간의 흐름이 무색하게도 코나리는 첫눈에 꼬맹이를 알아보았고, 그 아이가 자라는 모습을 볼수록 유대감이 커져갔다. 코나리는 과부와 아이를 저녁식사나 명절에 초대하며 호의를 베풀고자 신경을 썼다. 이제 꼬맹이는 키가 크고 늠름한, 엄마를 좋아하는 열두 살 사내아이가 되었다. 그들은 남매라는 말을 들을 정도로 닮았고, 코나리는 읽기가 능숙해지도록 꼬맹이를 가르쳤다. 그러다 꼬맹이가 마을에 있는 학교에 가야 할 나이가 되었다. 혹시 좋은 말로 설득하면 꼬맹이의 나이 많은 엄마가 이곳으로 와서 요리와 집안일을 도와줄지도 몰랐다. 그러면 학교를 다니는 동안 둘이서 산을 떠났다가 여름에 오누막으로 돌아오면 된다.

위드의 옅은 머리색은 짙어졌다. 위드도 천천히 성장했다. 열다섯인 그는 읽고 쓸 줄 알았으나 책보다는 셈에 더 능했다. 사냥과 무언가를 키우는 재주도 뛰어나서 지금은 정신병원에서 농장 일꾼으로 돈을 벌었다. 더블라가 눈을 감은 뒤 그들은 산등성이에서 내려와 웨스턴의 한 하숙집에 방을 얻었다. 병원에서 근무하는 까닭에 인근 시내에 터를 잡았다. 병원에 있는 스토리의 거처에는 아주 가끔 찾아갔으나 어느덧 저녁과 일요일 정찬을 함께하는 게 일상이 되었다. 코나리는 엄마를 다시 찾았다. 처음에는 서먹서먹했지만 오래전 둘이 함께 걸었던 그 길을 걸으며 한참 대화를 나누었다. 코나리는 엄마의 이야기와 더블라의 이야기를 알았다. 바우만 여사가 필라델피아로 돌아간 후로 코나리는 새로운 수간호사의 조수가 되었다. 에이라 블레빈스는 화재 이후 병원을 떠났다. 카진스키 부인은 어느새 나이 든 미망인이 되어 병원에서 행복한 삶을 살았다. 코나리는 자신이 아빠를 만나고 막연하게나마 알고 지낸 그곳에서 그를 더욱 가까이 느꼈고, 위드의 이야기를 자신의 기억처럼 여기게 되었다. 에브라임 코널리는 자신이 택한 이름을 잃었을 뿐 아니라, 자신의 엄마를, 너무 이른 나이에 죽은 그 노예 여자의 존재를 전혀 알지 못했다. "비스듬한 문을 누군가 나직이 두드렸지", 더블라는 이렇게 말했다. 코나리의 외할머니, 그녀의 친할머니를 학대하던 무리에 속한 그 할머니는 아이를 낳다가 죽었다. 더블라의 계획이 잘못되었더라면 코나리의 엄마도 또 한 번의 임신으로 죽었을 수 있었다. 너무도 많은 이가 아이를 낳다가 죽었고, 자발적으로 또는 강제적으로 그런 위험을 감수했다. 하지만 코나리는 아니었다. 코나리는 더 이상 빛을 보지도, 기억을 군데군데 잃지도 않았지만 어릴 적 겪었던 상실에 여전히 고통스러웠다. 그녀는 위드와 꼬맹이를 엄마처럼 보살폈고 그것에 만족했다.

은행원이 돌아와 계산대 위에 종이 파일을 놓았다. 여기 있네요, 그녀가 말했다. 예금 전표예요. 아버님이 61년 11월부터 64년 4월까지 한 달에 한 번 꼴로 입금을 하셨어요. 대부분은 그분 성함과 날짜, 장소가 적혀 있어요. 하지만 글귀가 적힌 것도 한두 장 있네요. 이것처럼요. 인용한 문구인가 봐요.

코나리는 전표를 만졌다. 양파껍질처럼 얇은 종이가 정확히 반으로 접혀 있었다. 코나리는 전표를 펼치고 매만졌다. 뒤쪽에 아빠의 이름이 필기체로 적혀 있었다. 그리고 '버지니아, 브랜디 스테이션',

그 아래에 문장이 보였다. '강기슭에 다다른 배처럼, 엘리자와 아기를 위해…'

은행원은 다시 계좌 업무로 돌아가 있었다. 아버지가 종잣돈을 남겨주셨네요, 은행원이 말했다. 원금과 이자까지 합치면…

모두 얼마인가요? 코나리가 물었다.

보자, 정확히 340달러 54센트네요.

질문이 있어요, 코나리가 말했다. 길 건너편의 목조 주택이요. 뒤쪽에 마당이 딸린 집 말이에요. 매매 간판이 있던데요.

바로 맞은편이요? 우리 은행장님 소유예요.

그분이 여기 계신가요? 말씀 좀 나눌 수 있을까요?

출타 중이지만, 제가 안사람이라 자세히 알려드릴 수 있답니다. 원래 우리 딸이 그 집에 살았는데, 마을 외곽 농장으로 이사를 갔어요. 지금 애가 다섯이죠. 우리가 그 집을 사줬는데, 어린 것들이 너무 많아서 집을 못 돌보는 바람에 정원이 난장판이 됐죠.

코나리가 고개를 끄덕였다. 부인, 그녀가 물었다. 값을 알 수 있을까요?

집을 약간 손볼 계획이었어요. 봄이 되면…

전 지금 이대로도 괜찮아요, 코나리가 말했다. 제 동생은 수리를 잘하고, 저는 정원 가꾸기에 능하거든요. 저희 엄마와 새아버지도 거들어주실 거고요.

가족이 근처에 사는군요?

제 새아버지인 토머스 스토리 박사님이 정신병원 원장님이에요, 엄마인 엘리자 스토리 부인도 이 마을과 관련된 일을 많이 하고요…

네, 스토리 박사님이라면 건너서 알지요.

그러면 부인은…? 코나리가 물었다.

페인이에요. 만나서 반가워요 코널리 양. 그녀가 손을 내밀었다.

바로 그때, 그녀 뒤쪽에 걸린 거대한 벽시계의 분침이 가볍게 떨리다 움직였다.

코나리는 장갑을 벗고 여자의 서늘하고 건조한 손바닥을 잡았다. 만나 뵙게 되어 기쁘군요, 페인 부인. 저기, 그녀가 말을 이었다, 저는 정신병원에서 간호사로 근무하고 있고, 남동생은 거기서 정원사와 조경사 밑에서 견습 중이에요. 여기 서류도 가져왔어요. 하나는 추천서이고, 또 하나는 엄마가 저희 아빠의 자금에 대한 소유권을 포기한다는 내용을 공증받은 서류예요. 아시다시피 엄마는 이제 재혼을 했으니까요. 코나리는 봉투를 꺼내기 위해 지갑에 손을 넣었다. 주택 매매와 관련해, 아마도 이 서류들을 남편 분께 보여드리면 될 것 같아요.

페인 부인이 서류를 열어 훑어보았다. 네, 어머니가 보내주신 이 서류가 필요했어요. 본인 이름으로 계좌를 열어드릴까요, 코널리 양? 그리로 입금해드릴게요.

코나리는 고개를 끄덕였다. 2년쯤 전에 할머니가 돌아가신 후부터 통장은 갖고 있었지만, 성인이 될 때까지는 아빠가 저를 위해 마련해둔 돈을 찾을 수 없었어요. 페인 부인, 이 돈 340달러 54센트를 전부 드릴 테니 제게 그 집을 파세요.

지금은 팔기 어려워요, 라고 페인 부인이 말했다. 가격은 나쁘지 않네요. 매도증서에 봄이 오면 페인트칠을 하고 울타리도 손보겠다고 약속드리죠. 나머지는 그대로 두고요. 물론 남편과 얘기해봐야겠지만 매매와 상관없이 집이 누추해 보이긴 싫거든요. 실은, 사위가 관리를 잘하는 성격은 못 되는데 우리가 이래라 저래라 할 수 없었거든요.

그렇죠, 코나리가 말했다. 그녀는 은행원이 장부에 기입하는 모습을 지켜보았다.

자, 페인 부인이 말했다. 아버지의 계좌는 해지했습니다. 부디… 이 통장이 제가 정리하는 마지막 전쟁 계좌였으면 좋겠군요. 그러니 오늘은 중요한 날이에요. 은행원이 눈물을 글썽이며 이중초점 안경 너머로 코나리를 바라보았다. 저는 게티스버그에서 형제 둘을 잃었어요. 남편은 돌아왔지만 안정을 되찾기까지 참으로 힘든 시간을 보냈죠.

저희 아빠도요. 코나리가 말을 시작했다. 너무 오랜 시간 아빠의 안부를 모르고 지냈어요.

페인 부인이 고개를 끄덕였다. 아버지는 자신이 할 수 있는 한 오래도록 당신을 생각했어요. 이제 이 계좌는 코널리 양 겁니다. 계좌 개설을 마치려면 이 양식에 서명하세요. 그리고 이건 돈을 이체했다는 영수증이에요. 은행원은 코나리가 서류 두 장을 훑어보고 서명하는 모습을 바라보았다. 그리고 코널리 양, 생각해보시고 그래도 그 집을 사야겠다는 확신이 든다면…

아, 확신해요, 코나리가 대답했다. 아빠는 제게 집을 마련해주길 바라셨을 거예요. 코나리는 부끄러움에 목소리가 떨렸다. 전쟁 전에도 전쟁 중에도, 완전히 다른 사람이 된 그날 이후로도 줄곧 이 사람은 코나리의 아빠였다. 그녀는 온갖 역경 끝에 아빠를 찾아냈고, 그가 그날 스토리 박사의 사무실에서 어떻게 죽음을 맞이했는지 알기 전부터 이미 그를 존경하게 되었다. 코나리는 자신에게 진실을 숨긴 더블라를 원망하지는 않았지만, 마침내 스스로 이름을 정한 에브라임 코닐리가 끝내 자신이 진정 누구였는지 결코 알지 못한 채로 죽었음을 애통해했다. 코나리는 자신의 내면 깊은 곳에서 그를 알고 있었다. 페인 부인, 코나리가 물었다. 그러면 내일 여기서 남편 분, 그리고 변호사와 함께 뵐까요?

제 남편이 변호사예요. 그래서 은행 고객들 업무를 자주 맡아 하거든요…

저는 새아버지와 오랜 인연이 있는 변호사님이 도와주실 거예요…

좋네요. 그러면 내일 이 시간에 뵙지요.

그리고 계약이 끝나면 아빠의 예금 전표를 가져도 될까요? 말씀하신, 아빠가 글귀를 적어두신 전표요.

당연하죠, 페인 부인이 답했다. 그녀는 코나리 뒤쪽 은행 문의 큰 창밖을 내다보았다. 동생 분한테 들어오라고 할걸 그랬어요. 날이 너무 춥네요. 이제 눈도 내리고요.

아, 강한 아이라서요, 코나리가 말했다, 추위에도 끄떡없어요. 그러면 내일 뵙겠습니다.

◇　　◇　　◇

코나리가 얼굴을 스카프로 둘둘 말고 길을 건너는데 부연 가루눈이 집 뒤에서 떠오르는 것처럼 보였다. 위드가 등을 돌린 채 서 있다가, 코나리가 다가가자 돌아섰다.

은행에서 아빠의 계좌에 있던 돈을 나한테 이체해줬어, 그녀가 말했다.

야경꾼의 계좌 말이지, 위드가 말했다.

네 아빠이기도 해, 위드. 넌 나보다 아빠를 더 잘 알았잖아. 그리고 이 집 소유주가 은행장이래. 그분 아내가 매매에 응해줄 것 같아. 내일 엄마한테 가서 변호사를 데려와야 해. 잠시만, 팻말이 어디 갔지?

위드는 코트 안에 팻말을 집어넣은 것을 보여주려고 옷깃을 잡아당겼다. 나중에 누나한테 필요할 것 같아서, 그는 말했다.

코나리는 다시 한 번 집을 살펴보았다. 그녀의 집이 될 터였다. 이 집에 누가 살지, 누가 머물게 될지는 그녀가 결정할 것이었다. "코나리, 영원은 없어. 날은 화창하고 우리는 산책 중이야." 집을 가진 가족은 얼마 되지 않았다. 누군가는 훨씬 많은 것을 가졌다. 집과 가게, 철로, 광대한 땅… 어떤 사람들은… 죽거나 도망치거나 자신이 누구였는지 잊었다. 인내가 곧 힘이었다. 삶을 빼앗긴 사람들의 용기가 팽창하며 이동했고, 그 힘은 시대를 갈라 길을 터주었다.

감사의 말

◇

레지던스 제공을 통해 이 소설을 집필하는 데 도움을 준 맥도웰 콜로니와 야도에, 버지니아주 알렉산드리아와 야생지대 전투 현장에서 집필과 조사를 이어나가도록 도와준 버지니아 아트센터에 감사드린다. 웨스트버지니아 대학교 도서관 소속 웨스트버지니아 및 지역 역사 센터의 렘리 멀렛, 그리고 역사적 이미지를 찾는 데 도움을 주신 웨스트버지니아 예술문화역사학과에도 감사하다. 기적과도 같은 나의 에이전트 린 네스빗과 크노프 출판사, 특히 오랜 시간 함께 한 예리하고 인내심 많은 편집자 엔 클로즈와 그녀의 뛰어난 조수 롭 샤피로, 이 소설에 굉장한 열정을 보여준 레이건 아서에게 감사를 보낸다. 비범한 독자 파멜라 릭커스에게도 고맙다. 이해심 넘치는 우리 가족과 모든 면에서 나를 도와주는 남편 마크에게 항상 감사하다. 퀘이커교 의사 토머스 스토리 커크브라이드에게 존경과 감사를 표한다. 1854년《정신병자들을 위한 병원 구조물, 조직 구성, 일반적 준비에 대하여On the Construction, Organization, and General Arrangements of Hospitals for the Insane》를 출간해, 모든 방법론이 그렇듯 그 인간적인 방법론이 인기를 잃기까지 약 50년 동안 정신질환자들에 '도덕적 치료'

를 적용하도록 영향을 미치신 분이다. 이 책의 참고서 선반에 놓인 수십 권의 책들 가운데, 특히 모던 아메리칸 라이브러리에서 네 권 짜리로 출간한, 남북전쟁 시대에 대한 잊을 수 없는 목소리를 수백 쪽에 걸쳐 담아낸 《생존자들이 말하는 남북전쟁 The Civil War Told by Those Who Lived It》을 칭송하고 싶다. 그 밖에도 낸시 톰스의 《정신병원 관리의 기술 The Art of Asylum-Keeping》, 랭킨 셔링의 《보이지 않는 아일랜드인 The Invisible Irish》, 케리 리 메리트의 《주인 없는 사람들: 남북전쟁 전 남부의 가난한 백인과 노예 Masterless Men: Poor Whites and Slavery in the Antebellum South》, 대니얼 마크 앱스타인의 《링컨가: 결혼의 초상 The Lincolns: Portrait of a Marriage》으로부터 도움을 받았다. 마지막 작품에는 메리 토드 링컨이 했던 말 중 자주 인용되는 것들이 포함되어 있는데 원래 내과의사 앤슨 헨리가 1865년 4월 19일 아내에게 보낸 편지에 기록된 것들이다. 링컨이 암살당하고 나흘 뒤, 비통함 속에서 작성된 이 편지는 일리노이 주립 역사 학회에 보관되어 있다. 지금은 존재하지 않는 웨스턴 주립병원(1994년 폐업)의 건축 및 역사에 관심을 갖고 2007년 웨스트버지니아주로부터 150만 달러에 건물을 구입한, 석면 및 철거 전문가 조 조던에게도 감사를 보낸다. 원래의 이름을 되찾은 '트랜스 앨러게니 정신병원'은 현재 국립 역사 랜드마크로서 대중에게 공개되어 있다(TALA.org 참고). 원래 240만 제곱미터인 정신병원 부지 가운데 120만 제곱미터가 여전히 해당 구역에 속해 있다. 그 땅과 건물들, 내가 방문하고 머리에 새긴 방들, 긴 복도들, 창문에서 본 풍경들, 수많은 사람들의 시선으로 빛나는 듯 보였던 그 모든 창문들에 감사하다.

도판 출처

◇

6쪽: Drawing of Trans-Allegheny Lunatic Asylum, courtesy of West Virginia Archives and History

11쪽: Sketch of Trans-Allegheny Lunatic Asylum, from Thomas Story Kirkbride's book *On the Construction, Organization, and General Arrangements of Hospitals for the Insane*

51쪽: Photograph of Asylum bedroom, courtesy of author

63쪽: Drawing of two women, from *1847 Women's Fashion Books* (PD-150) from Le Bon Ton. From: *Blackwood's Lady's Magazine*, volume 22.

67쪽: Seventh West Virginia Volunteer Cavalry Regiment, courtesy of West Virginia Division of Culture and Historical Records

147쪽: Photo of building used as hospital in the 100 block of North Fairfax Street between King Street and Cameron Street, from Wikimedia Commons

158쪽: Battle of the Wilderness, illustration by Alfred R. Waud, courtesy of Library of Congress Prints and Photographs Division

181쪽: Photograph of Weston, West Virginia, courtesy of West Virginia and Regional History Center, West Virginia University

224쪽: "Schedule of a Complete Organization with Rate of Compensation," from Thomas Story Kirkbride's book *On the Construction, Organization, and General Arrangements of Hospitals for the Insane*

246쪽: "Reasons for Admission," based on Thomas Story Kirkbride's book *On the Construction, Organization, and General Arrangements of Hospitals for the Insane*

248쪽: Photograph of dining room, courtesy of West Virginia and Regional History Center, West Virginia University

270쪽: Floor plan, from Thomas Story Kirkbride's book *On the Construction, Organization, and General Arrangements of Hospitals for the Insane*

300쪽: Photograph of nurses on lawn, from Archives New Zealand

307쪽: Photograph of gazebo, courtesy of West Virginia and Regional History Center, West Virginia University

377쪽: Photograph of key, courtesy of Theo Stockman

밤의 가장자리에서

1판 1쇄 펴냄 2026년 4월 29일

지은이   제인 앤 필립스
옮긴이   박설영
편 집   안민재
디자인   북앳니
인쇄·제책   아트인
종 이   월드페이퍼

펴낸곳   프시케의숲
펴낸이   성기승
출판등록   2017년 4월 5일 제406-2017-000043호
주 소   (우)10885, 경기도 파주시 책향기로 371, 상가 204호
전 화   070-7574-3736
팩 스   0303-3444-3736
이메일   pfbooks@pfbooks.co.kr
SNS   @PsycheForest

ISBN   979-11-89336-92-9   03840